La mujer en la ventana

A.J. FINN

La mujer en la ventana

Traducción de
ANUVELA

Grijalbo

Título original: *The Woman in the Window*
Primera edición: mayo de 2018

© 2018, A. J. Finn, Inc.
© 2018, Penguin Random House Grupo Editorial, S. A. U.
Travessera de Gràcia, 47-49. 08021 Barcelona
© 2018, de la presente edición:
Penguin Random House Grupo Editorial USA, LLC.,
8950 SW 74th Court, Suite 2010
Miami, FL 33156
© 2018, ANUVELA (Ana Alcaina Pérez, Verónica Canales Medina,
Laura Martín de Dios y Laura Rims Calahorra) por la traducción

Adaptación de la cubierta original de Elsie Lyons:
Penguin Random House Grupo Editorial / Gemma Martínez
Fotografía de la cubierta: © Shutterstock

ISBN: 978-1-947783-53-9

Impreso en Estados Unidos — *Printed in USA*

Penguin
Random House
Grupo Editorial

Para George

Tengo la impresión de que, dentro de ti,
hay algo que nadie conoce.

La sombra de una duda, 1943

Domingo,
24 de octubre

1

Su marido está a punto de llegar a casa. Esta vez la pillará.

No hay ni una triste cortina, ni persianas de aluminio, en el número 212, la casa adosada de color rojo oxidado que fue el hogar de los recién casados Mott hasta hace poco, hasta que se separaron. No llegué a conocer a ninguno de los dos, aunque de cuando en cuando los busco por internet: el perfil de LinkedIn de él, el Facebook de ella. Su lista de regalos de boda sigue estando en la página de Macy's. Todavía podría comprarles una vajilla.

Como estaba diciendo: ni siquiera un visillo. Por eso el número 212 contempla inexpresivo la calle, rojizo y al desnudo, y yo le devuelvo la mirada y observo a la señora de la casa que lleva al contratista a la habitación de invitados. ¿Qué tiene esa casa? Es el lugar al que el amor va a morir.

Ella es encantadora, pelirroja natural, de ojos verdes como la hierba y con un archipiélago de diminutos lunares que le recorren la espalda. Mucho más atractiva que su marido, un tal doctor John Miller, psicoterapeuta (sí, es terapeuta de parejas) y uno de los cuatrocientos treinta y seis mil John Miller de internet. Este individuo en particular trabaja cerca de Gramercy Park y no acepta el pago a través del seguro médico. Según el contrato de venta, pagó tres millones seiscientos mil dólares por su casa. La consulta debe de irle bien.

Sé más o menos lo mismo sobre su mujer. No es muy buena ama de casa, está claro; los Miller se mudaron hace ocho semanas, pero esas ventanas siguen desnudas, vaya, vaya. Practica yoga tres veces a la semana, desciende la escalera con su alfombra mágica enrollada bajo el brazo y las piernas embutidas en sus pantalones de yoga Lululemon. Y debe de ser voluntaria en algún sitio; sale de la casa a las once y algo los lunes y viernes, más o menos a la hora que me levanto, y vuelve entre cinco y cinco y media, justo cuando estoy preparándome para mi sesión nocturna de cine. (La selección de esta noche: *El hombre que sabía demasiado*, por enésima vez. Soy la mujer que veía demasiado.)

Me he fijado en que le gusta tomar una copa por las tardes, como a mí. ¿También le gusta beber por las mañanas? ¿Como a mí?

Sin embargo, su edad es un misterio, aunque sin duda es más joven que el doctor Miller, y que yo (también más ágil); en cuanto al nombre solo puedo adivinarlo. Me gusta pensar que se llama Rita, porque se parece a Rita Hayworth en *Gilda*. «No tengo el menor interés», me encanta esa frase.

Yo tengo mucho interés. No en su cuerpo —el pálido arco de su columna vertebral, sus omóplatos como alas atrofiadas, el sujetador celeste que abraza sus pechos: cada vez que cualquiera de ellos se acerca a mi cámara, la aparto—, sino en la vida que lleva. Las vidas. Dos más que yo.

Su marido ha doblado la esquina hace un rato, justo

pasado el mediodía, no mucho después de que su mujer haya cerrado la puerta, con el contratista a la zaga. Esto no es lo esperado: los domingos, el doctor Miller vuelve a casa a las tres y cuarto, sin falta.

Con todo, en este momento, el buen doctor camina decidido por la acera, resoplando y sacando vaho por la boca, balanceando el maletín con una mano y con el anillo de bodas resplandeciendo. Hago zoom sobre los pies: zapatos oxford color rojo sangre, relucientes por el abrillantador, reflejando la luz otoñal, proyectándola a cada paso.

Levanto la cámara en dirección a su cabeza. Mi Nikon D5500 no se pierde nada, no gracias a su objetivo Opteka: pelo entrecano y rebelde, gafas enclenques y baratas, pelillos sueltos en las partes ligeramente hundidas de las mejillas. Cuida mejor de sus zapatos que de su cara.

Volvamos al número 212, donde Rita y el contratista se desvisten a toda prisa. Podría llamar para averiguar su número de teléfono, telefonearla, avisarla. No lo haré. La observación es como la fotografía de naturaleza: no hay que interferir en la actividad de la fauna.

El doctor Miller está quizá a medio minuto de la puerta de entrada. La boca de su esposa humedece el cuello del contratista. Adiós a su blusa.

Cuatro pasos más. Cinco, seis, siete. Ahora solo quedan veinte segundos, como mucho.

Ella agarra la corbata del tipo entre los dientes, le sonríe. Le toquetea la camisa. Él le roza la oreja con la boca.

El marido da un saltito para evitar un adoquín roto de la acera. Quince segundos.

Casi puedo oír la corbata deslizándose cuando se la quita del cuello de la camisa. Ella la lanza al otro extremo de la habitación.

Diez segundos. Vuelvo a hacer zoom; el objetivo de la cámara prácticamente se retuerce. La mano del doctor Miller se sumerge en el bolsillo y emerge con un montón de llaves.

Siete segundos.

Ella se suelta la coleta, el pelo le cae sobre los hombros.

Tres segundos. Él sube la escalera.

Ella rodea con los brazos la cintura del contratista, lo besa con pasión.

Él mete la llave en la cerradura. La gira.

Hago zoom sobre el rostro de ella; tiene los ojos desmesuradamente abiertos. Lo ha oído.

Saco una foto.

Y entonces se abre el maletín de él.

Un pliego de papeles cae de su interior, se los lleva el viento. Vuelvo la cámara de golpe hacia el doctor Miller, al claro «mecachis» que pronuncian sus labios; inclina el maletín, pisa unas cuantas hojas con sus relucientes zapatos y recoge otras para sujetarlas entre los brazos. Un temerario papel se ha quedado enganchado en las ramitas de un árbol. Él no se da cuenta.

Vuelvo a Rita: está metiendo los brazos en las mangas de la blusa, recogiéndose el pelo. Sale corriendo del dormitorio. El contratista, abandonado, sale de la cama de un salto y recupera la corbata, se la mete en el bolsillo.

Espiro, como el aire que se escapa de un globo. No me había dado cuenta de que estaba conteniendo la respiración.

La puerta de entrada se abre: Rita baja disparada la escalera al tiempo que llama a su marido. Él se vuelve; supongo que sonríe, no puedo verlo. Ella se agacha, recoge unos cuantos papeles de la acera.

El contratista aparece en la puerta, con una mano metida en el bolsillo, la otra levantada para saludar. El doctor Miller corresponde el saludo. Sube hasta el descansillo, levanta su maletín y los dos se estrechan la mano. Entran en la casa, seguidos por Rita.

Bueno. A lo mejor la próxima vez será.

Lunes,
25 de octubre

2

El vehículo ha pasado zumbando hace un rato, lento y sombrío, como un coche fúnebre, con los faros brillando en la oscuridad.

—Vecinos nuevos —le digo a mi hija.

—¿En qué casa?

—Al otro lado del parque. El número doscientos siete.

Ahora están fuera, borrosos como fantasmas en la penumbra, desenterrando cajas del maletero.

Mi hija sorbe algo.

—¿Qué estás comiendo? —pregunto. Es noche de comida china, claro; es *lo mein*.

—*Lo mein*.

—No mientras hablas con mami, ni hablar.

Vuelve a sorber, mastica.

—Maaamááá.

Esta palabra es una pelea constante entre nosotras; mi hija ha cortado por lo sano con «mami», contra mi voluntad, y lo ha sustituido por algo soso y vulgar. «Déjalo estar», me aconseja Ed, pero él sigue siendo «papi».

—Deberías ir a saludarlos —sugiere Olivia.

—Eso me gustaría, tesoro. —Subo a toda prisa al segundo piso, desde donde la vista es mejor—. Ah, se ven calabazas por todas partes. Todos los vecinos han comprado una. Los Gray tienen cuatro. —He llegado al descansillo, con la copa en la mano y el vino mojándome los labios—. Ojalá pudiera ir a comprarte una calabaza. Dile a papá que te compre una. —Bebo un sorbo, trago—. Dile que mejor dos, una para ti y otra para mí.

—Vale.

Me miro de reojo en el espejo del aseo a oscuras.

—¿Eres feliz, cielito?

—Sí.

—¿No te sientes sola?

Jamás tuvo amigos de verdad en Nueva York; era demasiado tímida, demasiado pequeña.

—No.

Echo un vistazo a la oscuridad del final de la escalera, a la penumbra del piso de arriba. Durante el día, el sol entra por la claraboya del techo; de noche es un ojo bien abierto que mira hacia las profundidades de la escalera.

—¿Echas de menos a Punch?

—No.

Tampoco es que se llevara bien con el gato. Él la arañó una mañana de Navidad, sacó las uñas y se las clavó en la muñeca: dos zarpazos rápidos con orientación norte-sur, este-oeste; una rejilla intensa de sangre le afloró en la piel, como el tres en raya, y Ed estuvo a punto de tirar al gato por la ventana. Ahora lo busco y lo encuentro ovillado en el sofá de la biblioteca, observándome.

—Déjame hablar con papá, tesoro.

Subo hasta el descansillo siguiente, la alfombra de la escalera me raspa las suelas. Ratán. ¿En qué estaríamos pensando? Se mancha con mucha facilidad.

—¿Qué pasa, fiera? —me saluda—. ¿Vecinos nuevos?

21

—Sí.

—¿No acababan de llegar otros nuevos?

—Eso fue hace dos meses. En el doscientos doce. Los Miller.

Giro sobre los pies y bajo la escalera.

—¿Dónde están los otros que has mencionado?

—En el doscientos siete. Al otro lado del parque.

—El vecindario está cambiando.

Llego al descansillo, lo rodeo.

—No han traído muchas cosas. Solo un coche.

—Supongo que los de la mudanza llegarán más tarde.

—Supongo.

Silencio. Bebo un sorbo de vino.

Ahora vuelvo a estar en el comedor, junto a la chimenea, las sombras se alargan en los rincones.

—Escucha… —empieza a decir Ed.

—Tienen un hijo.

—¿Qué?

—Hay un hijo —repito y presiono la frente contra el frío cristal de la ventana.

Las farolas de sodio todavía tienen que popularizarse en esta zona de Harlem, y la calle está iluminada solo por el fulgor amarillo limón de la luna. Aun así logro distinguir sus siluetas: un hombre, una mujer y un chico alto, llevando cajas hasta la puerta de la casa.

—Un adolescente —añado.

—Tranquila, tigresa.

—Ojalá estuvieras aquí —se me escapa sin poder reprimirlo.

La afirmación me pilla con la guardia baja. A Ed también, por cómo suena. Se hace una pausa.

—Necesitas más tiempo —dice luego.

Me quedo callada.

—Los doctores dicen que demasiado contacto no es saludable.

—Yo soy la doctora que dijo eso.

—Eres una de ellos.

Se oye crujir un nudillo tras de mí: es una chispa que crepita en la chimenea. Las llamas se asientan y murmuran en el hogar.

—¿Por qué no invitas a casa a los nuevos? —me pregunta.

Vacío mi copa.

—Creo que ya he tenido bastante por esta noche.

—Anna.

—Ed.

Casi lo oigo respirar.

—Siento que no estemos allí contigo.

Casi oigo mis latidos.

—Yo también lo siento.

Punch me ha seguido hasta la planta baja. Lo cojo con un brazo, me retiro a la cocina. Dejo el teléfono sobre la encimera. Una copa más antes de acostarme.

Agarro la botella por el cuello, me vuelvo hacia la ventana, en dirección a los tres fantasmas que pululan por la acera, y la levanto para brindar por ellos.

Martes,
26 de octubre

3

En esta misma época hace un año, estábamos planeando vender la casa, llegamos incluso a contactar con un agente inmobiliario; Olivia entraría en un colegio de Midtown el septiembre siguiente, y Ed había encontrado una casa en Lenox Hill que necesitaba una reforma completa.

—Será divertido —me prometió—. Te instalaré un bidet solo para ti.

Le di un golpe en el hombro.

—¿Qué es un bidet? —preguntó Olivia.

Pero Ed se marchó después de aquello y la niña se fue con él. Por eso sentí que el corazón me daba un vuelco de alegría anoche, al recordar las primeras palabras sobre la que iba a ser nuestra casa: «Monumento histórico con hermosa reforma, joya decimonónica de Harlem». Lo de «Monumento histórico» y lo de «joya» habría que discutirlo, pienso. Lo de «Harlem» es indiscutible, al igual que lo de «decimonónica» (era de 1884). «Con hermosa reforma», puedo asegurarlo, y carísima también. «Maravillosa casa familiar», cierto.

Mi reino y sus puestos fronterizos:

Sótano: o apartamento, según nuestro agente. Vivienda en el sótano, de toda la planta, con entrada independiente;

cocina, baño, dormitorio, pequeño despacho. El lugar de trabajo de Ed durante ocho años; cubría la mesa de planos, pegaba los informes del contratista en la pared. En la actualidad, espacio alquilado.

Jardín: patio, en realidad, accesible desde la planta baja. Una extensión de adoquines de piedra caliza; un par de sillas de jardín de madera estilo Adirondack; un joven fresno, encorvado en un rincón apartado, larguirucho y solitario, como un adolescente gruñón. De cuando en cuando añoro abrazarlo.

Planta baja: primer piso, si eres inglés, o *premier étage*, si eres francés. (No soy ni una cosa ni la otra, pero pasé un tiempo en Oxford durante mi residencia —en un apartamento en el sótano, por cierto— y el pasado mes de julio he empezado a estudiar francés online.) Cocina: abierta y «elegante» (otra idea del agente), con una puerta trasera que conduce al jardín y una lateral que da al parque. Suelos de abedul, ahora manchados con charquitos de merlot. Recibidor: un aseo, yo la llamo la habitación roja. «Rojo tomate», según el catálogo de colores de Benjamin Moore. Cuarto de estar: amueblado con un sofá y una mesita de centro, y decorado con una alfombra persa, todavía mullida al pisarla.

Primera planta: biblioteca (de Ed; con las estanterías llenas de libros con los lomos desgastados y las sobrecubiertas ajadas, todas abarrotadas hasta el último hueco) y el estudio (mío; espacioso, luminoso y con un Mac portátil colocado sobre una mesa de IKEA; mi campo de batalla para el ajedrez online). Segundo aseo: este pintado de un tono azulado de nombre «éxtasis celestial», que es un término un tanto ambicioso para un cuarto con un retrete. Y una habitacioncita para guardar trastos con mucho fondo, que algún día podría convertir en cuarto oscuro para el revelado, si es que me paso de lo digital a lo analógico. Creo que estoy perdiendo el interés.

Segunda planta: habitación principal del señor (¿señora?) de la casa y baño. He pasado gran parte del año en cama este año; sobre uno de esos colchones con tecnología de adaptación al sueño, ajustable en ambos lados. Ed programó su lado tan mullido que casi se hundía; el mío está firme.

—Duermes sobre un ladrillo —me dijo una vez al tiempo que tamborileaba con los dedos sobre la sábana.

—Y tú duermes sobre una nube —le dije.

Entonces me besó, larga y lentamente.

Cuando se marcharon, durante esos oscuros meses en blanco, cuando apenas podía despegarme de las sábanas, rodaba sobre el colchón con parsimonia, como una ola que iba formándose, de un extremo a otro, enrollando y desenrollando la ropa de cama en torno a mi cuerpo.

Además estaba la habitación de invitados y la suite con baño.

Tercera planta: lo que fuera el cuarto del servicio ahora es el dormitorio de Olivia y un segundo cuarto de invitados. Algunas noches la acecho como un fantasma. Algunos días me quedo en la puerta contemplando el lento paso de las motas de polvo a través de los rayos de sol. Algunas semanas ni siquiera visito la tercera planta, y todo empieza a confundirse en mi memoria, y siento lo mismo que si lloviera sobre mi piel.

Da igual. Mañana volveré a hablar con ellos. Mientras tanto, no hay ni rastro de gente al otro lado del parque.

Miércoles,
27 de octubre

4

Un adolescente delgaducho aparece de pronto por la puerta de entrada del número 207, como un caballo en la casilla de salida, y sale al galope hacia el lado este de la calle, pasando por delante de las ventanas de mi fachada. No logro verlo bien: me he despertado temprano, después de acostarme tarde viendo *Retorno al pasado*, e intento decidir si beber merlot es una sabia decisión; pero entonces he visto un destello de pelo rubio, una mochila colgando de un hombro. Luego ha desaparecido.

Le doy un trago a la copa, subo flotando la escalera, me acomodo en mi escritorio. Levanto la Nikon.

En la cocina del 207 veo al padre, corpulento y de espaldas anchas, iluminado desde atrás por la pantalla de un televisor. Me pego la cámara al ojo y hago zoom: es el programa *Today*. Podría bajar y encender la tele, musito, verlo con mi vecino. Podría hacerlo desde aquí mismo, en su televisor, a través del objetivo de la cámara.

Decido hacer eso.

Hace ya tiempo que no admiro la fachada, pero Google me ofrece una vista desde la calle: piedra encalada, de estilo ligeramente clásico, coronada por un tejado con un mirador que lo rodea.

Desde aquí, por supuesto, solo veo los laterales de la casa; por las ventanas orientadas al este, tengo una visión clara de la cocina, el salón de la primera planta y una habitación que está justo encima.

Ayer llegó un pelotón de mudanza; transportaban sofás, televisiones y un armario antiguo. El marido estuvo dirigiendo la operación. No he visto a la mujer desde que se mudaron. Me pregunto qué aspecto tendrá.

Estoy a punto de hacer jaque mate a Alfil&Er esta tarde cuando oigo el timbre. Bajo la escalera arrastrando los pies, levanto el telefonillo de mala gana, abro la puerta del recibidor y encuentro a mi inquilino esperando allí, con su pinta de tío duro. La verdad es que es guapo, con un mentón prominente, esos ojos rasgados, oscuros y profundos. Gregory Peck tras una noche de juerga. (No soy la única que lo cree. A David le gusta tener invitadas, no se me escapa. La verdad es que lo he oído.)

—Voy a Brooklyn esta noche —me informa.

Me paso una mano por el pelo.

—Vale.

—¿Quieres que me ocupe de algo antes de irme? —Suena a proposición, como una frase de una película de cine negro. «Tienes que juntar los labios y soplar.»

—Gracias. No necesito nada.

Mira por detrás de mí y entorna los ojos.

—¿Necesitas que te cambie alguna bombilla? Está muy oscuro ahí dentro.

—Lo prefiero oscuro —digo. «Como a los hombres»,

quiero añadir. ¿Es ese el chiste de la película *Aterriza como puedas*?—. Que... —¿Se lo pase bien? ¿Se divierta? ¿Folle?— lo pases bien.

Se vuelve para marcharse.

—Ya sabes que puedes entrar en mi casa directamente por la puerta del sótano —le digo intentando parecer traviesa—. Es muy probable que esté en casa.

Espero que sonría.

Lleva dos meses viviendo aquí y todavía no lo he visto hacerlo.

Asiente con la cabeza. Se marcha. Cierro la puerta.

Me miro con detenimiento en el espejo. Tengo unas patas de gallo como radios de ruedas alrededor de los ojos. Un matojo de pelo negro, salpicado aquí y allí de canas, suelto y que me llega hasta los hombros; pelusilla en el sobaco. Tengo el vientre fláccido. Los muslos llenos de hoyuelos. La piel tan blanca que da miedo y las venas violetas por la cara interior de los brazos y las piernas.

Hoyuelos, granos, pelusilla, arrugas: tengo que hacer algo. Antes poseía un atractivo natural, según algunos, según Ed.

—Antes me parecías la chica ideal —me dijo con tristeza cuando se acercaba el final.

Me miro los dedos de los pies, que se enroscan sobre la baldosa: largos y huesudos, son uno (o diez) de mis mejores rasgos, aunque ahora parecen los de un aguilucho. Rebusco en el botiquín de las medicinas, los frascos de pastillas apilados uno encima de otros como tótems, y desentierro un cortaúñas. Por fin, un problema que puedo solucionar.

Jueves,
28 de octubre

5

La escritura de la venta se publicó ayer. Mis nuevos vecinos son Alistair y Jane Russell; han pagado tres millones cuatrocientos cincuenta mil dólares por su humilde morada. Google me cuenta que él es socio de una consultoría mediana, anteriormente ubicada en Boston. De ella no se puede averiguar nada; a ver quién escribe el nombre «Jane Russell» en un motor de búsqueda y encuentra algo no relacionado con la famosa *pin-up* y actriz.

Han escogido un barrio muy animado.

La casa de los Miller, en la acera de enfrente —quienes entráis, perded toda esperanza— es una de las cinco casas adosadas que puedo vigilar desde las ventanas con orientación sur de la mía. Hacia el este tengo las gemelas grises: las mismas cornisas coronando las ventanas, el mismo color verde botella para las puertas de entrada. En la casa de la derecha —en la que es un poco más gris, creo—, viven Henry y Lisa Wasserman, vecinos del barrio desde hace tiempo; «Cuatro décadas y subiendo», presumió la señora Wasserman cuando nos mudamos. La mujer se pasó por casa para decirnos («a la cara») lo mucho que ella («y mi Henry») lamentaba la llegada de otro «clan de yupis» a lo que antes era un «barrio auténtico».

Ed se puso hecho una furia. Olivia puso de nombre Yupi a su conejo de peluche.

Los Wassermanes, como les pusimos de mote, no han vuelto a hablarme desde entonces, aunque ahora estoy sola, soy un clan en mí misma. No parecen mucho más simpáticos con los residentes de la otra gemela gris, una familia cuyo conveniente apellido es Gray, «gris» en inglés. Hijas mellizas adolescentes; el padre, socio en una pequeña asesoría de fusiones y adquisiciones; la madre, entusiasta anfitriona de un club de lectura. La selección de este mes, anunciada en la página del grupo y comentada en este momento por ocho mujeres de mediana edad en el salón principal de los Gray: *Jude el oscuro*.

Yo también lo he leído, imaginando que formo parte del grupo y que engullo tarta de café (no tengo ninguna a mano) y bebo vino (de eso sí dispongo). «¿Qué opinas de *Jude*, Anna?», me preguntaría Christine Gray, y yo diría que me parece bastante oscuro. Nos reiríamos. La verdad es que ahora lo están haciendo. Intento reírme con ellas. Tomo un trago.

Al oeste de los Miller están los Takeda. El marido es japonés, la madre es blanca, su hijo es de una belleza sobrenatural. Es chelista; durante los meses cálidos ensaya en el salón con las ventanas abiertas de par en par, y Ed decidió abrir las nuestras. Bailamos una noche de junio de hace muchísimo tiempo, Ed y yo, con los acordes de una suite de Bach: balaceándonos en la cocina, con mi cabeza sobre su hombro, sus dedos entrelazados en mi espalda, mientras el chico de la casa de enfrente seguía tocando.

El verano pasado, su música deambuló hacia la casa, se acercó a mi cuarto de estar, tocó delicadamente la puerta de cristal: «Déjame entrar». No lo hice, no podía; jamás abro las ventanas, jamás. Pero seguía oyendo el murmullo, la súplica: «Déjame entrar, ¡déjame entrar!».

El número 206-208, una típica casa de piedra marrón de amplia fachada doble, flanquea la vivienda de los Takeda. Una Sociedad de Responsabilidad Limitada la compró hace dos noviembres, pero nadie se ha mudado a la casa. Un misterio. Durante casi un año ha tenido la fachada cubierta de andamios, como un jardín colgante; desaparecieron de la noche a la mañana. Eso ocurrió un par de meses antes de que Ed y Olivia se marcharan, y, desde entonces, nada.

Contemplad mi imperio meridional y a sus súbditos. Ninguna de estas personas eran amigas mías; a la mayoría de ellas no las he visto más que una o dos veces. Supongo que harán vida en la ciudad. A lo mejor los Wassermanes habían descubierto algo. Me pregunto si saben qué ha sido de mí.

Un colegio católico abandonado colinda por el este con mi casa, prácticamente se apoya contra ella: San Dymphna's, cerrado desde que nos mudamos. Antes amenazábamos a Olivia con mandarla allí si se portaba mal. Piedra marrón ennegrecida, ventanas oscurecidas por la mugre. O al menos eso es lo que recuerdo; hace tiempo que no le echo un vistazo.

Y directamente al oeste está el parque: diminuto, de dos bloques de ancho por dos de largo, con un angosto caminito de ladrillos que conecta nuestra calle con la que está justo orientada al norte. Dos sicomoros montan guardia en cada extremo, con las hojas encendidas; una cerca baja de hierro forjado con pivotes en ambos extremos. Es «muy pintoresco», tal como diría ese agente inmobiliario al que ya he citado.

Luego está la casa más allá del parque: el número 207. Los dueños la vendieron hace dos meses, la desalojaron a toda prisa y volaron al sur con rumbo a su villa de jubilados en Vero Beach. Y con todos ustedes: Alistair y Jane Russell.

¡Jane Russell! Mi fisioterapeuta jamás había oído hablar de ella.

—*Los caballeros las prefieren rubias* —he dicho.

—No según mi experiencia —ha respondido ella.

Bina es más joven; tal vez sea por eso.

Todo eso ha ocurrido hoy, hace unas horas; antes de poder rebatírselo, me ha puesto una pierna encima de otra, y me ha tumbado sobre el costado derecho. El dolor me ha dejado sin aliento.

—Tus tendones de la corva lo necesitan —me ha asegurado.

—Zorra —le he dicho con un suspiro ahogado.

Me ha presionado la rodilla contra el suelo.

—No me pagas para que sea delicada contigo.

He hecho una mueca.

—¿Puedo pagarte para que te vayas?

Bina me visita una vez por semana para ayudarme a odiar la vida, como me gusta decir, y ponerme al día sobre sus aventuras sexuales, que son tan emocionantes como las mías. Solo que en el caso de Bina se debe a que ella es muy puntillosa.

—La mitad de los tíos que están en esas aplicaciones usan fotos de hace cinco años —se queja mientras la melena le cae en cascada sobre un hombro—, y la otra mitad están casados. Y la otra mitad siguen solteros por algún motivo.

Eso son tres mitades, pero una no se pone a discutir de matemáticas con alguien que le está haciendo una torsión de columna.

Me metí en la app de contactos Happn hace un mes «solo por probar», me dije a mí misma. Happn, según me había explicado Bina, te empareja con personas que se han cruzado por tu camino. Pero ¿y si no te has cruzado por el camino con nadie?

¿Y si navegas eternamente por los mismos trescientos setenta metros cuadrados dispuestos en vertical, y no hay nada más allá de ellos?

No sé. El primer perfil con el que me topé fue el de David. Enseguida borré mi cuenta.

Hace cuatro días que vi de refilón a Jane Russell. Desde luego no es proporcionada como la famosa actriz, con sus pechos en plan torpedo y su cinturilla de avispa, pero bueno, yo tampoco lo soy. Al hijo solo lo he visto una vez, ayer por la mañana. El marido, no obstante —con sus espaldas anchas, sus cejas veteadas y su nariz afilada—, está en constante exhibición en su casa: batiendo huevos en la cocina, leyendo en el salón, a veces echando un vistazo en la habitación, como si estuviera buscando a alguien.

Viernes,
29 de octubre

6

Hoy tengo *leçon* de francés, y *Les Diaboliques* esta noche. Un marido cabronazo, su esposa —su «pequeña ruina»—, una amante, un asesinato, un cadáver desaparecido. ¿Quién puede superar lo del cadáver desaparecido?

Pero primero, el deber me llama. Me trago las pastillas, me acomodo delante del portátil, doy un golpecito a un lateral del ratón y escribo la contraseña. Y me conecto a Agora.

A cualquier hora, a todas horas, hay al menos un par de docenas de usuarios registrados, una constelación repartida por todo el mundo. A algunos los conozco por su nombre: Talia de la zona de la bahía de San Francisco; Phil de Boston; una abogada de Manchester con un nombre muy poco de letrada: Mitzi; Pedro, un boliviano cuyo torpe inglés no es mucho peor que mi rudimentario francés. Otros usan apodos, yo incluida. En un momento cursi, opté por Annagorafóbica, pero entonces confesé a otro usuario que era psicóloga y se corrió la voz. Así que ahora soy médicoencasa. Enseguida le atiendo.

«Agorafobia»: literalmente, el miedo al mercado; en la práctica es el término que se usa para una serie de trastornos de ansiedad. Documentada por primera vez a finales del siglo XIX, un siglo más tarde «listado como entidad diagnóstica independiente», aunque en gran parte, síntoma comórbido con el trastorno de pánico. También se puede leer sobre ella, si se desea, en el *Manual diagnóstico y estadístico de los trastornos mentales, quinta edición. DSM-V*, para abreviar. Ese título siempre me ha divertido; suena a saga de películas. «¿Te gustó *Trastornos mentales 4*? ¡Te encantará la secuela!»

La literatura médica es curiosamente imaginativa en lo que respecta a los diagnósticos. «Los miedos agorafóbicos incluyen [...] estar fuera de casa a solas; hallarse en medio de una multitud o haciendo cola; encontrarse sobre un puente.» Qué no daría yo por estar sobre un puente. Mierda, y lo que daría por hacer cola. También me gusta este: «Estar en los asientos del centro en una fila de butacas de un cine». En los asientos del centro, nada más y nada menos.

Páginas 113 a 133, si alguien está interesado.

Muchos de nosotros —los casos más graves, los que luchamos con el trastorno de estrés postraumático— estamos encerrados en casa, apartados del caótico y masificado mundo exterior. Algunos temen las multitudes en agitado movimiento; otros, el aluvión del tráfico. En mi caso, es el vasto cielo, el horizonte infinito, la simple exposición, la aplastante presión del exterior. «Espacios abiertos», lo llama con vaguedad el *DSM-V*, impaciente por llegar a sus ciento ochenta y seis notas al pie.

Como doctora, yo digo que quien la sufre busca un entorno que pueda controlar. Ese es el punto de vista clínico. Como sufridora (y ese es el sustantivo exacto), digo que la agorafobia no solo ha devastado mi vida, sino que se ha convertido en ella.

La pantalla de bienvenida de Agora me saluda. Echo un vistazo a los tablones de mensajes y a los hilos. «3 meses metida en casa.» Te escucho, Kala88; yo ya llevo diez meses y subiendo. «Enganchada a Agora según el humor.» A mí eso me suena a fobia social, Madrugadora. O a problemas con las tiroides. «Sigo sin encontrar trabajo.» Oh, Megan, lo sé y lo siento. Gracias a Ed, yo no necesito un trabajo, aunque echo de menos a los pacientes. Me preocupo por ellos.

Una recién llegada me ha enviado un e-mail. La remito al manual de supervivencia que publiqué en primavera: «Tienes un trastorno de pánico, ¿y qué?», creo que suena bastante desenfadado.

P: ¿Cómo consigo comida?

R: Gracias a las aplicaciones de comida a domicilio Blue Apron, Plated, HelloFresh… hay montones de alternativas de comida a domicilio en Estados Unidos. Los que viven en el extranjero pueden encontrar servicios similares.

P: ¿Cómo consigo mi medicación?

R: En la actualidad, todas las grandes farmacias de Estados Unidos te sirven a domicilio. Pide a tu médico que contacte con la de tu localidad si tienes algún problema.

P: ¿Cómo mantengo la casa limpia?

R: ¡Limpiándola! Contrata un servicio de limpieza en una agencia o hazlo tú mismo.

(Yo no hago ni una cosa ni la otra. A mi casa no le vendría mal una limpieza.)

P: ¿Y qué hago con la basura?

R: La persona encargada de la limpieza puede ocuparse de
    eso, o puedes hablar con algún amigo para que te ayude.
P: ¿Cómo evito aburrirme?
R: Bueno, esa es la pregunta difícil…

Etc. Estoy contenta con el documento en general. Me hubiera encantado poder contar con él.

Ahora aparece un recuadro de chat en mi pantalla.

Sally4: ¡hola doctora!

Siento que me aflora una sonrisa en los labios. Sally: veintiséis años, residente en Perth, fue víctima de un asalto a principios de este año, el domingo de Pascua. Le rompieron un brazo y sufrió graves contusiones en los ojos y la cara; su violador no ha sido identificado ni detenido. Sally pasó cuatro meses dentro de casa, aislada en la ciudad más aislada del mundo, pero ahora hace más de diez semanas que ha empezado a salir de casa; bien por ella, como ella misma ha dicho. Una psicóloga, terapia de aversión y propranolol. No hay nada como un beta bloqueador.

médicoencasa: ¡Hola! ¿Todo bien?
Sally4: ¡todo bien! ¡¡he ido de picnic esta mañana!!

Siempre le han encantado los signos de exclamación, incluso cuando está en lo más profundo de la depresión.

médicoencasa: ¿Cómo ha ido?
Sally4: ¡he sobrevivido! :-)

También le gustan los emoticonos.

médicoencasa: ¡Eres una superviviente! ¿Cómo te va con el Inderal?

Sally4: bien, he bajado a 80 mg

médicoencasa: ¿2 al día?

Sally4: ¡¡1!!

médicoencasa: ¡Dosis mínima! ¡Fantástico! ¿Efectos secundarios?

Sally4: sequedad de ojos, eso es todo

Eso sí es tener suerte. Yo estoy tomando un medicamento similar (entre otros) y, de vez en cuando, tengo unas jaquecas que están a punto de hacerme explotar el cerebro. «El propranolol puede provocar migraña, arritmia cardíaca, dificultad respiratoria, depresión, alucinaciones, reacciones graves en la dermis, náuseas, diarrea, disminución de la libido, insomnio y somnolencia.»

—Lo que necesita esa medicina son más efectos secundarios —me dijo Ed.

—Combustión espontánea —sugerí.

—Irse por la pata abajo.

—Una muerte lenta y agónica.

médicoencasa: ¿Alguna recaída?

Sally4: la semana pasada tuve temblores

Sally4: pero lo superé

Sally4: con ejercicios respiratorios

médicoencasa: Nuestra amiga la bolsa de papel.

Sally4: me siento como una idiota, pero funciona

médicoencasa: Sí que funciona. Bien hecho.

Sally4: gracias :-)

Tomo un trago de vino. Aparece otro recuadro de chat: Andrew, un hombre que conocí en un sitio de fans del cine clásico.

¿Ciclo de Graham Greene en los cines Angelika este finde?

Hago una pausa. *El ídolo caído* es una de mis favoritas —el mayordomo maldito; el premonitorio avión de papel—, y han pasado quince años desde que vi *El ministerio del miedo*. Y las pelis antiguas, por supuesto, nos unieron a Ed y a mí.

Pero no le he explicado mi situación a Andrew. «No disponible» lo resume todo.

Vuelvo con Sally.

médicoencasa: ¿Sigues visitando a tu psicóloga?
Sally4: sí :-) gracias. ahora solo voy 1 vez por semana. dice que progreso de maravilla
Sally4: medicación y descanso son la clave
médicoencasa: ¿Duermes bien?
Sally4: sigo teniendo pesadillas
Sally4: ¿y tú?
médicoencasa: Estoy durmiendo un montón.

Demasiado, seguramente. Debería comentárselo al doctor Fielding. No estoy segura de que lo haga.

Sally4: ¿tu evolución? ¿lista para la lucha?
médicoencasa: ¡No soy tan rápida como tú! El trastorno postraumático es muy bestia. Pero soy una tía dura.
Sally4: ¡sí que lo eres!

Sally4: ¡solo quería saber cómo estaban mis amigos! ¡¡¡pienso en todos vosotros!!!

Digo a Sally *adieu* justo cuando mi tutor me llama por Skype.

—*Bonjour*, Yves —masculo para mí misma.

Hago una breve pausa antes de responder; me doy cuenta de que tengo muchas ganas de verlo, con su pelo negro azabache y esa piel morena. Esas cejas que casi se juntan y se comban como *l'accent circonflexe* cuando mi acentuación le confunde, que es a menudo.

Si Andrew vuelve a contactarme por el chat, de momento lo ignoraré. A lo mejor ya para siempre. El cine clásico es algo que comparto con Ed. Con nadie más.

Doy la vuelta al reloj de arena que tengo sobre la mesa, observo cómo la pequeña pirámide marrón parece latir cuando los granos van agujereándola. Ha pasado tanto tiempo... Casi un año. Hace casi un año que no salgo de casa.

Bueno, casi. En ocho semanas he conseguido aventurarme cinco veces al exterior, por la parte trasera, hasta el jardín. Mi «arma secreta», como la llama el doctor Fielding, es mi paraguas; el de Ed en realidad, un artilugio ruinoso de London Fog. El doctor Fielding, también un artilugio ruinoso, está plantado como un espantapájaros en el jardín cuando yo empujo la puerta para abrirla, con el paraguas en ristre, por delante de mí. Pulso el resorte y se abre; me quedo mirando con intensidad ese cuerpo semiesférico, sus costillas y su piel. Tela escocesa oscura, cuatro cuadrados negros que cruzan cada capa de la bóveda del paraguas, cuatro líneas blancas en cada urdimbre y trama. Cuatro cuadrados, cuatro líneas. Cuatro negras, cuatro blancas. Inspirar, contar hasta cuatro. Espirar, contar hasta cuatro. Cuatro. El número mágico.

El paraguas se proyecta por delante de mí, como un sable, como un escudo.

Y entonces doy un paso hacia el exterior.

Espirar: un, dos, tres, cuatro.

Inspirar: un, dos, tres, cuatro.

El nailon brilla por la luz del sol. Bajo el primer peldaño (son, como tiene que ser, cuatro) y dirijo el paraguas hacia el cielo, solo un poco, miro los zapatos del doctor, sus espinillas. El mundo pulula en mi visión periférica, como agua a punto de tocar una campana de buceo.

—Recuerda que tienes tu arma secreta —me dice desde lejos el doctor Fielding.

No es un arma secreta, quiero gritar; es un puñetero paraguas, abierto en un día de sol.

Espirar: un, dos, tres cuatro; inspirar: un, dos, tres, cuatro. Y, sorprendentemente, funciona. Voy bajando los escalones (espirar: un, dos, tres, cuatro) y recorro unos metros de césped (inspirar: un, dos, tres, cuatro). Hasta que el pánico crece en mi interior, es como una marea ascendente que me inunda la vista y amortigua la voz del doctor Fielding.

Y entonces… mejor no pensar en ello.

Sábado,
30 de octubre

7

Una tormenta. El fresno se encoge de miedo, el suelo de caliza refulge, oscuro y mojado. Recuerdo que una vez se me cayó una copa en el patio; explotó como una burbuja, el merlot resplandecía sobre el suelo e inundaba de color negro y sanguinolento las venas de las piedras y reptaba hacia mis pies.

A veces, cuando las nubes están bajas, me imagino allí arriba, en un avión o sobre una nube, observando la isla que tengo debajo: los puentes sobresaliendo por su costa este; los coches succionados por ella como las moscas atraídas por una bombilla encendida.

Ha pasado mucho tiempo desde la última vez que sentí la lluvia sobre la piel. O el viento; la caricia del viento, estoy a punto de decir, salvo que suena a frase de una novelita romántica de las que venden en el súper.

Aunque es cierto. Y también la nieve, pero esta no quiero volver a sentirla jamás.

Se ha colado un melocotón en el pedido de manzanas verdes Granny Smith que me ha servido FreshDirect esta mañana. Me pregunto cómo habrá ocurrido.

La noche que nos conocimos, en la proyección de cine independiente de *Treinta y nueve escalones*, Ed y yo comparamos anécdotas. Yo le conté que mi madre me había enganchado a las antiguas películas de misterio y al cine negro clásico; de adolescente prefería la compañía de Gene Tierney y Jimmy Stewart a la de mis compañeros de clase. «No tengo muy claro si eso es algo tierno o triste», dijo Ed, que hasta esa noche nunca había visto una película en blanco y negro. Dos horas después, su boca estaba sobre la mía.

«Querrás decir que tu boca estaba sobre la mía», me lo imagino diciendo.

En los años previos al nacimiento de Olivia, veíamos una película al menos una vez por semana; todas las pelis antiguas de suspense de mi infancia: *Perdición*, *Luz que agoniza*, *Sabotaje*, *El reloj asesino*... Vivíamos noches monocromáticas. Para mí fue una oportunidad para revisitar a viejos amigos; para Ed, era una oportunidad de hacer nuevas amistades.

Y elaborábamos listas. La serie de *La cena de los acusados*, desde la mejor (la original) hasta la peor (*La ruleta de la muerte*). Las mejores pelis de la abundante cosecha de 1944. Los mejores momentos de Joseph Cotten.

Claro está que yo puedo hacer mis listas sola. Por ejemplo: mejores películas de Hitchcock no dirigidas por Hitchcock. Allá voy:

El carnicero, una de las primeras películas de Claude Chabrol que el amigo Hitchcock hubiera deseado dirigir, según la sabiduría popular. *La senda tenebrosa*, con Humphrey Bogart y Lauren Bacall; una historia de amor en San Francisco, aterciopelada por la niebla y precedente de cualquier película en la que el protagonista pasa por el quirófano para ocultarse.

Niágara, protagonizada por Marilyn Monroe; *Charada,* protagonizada por Audrey Hepburn; *Miedo súbito,* protagonizada por las cejas de Joan Crawford. *Sola en la oscuridad*: Hepburn otra vez, una mujer ciega encerrada en su piso del sótano. Yo me volvería loca en un piso en el sótano.

Ahora pelis posteriores al amigo Hitchcock: *Desaparecida,* con su final inesperado. *Frenético,* la oda de Polanski dedicada al maestro. *Efectos secundarios,* que empieza como el tocho aburrido de una gran farmacéutica antes de deslizarse como una anguila hasta otro género completamente distinto.

Vale.

Citas equivocadas famosas. «Tócala otra vez, Sam»: supuestamente de *Casablanca,* salvo que no lo dicen jamás ni Bogie ni Bergman. «Está vivo»: Frankenstein no pone género a su monstruo; es cruel, pero en el original dice solo «Vive». «Elemental, mi querido Watson» sí que aparece en la primera película sonora de Holmes, pero no lo hace en ningún momento en la serie de libros de Conan Doyle.

Vale.

¿Y ahora qué?

Abro el portátil, entro en Ágora. Tengo un mensaje de Mitzi, de Manchester; un informe sobre sus progresos, cortesía de Hoyuelos2016, de Arizona. Nada destacable.

En el salón de la fachada del número 210, el chaval de los Takeda pasa el arco por su chelo. Más hacia el este, los cuatro Gray corren bajo la lluvia, suben a toda velocidad los escalones de la entrada, riendo. Al otro lado del parque, Alistair Russell llena un vaso en el grifo de la cocina.

8

A media tarde estoy sirviéndome un pinot noir californiano cuando suena el timbre de la puerta. La copa se me escurre de las manos.

Se hace añicos contra el suelo y una larga lengua de vino lame el abedul.

—¡Joder! —exclamo. (Me he fijado en algo: suelto más palabrotas estando sola que acompañada. Ed estaría escandalizado. Yo lo estoy.)

He hecho un rebujo con varios trozos de papel de cocina cuando el timbre vuelve a sonar. ¿Quién coño...?, pienso. ¿O lo he dicho en alto? David se fue hace una hora a East Harlem por un trabajo —lo he visto desde el estudio— y hoy no espero ninguna entrega. Me agacho, empapo el desaguisado con el papel de cocina y me dirijo a la puerta con paso firme.

Enmarcada en la pantalla del interfono aparece la imagen de un chico alto con una chaqueta entallada y una cajita blanca en las manos. El hijo de los Russell.

Aprieto el botón del intercomunicador.

—¿Sí? —pregunto. Suena menos atento que un «Hola», pero más cortés que un «¿Quién coño es?».

—Vivo al otro lado del parque —dice, casi a gritos, con

una voz inesperadamente dulce—. Mi madre me ha pedido que le trajera esto.

Veo que acerca la caja al altavoz y, acto seguido, dudando de dónde podría situarse la cámara, gira poco a poco sobre sí mismo con los brazos en alto.

—Puedes... —¿Le pido que la deje en el recibidor? Supongo que no es de muy buen vecino, pero hace dos días que no me ducho, y el gato podría arañarlo.

El chico sigue en la escalera de la entrada, con la caja en alto.

—... pasar —me decido al fin y aprieto el botón.

Oigo el chasquido de la cerradura y me dirijo a la puerta, con cautela, igual que Punch cuando se acerca a gente que no conoce... O como lo hacía cuando aún venía a casa gente desconocida.

Una sombra invade el cristal esmerilado, tenue y esbelta, como una espiga. Giro el pomo.

Es alto, desde luego, con cara aniñada, ojos azules, media melena rubia y una pequeña muesca en una ceja, una cicatriz que le trepa por la frente. Tendrá unos quince años. Se parece a un chico que conocí, y que besé, en un campamento de verano en Maine, hace un cuarto de siglo. Me gusta.

—Me llamo Ethan —se presenta.

—Pasa —repito.

—Qué oscuro está esto —comenta cuando entra.

Acciono el interruptor de la pared.

Lo estudio mientras él hace lo mismo con la habitación: los cuadros, el gato estirado en la chaise longue, la montaña de papeles empapados que se ablandan en el suelo de la cocina...

—¿Qué ha pasado?

—Un accidente —respondo—. Me llamo Anna. Fox

54

—añado, por si le van las formalidades. Tengo edad para ser su (joven) madre.

Nos estrechamos la mano y me tiende la caja, brillante, compacta y con una cinta.

—Para usted —dice con timidez.

—Déjala por ahí. ¿Te apetece tomar algo?

Se dirige al sofá.

—¿Un poco de agua?

—Claro. —Vuelvo a la cocina y recojo el estropicio—. ¿Con hielo?

—No, gracias.

Lleno primero un vaso y luego otro, haciendo caso omiso de la botella de pinot noir que hay sobre la encimera.

La caja espera en la mesita de centro, junto al portátil. Sigo conectada a Ágora; he acompañado a DiscoMickey durante un ataque de pánico incipiente y su mensaje de agradecimiento continúa de manera patente en la pantalla.

—Bueno, veamos que hay aquí —digo, mientras me siento al lado de Ethan y dejo el vaso delante de él. Cierro el portátil y alargo la mano hacia el regalo.

Tras deshacer el lazo, levanto la tapa y saco una vela —de esas con flores y ramitas atrapadas en su interior como insectos en un trozo de ámbar— que descansaba en un nido de papel de seda. Me la acerco a la cara, con mucha ceremonia.

—Es de lavanda —comenta Ethan.

—Eso me parecía. —Inspiro hondo—. Me encanta la *valanda*. —Inténtalo otra vez—. La lavanda.

Ethan sonríe de soslayo, como si alguien tirara de un hilo unido a la comisura de sus labios. Aún le quedan unos años, pero va a ser un hombre atractivo. Esa cicatriz... va a causar estragos entre las mujeres. Puede que ya lo haga entre las chicas. O los chicos.

—Mi madre me pidió que se lo trajera… no sé, hace días.

—Es todo un detalle. Se supone que los recién llegados son los que han de recibir los regalos.

—Ya se ha pasado una señora —apunta—. Nos dijo que para qué queríamos una casa tan grande si éramos una familia tan pequeña.

—Seguro que fue la señora Wasserman.

—Sí.

—No le hagáis ni caso.

—Eso hicimos.

Punch ha bajado de la chaise longue y se nos acerca con cautela. Ethan se inclina hacia delante y extiende una mano sobre la alfombra, con la palma hacia arriba. El gato se detiene un momento antes de continuar su sigiloso avance, olisqueando y lamiendo los dedos de Ethan. Al chico se le escapa una risita.

—Me encantan las lenguas de los gatos —comenta, como si se confesase.

—A mí también. —Bebo un poco de agua—. Están recubiertas de papilas gustativas de queratina… Pequeñas agujas —aclaro, por si acaso. Me doy cuenta de que no sé cómo hablar con un adolescente. Ninguno de mis pacientes superaba los doce años—. ¿La enciendo?

Ethan sonríe y se encoge de hombros.

—Claro.

Encuentro una caja de cerillas en el escritorio, de color cereza y con las palabras EL GATO ROJO atravesadas en la tapa. Recuerdo que una vez cené allí con Ed, hace más de dos años. O tres. Tayín de pollo, creo, y si no me confundo, Ed elogió el vino. Por entonces yo no bebía tanto.

Enciendo una cerilla y prendo la mecha.

—¡Oh, mira! —exclamo cuando la llamita araña el aire como una pequeña garra; el resplandor florece, las flores resplandecen—. Qué bonito.

Se hace un leve silencio. Punch describe ochos entre las piernas de Ethan y salta sobre su regazo. El chico ríe, una carcajada alegre.

—Diría que le gustas.

—Eso creo —admite mientras dobla un dedo por detrás de la oreja del gato y juguetea con ella.

—No le gusta casi nadie. Tiene muy mal carácter.

De pronto oigo un gruñido gutural, como el de un motor al ralentí. ¡Punch está ronroneando! Ethan sonríe.

—¿Siempre está en casa?

—Tiene una gatera en la puerta de la cocina. —La señalo—. Pero casi nunca sale.

—Buen chico —murmura Ethan cuando Punch trata de hacerse un hueco debajo de su axila.

—¿Qué tal el cambio de casa? —pregunto.

Medita la respuesta mientras masajea la cabeza del gato con los nudillos.

—Echo de menos la antigua —confiesa al cabo de un momento.

—Me lo imagino. ¿Dónde vivíais antes?

Aunque ya lo sé, claro.

—En Boston.

—¿Qué os ha traído a Nueva York?

Está también me la sé.

—Mi padre se ha cambiado de trabajo. —Lo han trasladado, para ser exactos, pero no pienso contradecirlo—. Mi habitación es más grande —añade, como si se le acabara de ocurrir.

—Los anteriores inquilinos hicieron muchas reformas.

—Mi madre dice que fue una renovación integral.

—Exacto, una renovación integral. Y arriba unieron varias habitaciones.

—¿Ha estado en mi casa? —pregunta.

—Alguna que otra vez. No conocía mucho a los Lord, pero todos los años daban una fiesta.

De hecho, ya hace casi un año de la última visita. Ed me acompañaba. Se fue dos semanas después.

He empezado a relajarme. Al principio lo achaco a la compañía de Ethan —es un muchacho tranquilo y de voz suave; incluso el gato le ha dado el visto bueno—, pero enseguida caigo en la cuenta de que estoy entrando en modo psicoanalista, en el intercambio continuo de preguntas y respuestas. Curiosidad y comprensión, las herramientas de mi oficio.

Por un momento, por un breve instante, regreso a mi consulta de la Ochenta y ocho Este, a la pequeña y silenciosa habitación inundada de luz tenue, con sus sillones enfrentados en las orillas del estanque que formaba la alfombra azul. El radiador silba.

La puerta se abre lentamente y allí, en la sala de espera, están el sofá, la mesita de madera, las pilas tambaleantes de publicaciones infantiles, *Highlights*, *Ranger Rick*, el cubo rebosante de piezas de Lego y el generador de ruido blanco, ronroneando en un rincón.

Y la puerta de Wesley. Wesley, mi socio, mi mentor durante el posgrado, el hombre que me reclutó para la práctica privada. Wesley Brill... Wesley Brillante, lo llamábamos, el del pelo revuelto y los calcetines desparejados, el de la mente lúcida y la voz atronadora. Lo veo en su despacho, repantigado en el sillón Eames, con las largas piernas cruzadas señalando el centro de la habitación y un libro apoyado en el regazo. La ventana está abierta, aspirando el aire invernal. Ha estado fumando. Levanta la vista.

«Hola, Fox», me saluda.

—Mi habitación es más grande que la antigua —repite Ethan.

Me arrellano en el sofá y coloco una pierna sobre la otra en una pose que casi se me antoja afectada. No recuerdo la última vez que crucé las piernas.

—¿A qué instituto vas?

—Estudio en casa. Me enseña mi madre. —Sin darme tiempo a responder, señala con la cabeza una foto que hay en una mesita y pregunta—: ¿Su familia?

—Sí. Son mi marido y mi hija. Ed y Olivia.

—¿Están en casa?

—No, no viven aquí. Estamos separados.

—Ah. —Acaricia el lomo de Punch—. ¿Cuántos años tiene su hija?

—Ocho. ¿Y tú?

—Dieciséis. Diecisiete en febrero.

Es lo mismo que diría Olivia. Ethan aparenta menos edad de la que tiene.

—Mi hija también es de febrero. Nació el día de San Valentín.

—Yo el veintiocho.

—Qué cerca del bisiesto.

Asiente.

—¿A qué se dedica?

—Soy psicóloga. Trabajo con niños.

—¿Para qué necesitan los niños un psicólogo? —pregunta, arrugando la nariz.

—Para muchas cosas. Algunos tienen problemas en el

colegio, otros en casa. También hay quienes lo pasan mal cuando se mudan a otro lugar. —No dice nada—. Bueno, entonces, si estudias en casa, tendrás que hacer amigos fuera de clase.

—Mi padre me ha apuntado a un club de natación —comenta con un suspiro.

—¿Cuánto hace que nadas?

—Desde los cinco años.

—Debes de ser bueno.

—Normalito. Mi padre dice que no se me da mal.

Asiento con la cabeza.

—Soy bastante bueno —reconoce con modestia—. Doy clases.

—¿De natación?

—A gente con discapacidad, pero no en plan física —puntualiza.

—Con discapacidades del desarrollo.

—Sí. En Boston le dedicaba bastante tiempo y me gustaría seguir haciéndolo.

—¿Cómo empezaste a dar clases?

—La hermana de un amigo tiene síndrome de Down. Hace un par de años, vio las Olimpíadas y quiso aprender a nadar, así que le enseñé. Primero a ella, pero luego se apuntaron más chicos de su colegio, y de ahí ya me metí en todo ese... —titubea en busca de la palabra— rollo, supongo.

—Eso está muy bien.

—No me van las fiestas ni esas cosas.

—No es tu rollo.

—No. —Sonríe—. Para nada.

Vuelve la cabeza hacia la cocina.

—Su casa se ve desde mi habitación —comenta—. Es esa de ahí arriba.

Me vuelvo. Si ve la casa, significa que las vistas dan al este, a mi dormitorio. La idea me resulta momentáneamente incómoda; al fin y al cabo es un adolescente. Por segunda vez me planteo si no será gay.

Hasta que me percato de que se le han puesto los ojos vidriosos.

—Ay... —Miro a mi derecha, donde deberían estar los pañuelos, como en mi consulta. En su lugar hay una fotografía de Olivia, que me dedica una sonrisa mellada.

—Disculpe —dice Ethan.

—No hay nada que disculpar. ¿Qué ocurre?

—Nada.

Se frota los ojos. Espero un momento. Es un crío, me recuerdo, alto y con voz rota, pero un crío.

—Echo de menos a mis amigos —confiesa.

—Ya me lo imagino. Es normal.

—No conozco a nadie.

Una lágrima rueda por su mejilla. Se la seca con el dorso de la mano.

—Mudarse a otro lugar es duro. Yo tardé un tiempo en conocer a gente cuando vine aquí.

—¿Cuándo se mudaron? —pregunta Ethan, sorbiéndose la nariz.

—Hace ocho años. En realidad, ahora ya nueve. Vinimos de Connecticut.

Vuelve a sorberse la nariz y se la frota con un dedo.

—No está tan lejos como Boston.

—No, pero da igual de dónde vengas, mudarse siempre es duro.

Me gustaría abrazarlo, aunque no pienso hacerlo. «La ermitaña del barrio soba al hijo de los vecinos.»

Permanecemos sentados en silencio.

—¿Puedo ponerme más agua? —pregunta.

—Ahora te la traigo.

—No, ya voy yo.

Hace el gesto de levantarse. Punch se desparrama por la pierna y desemboca bajo la mesita de centro.

Ethan se dirige al fregadero y, mientras corre el agua, me levanto y me acerco al mueble del televisor. Abro el cajón inferior de un tirón.

—¿Te gusta el cine? —pregunto. Al no obtener respuesta, me vuelvo y lo veo en la puerta de la cocina, mirando el parque. A su lado, las botellas del cubo de reciclaje lanzan destellos fluorescentes.

—¿Qué? —pregunta al cabo de un momento, dándose la vuelta.

—Que si te gusta el cine —repito. Asiente—. Ven a echar un vistazo. Tengo una amplia colección de DVD. Bastante amplia. Demasiado, según mi marido.

—Creía que estaban separados —masculla Ethan, acercándose.

—Bueno, pero sigue siendo mi marido. —Me miro la alianza de la mano izquierda y le doy vueltas—. Aunque tienes razón. —Le indico el cajón abierto con un gesto—. Si te apetece llevarte alguna para verla, son todas tuyas. ¿Tienes reproductor de DVD?

—Mi padre tiene un periférico para el portátil.

—Es perfecto.

—Puede que me deje utilizarlo.

—Esperemos que sí.

Empiezo a formarme una opinión general de Alistair Russell.

—¿Qué clase de películas? —pregunta.

—La mayoría antiguas.

—¿En plan en blanco y negro?

—La mayoría, sí.

—Nunca he visto una peli en blanco y negro.

Abro los ojos desmesuradamente.

—Pues estás de enhorabuena. Las mejores películas son en blanco y negro.

No parece muy convencido, pero le echa un vistazo al cajón, que contiene cerca de doscientos títulos, la colección de Criterion y de Kino, una caja recopilatoria de la Universal de Hitchcock, varias colecciones de cine negro y *La guerra de las galaxias* (nadie es perfecto). Repaso los lomos: *Noche en la ciudad*, *Vorágine*, *Historia de un detective*.

—Esta —anuncio, sacando el estuche y tendiéndoselo a Ethan.

—*Al caer la noche* —lee.

—No está mal para empezar. Es de suspense, pero no da miedo.

—Gracias. —Carraspea y tose—. Lo siento —dice y bebe un trago de agua—. Soy alérgico a los gatos.

—¿Y por qué no me lo has dicho? —pregunto, sorprendida, antes de dirigirle una mirada asesina a Punch.

—Es que es muy cariñoso y no quería que se lo tomara a mal.

—Qué bobada —suelto—. Sin ánimo de ofender.

Sonríe.

—Será mejor que me vaya —dice. Regresa junto a la mesita de centro, deja el vaso encima y se agacha para dirigirse a Punch a través del cristal—. No es por ti, colega. Buen chico.

Se endereza y se sacude los muslos.

—¿Quieres un quitapelusas? Para las escamillas que suelta.

Ni siquiera sé si todavía tengo alguno.

—No hace falta, gracias. —Mira a su alrededor—. ¿El lavabo?

—Todo tuyo —contesto, indicándole la habitación roja.

Aprovecho para echarme una ojeada en el espejo del aparador mientras está dentro. Esta noche toca ducha, desde luego. O a lo sumo mañana.

Vuelvo al sofá y abro el portátil. Gracias por tu ayuda —ha escrito DiscoMickey—. Eres mi heroína.

Redacto una breve respuesta mientras suena la cadena del váter. Ethan sale del baño un segundo después, secándose las manos en los tejanos.

—Listo —anuncia.

Se dirige a la puerta con las manos en los bolsillos y el andar lánguido típico de un adolescente. Lo acompaño.

—Muchas gracias por la visita —digo.

—Nos vemos por ahí —se despide, abriendo la puerta.

Lo dudo, pienso.

—Por supuesto —contesto.

9

Tras la marcha de Ethan, vuelvo a ver *Laura*. No debería funcionar: Clifton Webb se come la pantalla, Vincent Price imposta un acento sureño, dos papeles principales que son como el aceite y el vinagre, pero funciona, y ¡oh!, la música... «Me enviaron el guion, no la banda sonora», se lamentó una vez Hedy Lamarr.

Dejo la vela encendida, con su llamita bulbosa y palpitante.

Luego, tarareando la música de *Laura*, deslizo el dedo por la pantalla del móvil y me meto en internet en busca de mis pacientes. Mis antiguos pacientes. Los perdí a todos hace diez meses: perdí a Mary, de nueve años, que lo estaba pasando mal con el divorcio de sus padres; perdí a Justin, de ocho, cuyo hermano gemelo había muerto a causa de un melanoma; perdí a Anne Marie, de doce, que no había superado el miedo a la oscuridad. Perdí a Rasheed (once años, transgénero) y a Emily (nueve, acoso escolar); perdí a una pequeña de diez años prematuramente deprimida que se llamaba, para más inri, Joy, «Felicidad» en inglés. Perdí sus lágrimas, sus problemas, su rabia y su alivio. Perdí diecinueve niños en total. Veinte, contando a mi hija.

Sé dónde está Olivia, claro. A los demás he ido siguiéndoles la pista. No muy a menudo —un psicólogo no debe investigar a sus pacientes, ni siquiera a los antiguos—, puede que una vez al mes o así, recurro a la web superada por la añoranza. Dispongo de varias herramientas de búsqueda: una cuenta fantasma en Facebook y un perfil obsoleto en LinkedIn. Sin embargo, lo único que de verdad funciona con los más pequeños es Google.

Después de leer sobre el certamen de ortografía de Ava y que habían elegido a Theo para el comité de delegados de clase, después de curiosear los álbumes de Instagram de la madre de Grace y seguir la actividad de Ben en Twitter (le convendría activar algunos ajustes de privacidad), después de secarme las lágrimas y despacharme tres copas de vino tinto, me encuentro de vuelta en mi dormitorio, repasando las fotos del móvil. Y hablo de nuevo con Ed.

—¿Quién soy? —saludo, como siempre.

—Estás bastante achispada, fiera —observa.

—Ha sido un día muy largo. —Le echo un vistazo a la copa vacía y siento una punzada de culpabilidad—. ¿Qué hace Livvy?

—Preparándose para mañana.

—Ah. ¿De qué se disfraza?

—De fantasma —me informa Ed.

—Estás de suerte.

—¿Por qué lo dices?

Me echo a reír.

—El año pasado iba de camión de bomberos —le recuerdo.

—Madre mía, mira que tardamos.

—Querrás decir que tardé.

Sé que sonríe.

Al otro lado del parque, en la tercera planta, a través de

la ventana y en las profundidades de una habitación a oscuras, se adivina el resplandor de la pantalla de un ordenador. Se hace la luz, un amanecer instantáneo; veo un escritorio, una lamparita de mesa y a Ethan, que se quita el jersey. Confirmado: nuestros dormitorios dan el uno al otro.

Ethan se vuelve sin levantar los ojos del suelo y se despoja de la camiseta. Aparto la mirada.

Domingo,
31 de octubre

10

La débil luz de la mañana se cuela por la ventana del dormitorio. Me doy la vuelta y mi cadera topa con el portátil. Una noche jugando penosamente al ajedrez hasta las tantas. Mis caballos daban trompicones, mis torres caían con estrépito.

Entro y salgo de la ducha a rastras, me seco el pelo con una toalla y me pongo desodorante en las axilas. Lista para la lucha, como dice Sally. Feliz Halloween.

Esta noche no pienso abrir la puerta a nadie. David se irá a las siete; al centro, creo que dijo. Supongo que se lo pasará bien. Ha propuesto que dejemos un bol con golosinas en los escalones de la entrada.

—El primer niño que pase por delante se lo llevará en un abrir y cerrar de ojos, bol incluido —le he dicho.

—No soy psicólogo infantil —ha contestado un poco ofendido.

—No hace falta ser psicólogo infantil, solo haber sido niño.

Así que voy a apagar todas las luces y a fingir que no hay nadie en casa.

Visito mi página de películas. Andrew está conectado; ha publicado un enlace a un ensayo de Pauline Kael sobre *Vértigo* —«simplona» y «banal»— y está elaborando una lista justo debajo: ¿Cuáles son las mejores pelis de cine negro para ver cogidos de la mano? (*El tercer hombre*. La última escena a solas.)

Leo el artículo de Kael y le envío un mensaje a Andrew, que se desconecta al cabo de cinco minutos.

No recuerdo la última vez que alguien me cogió de la mano.

11

Plaf.

La puerta principal otra vez. Estoy hecha un ovillo en el sofá, viendo la larga secuencia del atraco de *Rififí*, media hora sin una frase de diálogo o una nota musical, solo el sonido diegético y el rumor de la sangre en los oídos. Yves me había sugerido que le dedicara más tiempo al cine francés. Imagino que una película semimuda no era lo que tenía en mente. *Quel dommage.*

Otra vez ese plaf sordo en la puerta.

Me arranco la manta de las piernas, me pongo en pie, busco el mando a distancia y pulso la pausa.

Fuera, todo empieza a tamizarse de atardecer. Me dirijo a la puerta y la abro.

Plaf.

Entro en el recibidor, la única parte de la casa que me produce rechazo y recelo, la zona fría y gris que separa mis dominios del mundo exterior. Está sumido en la penumbra y las paredes oscuras son como manos a punto de cerrarse sobre mí.

Franjas de vidrio plomado flanquean la puerta de la calle. Me acerco a uno y echo un vistazo fuera.

Un chasquido y la ventana se estremece. La ha alcanzado un proyectil diminuto, un huevo reventado contra el cristal, que ha quedado moteado de entrañas. Me oigo ahogar un grito. A través del pringue de yema diviso a tres niños de rostros animados y sonrisas descaradas apostados en la calle. Uno de ellos ya tiene otro huevo preparado en la mano.

Todo me da vueltas y apoyo una mano en la pared.

Es mi casa. Mi ventana.

Noto un nudo en la garganta. Los ojos se me llenan de lágrimas. La sorpresa inicial da paso a la vergüenza.

Plaf.

Que se convierte en rabia.

No puedo abrir la puerta de golpe y ahuyentarlos. No puedo salir como una energúmena y enfrentarme a ellos. Doy unos golpecitos en el cristal, con brusquedad...

Plaf.

Estampo la palma de la mano contra la puerta.

La aporreo con el puño.

Protesto, vocifero, mi voz rebota en las paredes y el pequeño y oscuro recibidor se transforma en una cámara de resonancia.

Me siento desvalida.

«Pero no lo estás», oigo decir al doctor Fielding.

Inspirar: un, dos, tres, cuatro.

No, no lo estoy.

No lo estoy. Trabajé muy duro durante casi diez años para sacarme la carrera. Hice quince meses de prácticas en las escuelas de los barrios pobres del centro. He ejercido mi profesión durante siete años. Le aseguré a Sally que era una tía dura.

Me tiro el pelo hacia atrás mientras regreso al cuarto de estar, inspiro hondo y hundo el dedo en el interfono.

—Alejaos de mi casa —le siseo al aparato. Espero que fuera oigan el bufido.

Plaf.

El dedo me tiembla sobre el botón del intercomunicador.

—¡Alejaos de mi casa!

Plaf.

Avanzo por la habitación con paso tambaleante, subo la escalera a trompicones y me abalanzo hacia la ventana de mi estudio. Ahí están, confabulados en la calle como pequeños maleantes, sitiando mi casa mientras el anochecer alarga sus sombras infinitas. Aporreo el cristal.

Uno de ellos me señala y se ríe. Gira el brazo como un pícher y lanza otro huevo.

Golpeo el cristal con más fuerza, tanta que un vidrio se desencaja. Es mi puerta. Mi casa.

Se me nubla la visión.

Y de pronto desciendo la escalera como una exhalación; de pronto he vuelto a la oscuridad del recibidor y estoy descalza sobre las baldosas, con la mano en el picaporte. La rabia me atenaza la garganta; todo me da vueltas. Inspiro hondo. Otra vez.

Inspirar: un, dos, tres…

Abro la puerta de golpe. La luz y el aire arremeten contra mí.

Por un momento todo enmudece, como en la película, y se mueve con la languidez del atardecer. Las casas de enfrente. Los tres niños en medio. La calle que los rodea. Estático y en silencio, un reloj parado.

Juraría que oigo un crujido, como si cayera un árbol.

Y entonces…

… Y entonces se abalanza sobre mí, se desborda, a toda velocidad, una roca lanzada desde una catapulta; me alcanza y me golpea las entrañas con tal fuerza que me doblo. Mi boca se abre como una ventana por la que el viento entra con ímpetu. Soy una casa vacía, vigas podridas y aire ululante. El techo se hunde con un quejido…

… que reverbera en mí, que me arrolla, que me arrastra mientras una mano araña la pared de ladrillos y la otra arremete contra el vacío. Todo da vueltas a mi alrededor, el rojo intenso de las hojas que da paso a la oscuridad; las luces que apuntan a una mujer de negro; mi visión se encala, se destiñe, hasta que un blanco fundido anega mis ojos y forma sobre ellos un charco, denso y profundo. Quiero gritar, mis labios rozan la grava. Noto el sabor del cemento. De la sangre. Los brazos y las piernas dibujan molinillos en el suelo. El suelo se contrae al contacto con mi cuerpo. Mi cuerpo se contrae al contacto con el aire.

Entre el desorden del desván de mi cerebro recuerdo que esto ya ha ocurrido antes, en estos mismos escalones. Recuerdo la bajamar de voces y las palabras aleatorias que se abrían paso con fuerza y claridad: «caída», «vecina», «cualquiera», «loca». Esta vez, nada.

Mi brazo echado sobre el cuello de alguien. Una mata de pelo, más áspero que el mío, me roza la cara. Unos pies se arrastran por la grava, por el suelo, y vuelvo a estar dentro, en el frío recibidor, en el cálido cuarto de estar.

12

—¡Vaya batacazo que te has dado!

Mi visión se positiva como una polaroid. Estoy boca arriba, concentrada en un solitario casquillo empotrado que me sostiene la mirada, como un ojo pequeño y brillante.

—Enseguida te traigo algo, un momento…

Dejo caer la cabeza a un lado. El terciopelo susurra en mis oídos. La chaise longue del cuarto de estar, el diván de los desmayos. Ja.

—Un momento, un momento…

Hay una mujer delante del fregadero de la cocina; una soga de cabello oscuro le cuelga sobre la espalda.

Me llevo las manos a la cara, me cubro la nariz y la boca, inspiro, espiro. Calma. Calma. Me duele el labio.

—Me dirigía a la casa de enfrente cuando he visto a esos mierdecillas tirando huevos —me aclara—. Les he dicho: «¿Qué andáis tramando, mierdecillas?», y entonces va y… sales por la puerta dando bandazos y caes rodando como un saco de…

No termina la frase. Me pregunto si iba a decir «mierda». En su lugar, se da la vuelta con un vaso en cada mano, uno lleno de agua y el otro de algo espeso y dorado. Coñac, espero, del mueble bar.

—En realidad no tengo ni idea de si el coñac va bien —confiesa—. Es como estar en *Downton Abbey*. ¡Soy tu Florence Nightingale!

—Eres la mujer del otro lado del parque —murmuro. Las palabras abandonan mi boca tambaleándose como borrachos a la salida de un bar. Soy una tía dura. Patético.

—¿Qué?

—Eres Jane Russell —se me escapa, a mi pesar.

Se para y me mira, sorprendida, aunque enseguida se echa a reír. Sus dientes centellean en la penumbra.

—¿Cómo sabes eso?

—¿No has dicho que te dirigías a la casa de enfrente? —Trato de vocalizar. Tres tristes tigres, pienso. Sucesión sucesiva de sucesos—. Tu hijo se pasó por aquí.

La observo con atención a través de la malla que crean mis pestañas. Es lo que Ed llamaría, con aprobación, una mujer de carnes prietas: caderas y labios generosos, pecho exuberante, piel suave, gesto alegre y unos ojos de un azul llameante. Lleva unos tejanos de color añil y un jersey negro con cuello en forma de U, sobre el que cuelga un medallón de plata. Diría que ronda los cuarenta. Debía de ser una cría cuando tuvo a su crío.

Igual que su hijo, me cae bien a primera vista.

Se acerca a la chaise longue y me golpea la rodilla con la suya.

—Es mejor que te sientes. Por si tienes una conmoción.

Obedezco y me incorporo con dificultad mientras ella deposita los vasos en la mesita y se acomoda delante de mí, en el mismo sitio en el que su hijo se sentó ayer. Se vuelve hacia la televisión y frunce el ceño.

—¿Qué ves? ¿Una peli en blanco y negro? —pregunta, perpleja.

Cojo el mando a distancia y aprieto un botón. La pantalla se apaga.

—Qué oscuro está esto —comenta Jane.

—¿Te importaría encender la luz? —le pido—. Estoy un poco...

Soy incapaz de acabar la frase.

—Claro.

Alarga la mano por encima del sofá y enciende la lámpara de pie. La habitación se ilumina.

Echo la cabeza hacia atrás y me quedo mirando la moldura biselada del techo. Inspirar: un, dos, tres, cuatro. No le vendría mal un retoque. Hablaré con David. Espirar: un, dos, tres, cuatro.

—Bueno, ¿qué ha pasado ahí fuera? —pregunta Jane con mirada escrutadora, apoyando los codos en las rodillas.

Cierro los ojos.

—Un ataque de pánico.

—Vaya, cielo... ¿Cómo te llamas?

—Anna. Fox.

—Anna. Solo eran unos niñatos.

—No, no ha sido por ellos. No puedo salir.

Bajo la mirada y alargo la mano hacia el coñac.

—Pero si has salido. No hace falta que corras —añade mientras apuro el vaso de un trago.

—No debería haberlo hecho. Lo de salir.

—¿Por qué no? ¿Eres un vampiro?

Prácticamente, pienso, echándole un vistazo a mi brazo, blanco como la panza de un pez.

—Soy... ¿agorafóbica?

—¿Me lo preguntas a mí? —dice, frunciendo los labios.

—No, es que no estaba segura de que supieras lo que significa.

78

—Claro que lo sé. No eres de espacios abiertos.

Vuelvo a cerrar los ojos y asiento.

—Aunque pensaba que tener agorafobia significaba que no podías, no sé, ir de camping. Hacer cosas al aire libre.

—No puedo ir a ningún sitio.

—¿Cuánto hace que estás así? —pregunta Jane, tras sorber aire entre los dientes.

Apuro las últimas gotas de coñac.

—Diez meses.

Prefiere no ahondar en el tema. Inspiro hondo, toso.

—¿Necesitas un inhalador o algo así?

Niego con la cabeza.

—Eso solo lo empeoraría. Aumentaría el ritmo cardíaco.

—¿Y una bolsa de papel? —sugiere tras meditarlo.

Dejo el vaso en la mesita y alargo la mano hacia el de agua.

—No. Es decir, a veces sí, pero no ahora. Gracias por meterme en casa. Estoy muy avergonzada.

—Oh, no...

—No, de verdad. Mucho. No se convertirá en una costumbre, te lo prometo.

Vuelve a fruncir los labios. Una boca muy activa, por lo que veo. Seguramente fuma, aunque huele a crema de karité.

—Entonces ¿no es la primera vez que te pasa? Lo de salir y...

—La pasada primavera —contesto, torciendo el gesto—. El chico del reparto dejó el pedido en los escalones de la entrada y pensé que podría... entrarlo.

—Y no fue así.

—No, no pude. Aunque a aquella hora pasaba mucha gente por delante. Tardaron un poquitín en decidir que yo no era una loca o una sin techo.

Jane pasea la vista por la habitación.

—Una sin techo no eres, desde luego. Esta casa es... ¡uau! —Lo observa todo con atención, luego saca el móvil del bolsillo y mira la pantalla—. Tengo que volver —dice, y se pone en pie.

Intento levantarme al tiempo que ella, pero las piernas se niegan a cooperar.

—Tu hijo es un encanto —digo—. Vino a traerme eso. Gracias —añado.

Mira la vela que hay en la mesita y se toca la cadena del cuello.

—Es un buen chico. Siempre lo ha sido.

—Y muy guapo.

—¡Eso también lo ha sido desde siempre!

Mete la uña del pulgar en el medallón, que se abre con un chasquido. Jane se inclina sobre mí y el guardapelo queda colgando en el aire. Por lo visto, pretende que lo coja. Me resulta extrañamente íntimo que una desconocida se cierna sobre mí mientras yo sostengo su medallón en la mano. O tal vez es que no estoy acostumbrada al contacto humano.

El guardapelo aloja una fotografía diminuta, satinada y de colores vívidos en la que aparece un niño pequeño, de unos cuatro años, cabello rubio y rebelde y unos dientes que recuerdan una valla tras un huracán. Una cicatriz le parte una ceja. Ethan, sin lugar a dudas.

—¿Cuántos años tiene en esta foto?

—Cinco. Aunque parece más pequeño, ¿no crees?

—Yo habría dicho cuatro.

—Exacto.

—¿Cuándo ha crecido tanto? —pregunto, soltando el medallón.

Jane lo cierra con cuidado.

—¡En algún momento entre entonces y ahora! —Se echa a reír y añade de improviso—: ¿Te parece bien que me vaya? ¿No vas a hiperventilar?

—No voy a hiperventilar.

—¿Te queda coñac? —pregunta, inclinándose hacia la mesita de centro, en la que veo un álbum de fotos desconocido. Debe de ser de ella. Se lo encaja debajo del brazo y señala el vaso vacío.

—Seguiré con agua —miento.

—Muy bien. —Se detiene un momento, con la mirada clavada en la ventana—. Muy bien —repite—. Veo que acaba de entrar un hombre muy guapo. —Se vuelve hacia mí—. ¿Es tu marido?

—Ah, no, es David. Mi inquilino. Vive abajo.

—¿Tu inquilino? —Se echa a reír de manera estridente—. ¡Ojalá tuviera yo uno así!

El timbre no ha sonado en lo que queda de día, ni una sola vez. Quizás las ventanas a oscuras han disuadido a los cazadores de golosinas. O quizá haya sido la yema reseca.

Me voy pronto a la cama.

A mitad de mis estudios de posgrado, conocí a un niño de siete años aquejado del llamado síndrome de Cotard, un fenómeno psicológico por el cual el individuo cree que está muerto. Un trastorno muy poco frecuente, y aún menos en niños, para el que se recomienda un tratamiento antipsicótico o, en casos persistentes, terapia electroconvulsiva. Sin embargo, conseguí convencerlo de lo contrario. Fue mi primer gran éxito, y el que llamó la atención de Wesley.

Aquel niño ahora será un adolescente, más o menos de

la edad de Ethan; no debe de llegar ni a la mitad de la mía. Esta noche pienso en él mirando el techo con la sensación de estar muerta. Muerta, pero no ausente, contemplando el frenético devenir de la vida a mi alrededor, pero incapaz de tomar parte en ella.

Lunes,
1 de noviembre

13

Esta mañana, bajo a la cocina y encuentro una nota que alguien ha deslizado por debajo de la puerta del sótano. Pone: «huevos».

La estudio, confusa. ¿David quiere que le prepare el desayuno? Le doy la vuelta y veo escrito: «Ya he limpiado los» sobre el doblez. Gracias, David.

Pensándolo bien, lo de los huevos no suena mal, así que casco tres en una sartén pequeña y los frío por un solo lado. Poco después me encuentro frente al escritorio, chupándome los dedos y conectándome a Agora.

Siempre hay más tráfico por la mañana; los agorafóbicos suelen experimentar picos de ansiedad tras despertarse. Cómo no, hay un embotellamiento. Dedico dos horas a ofrecer consuelo y apoyo; recomiendo algunos fármacos (la imipramina es mi preferido últimamente, aunque el Xanax nunca pasa de moda) a distintos usuarios; medio en una disputa sobre los beneficios (incuestionables) de la terapia de aversión; veo, a petición de Hoyuelos2016, un videoclip en el que un gato toca la batería.

Estoy a punto de desconectarme y entrar volando en el foro de ajedrez para vengar las derrotas del sábado, cuando un mensaje aparece en mi pantalla.

DiscoMickey: Gracias otra vez por tu ayuda del otro día, doc.

El ataque de pánico. Estuve al pie del teclado durante cerca de una hora mientras a DiscoMickey, según sus propias palabras, «se le iba la olla».

médicoencasa: A mandar. ¿Estás mejor?
DiscoMickey: Bastante.
DiscoMickey: Te escribo pq estoy hablando con una mujer que es nueva y pregunta si hay algún profesional por aquí. Le he enviado tu cuestionario.

Una derivación. Miro qué hora es.

médicoencasa: No sé si hoy podré dedicarle mucho tiempo, pero envíamela.
DiscoMickey: Guay.
DiscoMickey ha abandonado el chat.

Poco después se activa una segunda ventana de conversación. AbuLizzie. Pulso en el nombre y curioseo el perfil de usuario. Edad: setenta. Residencia: Montana. Se unió: hace dos días.

Vuelvo a consultar la hora. El ajedrez puede esperar por una septuagenaria de Montana.

Una línea de texto al pie de la pantalla me informa de que AbuLizzie está escribiendo. Espero un poco, y un poco más. O está improvisando un mensaje largo o se trata de un caso de viejitis. Tanto mi padre como mi madre aporreaban el teclado con un dedo, como flamencos abriéndose camino con parsimonia a través de los bajíos. Tardaban medio minuto en redactar un simple saludo.

AbuLizzie: ¡Hola! ¿Qué tal?

Cordial. Y sin darme tiempo a responder:

AbuLizzie: Disco Mickey me ha pasado tu nombre. ¡Necesito urgentemente que alguien me aconseje!
AbuLizzie: También un poco de chocolate, pero ese es otro tema…

Por fin consigo meter baza.

médicoencasa: ¡Hola! ¿Qué hay? ¿Eres nueva en este foro?
AbuLizzie: ¡Sí, completamente!
médicoencasa: Espero que DiscoMickey te hiciera sentir bien acogida.
AbuLizzie: ¡Por supuesto!
médicoencasa: ¿En qué puedo ayudarte?
AbuLizzie: Bueno, ¡me temo que en lo del chocolate no vas a poder hacer nada!

¿Siempre rebosa esa vitalidad o está nerviosa? Veremos.

AbuLizzie: La cosa es que…
AbuLizzie: Y no me gusta nada admitirlo…

Redoble de tambores…

AbuLizzie: Hace un mes que soy incapaz de salir de casa.
AbuLizzie: ¡Ya está, ESE es el problema!

médicoencasa: Lo lamento. ¿Puedo llamarte Lizzie?

AbuLizzie: Faltaría más.

AbuLizzie: Vivo en Montana. ¡Primero abuela y luego profesora de arte!

Ya llegaremos a esa parte, por de pronto:

médicoencasa: Lizzie, ¿pasó algo especial hace un mes?

Un breve silencio.

AbuLizzie: Falleció mi marido.

médicoencasa: Ya veo. ¿Cómo se llamaba?

AbuLizzie: Richard.

médicoencasa: Lo siento mucho, Lizzie. Mi padre también se llamaba Richard.

AbuLizzie: ¿Todavía v ive?

médicoencasa: Mis padres murieron hace 4 años. Mi madre falleció de cáncer y mi padre tuvo un derrame cerebral 5 meses después. Pero siempre he dicho que algunas de las mejores personas del mundo se llaman Richard.

AbuLizzie: ¡¡¡Como Nixon!!!

Bien, estamos entablando una relación.

médicoencasa: ¿Cuánto llevabais casados?

AbuLizzie: Cuarentaisiete años.

AbuLizzie: Nos conocimos en el trabajo. ¡POR CIERTO, AMOR A PRIMERA VISTA!

AbuLizzie: Él daba química y yo arte. ¡Los opuestos se atraen!

médicoencasa: ¡Qué maravilla! ¿Tienes hijos?

AbuLizzie: Dos hijos y tres nietos.

AbuLizzie: Mis hijos son monos, ¡pero mis nietos son guapísimos!

médicoencasa: Eso son muchos chicos.

AbuLizzie: ¡Dímelo a mí!

AbuLizzie: ¡Lo que he llegado a ver!

AbuLizzie: ¡Y a oler!

Me fijo en el tono, rápido, enérgico e insistentemente optimista. Reparo en el lenguaje, informal, pero rebosante de seguridad, y en la puntuación meticulosa y los escasos errores. Es inteligente, abierta. Puntillosa también, desarrolla los números y no utiliza abreviaturas, aunque tal vez eso esté más relacionado con la edad. En cualquier caso, es una adulta con la que puedo trabajar.

AbuLizzie: Por cierto, ¿TÚ también eres un chico?

AbuLizzie: Lo siento si es así, ¡es que también hay mujeres médicos! ¡Incluso aquí en Montana!

Sonrío. Me gusta.

médicoencasa: En realidad soy una médico.

AbuLizzie: ¡Bien! ¡Se necesitan más doctoras!

médicoencasa: Cuéntame, Lizzie, ¿qué ha pasado desde que Richard falleció?

Y así lo hace. Me cuenta que, tras volver del funeral, ni siquiera se atrevió a acompañar más allá de la puerta de entrada a la gente que había ido a darle el pésame; me confiesa que, durante los días posteriores, tenía la sensación de que el exterior intentaba entrar en mi casa y que por eso corrió las cortinas; me habla de sus hijos, que viven lejos, en el sureste del país, de lo desconcertados y angustiados que están.

AbuLizzie: Debo admitir que, bromas aparte, esto me tiene bastante preocupada.

Ha llegado el momento de arremangarse.

médicoencasa: Naturalmente. Lo que ocurre, creo, es que el fallecimiento de Richard ha trastocado tu mundo de manera sustancial, pero la vida ha continuado sin él. Y eso es muy difícil de afrontar y aceptar.

Espero una respuesta. Nada.

médicoencasa: Has mencionado que todavía conservas todas las cosas de Richard, cosa que entiendo, pero me gustaría que lo reconsiderases.

Silencio radiofónico.
Y entonces:

AbuLizzie: Estoy tan contenta de haber dado contigo. De verdad de la buena.
AbuLizzie: Lo dicen mis nietos. Lo han oído en Shrek. De verdad de la buena.
AbuLizzie: Podré volver a hablar contigo, ¿verdad?
médicoencasa: ¡De verdad de la buena!

No he podido resistirme.

AbuLizzie: Estoy muy agradecida de que Disco Mickey me haya remitido a ti , de verdad de la buena (!!). Eres un encanto.

médicoencasa: Un placer.

Espero a que se desconecte, pero sigue escribiendo.

AbuLizzie: ¡Acabo de caer en que ni siquiera sé cómo te llamas!

Vacilo. Nunca le he confiado mi verdadero nombre a nadie en Agora, ni siquiera a Sally. No quiero que me busquen, que relacionen mi nombre con mi profesión y aten cabos, que me descubran; sin embargo, la historia de Lizzie tiene algo que me ha llegado al corazón, una mujer mayor, viuda y sola, tratando de poner al mal tiempo buena cara bajo esos cielos infinitos. Puede hacer todas las bromas que quiera, pero está confinada en casa, y eso es espantoso.

médicoencasa: Me llamo Anna.

Estoy a punto de desconectarme cuando un último mensaje aparece en mi pantalla.

AbuLizzie: Gracias, Anna.
AbuLizzie ha abandonado el chat.

Noto la sangre corriéndome por las venas. He ayudado a alguien. He tendido un puente. «Solo construir un puente.» ¿Dónde he oído eso?
Me merezco un trago.

14

Bajo a la cocina con paso airoso, oyendo el crujido de los huesos cuando roto la cabeza de un hombro al otro. Algo llama mi atención en lo alto: en los recovecos del techo adonde apenas llega la luz. Al final de la escalera, tres plantas más arriba, hay una mancha oscura que me mira fijamente. Creo que es de la trampilla del techo, justo al lado de la claraboya.

Llamo a la puerta del sótano y David abre poco después. Va descalzo. Lleva una camiseta arrugada y unos tejanos caídos. Me temo que lo he despertado.

—Lo siento —me disculpo—. ¿Estabas durmiendo?

—No.

Como un tronco.

—¿Podrías hacerme un favor y echarle un vistazo a una cosa? Creo que hay una filtración de agua en el techo.

Nos dirigimos a la última planta, dejamos atrás el estudio y mi dormitorio y llegamos al descansillo que separa la habitación de Olivia y la de invitados.

—Menuda claraboya —comenta David.

No sé si es un cumplido.

—Es original —contesto, por decir algo.

—Ovalada.

—Sí.

—No se ven muchas así.

—¿Ovaladas?

La conversación no da más de sí. Ve la mancha.

—Es moho —concluye en voz baja, como un médico tratando de suavizar las noticias que debe comunicar al paciente.

—¿No se puede raspar con un cepillo y ya está?

—No serviría de nada.

—¿Y cuál es la solución?

—Primero tengo que echarle un vistazo al tejado —responde con un suspiro.

Alarga la mano y tira de la cadena de la trampilla, que se abre con una sacudida. Una escalera se desliza hacia nosotros con un chirrido al tiempo que la luz del día entra a raudales. Me aparto, lejos del sol. Al final sí que voy a ser un vampiro.

David extiende la escalera hasta que esta choca contra el suelo. Observo con atención cómo sube los peldaños y cómo los tejanos se le ciñen al trasero, hasta que desaparece.

—¿Ves algo? —pregunto. No hay respuesta—. ¿David?

Oigo un ruido metálico. Un chorro de agua de reflejos espejados a la luz del sol se vierte en el descansillo. Retrocedo.

—Lo siento —se disculpa David—. Una regadera.

—No pasa nada. ¿Ves algo?

—Aquí arriba hay una selva —oigo que dice en un tono casi reverente al cabo de un momento.

Fue idea de Ed, hace cuatro años, tras la muerte de mi madre.

Decidió que yo necesitaba encontrar un proyecto, así que nos pusimos manos a la obra y convertimos la azotea en un jardín con arriates de flores, un huerto y una hilera de arbustos enanos. Y el elemento central, lo que el agente llamó el reclamo principal: un arco enrejado de casi dos metros de ancho por cuatro de largo que se cubre de hojas en primavera y verano, un túnel sombreado. Cuando mi padre tuvo el derrame cerebral, Ed colocó un banco conmemorativo en el interior. AD ASTRA PER ASPERA, se lee en la inscripción. «A las estrellas mediante la adversidad.» Las tardes de primavera y verano, me sentaba allí con un libro y una copa, bajo la luz verde y dorada.

Hace mucho que ni me acuerdo del jardín del tejado. Debe de ser una jungla.

—Hay malas hierbas por todas partes —confirma David—. Es como un bosque.

Estoy deseando que baje de una vez.

—¿Eso que veo ahí es un cenador? —pregunta—. ¿Ya lo protegéis con una lona?

Lo cubrimos cuando llega el otoño. No digo nada, solo recuerdo.

—Ándate con ojo aquí arriba, no vayas a pisar la claraboya.

—No tengo intención de subir —le recuerdo.

El cristal traquetea cuando le da golpecitos con el pie.

—Está de mírame y no me toques. Como le caiga una rama encima, se lleva la ventana por delante. —Otro silencio—. Es una pasada. ¿Quieres que le saque una foto?

—No. Gracias. ¿Qué hacemos con la humedad?

Un pie se posa en un peldaño, luego el otro, y David desciende.

—Hay que llamar a un profesional —concluye cuando llega al suelo. Coloca la escalera en su sitio—. Para que selle el tejado, aunque puedo quitar el moho con una rasqueta. —Cierra la trampilla—. Primero hay que lijarlo todo y luego habría que ponerle una buena capa de imprimación y darle una capa de pintura al agua.

—¿Tienes todo eso?

—Tengo que comprar la imprimación y la pintura. No iría mal que esto estuviera ventilado.

Me quedo helada.

—¿A qué te refieres?

—A abrir algunas ventanas. No tiene por qué ser en esta planta.

—No abro las ventanas. De ningún sitio.

Se encoge de hombros.

—Pues no iría mal.

Me vuelvo hacia la escalera. Me sigue. Bajamos en silencio.

—Gracias por limpiar lo de fuera —digo, por decir algo, cuando llegamos a la cocina.

—¿Quién fue?

—Unos niños.

—¿Los conoces?

—No. —Hago una pausa—. ¿Por qué? ¿Les darías una paliza por mí?

Me mira como si no me comprendiera. Mejor lo olvido.

—Espero que aún te sientas a gusto allá abajo.

Lleva dos meses aquí, desde que el doctor Fielding insinuó que no me iría mal tener un inquilino, alguien que estuviera dispuesto a hacer recados, que sacara la basura y que colaborara en el mantenimiento general de la casa a cambio de una rebaja en el alquiler. David fue el primero que contestó al anuncio que publiqué en Craiglist. Recuerdo que pensé que su e-mail había sido lacónico, incluso seco, hasta que lo conocí en persona y descubrí que incluso se había mostrado locuaz. Acababa de llegar de Boston, contaba con experiencia como manitas, no fumaba y disponía de siete mil dólares en el banco. Firmamos el contrato esa misma tarde.

—Sí. —Mira hacia arriba, hacia las luces empotradas en el techo—. ¿Hay algún motivo por el que todo esté tan oscuro? ¿Una razón médica o algo así?

Noto que me sonrojo.

—Mucha gente en mi… —¿cuál es la palabra?— situación se siente vulnerable si la luz es muy intensa. —Señalo las ventanas—. En cualquier caso, esta casa tiene mucha luz natural.

David lo medita y asiente.

—¿Hay suficiente luz en tu apartamento? —pregunto.

—Está bien.

Esta vez asiento yo.

—Avísame si encuentras por ahí más planos de Ed. Los estoy guardando.

Oigo el quejido de la puerta de la gatera de Punch, que entra sigilosamente en la cocina.

—No sabes cuánto te agradezco todo lo que haces por mí —prosigo, aunque a destiempo; David ha dado media vuelta hacia la puerta del sótano—. Con la… basura, las faenas de la casa y todo lo demás. No sé qué haría sin ti —añado, sin demasiada convicción.

—Ya.

—Si no te importa llamar a alguien para que se ocupe del techo…

—Claro.

Punch salta a la isla que nos separa y suelta lo que llevaba en la boca. Le echo un vistazo.

Una rata muerta.

Retrocedo. Me complace ver que David hace otro tanto. Es pequeña, con el pelo grasiento y un gusano negro por cola. Está destrozada.

Punch nos mira orgulloso.

—No —le regaño, y agacha la cabeza.

—Desde luego se ha empleado a fondo con el bicho —comenta David.

Examino la rata.

—¿Has hecho tú esto? —le pregunto a Punch, antes de recordar que estoy interrogando a un gato. El animal baja de la isla de un salto.

—Míralo... —murmura David.

Levanto la vista y lo veo apoyado en la encimera, al otro lado, con un brillo divertido en la mirada.

—¿La enterramos en algún sitio? —pregunto—. No quiero que se pudra en la basura.

—Mañana es martes —contesta David después de aclararse la garganta. Día de recogida de basura—. Lo sacaré todo ahora. ¿Tienes un periódico?

—¿Todavía hay gente que compra esas cosas? —Ha sonado más mordaz de lo que pretendía—. Tengo una bolsa de plástico —me apresuro a añadir.

Encuentro una en un cajón. David extiende la mano, pero puedo hacerlo yo. Le doy la vuelta, meto la mano y recojo el bicho muerto con cuidado. Un pequeño escalofrío me recorre el cuerpo.

Le paso la bolsa por encima y la cierro. David se hace cargo de ella, saca el cubo de la basura que hay debajo de la isla y tira la rata dentro. RIP.

Está extrayendo la bolsa del cubo cuando se oye un ruido procedente de abajo; las cañerías silban, las paredes empiezan a hablar unas con otras. La ducha.

Miro a David. Ni si inmuta. Como si nada, le hace un nudo a la bolsa y se la echa al hombro.

—Voy a sacarla —dice y se dirige a la puerta a grandes zancadas.

Ni que le fuese a preguntar cómo se llama la chica...

15

—¿Quién soy?

—Mamá.

Lo paso por alto.

—¿Qué tal fue Halloween, tesoro?

—Bien.

Está masticando algo. Espero que Ed recuerde que debe vigilar su peso.

—¿Te dieron muchas chuches?

—Un montón. Más que nunca.

—¿Cuál es la que más te gusta?

Los M&M's de cacahuete, por supuesto.

—Los Snickers.

Reconozco mi error.

—Son pequeñitos —me explica—. Como Snickers bebé.

—Entonces ¿qué has cenado, chino o Snickers?

—Los dos.

Tendré que hablar con Ed.

Aunque cuando lo hago se muestra a la defensiva.

—Es la única noche de todo el año que cena chuches —protesta.

—No quiero que tenga problemas.

Silencio.

—¿Con el dentista?

—Con su peso.

Suspira.

—Sé cuidar de ella.

Yo también suspiro.

—No he dicho que no sepas.

—Pues es lo que parece.

Apoyo una mano en la frente.

—Es solo que tiene ocho años y muchos niños experimentan un aumento de peso significativo a esa edad. Sobre todo las niñas.

—Estaré atento.

—Y recuerda que ya pasó por una etapa en la que estuvo regordeta.

—¿Quieres que sea una niña escuchimizada?

—No, eso sería igual de malo. Quiero que esté sana.

—Vale, esta noche le daré un beso bajo en calorías —dice—. Y las buenas noches sin azúcar.

Sonrío. Aun así, cuando nos despedimos, lo noto tenso.

Martes,
2 de noviembre

16

A mediados de febrero —tras seis semanas temblando dentro de casa, después de aceptar que no estaba mejorando—, contacté con mi psiquiatra, a cuya conferencia («Antipsicóticos y trastorno de estrés postraumático atípico») había asistido en un congreso en Baltimore cinco años atrás. Por aquel entonces, él no me conocía. Ahora sí.

Las personas no familiarizadas con la terapia a menudo creen que el terapeuta, por definición, habla con suavidad y es solícito; te derrites en su sofá como mantequilla sobre la tostada y te fundes. Pero no es necesariamente así en realidad. Prueba A: el doctor Julian Fielding.

Para empezar, no hay sofá que valga. Nos reunimos todos los martes en la biblioteca de Ed; el doctor Fielding en la butaca de cuero junto a la chimenea, y yo en el sillón orejero al lado de la ventana. Y aunque habla con tono suave y su voz está cascada como una puerta vieja, es preciso y concreto, como debe ser un buen psiquiatra. «Es el típico tío que sale de la ducha para mear», ha comentado Ed en más de una ocasión.

—Bueno —dice el doctor Fielding con su voz ronca. Un haz de luz vespertina se le ha clavado en la cara y convierte sus gafas en soles diminutos—. Has comentado que Ed y tú discutisteis sobre Olivia ayer. ¿Esas conversaciones te sirven de ayuda?

Vuelvo la cabeza y me quedo mirando la casa de los Russell. Me pregunto qué estará tramando Jane Russell. Me apetece una copa.

Describo una línea sobre mi cuello con los dedos. Vuelvo a mirar al doctor Fielding.

Él se queda mirándome, se le marcan mucho las arrugas de la frente. Quizá esté cansado. Yo sin duda lo estoy. Ha sido una sesión intensa: le he puesto al día de mi ataque de pánico (parecía preocupado), de mis tonteos con David (no se ha mostrado interesado), de mis charlas con Ed y Olivia (preocupado otra vez).

Ahora desvío de nuevo la mirada, sin pestañear, sin pensar, hacia las estanterías de libros de Ed. Una historia de los detectives de la Pinkerton. Dos volúmenes sobre Napoleón. *Arquitectura de la bahía de San Francisco*. Es un lector ecléctico, mi marido. Mi marido separado.

—Me da la impresión de que esas conversaciones te provocan una serie de sentimientos encontrados —dice el doctor Fielding.

Es jerga típica de terapeuta: «Me da la impresión», «Lo que me llega», «Creo que estás diciendo». Somos intérpretes. Somos traductores.

—No paro de… —empiezo a decir y las palabras se forman en mis labios sin pretenderlo. ¿Puedo volver a retomar este tema? Sí puedo; lo hago—. No paro de pensar, en realidad no pienso en otra cosa, en el viaje. No soporto que fuera idea mía.

No percibo nada del otro lado de la habitación, aunque —o tal vez sea esa la razón— ya conoce el tema, me ha escuchado hablar de él una y otra vez, y otra. Y otra.

—Sigo pensando que ojalá no hubiera sido idea mía. Que no hubiese sido. Ojalá se le hubiera ocurrido a Ed. O a ninguno de los dos. Ojalá nunca hubiéramos ido. —Entrelazo los dedos—. Evidentemente.

—Pero sí fuisteis —comenta con amabilidad.

Me siento señalada.

—Preparaste unas vacaciones familiares. Nadie debería avergonzarse por ello.

—A Nueva Inglaterra, en invierno.

—Mucha gente va a Nueva Inglaterra en invierno.

—Fue algo estúpido.

—Fue algo considerado.

—Fue una tremenda estupidez —insisto.

El doctor Fielding no reacciona. La calefacción central resopla y exhala.

—Si no lo hubiera hecho, todavía seguiríamos juntos.

Se encoge de hombros.

—Quizá.

—Sin duda.

Siento el peso de su mirada sobre mí como una losa.

—Ayer ayudé a alguien —digo—. A una mujer de Montana. Una abuela. Lleva un mes sin salir.

Está acostumbrado a estos giros bruscos: «saltos sinápticos», los llama, aunque ambos sabemos que estoy cambiando de tema a propósito. Pero sigo adelante sin freno, y le hablo de AbuLizzie, y le cuento que le he dicho mi nombre.

—¿Qué te ha impulsado a hacerlo?

—Tenía la sensación de que ella intentaba conectar, tender un puente. —¿No es eso lo que...? ¿No es eso lo que Forster nos pedía que hiciéramos? ¿«Construir un puente»? *Howards End*, la selección del club de lectura—. Quería ayudarla. Quería mostrarme accesible.

—Ese fue un acto de enorme generosidad —comenta.

—Supongo que sí.

Se remueve en el asiento.

—A mí me parece que estás llegando a un momento en que puedes relacionarte con otros según sus condiciones, no solo las tuyas.

—Es posible.

—Es un avance.

Punch se ha colado en la habitación y está rondándome entre los pies, con los ojos puestos en mi regazo. Coloco una pierna por debajo del muslo de la otra.

—¿Qué tal va la fisioterapia? —pregunta el doctor Fielding.

Me recorro con una mano desde las piernas al torso, como si estuviera enseñando el premio de un concurso. «¡También puede ganar este viejo cuerpo en desuso de treinta y ocho años!»

—He tenido mejores momentos. —Y luego, antes de que pueda corregirme, añado—: Sé que no se trata de un programa de fitness.

Me corrige de todas formas.

—No es solo un programa de fitness.

—No, ya lo sé.

—Entonces ¿está yendo bien?

—Estoy curada. Todo va mejor.

Me mira sin alterarse.

—De verdad. La columna está bien, las costillas no están rotas. He dejado de cojear.

—Sí, me he dado cuenta.

—Pero necesito hacer un poco de ejercicio. Y me gusta Bina.

—Se ha convertido en una amiga.

—En cierto sentido —reconozco—. Una amiga a la que pago.

—Ahora viene los miércoles, ¿verdad?

—Normalmente sí.

—Bien —dice, como si el miércoles fuera un día especialmente conveniente para la actividad aeróbica.

No conoce a Bina. No logro imaginarlos juntos; no parecen ocupar la misma dimensión.

Es hora de terminar. Lo sé sin tener que mirar el reloj apostado sobre la repisa de la chimenea, por lo mismo que lo sabe el doctor Fielding. Gracias a años de consulta, ambos somos capaces de calcular cincuenta minutos con una precisión prácticamente al segundo.

—Quiero que sigas con el beta bloqueador, con la misma dosis —dice—. Estás tomando un Tofranil de ciento cincuenta. Lo subiremos a doscientos cincuenta. —Frunce el ceño—. Lo decido basándome en lo que hemos hablado hoy. Puede ayudarte con los cambios de humor.

—Ya me siento bastante nublada con lo que tomo ahora —le recuerdo.

—¿Nublada?

—O confusa, supongo. O ambas cosas.

—¿Te refieres a la visión?

—No, no es por la visión. Es más bien… —Ya hemos hablado de esto, ¿es que no lo recuerda? ¿O no lo hemos hecho? Nublada. Confusa. Una copa me vendría de maravilla—. Algunas veces pienso en demasiadas cosas a la vez. Es como si tuviera un cruce de cuatro caminos en el cerebro, en el que todo el mundo intenta pasar al mismo tiempo. —Suelto una risa, un tanto incómoda.

El doctor Fielding se pellizca la frente y luego suspira.

—Bueno, no es una ciencia exacta. Como ya sabes.

—Sí, lo sé.

—Estás tomando muchas medicaciones distintas. Las ajustaremos una a una hasta encontrar la dosis ideal.

Asiento en silencio. Sé qué significa eso. Cree que estoy empeorando. Siento una presión en el pecho.

—Prueba el de doscientos cincuenta y veamos cómo te sientes. Si se vuelve problemático, podemos buscar algo que te ayude a concentrarte.

—¿Un nootrópico?

Adderall. Cuántas veces me habrán preguntado los padres si el Adderall beneficiaría a sus hijos, cuántas veces se lo habré negado con frialdad. Y ahora yo apunto maneras para tomarlo. *Plus ça change.*

—Hablemos de ello cuando llegue el momento —dice.

Escribe a toda prisa con su pluma sobre un taco de recetas, arranca la primera hoja y me la tiende. Se agita en su mano. ¿Un simple temblor o bajo nivel de azúcar en sangre? Espero que no sean los primeros síntomas de párkinson. No me corresponde preguntar. Cojo el papel.

—Gracias —digo al tiempo que se levanta alisándose la corbata—. Le daré un buen uso.

Él asiente.

—Hasta la semana que viene, pues.

Se vuelve hacia la puerta.

—¿Anna?

Da media vuelta.

—¿Sí?

Vuelve a asentir con la cabeza.

—Por favor, pide la receta.

Cuando el doctor Fielding se marcha, me conecto a la web para pedir medicación por internet. Hacen el reparto a eso de las cinco de la tarde. Tengo tiempo de sobra para una copa. O incluso para *deux*.

Pero no ahora. Primero arrastro el ratón hacia un rincón olvidado del escritorio y hago doble clic, titubeante, sobre una hoja de cálculo de Excel: «meds.xlsx».

En ella llevo al detalle los medicamentos que tomo, todas las dosis, las posologías… todos los ingredientes de mi cóctel de fármacos. Veo que dejé de actualizarla en agosto.

El doctor Fielding tenía razón, como siempre: estoy tomando unos cuantos medicamentos. Necesito ambas manos para contarlos todos. Y sé —arrugo el gesto al pensarlo— que no estoy tomándolos ni cuándo ni cómo debería, no siempre. Las dosis dobles, la que me salto, las que tomo cuando estoy borracha… El doctor Fielding se pondría furioso. Tengo que hacerlo mejor. No quiero perder el norte.

Comando Q, y salgo de Excel. Es hora de tomar esa copa.

17

Con un vaso en una mano y la Nikon en la otra, me acomodo en un rincón de mi estudio, encajada entre las ventanas que dan al sur y las del oeste, y vigilo el vecindario; una comprobación de inventario, como le gusta decir a Ed. Ahí está Rita Miller, volviendo de yoga, con la piel reluciente por el sudor y un móvil pegado a la oreja. Ajusto el objetivo y hago zoom: está sonriendo. Me pregunto si el contratista estará al otro lado de la línea. O si será su marido. O ninguno de los dos.

En la puerta de al lado, en el exterior del 214, la señora Wasserman y su Henry bajan con cautela los escalones de la entrada. Allá van, a repartir ternura y luz.

Desplazo la cámara hacia el oeste: dos peatones deambulan por delante de la casa de fachada doble, uno de ellos señala las persianas.

—Buena osamenta —lo imagino diciendo.

Dios. Ahora ya me invento las conversaciones.

Con precaución, como si no quisiera que me pillaran —y, de hecho, es así—, deslizo la mirada al otro lado del parque, hacia la casa de los Russell. La cocina está en penumbra y vacía, tiene las persianas parcialmente bajadas, como unos ojos semicerrados. Pero, en el piso de arriba, en el salón, enmarcados con nitidez por la ventana, localizo a Jane y Ethan sentados en un sofá para dos de rayas rojas y blancas, como un bastón de caramelo. Ella lleva un jersey de color amarillo mantequilla que deja a la vista un terso canalillo; el medallón le cuelga justo encima, como un escalador sobre un desfiladero.

Giro el objetivo; la imagen se vuelve más nítida. Ella habla muy deprisa, con una sonrisa que deja a la vista los dientes y aleteando con las manos. Él se mira el regazo, pero una tímida sonrisa aflora en sus labios.

No he hablado al doctor Fielding de los Russell. Ya sé qué dirá; soy capaz de analizarme: he encontrado en esa unidad nuclear —en esa madre, ese padre y su único hijo— un reflejo de la mía. A una casa de distancia, una puerta más allá, está la familia que yo tenía, la vida que era mía; una vida que creía perdida, de forma irrecuperable, pero ahí está, justo al otro lado del parque. ¿Y qué?, pienso. Quizá lo he dicho en voz alta; estos días ya no estoy segura.

Tomo un sorbo de vino, me seco la boca y vuelvo a levantar la Nikon. Miro por el objetivo.

Ella está mirándome.

Se me cae la cámara al regazo.

No ha sido una confusión: incluso a simple vista capto con toda claridad su mirada sostenida, sus labios ligeramente separados.

Levanta una mano, me saluda.

Quiero esconderme.

¿Debería corresponder el saludo? ¿Miro hacia otro lado? ¿Puedo mirarla parpadeando con cara de circunstancias, como si hubiera estado apuntando con la cámara a cualquier otra cosa, a algo que está cerca de ella? «¿No has visto eso de ahí?»

No.

Me levanto disparada y se me cae la cámara al suelo.

—Déjala —digo, esta vez sí lo he dicho, y salgo pitando del cuarto, a la oscuridad del hueco de la escalera.

Nadie me había pillado nunca. Ni el doctor ni Rita Miller, ni los Takeda, ni los Wassermanes, ni la pandilla de los Gray. Ni los Lord antes de que se fueran, ni los Mott antes de que se separaran. Ningún taxi que pasara por aquí, ni los peatones. Ni siquiera el cartero, a quien fotografiaba a diario, frente a todas las puertas. Y durante meses contemplaba esas fotos, reviviendo esos momentos, hasta que ya no podía seguir el ritmo del mundo al otro lado de mi ventana. Sigo haciendo alguna que otra excepción, por supuesto; los Miller todavía me interesan. O así era antes de la llegada de los Russell.

Y es que el zoom de Opteka es mejor que los prismáticos.

Pero ahora la vergüenza me hace estremecer. Pienso en todas las personas y cosas que he captado con la cámara: los vecinos, los extraños, los besos, las crisis, las uñas mordidas, la calderilla caída, los pasos decididos, los tropiezos. El chico de los Takeda, sus ojos cerrados, sus dedos temblorosos sobre las cuerdas de su chelo. Los Gray, sus copas levantadas en un brindis achispado. La señora Lord en su cuarto de estar, encendiendo las velas de un pastel. Los jóvenes Mott, en los últimos días de su matrimonio, gritándose desde los extremos opuestos de su salón rojo Valentín, un jarrón hecho añicos en el suelo entre ambos.

Pienso en mi disco duro, a rebosar de imágenes robadas. Pienso en Jane Russell mirándome, sin pestañear, desde el otro lado del parque. No soy invisible. No estoy muerta. Estoy viva, y expuesta, y avergonzada.

Pienso en el doctor Brulov de *Recuerda*: «Mira, Constance, no puedes seguir golpeándote la cabeza contra la realidad y negando su existencia».

Pasados tres minutos, me retiro al estudio. El sofá de dos plazas de los Russell está vacío. Me quedo mirando el dormitorio de Ethan; está dentro, encorvado sobre el ordenador.

Levanto la cámara con cautela. Está intacta.

Entonces suena el timbre.

18

—Debes de morirte del aburrimiento —dice ella cuando abro la puerta del recibidor.

Luego me atrapa en un abrazo.

Me río con nerviosismo.

—Me juego lo que quieras a que estarás harta de todas esas pelis en blanco y negro.

Pasa por delante de mí, como un rayo. Todavía no he dicho nada.

—He traído algo para ti. —Sonríe al tiempo que mete una mano en el bolso—. Está frío.

Una botella de riesling húmeda. Se me hace la boca agua. Hace siglos que no pruebo el vino blanco.

—Oh, no era necesar…

Pero ya ha salido resoplando hacia la cocina.

Diez minutos después, nos estamos tragando el vino. Jane se enciende un Virginia Slim, luego otro, y la atmósfera reverbera por el humo que sobrevuela nuestras cabezas, se agita por debajo de las luces de la cocina. La copa de riesling me sabe a tabaco. Descubro que no me importa; me recuerda en el posgrado, a las noches sin estrellas en las entradas de los bares de New Haven, a los hombres con bocas de cenicero.

—Tienes un montón de merlot ahí —dice echando un vistazo a la encimera de la cocina.

—Lo pido en grandes cantidades —le explico—. Me gusta.

—¿Cada cuánto renuevas existencias?

—Solo un par de veces al año.

Al menos una vez al mes.

Ella asiente con la cabeza.

—Estás así... ¿desde cuándo? —pregunta—. ¿Seis meses?

—Casi once.

—Once meses. —Junta los labios y forma una pequeña O—. No sé silbar. Pero imagina que acabo de hacerlo. —Apaga el cigarrillo en un bol de cereales, junta los dedos formando un triángulo y se inclina hacia delante, como si fuera a rezar—. ¿Y qué haces durante todo el día?

—Ofrezco asesoramiento a los demás —digo con nobleza.

—¿A quién?

—A personas por internet.

—Ah.

—Y recibo clases de francés online. Y juego al ajedrez —añado.

—¿Online?

—Online.

Pasa un dedo siguiendo la línea que dibuja el vino en su copa.

—Así que internet —dice— es como tu... ventana al mundo.

—Bueno, también lo es mi ventana de verdad.

Hago un gesto hacia el cristal que tiene justo detrás.

—Es tu atalaya —dice, y me sonrojo—. Estoy de coña.

—Siento lo de...

Hace un gesto con la mano para quitarle importancia a mis palabras y se enciende un nuevo cigarrillo.

—Oh, no digas nada. —El humo se le escapa por la boca—. ¿Tienes un tablero de ajedrez de verdad?

—¿Juegas?

—Antes sí. —Aplasta el cigarrillo contra el bol—. Enséñame lo que tienes.

Estamos totalmente metidas en nuestra primera partida cundo suena el timbre. Cinco agudos toques: el reparto de la farmacia. Jane hace los honores.

—¡Drogas a domicilio! —grita, y viene corriendo desde el recibidor—. ¿Sirven para algo?

—Son estimulantes —digo al tiempo que descorcho la segunda botella.

Merlot esta vez.

—Ahora esto sí que es una fiesta.

Mientras bebemos, al tiempo que jugamos, vamos charlando. Ambas somos madres con un único hijo, por lo que sé; a las dos nos gusta navegar, como si no lo supiera. Jane prefiere hacerlo en solitario, yo soy más de navegación en pareja, o lo era, en cualquier caso.

Le hablo sobre mi luna de miel con Ed: que alquilamos un yate Alerion de treinta y tres pies de eslora, y navegamos por las islas griegas, dando saltos de Santorini a Delfos, pasando por Naxos y Mikonos.

—Solo nosotros dos —recuerdo—, surcando el mar Egeo.

—Igualito que en *Calma total* —dice Jane.

Bebo un poco de vino.

—Creo que en *Calma total* estaban en el Pacífico.

—Bueno, excepto por eso, es como *Calma total*.

—Además, en la peli salen a navegar para recuperarse de un accidente.

—Vale, está bien.

—Y luego rescatan a un psicópata que intenta matarlos.

—¿Vas a dejarme que diga lo que quería o no?

Mientras mira el tablero frunciendo el ceño, rebusco en la nevera la barra de Toblerone y la corto toscamente con un cuchillo de cocina. Estamos sentadas a la mesa, masticando. Chuches para cenar. Igual que Olivia.

Más tarde:

—¿Recibes muchas visitas?

Acaricia el alfil, lo desliza sobre el tablero.

Niego con la cabeza, muevo el cuello para tragar el vino.

—Ninguna. Tu hijo y tú.

—¿Por qué? ¿O por qué no?

—No sé. Mis padres ya no están y yo trabajaba demasiado para tener muchos amigos.

—¿Nadie del trabajo?

Pienso en Wesley.

—Era una consulta de dos personas —digo—. Así que ahora él tiene el doble de trabajo y está muy ocupado.

Se queda mirándome.

—Qué triste.

—Dímelo a mí.

—¿Tienes teléfono al menos?

Hago un gesto hacia el fijo, que está arrinconado en un extremo de la encimera de la cocina, y me doy un golpecito en el bolsillo.

—Tengo un iPhone antiquísimo, pero funciona. Por si me llama mi psiquiatra. O cualquier otra persona. Mi inquilino.

—Tu guapo inquilino.

—Mi guapo inquilino, sí.

Doy un trago, me como su reina.

—Qué frío ha sido eso.

Aparta con el dedo un poco de ceniza que ha caído sobre la mesa y rompe a reír.

Tras la segunda partida, me pide que le enseñe la casa. Dudo, pero solo un instante; la última persona que examinó el lugar de arriba abajo fue David, y antes de eso... La verdad es que no lo recuerdo. Bina nunca ha pasado más allá de la primera planta; el doctor Fielding está confinado en la biblioteca. La simple idea me parece demasiado íntima, como si fuera a llevar a un nuevo amante de la mano.

Sin embargo, accedo y la paseo de habitación en habitación, planta por planta. Y llegamos a la habitación roja: «Me siento atrapada en una arteria». La biblioteca: «¡Cuántos libros! ¿Los has leído todos?», niego con la cabeza. «¿Tú has leído alguno?», y suelto una risilla nerviosa.

El dormitorio de Olivia: «¿A lo mejor es demasiado pequeño? Es demasiado pequeño. La niña necesita un cuarto donde pueda hacerse mayor, como el de Ethan». En mi estudio, por otro lado, Jane dice: «¡Ooh, aah! Una chica sí que puede hacer sus cosas en un lugar como este».

—Bueno, me dedico sobre todo a jugar al ajedrez y chatear con personas que viven encerradas. No sé si puedes llamar a eso cosas que hacer.

—Mira. —Deja la copa sobre la repisa de la ventana y se mete las manos en los bolsillos traseros del pantalón. Se inclina en dirección al cristal—. Ahí está la casa —dice mirando hacia su vivienda, con la voz grave, casi ronca.

Se ha mostrado tan bromista y divertida que verla ahora tan seria me sobresalta, en cierta forma, como si la aguja del tocadiscos hubiera rayado el vinilo.

—Ahí está la casa —admito.

—Qué bonita, ¿verdad? Es una gran casa.

—Sí que lo es.

Se queda mirándola un rato más. Luego volvemos a la cocina.

Todavía más tarde:

—¿Usas mucho eso? —pregunta Jane, paseándose por el cuarto de estar mientras yo pienso mi siguiente movimiento.

El sol está poniéndose con rapidez; Jane, con su jersey amarillo, bajo la tenue luz, parece un espectro, flotando por mi casa.

Está señalando el paraguas, apoyado como un borracho contra la pared del fondo.

—Más de lo que imaginas —respondo.

Me balanceo en la silla y le describo la terapia del patio trasero del doctor Fielding, mi avance titubeante más allá de la puerta y por los escalones, la burbuja de nailon que me sirve de escudo ante el abismo; la claridad del aire exterior, el rumbo del viento.

—Interesante —comenta Jane.

—Creo que se dice «ridículo».

—Pero ¿funciona? —pregunta.

Me encojo de hombros.

—Más o menos.

—Bueno —dice al tiempo que da una palmadita al mango del paraguas como si fuera la cabeza de un perro—, pues ya lo tienes.

—Oye, ¿cuándo es tu cumpleaños?

—¿Vas a comprarme algo?

—Para el carro.

—En realidad es dentro de poco —digo.

—El mío también.

—El mío es el once de noviembre.

Se queda mirándome, boquiabierta.

—Es el mismo día que el mío.

—Estás de coña.

—Para nada. Es el once del once.

Levanto mi copa.

—Por el once del once.

Brindamos.

—¿Tienes boli y papel?

Cojo ambos de un cajón y se los pongo delante.

—Tú quédate ahí sentada —me dice Jane—. Ponte guapa.

Bato las pestañas.

Imprime trazos rápidos con el boli sobre el papel; trazos cortos, definidos. Observo cómo mi rostro va tomando forma: los ojos hundidos, los pómulos poco marcados, la barbilla alargada.

—Asegúrate de dibujar mi mandíbula prominente —le recuerdo, pero ella me hace callar.

Dibuja durante tres minutos y se lleva la copa a los labios en dos ocasiones.

—*Voilà* —dice y me enseña el papel.

Me quedo mirándolo. El parecido es asombroso.

—¡Es chulísimo!

—¿Verdad?

—¿Puedes hacer más?

—¿Te refieres a otros retratos, además del tuyo? Lo creas o no, sí puedo.

—No, me refiero a animales o a naturaleza muerta. Naturaleza.

—No lo sé. Sobre todo me interesan las personas. Como a ti. —Con una floritura, imprime su firma en una esquina—. Tachán: un Jane Russell auténtico.

Guardo el dibujo en un cajón de la cocina, donde tengo los manteles buenos. De no hacerlo, seguramente acabaría manchándose.

—Mira todas estas.

Están desparramadas por la mesa como piedras preciosas.

—¿Cuál es esa?

—¿Cuál?

—La rosa. La que es un octágono. No, la que es un *sexágono*.

—Hexágono.

—Vale.

—Esa es Inderal. Un beta bloqueador.

Jane entorna los ojos.

—Eso es para los ataques al corazón.

—También es para los ataques de pánico. Disminuye las pulsaciones.

—¿Y para qué es esa? El pequeño óvalo blanco.

—Aripiprazol. Un antipsicótico atípico.

—Eso parece grave.

—Lo parece y, en algunos casos, lo es. Para mí es solo un añadido. Me ayuda a mantenerme cuerda. Me engorda.

Ella asiente en silencio.

—¿Y esa qué es?

—Imipramina. Tofranil. Para la depresión. También sirve para mojar la cama.

—¿Todavía mojas la cama?

—Esta noche puede que sí.

Tomo un trago de vino.

—¿Y esa?

—Temazepam. Es una pastilla para dormir. Esa es para más tarde.

Ella asiente.

—¿Se supone que puedes tomarte algunas con alcohol? Trago.

—No.

Solo cuando noto cómo me bajan las pastillas por la garganta recuerdo que ya me las había tomado esta mañana.

Jane echa la cabeza hacia atrás y su boca es una fuente que escupe humo.

—Por favor, por favor, no digas «jaque mate». —Ríe con nerviosismo—. Mi ego no puede soportar tres seguidos. Recuerda que llevo años sin jugar.

—Ya se ve —digo.

Ella resopla, ríe y deja a la vista un tesoro escondido de empastes plateados.

Echo un vistazo a mis prisioneros: las dos torres, ambos alfiles, una ristra de peones. Jane ha capturado un solo peón y un solitario caballo. Me ve mirando, y tumba el caballo de un golpe.

—Caballo caído —dice—. Llama al veterinario.

—Me encantan los caballos —comento.

—Mira. Una recuperación milagrosa.

Endereza el caballo y acaricia su crin de mármol.

Sonrío, me bebo lo que me queda de tinto. Ella me rellena la copa. Me quedo mirándola.

—También me encantan tus pendientes.

Se toquetea uno de ellos y luego el otro; un pequeño coro de perlas en cada oreja.

—Me los regaló un antiguo novio —dice.

—¿Y a Alistair no le importa que los lleves?

Se lo piensa y luego ríe.

—Dudo que Alistair lo sepa.

Hace girar la ruedecilla de su encendedor con el pulgar y lo pega al cigarrillo.

—¿No sabe que los llevas puestos o quién te los regaló?

Jane inhala, lanza el humo disparado hacia un lado.

—Ninguna de las dos cosas. Ambas opciones. Puede ser difícil. —Golpetea el cigarrillo contra el bol—. No me malinterpretes, es un buen hombre y buen padre. Pero es controlador.

—¿Por qué lo crees?

—Doctora Fox, ¿está analizándome? —me pregunta.

Su tono en distendido, pero su mirada es seria.

—En cualquier caso, estoy analizando a tu marido.

Vuelve a inhalar y frunce el ceño.

—Siempre ha sido así. No es muy de confiar en los demás. Al menos, no conmigo.

—¿Y por qué crees que es?

—Oh, yo era una chica salvaje —dice—. Di-so-luta. Esa es la palabra exacta. Bueno, en todo caso, es la palabra que utiliza Alistair. Malas compañías, malas decisiones.

—¿Hasta que conociste a Alistair?

—Incluso después. Me costó un tiempo estar limpia.

Calculo que no puede haber tardado tanto. Por su aspecto, debió de ser madre con veintipocos.

Ahora niega con la cabeza.

—Durante un tiempo también estuve con otra persona.

—¿Quién era?

Hace una mueca.

—«Era», en efecto. No vale la pena mencionarlo. Todos hemos cometido errores.

No digo nada.

—De todas formas, eso ya terminó. Pero mi vida familiar sigue siendo —agita los dedos en el aire— «desafiante». Esa es la palabra.

—*Le mot juste.*

—Esas clases de francés valen hasta el último centavo que te cobren.

Aprieta los dientes con una sonrisa forzada y el cigarrillo le queda apuntando hacia arriba.

Le insisto.

—¿Qué hace que tu vida familiar sea desafiante?

Exhala. Una guirnalda de humo perfecta queda suspendida en el aire.

—Vuelve a hacerlo —digo sin poder contenerme.

Lo hace. Me doy cuenta de que estoy borracha.

—Ya sabes —se aclara la voz—, no es solo por una cosa. Es complicado. Alistair es desafiante. Las familias son desafiantes.

—Pero Ethan es un buen chico. Y te lo digo como alguien que reconoce a uno en cuanto lo ve —añado.

Me mira fijamente a los ojos.

—Me alegra que lo pienses. A mí también me lo parece.

—Golpea el cigarrillo sobre el borde del bol otra vez—. Y tú debes de echar de menos a tu familia.

—Sí. Muchísimo. Pero hablo con ellos a diario.

Ella asiente en silencio. Le bailan un poco los ojos; también debe de estar borracha.

—Aunque no es lo mismo que si estuvieran aquí, ¿verdad?

—No. Claro que no.

Asiente en silencio por segunda vez.

—Bueno... Anna. Te habrás dado cuenta de que no te he preguntado qué te ha causado lo que tienes.

—¿Sobrepeso? —digo—. ¿Canas prematuras?

Estoy como una cuba.

Ella bebe un trago de vino.

—Agorafobia.

—Bueno... —Supongo que ha llegado la hora de compartir confidencias—: Por un trauma. Igual que todo el mundo. —Me muevo con nerviosismo—. Me hizo caer en una depresión. Una depresión grave. No es algo que me guste recordar.

Pero ella está negando con la cabeza.

—No, no, lo entiendo; no es asunto mío. Y supongo que no puedes invitar a nadie para dar aquí una fiesta. Creo que tenemos que buscarte más aficiones. Además del ajedrez y las pelis en blanco y negro.

—Y el espionaje.

—Y el espionaje.

Pienso en ello.

—Antes hacía fotos.

—Parece que sigas haciéndolo.

Eso merece una sonrisa de suficiencia.

—Tienes razón. Pero me refiero a la fotografía en el exterior. Eso me gustaba.

—¿Como los retratos del proyecto *Humanos en Nueva York*?

—Más bien fotografía de naturaleza.

—¿En Nueva York?

—En Nueva Inglaterra. A veces íbamos allí.

Jane se vuelve hacia la ventana.

—Mira eso —dice señalando al oeste, y lo hago: una puesta de sol ramplona, los posos de la oscuridad, edificios que parecen de papel troquelado sobre el fondo fulgurante. Un pájaro sobrevuela el cielo por aquí cerca—. Eso es naturaleza, ¿verdad?

—Técnicamente. Parte de ella. Pero a lo que me refiero...

—El mundo es un lugar hermoso —insiste, y se pone seria; sostiene la mirada, su voz adquiere firmeza. Sus ojos se cruzan con los míos, me mira fijamente—. No lo olvides. —Se reclina y aplasta el cigarrillo en el fondo del bol—. Y no te lo pierdas.

Saco el móvil del bolsillo, apunto a la copa y saco una foto. Me quedo mirando a Jane.

—Buena chica —espeta.

19

La dejo en el recibidor unos minutos después de las seis.

—Tengo cosas muy importantes que hacer —me informa.

—Yo también —replico.

Dos horas y media. ¿Cuándo fue la última vez que hablé con alguien, con cualquiera, durante dos horas y media? Intento recordar, tiro de la memoria como de una caña de pescar, retrocedo meses, estaciones. Nada. Nadie. No desde la primera sesión con el doctor Fielding, hace mucho, a mediados de invierno; y ni siquiera entonces pude hablar durante tanto tiempo; todavía tenía mal la tráquea.

Vuelvo a sentirme joven, casi atolondrada. A lo mejor es el vino, aunque sospecho que no. Querido diario: hoy he hecho una amiga.

Más tarde, ya por la noche, estoy quedándome dormida mientras veo *Rebeca* cuando suena el telefonillo del portero automático.

Me quito la manta y voy arrastrándome hasta la puerta.

—¿Por qué no se marcha? —susurra con desprecio Judith Anderson a mis espaldas—. ¿Por qué no deja Manderley?

Observo el monitor del portero automático. Un hombre alto, de espaldas anchas, caderas angostas y profundas entradas. Me cuesta un rato —estoy acostumbrada a verlo a todo color—, pero entonces reconozco a Alistair Russell.

—¿Qué mosca te ha picado ahora? —digo o pienso. Pienso que digo.

Está claro que sigo borracha. Además, tampoco debería haberme metido esas pastillas.

Presiono el botón para abrir. El cierre se desbloquea ruidosamente; la puerta gimotea; espero a que se cierre.

Al abrir la puerta del recibidor, él está ahí plantado, pálido y luminoso en la oscuridad. Sonriendo. Con su sólida dentadura asomando de sus compactas encías. Los ojos claros y las patas de gallo surcando el contorno.

—Alistair Russell —dice—. Vivimos en el doscientos siete, al otro lado del parque.

—Pase. —Le tiendo la mano—. Soy Anna Fox.

Hace un gesto con la mano para que aparte la mía y se queda parado.

—En realidad no quiero interrumpir y siento molestarle si está haciendo algo. ¿Noche de peli?

Asiento en silencio.

Él sonríe de nuevo, luminoso como un escaparate navideño.

—Solo quería saber si había tenido alguna visita esta tarde.

Frunzo el ceño. Antes de poder responder, una explosión estalla a mis espaldas: la escena del hundimiento del barco.

—¡Un barco encallado que lanza cohetes! —grita la gente—. ¡Bajemos todos a la bahía!

Demasiado alboroto.

Regreso al sofá, pongo la película en pausa. Cuando vuelvo a mirarlo, Alistair ha avanzado hasta la sala. Bañado por la luz blanca, las sombras resaltan las hendiduras de sus mejillas, parece un cadáver. Por detrás de él la puerta bosteza en la pared, es una boca negra.

—¿Le importaría cerrarla? —Lo hace—. Gracias —digo y la palabra se me cae de la lengua: estoy balbuceando.

—¿Le pillo en mal momento?

—No, no pasa nada. ¿Le sirvo algo de beber?

—Oh, no gracias, estoy bien así.

—Me refería a un poco de agua —aclaro.

Niega con la cabeza educadamente.

—¿Ha tenido visitas esta noche? —repite.

Bueno, Jane ya me lo advirtió. Aunque no parece el típico controlador de ojos vidriosos y labios muy apretados; es más bien como un león jovial en el otoño de la vida, con su barba entrecana, y esa línea del pelo que retrocede a toda velocidad. Imagino que Ed y él se llevarían bien, en plan colegueo, encantados de conocerse, metiéndose lingotazos de whisky e intercambiando batallitas. Pero fíate tú de las apariencias, y todo eso.

No es asunto suyo, por supuesto. Con todo, no quiero ponerme a la defensiva.

—He estado sola toda la noche —le cuento—. Estoy en pleno maratón de películas.

—¿Qué está viendo?

—*Rebeca*. Una de mis favoritas. ¿Estás…?

Entonces veo que está mirando por detrás de mí, con el oscuro entrecejo fruncido. Me vuelvo.

El tablero de ajedrez.

He colocado las copas con cuidado en el lavavajillas, he pasado el estropajo al bol en el fregadero, pero el tablero sigue ahí, alfombrado de las piezas que han resistido y las abatidas, el rey caído de Jane tumbado de costado.

Me vuelvo hacia Alistair.

—Ah, eso… A mi inquilino le gusta jugar al ajedrez —explico, como si nada.

Él se queda mirándome, entorna los ojos. No logro adivinar en qué está pensando. Eso jamás me ha costado, no después de dieciséis años viviendo en cabezas ajenas; aunque quizá haya perdido práctica. O también podría ser por la bebida.

Y por la medicación.

—¿Juega?

Tarda un rato en responder.

—Hace mucho tiempo que no —dice—. ¿Aquí solo viven su inquilino y usted?

—No, yo… sí. Estoy separada de mi marido. Nuestra hija está con él.

—Bueno. —Echa un último vistazo al tablero de ajedrez, a la televisión; luego se dirige hacia la puerta—. Gracias por su tiempo. Siento haberle molestado.

—Por supuesto —digo mientras va hacia el recibidor—. Y, por favor, dele las gracias a su mujer por la vela.

Se vuelve de golpe y me mira.

—Me la trajo Ethan.

—¿Cuándo fue? —pregunta.

—Hace un par de días. El domingo. —Un momento… ¿qué día es hoy?—. O el sábado. —Me siento molesta; ¿a él qué le importa cuándo fue?—. ¿Eso importa?

Se detiene con la boca entreabierta. Luego esboza una sonrisa distraída y se marcha sin decir ni una palabra más.

Antes de dejarme caer sobre la cama, me quedo mirando por la ventana hacia el número 207. Ahí están, la familia Russell, reunida en el salón: Jane y Ethan en el sofá, Alistair, sentado en una butaca frente a ellos, hablando con seriedad. «Un buen hombre y buen padre.»

¿Quién sabe qué pasa en una familia? Lo aprendí siendo estudiante de posgrado.

—Puedes pasar años con un paciente y, pese a todo, podrá sorprenderte —me dijo Wesley después de habernos saludado por primera vez estrechándonos la mano, sus dedos amarillos por la nicotina.

—¿Cómo es eso? —pregunté.

Se acomodó detrás de su mesa de escritorio y se hundió los dedos separados en el pelo.

—Puedes escuchar los secretos, miedos y deseos de alguien, pero recuerda que existen gracias a los secretos y miedos de otras personas que viven en los mismos espacios. ¿Has oído esa frase de que todas las familias felices se parecen?

—*Guerra y paz* —dije.

—*Anna Karenina*, pero eso da igual. Lo que importa es que no es cierto. Ninguna familia, feliz o infeliz, se parece a otra. Tolstói estaba de mierda hasta arriba. Recuérdalo.

Lo recuerdo en este momento y acaricio con el pulgar la rueda del enfoque, mientras visualizo una foto a través del objetivo. Una foto de familia.

Pero entonces bajo la cámara.

Miércoles,
3 de noviembre

20

Me despierto con Wesley en la cabeza.

Con Wesley y una resaca de tomo y lomo. Bajo como puedo hasta el estudio, como sumida en una neblina, luego entro disparada en el baño y vomito. Éxtasis celestial.

Tal como he descubierto, vomito con gran precisión. Ed dice que podría hacerme profesional. Tiro una vez de la cadena y se va toda la porquería; me enjuago la boca, me doy unas palmaditas en las mejillas para recuperar el color y regreso al estudio.

Al otro lado del parque, no se ve a nadie por las ventanas de los Russell, las habitaciones están a oscuras. Me quedo mirando la casa; la casa me devuelve la mirada. Me doy cuenta de que los echo de menos.

Miro hacia el sur, por donde pasa arrastrándose un taxi destartalado; una mujer avanza dando grandes zancadas a la zaga del vehículo, con el vaso de café en la mano y un caniche color caramelo sujeto por una correa. Miro la hora en el móvil: las 10.28. ¿Cómo me despertado tan pronto?

Claro: olvidé mi dosis de temazepam. Bueno, caí redonda antes de poder recordarlo. Me deja inconsciente, me hace sentir pesada como una piedra.

Y ahora la noche de ayer me da vueltas en la cabeza,

cegándome como luces estroboscópicas, como el carrusel de *Extraños en un tren*. ¿Eso ocurrió de verdad? Sí: descorchamos el vino de Jane; hablamos de navegación; nos pegamos un atracón de chocolate; yo saqué una foto; hablamos sobre nuestras familias; desplegamos mis pastillas sobre la mesa; bebimos un poco más. No en ese orden.

Tres botellas de vino... ¿o fueron cuatro? Aun así, puedo aguantar más, y lo he hecho.

—Las pastillas —digo, igual que un detective gritaría «¡Eureka!». La dosis. Ayer me tomé el doble, lo recuerdo.

Tienen que haber sido las pastillas.

«Apuesto a que esas te harán caer de culo», dijo Jane riendo nerviosa cuando me metí en la boca todo el puñado y las bajé con un buen trago de vino.

La cabeza me da vueltas; me tiemblan las manos. Encuentro un tubo de Advil de tamaño para viajes en el fondo del cajón de mi mesa de escritorio, me trago tres cápsulas. Hace nueve meses que se pasó la fecha de caducidad. En ese tiempo han sido concebidos y traídos al mundo niños, pienso. Vidas completas creadas.

Me tomo una cuarta, por si acaso.

Y luego... ¿Luego qué? Sí: luego vino Alistair preguntándome por su mujer.

Percibo movimiento a través de la ventana. Levanto la vista. Es el doctor Miller, que sale de casa para ir al trabajo.

—Nos vemos a las tres y cuarto —le digo—. No llegues tarde.

«No llegues tarde» era la norma de oro de Wesley.

«Para muchas personas, estos son los cincuenta minutos más importantes de la semana —me recordaba—. Así que, por el amor de Dios, hagas lo que hagas, o no hagas, no llegues tarde.»

Wesley Brillante. Hace tres meses desde la última vez que lo busqué. Agarro el ratón y entro en Google. El cursor aparece pulsante en el recuadro de búsqueda, como un latido.

Sigue ocupando la misma cátedra adjunta, es lo que leo; sigue publicando artículos en *The New York Times* y un abanico de publicaciones especializadas. Y todavía sigue pasando consulta, por supuesto, aunque recuerdo que el centro se trasladó a Yorkville en verano. Digo «el centro», pero en realidad solo son Wesley y su recepcionista, Phoebe, y su datáfono marca Square. Y ese sillón con reposapiés de Eames. Él está enamorado de su Eames.

Está enamorado del Eames y no de mucho más. Wesley nunca se ha casado; sus clases fueron su amor; sus pacientes, sus hijos.

«No vayas por ahí sintiendo lástima por el pobre doctor Brill, Fox», me advirtió.

Lo recuerdo a la perfección: Central Park, los cisnes con sus cuellos en forma de interrogante, cuando el mediodía se colaba por el encaje de los olmos. Acababa de pedirme que me uniera a él como socia minoritaria en la consulta.

«Mi vida está demasiado completa —dijo—. Por eso te necesito, o a alguien como tú. Juntos podemos ayudar a más niños.»

Tenía razón, como siempre.

Hago clic sobre el buscador de imágenes de Google. La búsqueda da como resultado una pequeña galería de fotografías, ninguna especialmente reciente, ninguna especialmente favorecedora.

«No soy fotogénico», comentó una vez, sin lamentarse, con un halo tembloroso del humo de su puro desplazándose sobre su cabeza, con las uñas manchadas y rotas.

«No lo eres», admití.

Enarcó una sola ceja hirsuta.

«Verdadero o falso: eres así de dura con tu marido.»

«No es estrictamente verdadero.»

Resopló.

«Algo no puede ser "estrictamente cierto" —dijo—. O es verdadero o no lo es. O es real o no lo es.»

«Bastante cierto», respondí.

21

—¿Quién soy? —pregunta Ed.

Me remuevo en la silla.

—Esa es mi frase.

—Suenas fatal, fiera.

—Sueno y me siento fatal.

—¿Estás enferma?

—Lo estaba —respondo.

No debería contarle lo de anoche, lo sé, pero soy demasiado débil.

Y quiero ser sincera con Ed. Se lo merece. Está disgustado.

—No puedes hacer eso, Anna. No cuando estás medicándote.

—Lo sé.

Ya me arrepiento de habérselo dicho.

—Lo digo en serio.

—He dicho que lo siento.

Cuando vuelve a hablar lo hace con un tono más suave.

—Últimamente tienes muchas visitas —dice—. Muchos estímulos. —Hace una pausa—. A lo mejor esa gente que vive al otro lado del parque...

—Los Russell.

—... a lo mejor podrían dejarte tranquila un tiempo.

—Siempre que no salga a desmayarme al exterior, estoy segura de que lo harán.

—No eres asunto suyo. —«Y ellos tampoco son asunto tuyo», apuesto que está pensando—. ¿Qué dice el doctor Fielding? —prosigue.

He empezado a sospechar que Ed me pregunta eso cada vez que se siente perdido.

—Está más interesado en la relación con mi familia.

—¿Conmigo?

—Con vosotros dos.

—Ah.

—Ed, te echo de menos.

No había pensado decir eso; ni siquiera me había dado cuenta de que estaba pensándolo.

Subconsciente sin filtros.

—Lo siento, es mi ello el que habla —explico.

Ed se queda callado un instante.

—Bueno, pues ahora es el Ed el que habla —dice por fin.

Eso también lo echo de menos, sus tontorrones juegos de palabras. Antes decía que yo era la Anna de «psico-an-na-lista».

«Qué malo», había replicado yo, muerta de la risa.

«Sabes que te encanta», me respondió, y era verdad.

Ha vuelto a quedarse callado.

—¿Y qué echas de menos de mí? —dice al fin.

Esto no lo esperaba.

—Echo de menos... —empiezo a decir con la esperanza de que la frase se complete sola.

Y entonces me sale como un torrente, como la fuga de agua de un desagüe, como una presa que revienta.

—Echo de menos la forma en que juegas a los bolos

—digo porque esa idiotez es lo primero que me sale por la boca—. Echo de menos tu incapacidad para atar bien el as de guía. Echo de menos tu piel irritada después del afeitado. Echo de menos tus cejas.

Mientras hablo me doy cuenta de que he empezado a subir la escalera, paso el descansillo y entro en el dormitorio.

—Echo de menos tus zapatos. Que me preguntes si quiero un café por la mañana. Echo de menos esa vez que te pusiste mi rímel y todo el mundo se dio cuenta. Echo de menos la vez que de verdad me pediste que cosiera algo. Echo de menos tu amabilidad con los camareros.

Ahora estoy en mi cama, en nuestra cama.

—Echo de menos los huevos que preparas. —Revueltos, incluso fritos—. Echo de menos tus cuentos para dormir. —Las heroínas rechazan a los príncipes y optan por seguir estudiando sus doctorados—. Echo de menos tu imitación de Nicolas Cage. —Ponía voz más aguda después de *El hombre de mimbre*—. Echo de menos todo el tiempo que estuviste creyendo que se pronunciaba *fustración* en lugar de frustración.

—Menuda palabrita tan frustrante. Cómo me *fustra*.

Me río llorosa y me doy cuenta de que estoy llorando.

—Echo de menos tus tontos, tontísimos chistes.

»Echo de menos tu forma de ir partiendo trocitos de la tableta de chocolate en lugar de morder directamente la puñetera tableta.

—Esa lengua…

—Perdón.

—Además, el chocolate se saborea mejor así.

—Echo de menos tu corazón —digo. Hago una pausa—. Te echo tanto de menos… —Otra pausa—. Te quiero tanto… —Contengo la respiración entrecortada—. A los dos.

No identifico ningún patrón en este caso, no que yo vea, y estoy preparada para descubrirlos. Lo echo de menos y ya está. Lo echo de menos y lo amo. Los amo.

Se hace un silencio, largo e intenso. Tomo aire.

—Pero, Anna —me dice con amabilidad—. Si...

Se oye algo en la planta baja.

Es un ruido bajito, como algo que rueda. A lo mejor son los crujidos de la estructura de la casa.

—Un momento —digo a Ed.

Luego se oye con toda nitidez una tos seca, un carraspeo.

Hay alguien en la cocina.

—Tengo que colgar —digo a Ed.

—¿Qué...?

Pero ya he salido con sigilo hacia la puerta, apretando el teléfono con la mano; tengo los dedos apuntando a la pantalla —con el número de emergencias— y el pulgar justo encima del botón de marcación rápida. Recuerdo la última vez que llamé. Lo hice más de una vez, de hecho, o al menos lo intenté. Alguien me responderá en esta ocasión.

Bajo con sigilo la escalera, con la mano pegada a la barandilla; los escalones que piso son invisibles en la oscuridad.

Doblo la esquina y la luz baña el hueco de la escalera. Entro con paso cauteloso en la cocina. El teléfono me tiembla en la mano.

Hay un hombre junto al fregadero, dándome sus anchas espaldas.

Se vuelve. Le doy al botón de marcar.

22

—Hola —dice David.

La madre que lo parió. Suelto el aire que contenía y me apresuro a cancelar la llamada. Devuelvo el móvil al bolsillo.

—Disculpa —añade—. He llamado al timbre hace una media hora, pero creo que dormías.

—Estaría en la ducha.

No me contradice. Seguramente siente vergüenza ajena; ni siquiera tengo el pelo húmedo.

—Así que he subido por el sótano. Espero que no te importe.

—Claro que no —aseguro—. Puedes subir cuando quieras. —Me acerco al fregadero y me sirvo un vaso de agua. Tengo los nervios a flor de piel—. ¿Qué querías?

—Estoy buscando un X-Acto.

—¿Un X-Acto?

—Una navaja X-Acto.

—¿Uno de esos cúteres para abrir cajas?

—Exactamente.

—X-Acto-mente —bromeo. Pero ¿qué me pasa?

—He mirado debajo del fregadero —prosigue, menos mal— y en el cajón del teléfono. Por cierto, está desconectado. Creo que no hay línea.

Ni siquiera recuerdo la última vez que utilicé el fijo.

—Estoy segura de ello.

—Convendría arreglarlo.

No hace falta, pienso.

Me vuelvo hacia la escalera.

—Tengo un cúter arriba, en el trastero —digo, aunque ya me pisa los talones.

Giro en el descansillo y abro la puerta del cuartito. Está oscuro como una cerilla consumida. Tiro del cordón que cuelga de la bombilla desnuda. Es una especie de desván estrecho y profundo, con tumbonas apoyadas de cualquier manera en la pared del fondo y latas de pintura repartidas por el suelo como si fueran macetas, forrado con un inverosímil papel pintado con motivos bucólicos de pastorcillas, hidalgos y algún que otro golfillo. La caja de herramientas de Ed descansa en un estante, inmaculada.

«No soy un manitas —decía—. Con este cuerpo, ¿quién lo necesita?»

Abro la caja y rebusco en el interior.

—Ahí. —David señala una funda de plástico plateada. La cuchilla asoma por un extremo. La saco—. Ojo.

—No voy a cortarte.

Se lo tiendo con cuidado, con la hoja apuntando hacia mí.

—Eres tú quien no quiero que se corte.

Siento una pequeña punzada de satisfacción en mi interior, el destello de una llamita.

—¿Para qué lo quieres, por cierto?

Vuelvo a tirar del cordón y, una vez más, se hace de noche aquí dentro. David no se mueve.

En medio de la oscuridad, David con una navaja y yo en albornoz, se me ocurre que esto es lo más cerca que he estado nunca de él. Podría besarme. O matarme.

—El tipo de enfrente me ha encargado un trabajillo. Abrir cajas y guardar trastos.

—¿Quién?

—El tipo del otro lado del parque. Russell.

Sale de la habitación y se dirige a la escalera.

—¿Cómo ha dado contigo? —pregunto, detrás de él.

—He repartido anuncios por ahí. Vio uno en la cafetería o no sé dónde. —Se vuelve y me mira—. ¿Lo conoces?

—No. Ayer se pasó por aquí, pero eso es todo.

Regresamos a la cocina.

—Tiene que desembalar unas cajas y montar muebles en el sótano. Supongo que a la tarde ya habré terminado.

—Creo que no están.

Me mira de reojo.

—¿Cómo lo sabes?

Porque los observo.

—Tiene pinta de que no hay nadie.

Señalo el número 207 por la ventana de la cocina en el preciso momento en que el salón de enfrente se inunda de luz y aparece Alistair con el teléfono encajado entre la mejilla y el hombro y el pelo alborotado, como si acabara de levantarse.

—Es ese —comenta David, dirigiéndose hacia la puerta del recibidor—. Volveré más tarde. Gracias por el cúter.

23

Iba a volver con Ed —«¿Quién soy?», diré, esta vez me toca a mí—, pero llaman a la puerta del recibidor un segundo después de que David haya salido. Voy a ver qué quiere.

Una mujer espera al otro lado, esbelta y con los ojos como platos: Bina. Le echo un vistazo al móvil; las doce exactas. X-Acto-mente. Dios.

—David me ha dejado pasar —dice—. Cada vez que lo veo está más guapo. Esto tendrá que parar en algún momento.

—Tal vez deberías hacer algo al respecto —sugiero.

—Tal vez deberías cerrar la boca y prepararte para los ejercicios. Ve a ponerte ropa de verdad.

Me cambio y empezamos en cuanto desenrollo la esterilla, ahí mismo, en el suelo del cuarto de estar. Hace casi diez meses que Bina y yo nos conocemos —hace casi diez meses que salí del hospital, con la columna contusionada y el cuello dañado— y en este tiempo nos hemos cogido mucho cariño. Puede que hasta seamos amigas, como dice el doctor Fielding.

—Hoy hace calorcito. —Deposita una pesa en la curvatura de la espalda. Me tiemblan los codos—. Deberías abrir una ventana.

—Ni lo sueñes —gruño.

—Tú te lo pierdes.

—Me pierdo muchas cosas.

Una hora después, con la camiseta adherida al cuerpo, me ayuda a ponerme en pie.

—¿Quieres probar el truco del paraguas? —pregunta.

Meneo la cabeza. El pelo se me pega al cuello.

—Hoy no. Y no es un truco.

—Pues hace un día perfecto. Soleado y nada de frío.

—No, estoy… No.

—Estás resacosa.

—Eso también.

Un pequeño suspiro.

—¿Lo has intentado esta semana con el doctor Fielding?

—Sí —miento.

—¿Y qué tal ha ido?

—Bien.

—¿Hasta dónde llegaste?

—Di trece pasos.

Bina me estudia con atención.

—De acuerdo. No está mal para una mujer de tu edad.

—Y además cumplo años.

—Vaya, ¿cuándo?

—La semana que viene. El once. El once del once.

—Voy a tener que hacerte un descuento para personas mayores. —Se agacha y mete las pesas en el estuche—. Vamos a comer.

Nunca he sido mucho de cocinar —de eso se encargaba Ed— y hoy en día FreshDirect me deja lo que necesito en la puerta: platos congelados y precocinados, helado, vino.

(Vino al por mayor.) También algo de proteína magra y fruta, por Bina. Y por mí, protestaría ella.

Siempre comemos a deshoras; por lo visto Bina disfruta del placer de mi compañía.

—¿No debería pagarte por esto? —le pregunté en una ocasión.

—Ya me das de comer —contestó.

Le lancé un trozo de pollo carbonizado en el plato.

—¿Te refieres a esto?

Hoy toca melón con miel y unas tiras de beicon.

—¿Estás segura de que no está curado? —pregunta Bina.

—Segurísima.

—Gracias, guapa. —Se lleva una cucharada de fruta a la boca y se limpia un poco de miel del labio—. He leído un artículo que dice que las abejas pueden llegar a alejarse hasta diez kilómetros de su colmena en busca de polen.

—¿Dónde lo has leído?

—En *The Economist*.

—Oooh, *The Economist*.

—¿No es increíble?

—Es deprimente. Yo no puedo ni salir de casa.

—El artículo no hablaba de ti.

—Pues a mí no me lo parece.

—Y también bailan. Lo llaman la...

—... danza de las abejas.

Parte una tira de beicon en dos.

—¿Cómo lo sabes?

—Cuando estuve en Oxford, fui a una exposición del Pitt Rivers dedicada a las abejas. Su museo de historia natural.

—Oooh, Oxford.

—Recuerdo lo de la danza en concreto porque quisimos

imitarla. Básicamente andábamos dando tropezones y contoneándonos. Más o menos como cuando hago ejercicio.

—¿Ibais borrachos?

—Sobrios no estábamos.

—Desde que leí el artículo no he dejado de soñar con abejas —confiesa—. ¿Qué crees que significa?

—No soy psicoanalista. No interpreto los sueños.

—Pero, y si tuvieses que hacerlo…

—Si tuviese que hacerlo, diría que las abejas representan tu acuciante necesidad de dejar de preguntarme qué significan tus sueños.

—La próxima vez sabrás lo que es sufrir —masculla mientras mastica.

Comemos en silencio.

—¿Te has tomado las pastillas?

—Sí. —No es cierto. Lo haré cuando se vaya.

Poco después, el agua corre por las cañerías. Bina se vuelve hacia la escalera.

—¿Eso era una cisterna?

—Sí.

—¿Hay alguien más aquí?

Sacudo la cabeza y termino de tragar.

—Parece que David tiene compañía.

—Menudo putón.

—No es un angelito.

—¿Sabes quién es?

—Nunca me entero. ¿Estás celosa?

—Por supuestísimo que no.

—¿No te gustaría hacer la danza de la abeja con David?

Me lanza un trocito de beicon.

—El miércoles de la semana que viene tengo un compromiso. Lo mismo de la pasada.

—Tu hermana.

—Sí. Vuelve a la carga. ¿Te va bien el jueves?

—Tienes todos los puntos.

—¡Viva! —Mastica y remueve el vaso de agua—. Pareces agotada, Anna. ¿Descansas bien?

Primero asiento, pero luego digo que no.

—No. Es que… Es decir, sí, pero últimamente tengo muchas cosas en la cabeza. Esto no es sencillo para mí, ¿sabes? Todo… esto.

Extiendo un brazo con el que abarco toda la habitación.

—Sé que no debe de ser fácil. Sé que no lo es.

—Y el ejercicio.

—Lo estás haciendo muy bien. De verdad.

—Y la terapia. No es fácil estar en el otro lado.

—Me lo imagino.

Inspiro hondo. No quiero alterarme.

Solo una cosa más.

—Y echo de menos a Ed y a Livvy.

Bina suelta el tenedor.

—¿Cómo no vas a echarlos de menos? —dice, y me sonríe con tal dulzura que me entran ganas de llorar.

24

AbuLizzie: ¡Hola, doctora Anna!

El mensaje aparece en la pantalla del ordenador con un gorgorito. Dejo la copa a un lado y pospongo la partida de ajedrez. Voy 3-0 desde que Bina se ha ido. Un día redondo.

médicoencasa: ¡Hola, Lizzie? ¿Qué tal estás?

AbuLizzie: Voy progresando, muchísimas gracias.

médicoencasa: Me alegro mucho.

AbuLizzie: He donado la ropa de Richard a nuestra parroquia.

médicoencasa: Estoy segura de que lo han agradecido.

AbuLizzie: Sí. Además, es lo que Richard hubiera querido .

AbuLizzie: Y mis alumnos de tercero me han hecho una tarjeta enorme para desearme una pronta mejoría. Es gigantesca. Purpurina y bolitas de algodón por todas partes.

médicoencasa: ¡Qué monos!

AbuLizzie: La verdad es que le pondría un aprobado alto como mucho, pero la intención es lo que cuenta.

Me echo a reír. LOL, escribo, aunque lo borro.

médicoencasa: Yo también trabajaba con niños.
AbuLizzie: ¿Ah, sí?
médicoencasa: Psicología infantil.
AbuLizzie: A veces tengo la sensación de que ese era mi trabajo…

Vuelvo a reír.

AbuLizzie: ¡Espera, espera, espera, que casi lo olvido!
AbuLizzie: ¡Esta mañana he sido capaz de salir a dar un pequeño paseo! Uno de mis antiguos alumnos se pasó a verme y me sacó de casa.
AbuLizzie: Solo ha sido un momento, pero ha valido la pena.
médicoencasa: Es un paso importantísimo. A partir de ahora, todo será más fácil.

Tal vez no, pero, por el bien de Lizzie, espero que sea así.

médicoencasa: Y qué bonito que tus alumnos te tengan tanto aprecio.
AbuLizzie: Se llama Sam. No sabía ni cómo coger un lápiz, pero era un niño encantador, y lo sigue siendo ahora que se ha hecho un hombre.
AbuLizzie: Aunque me olvidé las llaves de casa.
médicoencasa: ¡Comprensible!
AbuLizzie: Por un momento, pensé que no podría volver a entrar.
médicoencasa: Espero que no te asustaras mucho.

AbuLizzie: Fue un poco raro, pero guardo unas de repuesto en una maceta. Tengo las violetas que da gusto verlas.

médicoencasa: ¡No tenemos esos lujos en Nueva York!

AbuLizzie: ¡Me meo de LOL!

Sonrío. Veo que todavía no lo domina del todo.

AbuLizzie: Tengo que ir a hacer la comida. Va a venir una amiga.

médicoencasa: Anda, ve. Me alegra que tengas compañía.

AbuLizzie: ¡Graci as!

AbuLizzie: :-)

Se desconecta, y me siento exultante. «Puedo hacer algo bueno todavía, antes de que me toque dejar este mundo.» *Jude*, sexta parte, capítulo 1.

Las cinco y todo va bien. Termino la partida (¡4-0!), apuro lo que queda de vino y bajo a ver la televisión. Esta noche toca doble sesión de Hitchcock, pienso mientras abro el mueble de los DVD; tal vez *La soga* (infravalorada) y *Extraños en un tren* (Su mujer. Mi padre. ¡Intercambio!). En ambas aparecen personajes gais, no sé si las habré emparejado por eso. Veo que sigo en modo psicoanalista.

—Intercambio —me digo.

Últimamente mantengo muchos monólogos conmigo misma. Nota mental para el doctor Fielding.

Puede que *Con la muerte en los talones*.

O tal vez *Alarma en el expr…*

Un grito, descarnado y cargado de terror, arrancado de la garganta.

Me vuelvo de inmediato hacia las ventanas de la cocina.

La habitación está en silencio. Tengo el corazón desbocado.

¿De dónde ha venido?

En el exterior, todo está teñido de la luz melosa del atardecer, el viento se mece entre los árboles. ¿Procedía de la calle o...?

Y de pronto ahí está otra vez, extirpado de lo más hondo, rasgando el aire, violento y frenético: un grito. Proviene del número 207. Las ventanas del salón están abiertas, las cortinas se agitan en la brisa. «Hoy hace calorcito —había dicho Bina—. Deberías abrir una ventana.»

Observo la casa con atención, mis ojos vuelan de la cocina al salón y se desvían bruscamente hacia el dormitorio de Ethan antes de regresar a la cocina.

¿La estará agrediendo? «Muy controlador.»

No tengo su número de teléfono. Por fin logro sacar el iPhone del bolsillo y se me cae al suelo.

—Joder.

Llamo al servicio de información telefónica.

—¿Dirección? —me preguntan con tono hosco.

Se la facilito y, un segundo después, una voz automatizada recita diez dígitos y se ofrece a repetirlos en español. Cuelgo y marco.

Un tono vibra en mi oído.

Otro más.

El tercero.

El cuar...

—¿Sí?

Ethan. Temblorosa, muda. Lo busco en la fachada lateral, pero no lo encuentro.

—Soy Anna. La vecina de enfrente.

Se sorbe la nariz.

—Hola.

—¿Qué está pasando? He oído un grito.

—Ah. No… No. —Tose—. No pasa nada.

—He oído que alguien gritaba. ¿Era tu madre?

—No pasa nada —insiste—. Mi padre, que ha perdido los nervios.

—¿Necesitáis ayuda?

Un breve silencio.

—No.

Dos tonos vacilantes en mi oído. Ha colgado.

La casa me mira impasible.

David… David está allí. ¿O ya ha vuelto? Pico a la puerta del sótano y lo llamo. Por un momento temo que abra una extraña, me explique somnolienta que David volverá dentro de un rato y que si no me importa se vuelve a la cama, muchas gracias.

Nada.

¿Lo habrá oído? Es más, ¿lo habrá visto? Lo llamo al móvil.

Cuatro tonos, largos y parsimoniosos y, a continuación, la locución de un saludo genérico: «Lo sentimos, la persona a la que llama…». Una voz femenina, siempre es una mujer. Tal vez nuestras disculpas parecen más sinceras.

Le doy a «Finalizar». Froto el móvil como si se tratara de una lámpara maravillosa y un genio fuera a brotar de él para poner su sabiduría a mi disposición y concederme todos mis deseos.

Jane ha gritado. Dos veces. Su hijo ha negado que ocurriera nada. No puedo llamar a la policía. Si no ha sido sincero conmigo, menos lo va a ser con unos tipos uniformados.

Mis uñas se clavan como hoces en la palma de mi mano.

No. Tengo que volver a hablar con él... O mejor aún, con ella. Aprieto el botón «Reciente» que aparece en la pantalla y pulso el número de los Russell. Esta vez solo suena una vez antes de que contesten.

—¿Sí? —pregunta Alistair con su agradable voz de tenor.

Contengo la respiración.

Alzo la vista y ahí está, en la cocina, con el teléfono en la oreja. Y un martillo en la otra mano. No me ve.

—Soy Anna Fox, del doscientos trece. Nos conocimos el pasado...

—Sí, lo recuerdo. Hola.

—Hola —digo, aunque me arrepiento—. Acabo de oír un grito y quería asegurarme de que...

Me da la espalda, deja el martillo en la encimera —el martillo, ¿habrá chillado por eso?— y se lleva la mano a la nuca, como si se la masajeara.

—Disculpe, ¿qué ha oído? —pregunta.

Esto no me lo esperaba.

—¿Un grito? —respondo. No, que suene autoritario—. Un grito. Hace un minuto.

—¿Un... grito? —repite, como si se lo hubiera dicho en otro idioma. *Sprezzatura. Schadenfreude. Grito.*

—Sí.

—¿Dónde?

—En su casa.

Date la vuelta. Quiero verte la cara.

—Aquí... Aquí no ha gritado nadie, eso puedo asegurárselo.

Oigo que contiene una risilla y veo que se apoya en la pared.

—Pues yo lo he oído. —Y tu hijo me lo ha confirmado, pienso, aunque no se lo digo. Podría irritarlo, encolerizarlo.

—Creo que ha debido de oír otra cosa. O tal vez venía de otro sitio.

—No, he oído claramente que provenía de su casa.

—Aquí solo estamos mi hijo y yo. Yo no he gritado y estoy seguro de que él tampoco.

—Pero he oído…

—Señora Fox, discúlpeme, pero debo dejarla, tengo otra llamada. Aquí todo está tranquilo. No hay gritos de ningún tipo, ¡se lo prometo!

—Usted…

—Que tenga un buen día. Aproveche que hace bueno.

Veo cómo cuelga y vuelvo a oír los dos tonos de antes. Recupera el martillo que ha dejado en la encimera y sale de la habitación por otra puerta.

Miro el móvil boquiabierta, incrédula, como si fuese a explicarme lo que ocurre.

Y justo cuando vuelvo a mirar la casa de los Russell, la veo en la escalera de la entrada. Se detiene un momento, como una suricata que intuye la presencia de un depredador, antes de descender los escalones. Vuelve la cabeza hacia un lado y el otro varias veces y finalmente echa a andar en dirección oeste, hacia la avenida. La puesta de sol forma un halo en su coronilla.

25

Se apoya en el marco de la puerta, con la camiseta oscurecida por el sudor y el pelo apelmazado. Lleva puesto un solo auricular.

—¿Qué?

—Que si has oído ese grito en casa de los Russell —repito.

Acabo de oírlo llegar, ni treinta minutos después de que Jane apareciese en los escalones de la entrada. Mientras tanto, mi Nikon ha volado de ventana en ventana por la casa de los Russell, como un perro buscando madrigueras de zorro.

—No, me fui hará una media hora —contesta David—. Me acerqué a la cafetería a por un sándwich. —Se levanta la camiseta para secarse el sudor de la cara. Tiene el abdomen como planchas de uralita—. ¿Has oído un grito?

—He oído dos. Alto y claro. ¿Sobre las seis?

Le echa un vistazo al reloj.

—Puede que estuviese allí, pero no he oído nada —asegura, señalando el auricular. El otro cuelga sobre el muslo—. A excepción de Springsteen.

Podría decirse que es el primer gusto personal que comparte conmigo, pero ahora no tengo tiempo para estas cosas. Continúo a toda máquina.

—El señor Russell no te mencionó. Dijo que solo estaban su hijo y él.

—Entonces es probable que ya me hubiese ido.

—Te he llamado.

Suena a súplica. Frunce el ceño, saca el móvil del bolsillo, lo mira y arruga aún más la frente, como si el teléfono le hubiese fallado.

—Vaya, ¿necesitas algo?

—Entonces no has oído gritar a nadie.

—No he oído gritar a nadie.

Doy media vuelta.

—¿Necesitas algo? —repite, pero ya estoy prácticamente frente a la ventana, cámara en ristre.

Lo veo salir. Se abre la puerta y, al cerrarse, ahí está. Desciende los escalones a toda prisa, tuerce a la izquierda y avanza por la acera con paso decidido. Hacia mi casa.

Poco después, cuando suena el timbre, yo ya estoy esperando junto al interfono. Aprieto el botón; lo oigo entrar en el vestíbulo y el chasquido de la puerta de la calle al cerrarse detrás de él. Abro la del recibidor y me lo encuentro parado en la penumbra, con los ojos enrojecidos e hinchados, llenos de vasos capilares deshilados.

—Lo siento —se disculpa Ethan, sin decidirse a cruzar el umbral.

—No lo sientas. Entra.

Se mueve como una cometa, primero hace el amago de dirigirse al sofá y luego hacia la cocina.

—¿Te apetece picar algo? —le pregunto.

—No, no puedo quedarme.

Sacude la cabeza mientras las lágrimas resbalan por sus

mejillas. Dos veces que ha estado en mi casa, dos veces que ha llorado.

Estoy acostumbrada a ver criaturas afligidas: sollozando, gritando, aporreando muñecos, arrojando libros... Sin embargo, Olivia era a la única que podía abrazar. Así que le abro mis brazos a Ethan, los extiendo como alas, y él entra en ellos con torpeza, como si chocara contra mí.

Durante un instante, que acaba convirtiéndose en un momento, vuelvo a abrazar a mi hija. Vuelvo a abrazarla antes de entrar a clase el primer día de colegio; vuelvo a hacerlo en la piscina, durante las vacaciones que pasamos en Barbados; vuelvo a estrecharla contra mí en medio de una silenciosa nevada. Su corazón late contra el mío, descompasado, en un aleteo continuo, mientras la sangre recorre nuestras venas.

Murmura algo confuso sobre mi hombro.

—¿Qué?

—Digo que lo siento de veras —repite, zafándose, limpiándose la nariz con la manga—. De verdad que lo siento.

—No pasa nada. Deja de decir eso. No pasa nada. —Me aparto un mechón de pelo del ojo y hago otro tanto con él—. ¿Qué ocurre?

—Mi padre... —Se interrumpe y echa un vistazo por la ventana en dirección a su casa, que reluce como una calavera en la oscuridad—. Mi padre se ha puesto a gritar y necesitaba irme de allí.

—¿Dónde está tu madre?

Se sorbe la nariz y vuelve a limpiársela con la manga.

—No lo sé. —Inspira hondo un par de veces y me mira a los ojos—. Lo siento. No sé dónde está, pero se encuentra bien.

—¿Seguro?

Estornuda y baja la vista. Punch se ha colado entre sus pies y está restregándose contra las pantorrillas de Ethan, que vuelve a estornudar.

—Lo siento. —Se sorbe de nuevo—. El gato. —Mira a su alrededor, como si se sorprendiera de encontrarse en mi cocina—. Debo volver o mi padre se enfadará.

—Tengo la sensación de que ya lo está.

Retiro una silla de la mesa y le indico que se siente.

La mira con gesto indeciso y luego vuelve a echar otra ojeada a la ventana.

—Tengo que irme. No debería haber venido. Solo…

—Necesitabas salir de casa —acabo la frase por él—. Lo comprendo. Pero no correrás peligro, ¿verdad?

Para mi sorpresa, lanza una carcajada, breve y estridente.

—Mi padre es de mucho ruido y pocas nueces, nada más. No le tengo miedo.

—Pero tu madre sí.

No contesta.

Por lo que puedo ver, Ethan no muestra ninguna de las señales más evidentes de malos tratos: no tiene marcas ni en la cara ni en los brazos, se muestra alegre y abierto (aunque ha llorado dos veces, no lo olvidemos) y la higiene es satisfactoria. Aunque solo se trata de una impresión, de lo que se ve a primera vista. Al fin y al cabo está aquí, en mi cocina, lanzando miradas nerviosas a su casa, al otro lado del parque.

Vuelvo a colocar la silla en su sitio.

—Te voy a dar mi teléfono —decido.

Asiente… de mala gana, creo, pero es suficiente.

—¿Me lo puede apuntar?

—¿No tienes móvil?

Niega con la cabeza.

—Él… Mi padre no quiere. —Se sorbe la nariz—. Tampoco tengo e-mail.

No me extraña. Cojo una receta antigua de un cajón de la cocina y se lo garabateo. Llevo escritos cuatro números cuando me doy cuenta de que estoy anotando mi antiguo teléfono del trabajo, el número de urgencias que tenía reservado para mis pacientes. «1-800-ANNA-SOS», bromeaba Ed.

—Disculpa, me he equivocado de número.

Lo tacho con una raya y anoto el correcto. Cuando levanto la vista, Ethan está en la puerta de la cocina, mirando su casa, al otro lado del parque.

—No tienes por qué volver.

Se da la vuelta. Vacila. Sacude la cabeza.

—Tengo que irme a casa.

Asiento y le tiendo el papel, que se guarda en el bolsillo.

—Llámame a la hora que sea —le pido—. Y dale también el número a tu madre, por favor.

—Vale.

Se dirige a la puerta con los hombros echados hacia atrás y la espalda recta. Preparándose para la batalla, supongo.

—¿Ethan?

Se vuelve con una mano en el picaporte.

—Lo digo en serio, a la hora que sea.

Asiente. Luego abre la puerta y se va.

Regreso frente a la ventana y lo veo cruzar el parque, ascender los escalones e introducir la llave en la cerradura. Se detiene, inspira hondo y acto seguido desaparece en el interior.

26

Dos horas después, riego mi garganta con lo que queda de vino y dejo la botella en la mesita de centro. Me apoyo para ponerme de pie, despacio, y empiezo a inclinarme hacia el otro lado, como la segunda manecilla de un reloj.

No. Ve a tu habitación. Ve a la ducha.

Bajo el chorro de agua, los últimos días inundan mi cerebro, llenan fisuras y anegan huecos: Ethan, llorando en el sofá; el doctor Fielding y sus gafas de alto voltaje; Bina, con la pierna apuntalada contra mi columna; esa noche turbulenta que Jane estuvo aquí. La voz de Ed en mis oídos. David con el cúter. Alistair, un buen hombre y un buen padre. Los gritos.

Me echo un chorro de champú en la mano y me lo esparzo por el pelo con aire ausente. La marea crece a mis pies.

Y las pastillas... Dios, las pastillas. «Se trata de psicotrópicos muy potentes, Anna —me avisó el doctor Fielding al principio, cuando estaba embotada de analgésicos—. Tómalos de manera responsable.»

Aprieto las palmas contra la pared, inclino la cabeza debajo del grifo, con el rostro escondido en una oscura cueva de pelo. Ocurre algo, en mi interior, algo nuevo y nocivo. Un árbol venenoso ha echado raíces, ha crecido y se extiende en abanico; una enredadera que envuelve y asfixia mis entrañas, mis pulmones, mi corazón.

—Las pastillas —murmuro con voz suave en medio del fragor, como si hablara debajo del agua.

Mi mano dibuja jeroglíficos en el cristal de la mampara. Enfoco la mirada y leo. Una y otra vez, en toda la puerta, he escrito el nombre de Jane Russell.

Jueves,
4 de noviembre

27

Está tumbado de espaldas. Recorro con un dedo el cerco de pelo oscuro que divide su torso desde el ombligo hasta el pecho.

—Me gusta tu cuerpo —musito.

Suspira y sonríe.

—No sé por qué —contesta, y se dispone a enumerar todos y cada uno de sus defectos mientras mi mano se demora en las hondonadas de su cuello: la piel seca que convierte su espalda en un mosaico de terrazo; el lunar solitario entre los omóplatos, como un esquimal abandonado entre las placas de hielo; el pulgar torcido; las muñecas huesudas; la diminuta cicatriz blanca que une sus narinas con un guion.

La toco. El meñique se aventura en la nariz y lo ahuyenta con un bufido.

—¿Cómo te lo hiciste? —pregunto.

Enrosca un mechón de pelo en su pulgar.

—Fue mi primo.

—No sabía que tuvieras un primo.

—Dos. Fue mi primo Robin. Me puso una navaja junto a la nariz y dijo que me cortaría las ventanas para que solo tuviera un agujero, y cuando dije que no con la cabeza, me corté con la hoja.

—Dios.

Lanza un suspiro.

—Lo sé. Si hubiera dicho que sí, no habría pasado nada.

Sonrío.

—¿Qué edad tenías?

—Ah, fue el martes pasado.

Me echo a reír, igual que él.

En cuanto emerjo, el sueño se escurre como agua por un sumidero. El recuerdo, en realidad. Intento recogerlo entre las manos, pero ya no está.

Me masajeo la frente tratando de hacer desaparecer la resaca. Aparto las sábanas a un lado, me quito el pijama de camino al tocador y consulto la hora en el reloj de la pared, que marca las 10.10, como si luciera un bigote encerado. He dormido doce horas.

El día anterior ha languidecido como una flor, marchita y amarillenta. Una discusión doméstica, desagradable, pero nada fuera de lo habitual, eso es lo que oí. Y de lejos. No es asunto mío. Tal vez Ed tenga razón, pienso mientras bajo al estudio con el ruido de las zapatillas repicando en los escalones.

Claro que tiene razón. «Muchos estímulos», sí, desde luego. Demasiados. Duermo demasiado, bebo demasiado, pienso demasiado; demasiado, demasiado. *De trop.* ¿Me volqué de esta manera en los Miller cuando llegaron en agosto? No, nunca se pasaron por aquí, pero aun así estudié sus rutinas, seguí sus movimientos, los controlé como tiburones en mar abierto. Conclusión: los Russell no tienen nada de particular, solo están particularmente cerca.

Por supuesto que estoy preocupada por Jane. Y aún más

por Ethan. «Mi padre, que ha perdido los nervios.» No quiero ni imaginármelo, pero no puedo acudir a, no sé, a los Servicios de Protección de Menores, no hay fundamento para nada. En estos momentos sería peor el remedio que la enfermedad, lo sé.

Suena el teléfono.

Es algo que ocurre con tan poca frecuencia que por un momento me invade el desconcierto. Miro fuera, como si hubiera sido un pájaro. No encuentro el teléfono en los bolsillos del albornoz, pero lo oigo vibrar arriba, en alguna parte. Para cuando llego al dormitorio y lo descubro acunado entre las sábanas, ya no suena.

En la pantalla leo: Julian Fielding. Pulso el botón de rellamada.

—¿Sí?

—Hola, doctor Fielding. No me ha dado tiempo a contestar.

—Anna. Hola.

—Hola, ¿qué tal?

A ver si conseguimos superar los formalismos. Me duele la cabeza.

—Te llamo… Un momento… —Su voz se apaga y regresa de golpe—. Estoy en un ascensor. Te llamo para asegurarme de que has rellenado la receta.

¿Qué recet…? Ah, sí, las pastillas que Jane recogió en la puerta.

—Sí, sí, lo he hecho.

—Bien. Espero que no pienses que estoy siendo condescendiente al llamar para comprobarlo.

Es justamente lo que pienso.

—En absoluto.

—Deberías notar los efectos bastante rápido.

El ratán de la escalera me raspa las suelas.

—Resultados inmediatos.

—Bueno, yo los llamaría efectos en lugar de resultados.

No es de los que mean en la ducha.

—Le mantendré informado —aseguro, dirigiéndome al estudio.

—Me quedé un poco preocupado después de la última sesión.

Me detengo un momento.

—Yo...

No. No sé qué decir.

—Espero que este ajuste de la medicación te sirva de ayuda.

Continúo callada.

—¿Anna?

—Sí. Yo también lo espero.

Su voz vuelve a apagarse.

—¿Disculpe?

Un segundo después lo oigo a todo volumen.

—Esas pastillas —dice— no deben tomarse con alcohol.

28

En la cocina, acompaño las pastillas con merlot. Comprendo la preocupación del doctor Fielding, en serio; admito que el alcohol es un depresor y, como tal, no es lo más indicado para un depresivo. Lo capto. He escrito acerca del tema: «La depresión juvenil y el abuso del alcohol», en *Revista de psicología pediátrica*, volumen 37, n.º 4, Wesley Brill, coautor. Puedo citar las conclusiones si es necesario. Como dijo Bernard Shaw, suelo citarme, anima la conversación. Como también dijo Shaw, el alcohol es la anestesia que nos permite soportar las intervenciones de la vida. El viejo Shaw.

Así que, venga ya, Julian, no son antibióticos. Además, llevo casi un año mezclando medicamentos y mírame.

El portátil descansa en un cuadrado de luz sobre la mesa de la cocina. Lo abro, visito Agora, pongo al día a un par de nuevos reclutas e intervengo en un debate más sobre medicamentos. (Ninguno debe tomarse con alcohol, sermoneo.) Una vez, una sola vez, lanzo una rápida mirada a la casa de los Russell. Ethan está en su habitación, con las manos sobre el teclado del ordenador —jugando, supongo, o haciendo un trabajo; en cualquier caso, no en internet—, y Alistair en el salón, sentado con una tableta apoyada en el regazo. Una familia del siglo XXI. Sin rastro de Jane, pero no pasa nada. No es asunto mío. Demasiados estímulos.

—Adiós a los Russell —musito, y me concentro en la televisión.

Luz que agoniza. Ingrid Bergman, más cautivadora que nunca, enloquece poco a poco.

29

Poco después de comer, vuelvo a estar delante del portátil cuando veo que AbuLizzie entra en Agora. El pequeño icono que hay junto a su nombre se transforma en una carita sonriente, como si la presencia en el foro fuese un motivo de alegría. Esta vez decido adelantarme a ella.

médicoencasa: ¡Hola, Lizzie!

AbuLizzie: ¡Hola doctora Anna!

médicoencasa: ¿Qué tiempo hace en Montana?

AbuLizzie: Está lloviendo. ¡Aunque ya está bien para una chica tan casera como yo!

AbuLizzie: ¿Qué tiempo hace en la ciudad de Nueva York?

AbuLizzie: ¿Sueno muy cateta diciendo eso? ¿¿¿O es mejor decir NYC???

médicoencasa: ¡Da lo mismo! Aquí hace sol. ¿Qué tal estás?

AbuLizzie: Para serte sincera, hoy no está siendo tan bueno como ayer. Ya veremos.

Bebo un trago y paladeo el vino.

médicoencasa: Suele ocurrir. Siempre hay baches en el camino.

AbuLizzie: ¡Ya lo veo ! Mis vecinos me traen la compra a casa.

médicoencasa: Que maravilla poder comtar con tanto apoyo.

Dos erratas. Más de dos copas de vino. No está mal el promedio de bateo, pienso. «No está nada mal», me digo, y bebo otro trago.

AbuLizzie: PERO la gran noticia es que… mis hijos vendrán a verme este fin de semana. Me encantaría poder salir con ellos. ¡De verdad de la buena!

médicoencasa: No seas dura contigo misma si al final no puede ser.

Una pausa.

AbuLizzie: Ya sé que tal vez suene un poco fuerte, pero me resulta difícil no sentirme como «un bicho raro».

Bastante fuerte, de hecho. Se me encoge el corazón. Apuro la copa, me arremango el albornoz y deslizo los dedos sobre el teclado.

médicoencasa: NO eres un bicho raro. Eres víctima de las circunstancias. Estás pasando por algo muy, muy duro. Llevo diez m eses confinada en casa y sé mejor que nadie lo difícil que es esto. POR FAVOR, no vuelvas a considerarte un bicho raro o unafracasada sino una persona dura y capaz que ha sido lo bastantes valiente para pedir ayuda. Tus hijos deberían estar orgullosos de ti y tú deberías estar ogrullosa de ti misma.

Fin. Nada de poesía. Ni siquiera de buena ortografía —mis dedos bailaban sobre las teclas—, pero hasta la última palabra es cierta. Rigurosamente cierta.

AbuLizzie: Eso es muy bonito.
AbuLizzie: Gracias.
AbuLizzie: No me extraña que seas psicóloga. Sabes qué decir y cómo decirlo.

Noto la sonrisa que empieza a dibujarse en mis labios.

AbuLizzie: ¿Tienes familia?

Y cómo se hiela.

Me sirvo más vino antes de contestar, hasta que la copa está a rebosar. Agacho la cabeza y consigo que descienda de un sorbo a la línea de pleamar. Una gota resbala por el labio, continúa por la barbilla y cae sobre el albornoz. La restriego sobre el tejido de toalla hasta que la absorbe. Menos mal que no me ve Ed. Menos mal que no me ve nadie.

médicoencasa: Sí, pero no vivimos juntos.
AbuLizzie: ¿Por qué?

Exacto, ¿por qué no? ¿Por qué no vivís juntos, Anna? Me llevo la copa a los labios, pero vuelvo a dejarla en la mesa. La escena se despliega ante mí como un abanico japonés: los vastos llanos nevados, el hotel de postal de Navidad, la vieja máquina de hielo.

Y para mi sorpresa, me dispongo a contárselo.

30

Diez días antes habíamos decidido separarnos. Así empezó todo, fue el «érase una vez». Mejor dicho —para ser del todo justa, para ser del todo sincera—, Ed lo decidió y yo lo acepté, en principio. Reconozco que creí que no ocurriría, ni siquiera cuando Ed llamó al agente inmobiliario. Podría haberme engañado.

Creo que el porqué no debe interesar a Lizzie. «¿Qué es lo que debería interesarle a Lizzie?», como Wesley habría reformulado; insistía mucho en la precisión de las preguntas. Supongo que todavía lo hace. Pero no: el porqué no es importante, no en este caso. El dónde y el cuándo sí puedo especificarlos.

Vermont y el diciembre pasado, respectivamente, cuando metimos a Olivia en el Audi y aceleramos para acceder a la 9A, cruzamos el puente Henry Hudson y salimos de Manhattan. Dos horas después, avanzando por el norte de Nueva York, habíamos llegado a lo que a Ed le gustaba llamar carreteras apartadas, «con un montón de cafeterías y lugares donde sirven tortitas», prometió a Olivia.

—A mamá no le gustan las tortitas —dijo.

—Puede visitar alguna tienda de artesanía.

—A mamá no le gusta la artesanía —dije.

Al final resultó que las carreteras apartadas de la zona son bastante inactivas en lo relativo a lugares con tortitas y tiendas de artesanía. Encontramos un solitario restaurante de la cadena IHOP en la parte más al este de Nueva York, donde Olivia cubrió sus gofres con sirope de arce (producto local, según afirmaba el menú), y Ed y yo nos lanzábamos miradas cada uno desde su lado de la mesa. En el exterior, empezó a caer aguanieve, copos frágiles como pequeños kamikazes estampándose contra las ventanas. Olivia los señaló con el tenedor y chilló de alegría.

Entrechoqué su tenedor con el mío, como una espada.

—Habrá mucha más nieve en Blue River —le dije.

Era nuestro destino final, una pista de esquí en el centro de Vermont que una amiga de Olivia había visitado. Compañera de clase, no amiga.

De vuelta al coche, de vuelta a la carretera. El viaje fue silencioso, en general. No le habíamos contado nada a Olivia; no tenía sentido fastidiarle las vacaciones, fue mi opinión, y Ed asintió. Apechugamos con la situación por ella.

Así que fuimos pasando a toda velocidad, y en silencio, por vastos campos y pequeños arroyos cubiertos con placas de hielo, a través de pueblos olvidados y una débil tormenta de nieve cerca de la frontera de Vermont. En un momento dado, Olivia rompió a cantar «Over the River and Through the Woods», y yo me uní a ella, intentando afinar sin éxito.

—¿Papi, cantas con nosotras? —suplicó Olivia.

Siempre lo ha hecho así: lo pregunta en vez de ordenarlo. No es una niña como las demás. A veces pienso que es un rasgo poco común en cualquiera.

Ed se aclaró la voz y cantó.

Solo cuando llegábamos a las Green Mountains, que sobresalían como hombros de la tierra, Ed empezó a relajarse. Olivia se había quedado sin aliento.

—Jamás había visto algo así —dijo respirando con dificultad, y yo me pregunté dónde habría oído esa expresión.

—¿Te gustan las montañas? —pregunté.

—Parecen una manta arrugada.

—Sí que lo parecen.

—Como la cama de un gigante.

—¿La cama de un gigante? —repitió Ed.

—Sí… como si fuera un gigante durmiendo bajo una manta. Por eso tiene tantos bultos.

—Mañana estarás esquiando en una de esas montañas —prometió Ed al tiempo que pasábamos por una curva cerrada—. Subiremos hasta arriba, arriba, arriba, con el telesilla, y luego iremos hasta abajo, abajo, abajo por la montaña.

—Arriba, arriba, arriba —repitió Olivia.

Las palabras salían en torrente de sus labios.

—Muy bien.

—Abajo, abajo, abajo.

—Muy bien otra vez.

—Esa de allí parece un caballo. Esas son las orejas.

Señaló un par de sobresalientes picos que asomaban a lo lejos. Olivia tenía esa edad en la que todo le recordaba a un caballo.

Ed sonrió.

—¿Qué nombre le pondrías a tu caballo si lo tuvieras, Liv?

—No vamos a comprar un caballo —aclaré.

—Lo llamaría Zorra.

—¿Como la hembra del zorro? —le dijo Ed.

—Mi yegua sería rápida como un zorro.

Lo pensamos un rato.

—¿Cómo llamarías al caballo, mamá?

—¿No quieres llamarme mami?

—Vale.

—¿Vale?

—Vale, mami.

—Yo llamaría al caballo Por Supuesto, por supuesto.

Me quedé mirando a Ed. Nada.

—¿Por qué? —preguntó Olivia

—Es por una canción de la tele.

—¿Qué canción?

—De un antiguo programa sobre un caballo que hablaba.

—¿Un caballo que hablaba? —Olivia arrugó la nariz—. Eso es una tontería.

—Estoy de acuerdo.

—Papi, ¿tú cómo llamarías al caballo?

Ed miró por el retrovisor.

—A mí también me gusta Zorra.

—¡Hala! —exclamó Olivia.

Yo me volví.

Se había abierto un espacio junto a nosotros, por debajo de nosotros, un vasto abismo que se iniciaba en el terreno de abajo, un enorme cuenco de nada; las copas de los abetos como cónicos tejados de paja en el fondo del vacío; alfombras de niebla que pendían en la atmósfera. Estábamos tan cerca del borde de la carretera que parecía que flotáramos. Podíamos asomarnos a mirar al pozo del mundo.

—¿A cuánta distancia está eso de ahí abajo? —preguntó Olivia.

—A mucha —respondí y me volví hacia Ed—. ¿Podemos ir un poco más lento?

—¿Ir más lento?

—Más despacio, como se diga. Podemos… ¿ir más despacio?

Ed redujo un poco la marcha.

—¿Podemos ir más despacio todavía?

—Así vamos bien —dijo.

—Me da miedo —dijo Olivia, y lo hizo de una forma aguda hacia el final, llevándose las manos a los ojos, y Ed levantó ligeramente el pie del acelerador.

—No mires hacia abajo, tesoro —dije, y me removí en el asiento—. Mira a mami.

Lo hizo con los ojos muy abiertos. La tomé de la mano y atrapé sus dedos entre los míos.

—Todo va bien —la tranquilicé—. Tú mira a mami.

Había reservado alojamiento en las afueras de Two Pines, a una media hora de las pistas. «La pensión histórica más elegante del centro de Vermont», presumía el Fisher Arms en su página web, con un collage cursi de fotos con chimeneas llameantes y ventanas con volantes de nieve.

Dejamos el coche en el pequeño aparcamiento. Había carámbanos colgando de los aleros justo encima de la puerta de entrada. La decoración interior era de estilo rústico de Nueva Inglaterra: un techo alto acabado en punta, mobiliario elegante y anticuado, las llamas danzando en una de esas amigables chimeneas de revista. La recepcionista, una joven rubia y gordita cuya placa identificativa rezaba

MARIE, nos invitó a firmar el registro de huéspedes, con los ojos clavados en el tablón de recepción mientras lo hacíamos. Me pregunté si iba a dirigirse a nosotros llamándonos «muchachos».

—Muchachos, ¿venís a esquiar?

—Sí —dije—, A Blue River.

—Me alegro de que ya estéis aquí. —Marie sonrió con simpatía a Olivia—. Está a punto de llegar una tormenta.

—¿Del noreste? —aventuró Ed, intentando parecer oriundo.

La recepcionista ensayó su sonrisa de suficiencia con él.

—Una del noreste es más bien una tormenta costera, señor.

Ed estuvo a punto de encogerse de dolor.

—Oh.

—Esta es una tormenta como las de siempre. Pero será de las gordas. Muchachos, aseguraos de cerrar bien las ventanas esta noche.

Quise preguntar por qué iban a estar abiertas las ventanas la semana antes de Navidad, pero Marie me puso las llaves en la palma de la mano y nos deseó, muchachos, una buena noche.

Arrastramos el equipaje por el vestíbulo —las «numerosas comodidades» del Fisher Arms no incluían servicio de botones— y entramos en nuestra suite. Cuadros de faisanes flanqueaban la chimenea; milhojas de mantas reposaban a los pies de las camas. Olivia fue directamente hacia el baño y dejó la puerta entreabierta; le daban miedo los baños desconocidos.

—Es bonito —murmuré.

—Liv —dijo Ed—, ¿cómo está el baño?

—Frío.

—¿Qué cama quieres? —me preguntó Ed.

Cuando íbamos de vacaciones, siempre dormíamos separados, para que Olivia no desbordara nuestra cama cuando, de forma inevitable, se metiera dentro. Algunas noches viajaba desde la de Ed a la mía y vuelta otra vez; él la llamaba Pong, por ese juego de Atari con cuatro bolitas que rebotaban entre dos barras.

—Quédate con la que está junto a la ventana. —Me senté a los pies de la otra cama y abrí la cremallera de mi maleta—. Será mejor que compruebes que está bien cerrada.

Ed balanceó la maleta para colocarla sobre el colchón. Empezó a deshacerla en silencio. Por la ventana se veían cortinas de nieve en movimiento, grises y blancas en la oscuridad creciente.

Pasado un rato, se arremangó y se rascó el antebrazo.

—Sabes... —dijo.

Me volví hacia él.

Se oyó la cadena del retrete y Olivia entró disparada en la habitación, saltando sobre un pie y luego sobre el otro.

—¿Cuándo podemos levantarnos para ir a esquiar?

La cena consistía en bocadillos envasados de mermelada y mantequilla de cacahuete y una variedad de zumos, aunque había escondido una botella de sauvignon blanco entre mis jerséis. A esas alturas, el vino estaba a temperatura ambiente, y a Ed le gustaba el blanco «muy seco y muy frío», como siempre informaba a los camareros. Llamé a recepción y pedí hielo.

—Hay una máquina en el pasillo un poco más allá de vuestra habitación —me dijo Marie—. Tienes que darle un empujón fuerte a la tapa.

Agarré el cubo de hielo del minibar que había debajo de

la tele, salí al pasillo y vi una máquina de hielo antigua, de la marca Luma Comfort, zumbando en una hornacina a un par de pasos del cuarto.

—Suenas a somier —le dije.

Empujé con fuerza la tapa y esta se deslizó hacia atrás. La máquina me escupió su frío gélido en la cara, como el vaho de las personas que comen chicle de menta súper fresca en los anuncios de la tele.

No había ninguna palita. Rebusqué en el interior, el frío me quemaba las manos, y agité los hielos una vez dentro del cubo. Se me pegaron a la piel. Bravo por la Luma Comfort.

Así me encontró Ed, con la mano metida en el hielo hasta la muñeca.

De pronto se situó a mi lado, apoyado contra la pared. Durante un instante fingí no haberlo visto; me quedé mirando el hueco de la máquina donde caían los cubitos, como si su contenido me fascinara, y seguí recogiendo el hielo, deseando que se marchara, deseando que me abrazara.

—¿Interesante?

Me volví hacia él, no me molesté en fingir sorpresa.

—Mira —dijo, y mentalmente acabé la frase por él. «Vamos a pensarlo mejor», quizá. «He tenido una reacción exagerada», tal vez.

En lugar de eso, tosió, había estado luchando con el resfriado los últimos días, desde la noche de la fiesta. Yo esperé. Entonces habló:

—No quiero hacerlo así.

Apreté el puño lleno de cubitos de hielo.

—¿Hacer el qué? —Sentí que se me paraba el corazón—. ¿Hacer el qué? —repetí.

—Pues esto —respondió, casi con los dientes apretados,

agitando un brazo en el aire—. Esto de las vacaciones en plan familia feliz y, luego, el día después de Navidad…

El corazón estaba a punto de parárseme; me quemaban los dedos.

—¿Qué quieres hacer? ¿Decírselo ahora?

Ed se quedó callado.

Saqué la mano de la máquina y solté la tapa para que se cerrara. Aunque no con «un empujón fuerte»: se quedó entreabierta a medio camino. Me apoyé el cubo en la cadera y tiré de la tapa. Ed la sujetó y le dio un buen tirón.

Se me cayó el cubo y fue a dar sobre la alfombra, todos los cubitos se desparramaron por el suelo.

—Mierda.

—Olvídalo —dijo—. No quiero nada de beber.

—Yo sí.

Me arrodillé para recuperar el hielo y volver a meterlo en el cubo. Ed se quedó mirándome.

—¿Qué vas a hacer con eso? —preguntó.

—¿Quieres que deje que se fundan?

—Sí.

Me levanté y coloqué el cubo sobre la máquina.

—¿De verdad quieres hacer esto ahora?

Lanzó un suspiro.

—No entiendo por qué tenemos…

—Porque ya estamos aquí. Ya estamos…

Señalé la puerta de nuestra suite.

Asintió en silencio.

—He pensado en eso.

—Últimamente piensas mucho.

—He pensado —prosiguió— que…

Se quedó callado, y oí el clic de una puerta a mis espaldas. Me volví y vi a una mujer de mediana edad avanzando en nuestra dirección por el pasillo. Sonrió con timidez, desviando la mirada; se abrió paso entre los cubitos del suelo y siguió caminando hasta el vestíbulo.

—Creía que querrías que empezara a curarse enseguida. Eso es lo que le habrías dicho a uno de tus pacientes.

—No lo hagas… por favor, no me digas lo que yo diría o dejaría de decir.

Se quedó callado.

—Y nunca le hablaría así a un niño.

—Hablas así a sus padres.

—No me digas cómo hablo.

Siguió callado.

—Y, por lo que ella sabe, no hay nada que curar.

Suspiró de nuevo, frotó una mancha del cubo.

—La verdad es, Anna —me dijo, y percibí el pesar de sus ojos, el escarpado precipicio de su frente a punto de desmoronarse—, que ya no puedo soportarlo más.

Miré al suelo, me quedé mirando los cubitos de hielo que ya empezaban a fundirse sobre la alfombra.

Ninguno de los dos dijo nada. Ninguno de los dos se movió. Yo no sabía qué decir.

Luego oí mi propia voz, susurrante y grave.

—No me culpes de que ella esté disgustada.

Una pausa. Y luego su voz, más baja todavía.

—Sí que te culpo. —Inspiró. Espiró—. Antes me parecías la chica ideal —dijo.

Me preparé para más.

—Pero ahora mismo casi no puedo ni mirarte.

Cerré los ojos con fuerza, inhalé el frío punzante del hielo. Y no pensé en el día de nuestra boda, ni en la noche en que nació Olivia, sino en la mañana en que recogimos arándanos en Nueva Jersey; Olivia chillando de alegría y riendo con sus botas de lluvia, con la piel untada de crema solar; las nubes cruzaban el cielo con pereza, el sol de septiembre nos bañaba; un vasto océano de frutos color fucsia lo cubría todo. Ed tenía las manos llenas, los ojos brillantes; yo apretujaba los dedos pegajosos de nuestra hija. Recordé el agua del pantano que nos llegaba hasta las caderas, sentí que me inundaba el corazón, que se me filtraba a las venas, que me ascendía hasta los ojos.

Levanté la vista y miré a Ed a los ojos, esos ojos castaño oscuro. «Unos ojos vulgares y corrientes», me aseguró en nuestra segunda cita, pero para mí eran preciosos. Todavía lo son.

Me devolvió la mirada. La máquina de hielo retumbaba entre nosotros.

Entonces fuimos a decírselo a Olivia.

31

médicoencasa: Entonces fuimos a decírselo a Olivia.

Hago una pausa. ¿Cuánto más querrá saber Lizzie? ¿Cuánto más puedo soportar contarle? Ya me duele el corazón, me duele en el pecho.

Paso un minuto, sigue sin haber respuesta. Me pregunto si todo esto le ha afectado demasiado a Lizzie; aquí estoy yo hablando de la separación con mi marido cuando ella ha perdido al suyo de forma irrecuperable. Me pregunto si...

AbuLizzie ha abandonado el chat.

Me quedo mirando la pantalla.
Ahora tendré que recordar el resto de mi historia a solas.

32

—¿No se siente sola viviendo sin compañía?

Me despierto removiéndome cuando una voz me pregunta algo, una voz masculina, neutra. Despego los párpados.

—Supongo que nací para estar sola.

Ahora es una mujer. Un pastoso contralto.

Las luces y las sombras me bailan en la visión. Es *La senda tenebrosa*, Bogie y Bacall haciéndose ojitos con una mesita de centro entre ambos.

—¿Por eso va a los juicios de asesinato?

Sobre mi propia mesita de centro están los restos de la cena: dos botellas vacías de merlot y cuatro botes de pastillas.

—No. Fui al suyo porque se parecía al de mi padre.

Le doy al mando que tengo junto a mí. Le doy otra vez.

—Sé que él no mató a mi madrastra...

La tele se queda a oscuras, y el cuarto de estar también.

¿Cuánto he bebido? Vale: al menos dos botellas. Más lo de la comida. Eso es... un montón de vino. Lo reconozco.

Y la medicación: ¿he tomado la cantidad exacta esta mañana? ¿Me he tomado las pastillas correctas? Sé que últimamente no sé dónde tengo la cabeza. No me extraña que el doctor Fielding crea que estoy empeorando.

—Has sido mala —me reprendo.

Echo un vistazo a los botes. Uno de ellos está casi vacío; hay dos cápsulas iguales agazapadas en su interior, bolitas blancas, cada una en un extremo del bote.

Dios, estoy muy borracha.

Levanto la vista, miro hacia la ventana. Ya ha oscurecido, es bien entrada la noche. Echo un vistazo en busca del móvil, no lo encuentro. El reloj de pie, asomando en un rincón, intenta llamar mi atención con su tictac. Las nueve cincuenta.

—Nueve cincuenta —digo. No me gusta. Mejor diez menos diez—. Diez menos diez. —Mejor. Hago un gesto de asentimiento mirando el reloj—. Gracias —le digo.

El objeto me mira con solemnidad.

Ahora salgo dando bandazos hacia la cocina. «Dando bandazos», ¿es esa la expresión que usó Jane Russell para describirme aquel día en la puerta? ¿Cuando lo de esos mierdecillas con sus huevos? Dando bandazos como una torpe desgarbada, como Lurch. El mayordomo desgarbado de *La familia Addams*. A Olivia le encanta la música de la peli. El doble chasquido.

Me agarro al grifo, meto la cabeza debajo, giro el mango hacia el techo. El potente chorro blanco de agua. Echo la boca hacia delante, la engullo con avidez.

Me paso una mano por la cara y vuelvo dando tumbos al cuarto de estar. Desvío la mirada hacia la casa de los Russell: se ve el fulgor fantasmal del ordenador de Ethan, y al chico inclinado sobre el escritorio; se ve la cocina vacía. Se ve su salón, alegre y luminoso. Y se ve a Jane, con una blusa blanca nívea, sentada en su sofá para dos a rayas. La saludo con la mano. Ella no me ve. La saludo otra vez.

Ella no me ve.

Primero un pie, luego el otro, luego el primer pie otra vez. Luego el otro... no olvides el otro. Me hundo en el sofá, dejo la cabeza caída sobre el hombro. Cierro los ojos.

¿Qué le habrá pasado a Lizzie? ¿Habré metido la pata con algo de lo que he dicho? Noto que estoy frunciendo el ceño.

El pantano de los arándanos se me presenta delante, reluciente, cambiante. Olivia me toma de la mano.

El cubo de hielo impacta contra el suelo.

Veré lo que queda de película.

Abro los ojos, desentierro el mando de debajo de mi cuerpo. Los altavoces exhalan música de órgano, y ahí está Bacall, jugando al veo-veo por encima del hombro.

—Estarás bien —promete—. Aguanta la respiración. Cruza los dedos.

La escena de la cirugía; Bogie drogado, los espectros se arremolinan a su alrededor, un tiovivo endemoniado.

—Ahora está en tu torrente sanguíneo. —El órgano toca un bordón—. Déjame entrar. —Agnes Moorehead, golpeando al objetivo de la cámara—. Déjame entrar. —Una llama trémula—. ¿Fuego? —pregunta el taxista.

Fuego... Luz. Me vuelvo y miro al interior de la casa de los Russell. Jane sigue en su cuarto de estar, ahora está de pie y grita en silencio.

Me giro en el asiento. Música de violines, toda una flota, el estridente órgano de fondo. No veo a quién le grita, ni en qué dirección lo hace; la pared de la casa me tapa la vista del resto de la sala.

—Aguanta la respiración. Cruza los dedos.

Está gritando a voz en cuello, tiene la cara roja como un tomate. Miro de reojo la Nikon sobre la encimera de la cocina.

—Ahora está en tu torrente sanguíneo.

Me levanto del sofá, cruzo la cocina, agarro la cámara con una mano. Me desplazo hasta la ventana.

—Déjame entrar. Déjame entrar. Déjame entrar.

Me apoyo en el cristal y me llevo la cámara al ojo. Veo un borrón negro y luego Jane aparece de pronto, con el contorno un poco difuminado; un giro del objetivo y ahora la veo con nitidez, incluso el brillo de su medallón. Tiene los ojos entornados, la boca muy abierta. Agita un dedo en el aire —¿Fuego?—, lo agita de nuevo. Se le ha puesto un mechón de pelo sobre la mejilla.

Justo cuando vuelvo a hacer zoom, ella sale disparada hacia la izquierda y queda fuera del plano.

—Aguanta la respiración. —Me vuelvo hacia la televisión. Otra vez Bacall, casi ronroneando—. Cruza los dedos —digo al mismo tiempo que ella.

Vuelvo a mirar a la ventana, con la Nikon en el ojo.

Jane vuelve a entrar en el plano; pero camina despacio, de forma extraña. Tambaleante. Una mancha oscura color carmesí le ha aparecido en la parte superior de la blusa; mientras estoy mirándola se va extendiendo hacia el vientre. Se toquetea el pecho con las manos. Hay algo alargado y plateado ahí, como una empuñadura.

Es una empuñadura.

Ahora la sangre ha ascendido hasta el cuello, está manchado de rojo. Tiene la boca abierta; el ceño fruncido, como si estuviera confusa. Agarra la empuñadura con una mano, con laxitud. Extiende la otra hacia delante y apunta con un dedo en dirección a la ventana.

Me apunta directamente a mí.

Suelto la cámara, siento que me golpea la pierna, tengo la correa enganchada entre los dedos.

Jane apoya el brazo contra la ventana. Tiene los ojos muy

abiertos, la mirada suplicante. Dice algo que no puedo oír, no puedo interpretar. Entonces el tiempo se ralentiza hasta casi detenerse, ella apoya una mano en la ventana y cae hacia un lado, dejando un rastro de sangre en diagonal sobre el cristal.

Me quedo paralizada en el sitio.

No puedo moverme.

La habitación está en silencio. El mundo está en silencio.

Entonces, cuando el tiempo acelera de pronto, me muevo.

Me vuelvo de golpe, me desenredo la correa de la cámara de fotos, cruzo la habitación lanzándome hacia delante, me golpeo la cadera contra la mesa de la cocina. Me tropiezo, llego a la encimera, levanto el teléfono fijo de la base. Presiono el botón de encendido.

Nada. Está muerto.

De pronto recuerdo que David me lo dijo. «Por cierto, está desconectado...»

David.

Tiro el teléfono y salgo corriendo hacia la puerta del sótano, grito su nombre, lo grito otra vez, y otra. Sujeto el pomo de la puerta, tiro con fuerza.

Nada.

Corro hacia la escalera. Subo, subo... choco contra la pared, una, dos veces, doblo por el descansillo, tropiezo con el último escalón, llego casi a gatas hasta el estudio.

Busco por la mesa. No está el teléfono. Juraría haberlo dejado ahí.

Skype.

Las manos me tiemblan, alargo la mano para coger el ratón, lo deslizo sobre la mesa. Hago doble clic sobre Skype, otra vez doble clic, oigo el zumbido del tono de bienvenida, marco el número de emergencias en el teclado numérico.

Un triángulo rojo aparece en la pantalla. «No puede realizar llamadas de emergencia. Skype no es un servicio que sustituya al de telefonía.»

—Vete a la mierda, Skype —grito.

Salgo pitando del estudio, bajo la escalera volando, doblo por el descansillo a toda prisa, choco contra la puerta del dormitorio.

Junto a la mesilla de noche: copa de vino, marco de foto. Más allá de la mesilla de noche: dos libros, gafas para leer.

Mi cama... ¿está otra vez en mi cama? Agarro la colcha con ambas manos y tiro de ella con fuerza.

El móvil sale propulsado por los aires como un misil.

Intento atraparlo antes de que caiga, se da un golpe contra la butaca, lo cojo, lo sujeto con fuerza en la mano, lo presiono con violencia para encenderlo. Tecleo la contraseña. Vibra. Contraseña incorrecta. Vuelvo a teclearla, me resbalan los dedos.

Aparece la pantalla de bienvenida. Le doy al icono del teléfono, al del teclado numérico, marco el número de emergencias.

—¿Cuál es su emergencia?

—Mi vecina —digo, y freno, me quedo quieta por primera vez desde hace noventa segundos—. La han... apuñalado. Dios mío, ayúdenla.

—Señora, cálmese. —El hombre habla despacio, como para darme ejemplo, con un lánguido acento de Georgia. Está fuera de lugar—. Deme su dirección.

Me estrujo el cerebro, tengo que luchar para pronunciar las palabras, tartamudeo. Por la ventana veo el alegre salón de los Russell, con ese arco de sangre manchando la ventana como una pintura de guerra.

El hombre repite la dirección.

—Sí. Sí.

—¿Y dice que han apuñalado a su vecina?

—Que sí. Ayuda. Está sangrando.

—¿Qué?

—He dicho que me ayude.

¿Por qué no me ayuda? Trago aire, desesperada, toso y vuelvo a tragar.

—La ayuda está en camino, señora. Necesito que se tranquilice. ¿Podría decirme cómo se llama?

—Anna Fox.

—Está bien, Anna. ¿Cómo se llama su vecina?

—Jane Russell. Oh, Dios.

—¿Está con ella en este momento?

—No. Ella vive enfrente... está en la casa al otro lado del parque, delante de la mía.

—Anna, ¿ha...?

Está derramando las palabras en mi oído como sirope —¿qué clase de servicio de emergencias contrata a un tío que habla en cámara lenta?— cuando noto que algo me roza el tobillo.

Miro hacia abajo y veo a Punch frotándose el lomo contra mí.

—¿Qué?

—¿Ha apuñalado a su vecina?

En el reflejo de la ventana con el oscuro exterior de fondo veo que me quedo boquiabierta.

—No.

—Está bien.

—Estaba mirando por la ventana y he visto que la apuñalaban.

—Está bien. ¿Sabe quién lo ha hecho?

Estoy mirando por el cristal con los ojos entornados,

intentando ver el salón de los Russell; ahora están una planta por debajo de mí, pero en el suelo no veo más que una alfombra de estampado floral. Intento ponerme de puntillas y alargo el cuello.

Sigo sin ver nada.

Y entonces aparece: una mano en el alféizar.

Está trepando hacia arriba, como un soldado intentando asomar la cabeza por el borde de la trinchera. Veo que los dedos se arrastran por el cristal y dibujan líneas sobre la mancha de sangre.

Jane sigue viva.

—¿Señora? ¿Sabe quién...?

Pero ya he salido disparada de la habitación, se me ha caído el móvil y el gato me sigue maullando.

33

El paraguas está apoyado en el rincón, arrinconado contra la pared, como si le diera miedo alguna amenaza inminente. Lo agarro por el mango, y lo noto fresco y terso en la palma de la mano.

La ambulancia no está aquí, pero yo sí, a solo unos escalones de distancia de ella. Al otro lado de estas paredes, por detrás de esas dos puertas, Jane me ayudó, acudió en mi ayuda; y ahora tiene un cuchillo en el pecho. Mi juramento de psicoterapeuta: «No debo infligir daño a nadie. Fomentaré la curación y el bienestar y antepondré los intereses ajenos a los propios».

Jane está al otro lado del parque, arrastrando una mano sobre la sangre.

Empujo la puerta del recibidor para abrirla.

Está todo muy oscuro cuando cruzo el umbral. Desato la cinta del paraguas y activo el resorte, parece resoplar en el aire cuando se abre en la oscuridad; las puntas de los rayos chocan contra la pared, se enganchan, como diminutas garras.

Un. Dos.

Pongo la mano sobre el pomo.

Tres.

Lo giro.

Cuatro.

Me quedo ahí plantada, sintiendo el frío bronce en el puño.

No puedo moverme.

Noto cómo el exterior quiere entrar; ¿no es así como lo expresó Lizzie? Empuja contra la puerta, ejerciendo toda la fuerza de sus músculos, aporreando la madera; oigo su respiración, su nariz sacando humo, sus dientes apretados. Me atrapará; me desgarrará; me devorará.

Apoyo la cabeza contra la puerta, espiro. Un. Dos. Tres. Cuatro.

La calle es un desfiladero profundo y vasto. Queda demasiado expuesto. No voy a conseguirlo jamás.

Ella está a solo unos escalones de distancia. Al otro lado del parque.

Al otro lado del parque.

Me retiro del recibidor, voy arrastrando el paraguas por detrás de mí y me traslado hasta la cocina. Ahí está, junto al lavavajillas: la puerta lateral, que lleva directamente al parque. Cerrada con llave desde hace casi un año. He colocado una papelera de reciclaje delante, los cuellos de las botellas asoman por la tapa como dientes partidos.

Aparto el cubo —un coro de cristales tintineantes se oye en su interior— y quito el pestillo.

Pero ¿y si se cierra la puerta cuando salga? ¿Y si no puedo volver a entrar? Miro la llave colgada en el gancho que hay junto al quicio. La descuelgo, me la meto en el bolsillo del albornoz.

Abro el paraguas y me lo pongo por delante —mi arma secreta; mi espada y mi escudo— y me inclino para apoyar la mano sobre el pomo. Lo giro.

Empujo.

El aire me golpea, brusco y frío. Cierro los ojos.

Quietud. Oscuridad.

Un. Dos.

Tres.

Cuatro.

Salgo al exterior.

34

No acierto a pisar el primer escalón y caigo de golpe sobre el segundo, así que me tambaleo en la oscuridad, el paraguas bambolea delante de mí. El otro pie tropieza tras el primero, patino, me raspo la parte trasera de los tobillos con los escalones hasta que me caigo sobre el césped.

Cierro los ojos de golpe. Rozo el paraguas con la cabeza. Me cubre como si fuera una tienda de campaña.

Acurrucada allí, alargo el brazo hacia atrás para tocar la escalera, subo, subo y sigo subiendo, colocando un dedo de la mano por delante de otro hasta que toco el último escalón. Me asomo para mirar. La puerta está abierta de par en par, la cocina refulge con su luz dorada. Alargo la mano hacia allí, como si atrapara la luz con los dedos y tirase de ella en mi dirección.

Jane está muriendo en aquella casa.

Vuelvo la cabeza de nuevo hacia el paraguas. Cuatro recuadros negros, cuatro líneas blancas.

Apoyo la mano contra el áspero ladrillo de los escalones y me apoyo para levantarme. Arriba, arriba, arriba.

Oigo las ramas crujir sobre mi cabeza, inspiro deprisa varias veces el aire gélido. Había olvidado la sensación que produce el aire frío.

Y... un, dos, tres, cuatro... Empiezo a caminar. Me siento inestable, como borracha. Recuerdo que, en efecto, estoy borracha.

Un, dos, tres, cuatro.

. . .

Durante el tercer año de residencia conocí a una niña que, tras una intervención quirúrgica por su epilepsia, manifestó una serie de curiosos comportamientos. Antes de la lobectomía era, en todos los aspectos, una niña feliz de diez años, a pesar de tener tendencia a sufrir graves episodios epilépticos («epilepisodios», dijo alguien en broma); después, se apartó de su familia, ignoraba a su hermano pequeño, se encogía cuando sus padres querían tocarla.

En un principio, sus profesores creyeron que alguien estaba maltratándola, pero alguien observó que la niña se mostraba mucho más amigable con personas que apenas conocía o directamente desconocidas: se lanzaba a los brazos de sus médicos, tomaba de la mano a los peatones, conversaba con las tenderas como si fueran amigas de toda la vida. Y, mientras tanto, sus seres queridos —sus antiguos seres queridos— se estremecían por su frialdad.

Jamás descubrimos la causa. Pero llamamos al resultado «desapego emocional selectivo». Me pregunto qué será de esa niña ahora, qué estará haciendo su familia.

Pienso en esa niña pequeña, en su calidez con los desconocidos, en su afinidad con los extraños, mientras vadeo el parque para rescatar a una mujer que he visto en dos ocasiones.

Mientras lo pienso, el paraguas choca contra algo y freno en seco.

Es un banco.

Es el banco, el único del parque, uno de madera pequeño y destartalado con brazos con florituras y una placa
conmemorativa atornillada por detrás del respaldo. Solía
mirarlo cuando Ed y Olivia se sentaban aquí, desde mi nido
en lo alto de la casa; él se entretenía con la tableta, ella
ojeaba un libro y luego intercambiaban los objetos.

—¿Disfrutas de la literatura infantil de tu hija? —le pregunté más tarde a Ed.

—*Expelliarmus* —me respondió.

La punta del paraguas se ha quedado atrapada entre los
travesaños del asiento. Tiro de él para soltarlo y luego me
doy cuenta de algo, o más bien lo recuerdo: la casa de los
Russell no tiene una puerta lateral que dé al parque. No
hay otra forma de entrar que no sea por la puerta que da a
la calle.

Eso no lo había pensado bien.

Un. Dos. Tres. Cuatro.

Estoy en medio de un parque del tamaño de un solar,
con la única protección del nailon y el algodón, avanzando
hacia la vivienda de una mujer que ha sido apuñalada.

Oigo el rugido de la noche. Noto que merodea por mis
pulmones, se relame.

Puedo hacer esto, pienso mientras se me aflojan las rodillas. Vamos: arriba, arriba, arriba. Un, dos, tres, cuatro.

Vacilo al avanzar; un pequeño paso, pero un paso al fin
y al cabo. Me miro los pies, la hierba me cubre las zapatillas
de andar por casa. «Fomentaré la curación y el bienestar.»

Ahora la noche tiene mi corazón entre sus garras. Lo
está apretujando. Voy a explotar.

Estoy a punto de explotar.

«Y antepondré los intereses ajenos a los propios.»

«Jane, ya voy.» Tiro de mi otro pie hacia delante, noto que el cuerpo se me hunde, se me hunde. Un, dos, tres, cuatro.

Las sirenas aúllan en la distancia, como plañideras en un velatorio. Una luz rojo sangre inunda la bóveda del paraguas. Antes de poder detenerme, me vuelvo hacia el ruido.

El viento ulula. Los faros me ciegan.

Un, dos, tres...

Viernes, 5 de noviembre

35

—Supongo que deberíamos haber cerrado la puerta con llave —masculló Ed cuando ella salió corriendo en dirección al vestíbulo.

Me volví hacia él.

—¿Qué esperabas?

—Yo no...

—¿Qué creías que ocurriría? ¿Qué te dije yo que ocurriría?

Como no esperaba una respuesta, salí de la habitación. Las pisadas de Ed me siguieron, amortiguadas sobre la alfombra.

En el vestíbulo, Marie había aparecido por detrás del mostrador de recepción.

—¿Va todo bien, muchachos? —preguntó frunciendo el ceño.

—No —respondí, al mismo tiempo que Ed decía: «Va bien».

Olivia estaba recostada en una butaca junto a la chimenea, con el rostro anegado en lágrimas, como cubierto de una gasa por el reflejo de las llamas. Ed y yo nos acuclillamos a su lado. El calor del hogar me golpeaba en la espalda.

—Livvy... —empezó a decir Ed.

—No —respondió ella, meneando la cabeza hacia atrás y hacia delante. Él volvió a intentarlo, con un tono más suave—. Livvy.

—Vete a la mierda —le gritó ella.

Ambos retrocedimos; yo estuve a punto de caer dentro de la chimenea. Marie se había ocultado tras su mostrador y estaba haciendo todo lo posible por ignorarnos, a los muchachos.

—¿De dónde has sacado esa expresión? —pregunté.

—Anna —dijo Ed.

—De mí no la ha oído.

—Eso no importa ahora.

Ed tenía razón.

—Tesoro —dije mientras le acariciaba el pelo; apartó la cabeza con brusquedad y la metió debajo de un cojín—. Tesoro.

Ed puso una mano sobre la suya. Ella la retiró de golpe.

Él me miró con impotencia.

«Un niño está llorando en tu consulta. ¿Qué haces?» Primero de psicología pediátrica, primer día, primeros diez minutos. Respuesta: lo dejas llorar hasta que se canse. Escuchas, por supuesto, e intentas entender, y le ofreces consuelo, y lo animas a respirar hondo, pero lo dejas llorar hasta que se canse.

—Respira hondo, tesoro —murmuré y le di unos golpecitos con la mano cóncava en la espalda.

Ella se atragantó y farfulló algo.

Pasó el tiempo volando. La habitación estaba fría; las llamas temblaban en la chimenea, por detrás de mí. Entonces Olivia habló con la cara pegada al cojín.

—¿Qué? —preguntó Ed.

Ella levantó la cabeza, tenía las mejillas embadurnadas de moco, y miró hacia la ventana para hablar.

—Quiero irme a casa.

Me quedé mirándola a la cara, el labio tembloroso, la nariz moqueando; y luego miré a Ed, con las arrugas en la frente y las bolsas en los ojos.

¿Yo nos había hecho aquello?

La nieve caía del otro lado de la ventana. La miraba caer, nos vi a los tres reflejados en el cristal: mi marido, mi hija y yo, acurrucados junto al fuego.

Un breve silencio.

Me levanté, caminé hacia el mostrador de recepción. Marie levantó la mirada y en sus labios afloró una sonrisa tensa. Correspondí el gesto.

—La tormenta… —empecé a decir.

—Sí, señora.

—¿A cuánto…? ¿Es muy inminente? ¿Es seguro conducir?

Ella frunció el ceño, tecleó algo en el ordenador.

—La nevada fuerte no será hasta dentro de un par de horas —dijo—. Pero…

—Entonces ¿podríamos…? —La interrumpí—. Perdón.

—Estaba diciendo que las tormentas son difíciles de predecir. —Miró por detrás de mí—. ¿Tenéis pensado marcharos, muchachos?

Me volví, miré a Olivia en la butaca, a Ed acuclillado junto a ella.

—Me parece que sí.

—En tal caso —dijo Marie—, diría que ahora es el momento de ponerse en marcha.

Asentí con la cabeza.

—¿Nos podrías preparar la cuenta, por favor?

Respondió algo, pero yo solo oía el ulular del viento, el crepitar de las llamas.

36

El crujido de una funda de almohada con demasiado almi-
dón.

Pisadas cercanas.

Luego silencio; aunque silencio extraño, un silencio diferente.

Se me abren los ojos de golpe.

Estoy de costado, mirando un radiador.

Y, sobre el radiador, una ventana.

Y al otro lado de la ventana, ladrillo, una escalera zig-
zagueante de incendios, la parte trasera y cuadrada de los
aparatos del aire acondicionado.

Otro edificio.

Estoy en una cama individual, amortajada con unas sábanas muy remetidas. Me remuevo, me incorporo.

Me apoyo contra la almohada, echo un vistazo a la habitación. Es pequeña, con mobiliario sencillo; escaso, en
realidad: una silla de plástico contra una pared, una mesita de madera de nogal junto a la cama, una cajita de pañuelos de papel de color rosa claro sobre la mesita. Una
lámpara encima de esta. Un jarrón delgado, vacío. Suelo
mate de linóleo. Una puerta justo delante de mí, cerrada,
con un panel de cristal esmerilado. En el techo, una capa

de estuco y fluorescentes. Toqueteo la ropa de cama con los dedos.

Ahora empieza.

La pared del fondo se desliza, retrocede; la puerta se encoge. Miro a las paredes que tengo a ambos lados, veo cómo van alejándose la una de la otra al menguar. El techo se estremece, se agrieta, se retira como la tapa de una lata de sardinas, como un techo arrancado por la fuerza de un huracán. El aire se va con él, es arrancado de mis pulmones. El suelo emite un ruido sordo. La cama tiembla.

Estoy aquí tendida, sobre este colchón jadeante, en esta habitación diseccionada con un bisturí, sin aire que respirar. Me ahogo en la cama, estoy muriendo en la cama.

—Socorro —grito, pero lo hago en un susurro, que se asoma desde mi garganta de puntillas, arrastrándose sobre mi lengua—. So… corro —vuelto a intentarlo; esta vez lo muerdo con los dientes, me saltan chispas de la boca como si hubiera mordido un cable conectado, y la voz me estalla como un fusible, explota.

Grito.

Oigo un barullo de voces, veo una melé de sombras que van entrando por esa puerta lejana, se abalanzan sobre mí, avanzan con imposibles pasos de gigante por la habitación infinita.

Vuelvo a gritar. Las sombras se dispersan en manada, resplandecen alrededor de mi cama.

—Socorro —suplico, con la última gota de oxígeno que tengo en el cuerpo.

Entonces se me clava una aguja en el brazo. Es una sensación sorda; apenas siento nada.

Una ola me cubre, muda y tersa. Estoy flotando, suspendida en el aire, en un abismo radiante, profundo, fresco. Las palabras pasan a la velocidad del rayo a mi alrededor, como un pez.

—Ahora vuelvo —murmura alguien.

—… estable —dice otra persona.

Y luego, con claridad, como si acabara de emerger a la superficie, como si me hubiera salido el agua de los oídos:

—Justo a tiempo.

Vuelvo la cabeza. Se me cae laxa sobre la almohada.

—Estaba a punto de marcharme.

Ahora lo veo, la mayor parte de él; me cuesta un rato abarcarlo con la mirada, porque estoy colocada por la medicación (tengo experiencia suficiente para saberlo) y porque es grande que te cagas, es un hombre como una montaña: con la piel negra azulada, las espaldas enormes, los pectorales amplios, y una mata de pelo negro y tupido. El traje se le aferra al cuerpo con una suerte de desesperación, disparejo pero intentándolo con todas sus puñeteras fuerzas.

—¿Qué tal? —dice con voz melosa y profunda—. Soy el inspector Little.

Parpadeo. A la altura de su codo —prácticamente sobre él— tiene pegada una mujer con aspecto de alma cándida, uniformada de amarillo, como las enfermeras.

—¿Puede entender lo que decimos? —pregunta ella.

Parpadeo de nuevo y luego asiento en silencio. Noto cómo se mueve el aire a mi alrededor, como si fuera casi viscoso, como si continuara bajo el agua.

—Estamos en la clínica Morningside —explica la enfermera—. La policía ha estado esperando que se despierte toda la mañana.

Lo dice como si estuviera echándome la bronca por no haber respondido al timbre.

—¿Cómo se llama? ¿Puede decirnos su nombre? —pregunta el inspector Little.

Abro la boca, me sale un graznido. Se me ha secado la garganta. Tengo la sensación de haber tosido y escupido una nube de polvo.

La enfermera rodea la cama, dirige la atención hacia la mesilla de noche. Sigo su mirada, la cabeza empieza a darme vueltas, y miro mientras me pone un vaso en las manos. Trago. Agua tibia.

—Está bajo los efectos de la sedación —me dice, casi disculpándose—. Antes la ha liado un poco.

La pregunta del inspector pende en el aire, sin responder. Vuelvo a mirar al monte Little.

—Anna —digo, y las sílabas se me caen de la boca, como si mi lengua fuera un badén en su camino.

¿Qué narices me han pinchado?

—¿Tiene un apellido, Anna? —me pregunta.

Bebo otro sorbo de agua.

—Fox.

Me suena alargado.

—Ajá.

Saca una libreta del bolsillo de la pechera y la ojea.

—¿Y puede decirme dónde vive?

Recito mi dirección.

—¿Sabe dónde la recogieron anoche, señora Fox? —pregunta Little tras asentir con la cabeza.

—Doctora —digo.

La enfermera, que sigue a mi lado, se crispa.

—La doctora llegará pronto.

—No. —Niego con la cabeza—. Yo soy doctora.

Little se queda mirándome.

—Soy la doctora Fox.

Una sonrisa amanece en su rostro. Su dentadura es casi fosforescente de tan blanca.

—Doctora Fox —prosigue, golpeteando su libreta con un dedo—. ¿Sabe dónde la recogieron anoche?

Bebo agua, me quedo mirándolo. La enfermera está que echa humo a mi lado.

—¿Quién? —pregunto.

Eso es, yo también haré preguntas. Las farfullaré, más bien.

—Los paramédicos. —Y luego, antes de que pueda responder—: La recogieron en el parque Hanover. Estaba inconsciente.

—Inconsciente —repite la enfermera, por si no lo he oído la primera vez.

—Hizo una llamada poco después de las diez y media. La encontraron en albornoz con esto en el bolsillo. —Abre una manaza enorme y veo la llave de la casa brillando sobre su palma—. Y esto a su lado.

Junto a su rodilla tiene mi paraguas, con el cuerpo enrollado y sujeto por la cinta.

Empieza a ascenderme desde las tripas, luego pasa pitando por los pulmones, me cruza el corazón y me llega a la garganta, hasta que explota contra mi dentadura: «Jane».

—¿Qué ha dicho?

Little me mira con el ceño fruncido.

—Jane —repito.

La enfermera mira a Little.

—Ha dicho «Jane» —traduce, como siempre tan servicial.

—Mi vecina. Vi cómo la apuñalaban.

Me cuesta una edad de hielo decirlo, las palabras se me derriten en la boca antes de poder escupirlas.

—Sí. He escuchado la llamada a emergencias —me dice Little.

Emergencias. Eso es: el tipo que me atendió con acento sureño. Y luego la travesía desde la puerta lateral hasta el parque, las ramas que se agitaban por encima de mi cabeza, las luces dando vueltas como una poción endemoniada sobre la bóveda del paraguas. Se me nubla la visión. Inspiro con fuerza.

—Intente permanecer tranquila —me ordena la enfermera.

Vuelvo a inspirar, me ahogo.

—Tranquila —me dice la enfermera, inquieta.

Clavo la mirada en Little.

—Está bien —dice él.

Quiero protestar, resoplo, levanto la cabeza de la almohada, tenso el cuello e inspiro con dificultad por la boca. Y, aunque me cuesta respirar, se me ponen los nervios de punta: ¿qué sabrá él de cómo estoy? No es más que un poli que acabo de conocer. Un poli, ¿había conocido antes a alguno? Por la consabida multa de aparcamiento, supongo.

Veo la luz con efecto estroboscópico, como las tenues rayas de un tigre dibujadas sobre mi visión. Little no desvía la mirada de la mía, incluso cuando levanto la vista hacia su cara y luego la bajo de golpe, como un escalador al que le cuesta ascender. Sus pupilas son de un tamaño casi absurdo. Sus labios son carnosos, amables.

Y mientras estoy mirando a Little, mientras rasgo las sábanas con los dedos, me doy cuenta de que el cuerpo se me relaja, el pecho se expande y la visión se esclarece. Lo que me hayan metido está funcionando. Ahora sí estoy bien.

—Está bien —repite Little.

La enfermera me da una palmadita en los nudillos. Buena chica.

Dejo caer la cabeza hacia atrás, cierro los ojos. Me siento agotada. Me siento embalsamada.

—Han apuñalado a mi vecina —susurro—. Se llama Jane Russell.

Oigo gemir a la silla de Little cuando este se inclina para acercarse a mí.

—¿Vio a su atacante?

—No.

Consigo abrir los párpados, los noto como puertas de garaje oxidadas. Little está encorvado sobre su libreta, tiene la frente surcada por las arrugas. Frunce el ceño y asiente al mismo tiempo. Mensajes confusos.

—Pero ¿la vio sangrando?

—Sí.

Ojalá dejara de farfullar. Ojalá él dejara de interrogarme.

—¿Había estado bebiendo?

Un montón.

—Un poco —reconozco—. Pero eso es… —Inspiro y ahora siento el miedo renovado recorriéndome—. Tienen que ayudarla. Ella… ella podría estar muerta.

—Iré a buscar a la doctora —dice la enfermera, y se dirige hacia la puerta.

Cuando sale, Little asiente de nuevo.

—¿Sabe quién querría hacer daño a su vecina?

Trago saliva.

—Su marido.

Asiente un poco más, frunce un poco más el ceño, sacude la muñeca y cierra la libreta.

—Esta es la cuestión, Anna Fox —dice, de pronto expeditivo, con tono profesional—. He ido a ver a los Russell esta mañana.

—¿Ella está bien?

—Me gustaría que me acompañara para realizar una declaración.

La doctora es una joven hispana tan guapa que vuelve a costarme respirar, aunque ese no es el motivo por el que me inyecta lorazepam.

—¿Hay alguien al que podamos llamar para informarle de que está aquí? —pregunta.

Estoy a punto de darle el nombre de Ed, pero me lo pienso mejor. No tiene sentido.

—No tiene sentido —digo.

—¿Disculpe?

—Nadie —le digo—. No tengo... Estoy bien. —Manipulo cada palabra con cautela, como si estuviera haciendo origami—. Pero...

—¿Ningún familiar?

Me mira el anillo de casada.

—No —digo y pongo la mano derecha sobre la izquierda—. Mi marido... ya no estoy... ya no estamos juntos. Ya no.

—¿Algún amigo?

Niego con la cabeza. ¿A quién podría llamar? A David no, ni mucho menos a Wesley; a Bina, quizá, pero estoy bien de verdad.

Jane no lo está.

—¿Y algún doctor?

—Julian Fielding —respondo de forma automática, antes de rectificar—. No. A él no.

La veo intercambiar miradas con la enfermera, que a su

vez mira a Little, quien observa a la doctora. Es un duelo a la mexicana, a tres bandas. Siento ganas de reír. No lo hago. Jane.

—Como ya sabe, estaba inconsciente en el parque —prosigue la doctora—, y los paramédicos no pudieron identificarla, por eso la trajeron a Morningside. Cuando llegó sufría un ataque de pánico.

—Un ataque de los graves —comenta la enfermera con voz aguda.

La doctora asiente con la cabeza.

—Uno de los graves. —Revisa el informe—. Y se ha repetido esta mañana. Tengo entendido que es doctora.

—No doctora en medicina —le digo.

—¿Qué clase de doctora?

—Soy psicóloga. Trabajo con niños.

—¿Tiene…?

—Una mujer ha sido apuñalada —digo y levanto la voz. La enfermera retrocede como si fuera a propinarle un puñetazo—. ¿Por qué nadie hace nada?

La doctora mira de repente a Little.

—¿Sufre ataques de pánico con frecuencia? —me pregunta.

Y de esa forma, con Little escuchando amigablemente desde la silla y la enfermera temblando como un pollito, le cuento a la doctora, a todos ellos, lo de mi agorafobia, mi depresión y, sí, lo de mi trastorno de pánico; les hablo de mi régimen de medicación, de los diez meses metida en casa, del doctor Fielding y su terapia de aversión. Me cuesta un rato, porque todavía noto la voz pastosa; cada pocos minutos me humedezco la garganta con agua, que gotea sobre las palabras cuando estas emergen como burbujas desde el interior y se derraman en mis labios.

En cuanto he terminado, en cuanto vuelvo a caer desplomada sobre la almohada, la doctora consulta el informe durante un rato. Asiente con parsimonia.

—Bien —dice. Asiente energéticamente—. Bien. —Levanta la vista—. Déjeme hablar con el inspector. Inspector, ¿le importaría...? —Hace un gesto hacia la puerta.

Little se levanta, y la silla cruje cuando lo hace. Él me sonríe y sigue a la doctora hacia la salida de la habitación.

Su ausencia deja un vacío. Ahora estamos la enfermera y yo solas.

—Beba un poco más de agua —sugiere.

Vuelven transcurridos unos minutos. O quizá haya pasado más tiempo; aquí no hay reloj.

—El inspector se ha ofrecido a llevarla de vuelta a casa —dice la doctora. Miro a Little; él me sonríe radiante—. Y a mí me gustaría darle un poco de Ativan para que lo tome más tarde. Pero debemos asegurarnos de que no sufre otro ataque antes de llegar. Así que la forma más rápida de hacerlo es...

Ya sé cuál es la forma más rápida de hacerlo. Y la enfermera ya está empuñando la jeringuilla.

37

—Creímos que se trataba de una broma —me comenta—. Bueno, eso es lo que pensaron ellos. Se supone que debo hablar en plural o, mejor dicho, que debemos hablar en plural, porque todos trabajamos juntos. Ya sabe, como un equipo. Por el bien común. O lo que sea. Esas cosas que suelen decirse. —Acelera—. Pero yo no estaba allí, así que no creí que se tratase de una broma. No sabía nada. No sé si me sigue.

En absoluto.

Avanzamos por la avenida en su sedán sin distintivos mientras el sol neblinoso de la tarde parpadea en las ventanillas como una piedra rebotando en un estanque. Mi cabeza se golpea contra el cristal, en el que se duplica mi rostro. Mi albornoz me acaricia el cuello con su esponjosidad. Little rebosa de su asiento; su codo roza el mío.

Me siento aletargada, en cuerpo y alma.

—Luego, claro, la vieron tirada en la hierba, encogida. Es lo que dijeron, lo describieron así. Y vieron que la puerta de su casa estaba abierta, por eso pensaron que el incidente había ocurrido allí, pero cuando miraron dentro, no había nadie. Tenían que entrar a echar un vistazo, ¿sabe? Por lo que habían oído por teléfono.

Asiento. No recuerdo con exactitud lo que dije durante la llamada.

—¿Tiene hijos? —Asiento de nuevo—. ¿Cuántos? —Levanto un dedo—. Hijo único, ¿eh? Yo tengo cuatro. Bueno, tendré cuatro en enero. Hay uno encargado. —Se ríe. Yo no. Apenas puedo mover los labios—. Cuarenta y cuatro años y el cuarto en camino. Creo que el cuatro es mi número de la suerte.

Un, dos, tres, cuatro, pienso. Inspirar y espirar. Siente el lorazepam planeando por tus venas, como una bandada de pájaros.

Little toca el claxon y el coche de delante arranca de golpe.

—La típica congestión de la hora de comer —comenta.

Levanto la vista hacia la ventanilla. Hace casi diez meses que no piso la calle, o que no voy en coche, o que no voy en coche por la calle. Hace diez meses que no veo la ciudad desde otro lugar que no sea mi casa, y todo se me antoja como de otro mundo, como si estuviera explorando un territorio desconocido, como si avanzase en punto muerto ante una civilización futura. Los edificios se alzan amenazadores hasta alturas imposibles, como dedos que tratan de arañar un cielo teñido de un azul deslavazado. Letreros y tiendas de colores estridentes pasan como el rayo: ¡¡¡PIZZA RECIÉN HECHA 99¢!!!, Starbucks, Whole Foods (¿desde cuándo tienen una tienda física?), un viejo cuartel de bomberos reconvertida en un bloque de pisos (APARTAMENTOS DESDE 1.990.000 $). Callejones fríos y oscuros; ventanas cegadas por la luz del sol. El lamento de las sirenas a nuestra espalda. Little apretuja el coche a un lado para que pase una ambulancia.

Nos acercamos a un cruce y reducimos la velocidad hasta detenernos. Miro el semáforo, que brilla como un ojo maligno, y contemplo el torrente de peatones que discurre por el paso de cebra: dos madres con tejanos empujando carritos de bebé, un anciano doblado hacia delante apoyado en un bastón, adolescentes encorvados bajo mochilas de un rosa chillón, una mujer con un burka de color turquesa. Un globo verde ha escapado de un puesto de pretzels y emprende una ascensión vertiginosa. Una avalancha de sonidos invade el coche: un chillido aturdidor, el rumor abisal del tráfico, el trino del timbre de una bicicleta. Colores a mares, sonidos en tromba. Tengo la sensación de encontrarme en un arrecife de coral.

—Allá vamos —murmura Little, y el coche acelera.

¿En esto me he convertido? ¿En una mujer que lo mira todo boquiabierta como un pez de acuario a la hora de la comida de un día cualquiera? ¿Una visitante de otro planeta asombrada ante el milagro de que hayan abierto una nueva tienda de comestibles? En lo más hondo de mi mente criogenizada, algo palpita, algo colérico y vencido. Esto es lo que soy.

Si no fuera por la medicación, gritaría hasta que los cristales se hicieran añicos.

38

—Bueno, hay que girar aquí —musita Little.

Torcemos hacia nuestra calle. Mi calle.

Mi calle como no la he visto desde hace casi un año. La cafetería de la esquina: sigue ahí, imagino que aún sirven el mismo brebaje, amargo a rabiar. La casa de al lado: tan ardientemente roja como siempre, con sus maceteros desbordados de crisantemos. La tienda de antigüedades de enfrente: triste y sombría, con el letrero LOCAL COMERCIAL EN ALQUILER pegado en el escaparate. El colegio de Saint Dymphna's, en eterno estado de abandono.

A medida que la calle se abre ante nosotros y avanzamos hacia el oeste bajo una bóveda de ramas desnudas, siento que los ojos se me desbordan de lágrimas. Mi calle, cuatro estaciones después. Extraña, pienso.

—¿Qué es extraño? —pregunta Little.

Debo de haberlo pensado en alto.

El coche se acerca al final de la calle y contengo la respiración. Ahí está nuestra casa… mi casa: la puerta negra, los números 2-1-3 forjados en latón, sobre la aldaba; los cristales de vidrio plomado a ambos lados, los faroles idénticos que la flanquean, con su bombilla de luz anaranjada; cuatro plantas de ventanas que miran al frente con gesto aburrido.

La piedra no está tan lustrosa como recordaba, con cascadas de manchas bajo las ventanas, como si lloraran, y veo un fragmento del cenador podrido en el tejado. A los cristales les hace falta una buena limpieza, la mugre se ve desde la calle.

Ed siempre decía que era la casa más bonita del vecindario, y yo solía estar de acuerdo.

Hemos envejecido, la casa y yo. Nos hemos deteriorado.

Pasamos por delante, atravesamos el parque.

—Es allí —aviso a Little, sacudiendo una mano hacia el asiento trasero—. Mi casa.

—Me gustaría que me acompañara a hablar con sus vecinos —se explica mientras aparca el coche junto al bordillo y apaga el motor.

—No puedo. —Meneo la cabeza. ¿Es que no lo entiende?—. Tengo que volver a casa.

Me peleo con el cinturón de seguridad, hasta que comprendo que, seguramente, esto no va a llevarme a ninguna parte.

Little me mira. Pasa la mano por el volante.

—¿Cómo vamos a hacerlo? —pregunta, más para sí mismo que para mí.

Me da igual. Me da igual. Quiero volver a casa. Llévalos allí, si quieres. Mételos allí a todos. Invita a todo el puto vecindario a la fiesta. Pero llévame a casa. Por favor.

Continúa mirándome con curiosidad y me doy cuenta de que he vuelto a hablarle en voz alta. Me hago un ovillo.

Unos golpecitos en el cristal, secos y expeditivos. Levanto la vista; se trata de una mujer de nariz afilada y piel aceitunada, con un jersey de cuello alto y abrigo largo.

—Un momento —dice Little.

Empieza a bajar mi ventanilla, pero me encojo, gimoteo, y vuelve a subirla antes de aliviar la carga del coche al bajar de este y cerrar la puerta con suavidad detrás de él.

La mujer y él mantienen una breve conversación por encima del techo del vehículo. Mis oídos filtran sus palabras —«apuñalamiento», «confusa», «médico»— mientras me sumerjo bajo el agua, cierro los ojos y me acurruco en el recodo del asiento del copiloto; se respira un aire calmo y tranquilo. Bancos de peces pasan por delante lanzando vivos destellos —«psicóloga», «casa», «familia», «sola»— y me dejo arrastrar por la corriente. Me acaricio una manga con aire ausente; mis dedos bucean en el albornoz y pellizcan un pliegue de grasa de mi estómago.

Estoy atrapada en un coche de la policía manoseando mis michelines. He vuelto a tocar fondo.

Un minuto después —¿o es una hora?—, las voces se apagan. Abro un ojo un resquicio y veo que la mujer me mira fijamente. Vuelvo a cerrarlo con fuerza.

El crujido de la puerta del conductor cuando Little la abre. Una ráfaga de aire frío se cuela en el interior, me roza las piernas, deambula a sus anchas, se pone cómodo.

—La inspectora Norelli es mi compañera —oigo que me dice con un pequeño pedernal en su voz de tierra húmeda—. Le he explicado lo que le ocurre y va a llevar a algunas personas a su casa. ¿Le parece bien?

Bajo la barbilla, la subo.

—De acuerdo.

El coche ahoga un grito cuando Little ocupa su asiento. Me pregunto cuánto pesará. Me pregunto cuánto pesaré yo.

—Ya puede abrir los ojos —dice—. ¿O prefiere ir así?

Vuelvo a bajar la barbilla.

La puerta se cierra de golpe y Little enciende el motor,

mueve la palanca de cambios y retrocede —atrás, atrás, atrás—, el vehículo contiene la respiración cuando pasa por encima de un costurón de la calzada, hasta que frenamos. Oigo que Little vuelve a quitar el contacto.

—Ya hemos llegado —anuncia cuando abro los ojos y me asomo a la ventanilla.

Ya hemos llegado. La casa se cierne sobre mí; la boca negra de la puerta, los peldaños, que se me antojan una lengua desenrollada; las cornisas forman unas cejas simétricas sobre las ventanas. Olivia siempre habla de las casas de piedra rojiza como si tuvieran cara y, desde este punto de vista, entiendo por qué.

—Bonita casa —comenta Little—. Y grande. ¿Cuatro plantas? ¿Eso es un sótano?

Inclino la cabeza.

—Entonces cinco. —Un breve silencio. Una hoja se lanza contra mi ventanilla y se desliza por el cristal—. ¿Y vive usted sola?

—Inquilino —contesto.

—¿Dónde? ¿En el sótano o arriba?

—Sótano.

—¿Está ahora?

Me encojo de hombros.

—A veces.

Silencio. Little tamborilea los dedos sobre el salpicadero. Me vuelvo hacia él. Me sorprende mirándole y sonríe.

—Ahí es donde la encontraron —me recuerda, señalando el parque con el mentón.

—Lo sé —mascullo.

—Bonito parque.

—Supongo.

—Bonita calle.

—Sí. Muy bonito todo.

Vuelve a sonreír.

—De acuerdo —dice y vuelve la vista, hacia los ojos de la casa—. ¿También vale para la principal o solo para la puerta por la que entraron anoche los de emergencias?

Se cuelga la llave de un dedo, con la anilla encajada en el nudillo.

—Para las dos —le confirmo.

—Muy bien. —Hace girar la llave alrededor del dedo—. ¿Quiere que la lleve en brazos?

39

No me lleva en brazos, pero tira de mí para ayudarme a salir del coche, me conduce hasta la cancela y me impele escaleras arriba con mi brazo echado sobre su espalda de dimensiones olímpicas mientras yo arrastro los pies y llevo el mango curvado del paraguas colgado de una muñeca, como si hubiéramos salido a dar un paseo. Un absurdo y narcotizado paseo.

El sol prácticamente me excava los párpados. Little introduce la llave en la cerradura en cuanto alcanzamos el descansillo y empuja; la puerta se abre de par en par y se estampa contra la pared con tanta fuerza que el cristal se estremece.

Me pregunto si los vecinos estarán mirando. Me pregunto si la señora Wasserman acaba de ver a un hombre negro de tamaño familiar arrastrándome al interior de mi casa. Seguro que ahora mismo está llamando a la policía.

Apenas hay espacio en el recibidor para ambos; estoy comprimida a un lado, apretujada, con el hombro pegado a la pared. Little cierra la puerta de una patada y anochece al instante. Cierro los ojos mientras dejo caer la cabeza sobre su brazo. La llave entra en la segunda cerradura con un chirrido.

Y entonces lo percibo: la calidez del cuarto de estar.

Lo huelo: el aire viciado de mi hogar.

Lo oigo: el maullido lastimero del gato.

El gato. Me había olvidado por completo de Punch.

Abro los ojos. Todo está igual que cuando me abalancé al exterior: el lavaplatos en pleno bostezo; el batiburrillo de mantas hecho un revoltijo en el sofá; la televisión encendida con el menú del DVD de *La senda tenebrosa* congelado en la pantalla y, en la mesita de centro, las dos botellas de vino acabadas, incandescentes a la luz del sol, y los cuatro frascos de pastillas, uno de ellos volcado, como si estuviera borracho.

Estoy en casa. Creo que mi corazón se encuentra a punto de estallar. Podría echarme a llorar de alivio.

El paraguas me resbala del brazo y cae al suelo.

Little me conduce a la mesa de la cocina, pero agito la mano hacia la izquierda, como un motorista, y variamos el rumbo hacia el sofá, donde Punch se ha parapetado detrás de un cojín.

—La suelto —me avisa Little en voz baja, ayudándome a sentarme en los cojines.

El gato nos observa. Cuando Little retrocede, Punch avanza escorado hacia mí abriéndose camino entre las mantas, antes de volver la cabeza para bufar a mi escolta.

—Yo también me alegro de verte —lo saluda Little.

Me hundo en el sofá como la marea, siento que mis latidos se ralentizan, oigo el zumbido quedo de la sangre en mis venas. Tras un momento, estrujo el albornoz entre mis manos, vuelvo a ser yo. Estoy en casa. A salvo. Segura. En casa.

El pánico se escurre como el agua.

—¿Por qué había gente aquí? —le pregunto a Little.

—¿Disculpe?

—Ha dicho que los de emergencias entraron en mi casa.

Enarca las cejas.

—La encontraron en el parque. Vieron que la puerta de la cocina estaba abierta y entraron para ver qué ocurría. —Sin darme tiempo a responder, se vuelve hacia la foto de Livvy que hay en la mesa auxiliar—. ¿Su hija?

Asiento.

—¿Está aquí?

Niego con la cabeza.

—Con su padre —murmuro.

Esta vez asiente él.

Se vuelve, se detiene, evalúa el despliegue de la mesita de centro.

—¿Alguien estaba de fiesta?

Inspiro, espiro.

—Ha sido el gato —contesto. ¿De dónde es la frase? «¡Válgame el cielo! Pero ¿qué ha pasado? Hágase el silencio. Ha sido el gato.» ¿Shakespeare? Frunzo el ceño. No es de Shakespeare. Demasiado ñoño.

Por lo visto, yo también resulto ñoña, porque Little ni siquiera sonríe.

—¿Todo esto es suyo? —pregunta, examinando las botellas de vino—. Excelente merlot.

Me remuevo incómoda en el sofá. Me siento como una niña mala.

—Sí —admito—, pero...

¿Parece peor de lo que es? ¿De verdad es peor de lo que parece?

Little busca en el bolsillo el tubo de cápsulas de Ativan que la encantadora y joven doctora me ha prescrito y lo deja en la mesita. Mascullo un agradecimiento.

Y entonces, algo enterrado se desprende del lecho de mi memoria, se ve arrastrado por la resaca y emerge a la superficie.

Es un cuerpo.

Es Jane.

Abro la boca.

Por primera vez reparo en la pistola que Little lleva en la cadera. Recuerdo un día que Olivia se quedó mirando boquiabierta a un policía a caballo en Midtown. Pasaron más de diez segundos, durante los que no apartó sus ojos de él, antes de caer en que no miraba el caballo, sino el arma. En aquel momento sonreí y bromeé para quitarle hierro al asunto, pero ahora la tengo aquí, al alcance de mi mano, y no sonrío.

Little se da cuenta y se tapa el arma con el abrigo, como si yo hubiese estado fisgando debajo de su camisa.

—¿Qué sabe de mi vecina? —pregunto.

Saca el móvil del bolsillo y se lo acerca a los ojos. Tal vez sea miope. Luego lo apaga y deja caer la mano a un costado.

—Así que no vive nadie más en la casa, solo usted, ¿eh? —Se dirige a la cocina—. Y su inquilino —añade, sin darme tiempo a que yo pueda decirlo—. ¿Es la puerta del sótano? —pregunta, señalándola con un gesto del pulgar.

—Sí. ¿Qué sabe de mi vecina?

Vuelve a consultar el móvil y entonces se detiene y se agacha. Cuando se endereza y despliega su cuerpo kilométrico, en una mano lleva el cuenco del agua del gato y en la otra el teléfono fijo. Mira uno, luego el otro, como si los sopesara.

—Seguramente tiene sed —dice, acercándose al fregadero.

Observo su reflejo en la pantalla del televisor mientras oigo correr el agua. Queda un culo de merlot en una de las botellas. Me pregunto si podría apurarlo sin que me viera.

El cuenco del agua resuena al dejarlo en el suelo. A continuación, Little deposita el teléfono en la base y entorna los ojos para leer la pantalla.

—No tiene batería —anuncia.

—Lo sé.

—Por si acaso. —Se acerca a la puerta del sótano—. ¿Puedo? —pregunta.

Asiento.

Pica con los nudillos —pam, pa, pa, pam, pa— y espera.

—¿Cómo se llama su inquilino?

—David.

Little prueba de nuevo. Nada.

—Bueno, ¿dónde tiene el teléfono, doctora Fox? —pregunta, volviéndose hacia mí.

—¿El teléfono? —repito, desconcertada.

—El móvil. —Agita el suyo ante mí—. Tendrá uno.

Asiento.

—El caso es que no lo llevaba encima —prosigue—. La mayoría de la gente se abalanzaría sobre él si hubiera estado fuera toda la noche.

—No lo sé. —¿Dónde está?—. No lo uso mucho.

No dice nada.

Estoy harta. Apuntalo los pies en la alfombra y me doy impulso para levantarme. La habitación me da vueltas, como un platillo chino, pero se estabiliza al cabo de un momento, y miro fijamente a Little.

Punch me felicita con un débil maullido.

—¿Se encuentra bien? —pregunta el hombre, acercándose a mí—. ¿Seguro?

—Sí. —Se me ha abierto el albornoz. Me lo ajusto contra el cuerpo y anudo el cinturón con fuerza—. ¿Qué ocurre con mi vecina?

En lugar de responder, se detiene en seco y clava los ojos en el móvil.

—¿Qué...? —me dispongo a repetir.

—Vale, bien, están de camino —murmura, y de pronto avanza por la cocina como una ola enorme, inspeccionando la habitación con la mirada—. ¿Es esa la ventana por la que vio a su vecina? —La señala.

—Sí.

Con sus largas piernas, se planta frente al fregadero con un solo paso, apoya las manos en el alféizar y echa un vistazo fuera. Me quedo mirando su espalda, que ocupa toda la ventana. Luego reparo en la mesita de centro y empiezo a recogerla.

Se da la vuelta.

—Déjelo todo como está —me pide—. No apague la tele. ¿Qué película es?

—Una antigua de suspense.

—¿Le gustan las películas de suspense?

Me noto intranquila. Tal vez el lorazepam está dejando de hacer efecto.

—Sí. ¿Por qué no puedo recoger?

—Porque queremos ver qué ocurría cuando presenció la agresión de su vecina.

—¿Y no es más importante desentrañar qué le ocurría a ella?

Little hace caso omiso.

—Será mejor que se lleve el gato de aquí —me avisa—. Parece que tiene malas pulgas y no es cuestión de que arañe a nadie. —Se vuelve hacia el fregadero y llena un vaso de agua—. Bébase esto. Le conviene hidratarse. Ha sufrido una conmoción.

Cruza la habitación y me lo pone en la mano. Hay algo tierno en su gesto. Casi espero que me acaricie la mejilla.

Me llevo el vaso a los labios.

Suena el timbre.

40

—El señor Russell viene conmigo —anuncia la inspectora Norelli innecesariamente.

Tiene una voz fina, de niña, que no encaja con el jersey de cuello alto y el abrigo de cuero de motera chunga. Inspecciona la habitación de un solo vistazo y luego me dirige una mirada afilada como un puñal. No se presenta. Es la Poli Mala, de eso no cabe duda, y entonces caigo en la cuenta, con cierta decepción, de que ese rollo tan amable de Little es solo humo.

Alistair entra detrás de ella, fresco como una rosa con sus pantalones chinos y su jersey, aunque la piel del cuello le forma un caballete tenso como un arco. Tal vez lo ha tenido siempre. Me mira y sonríe.

—Hola —dice, con una ligera sorpresa.

Esto no me lo esperaba.

Me tambaleo. Me siento agitada. Mi organismo continúa aletargado, como un motor embozado de azúcar, y mi vecino acaba de ponerme a la defensiva con una sonrisa radiante.

—¿Está bien? —pregunta Little mientras cierra la puerta del recibidor detrás de Alistair y regresa a mi lado.

Vuelvo la cabeza. Sí. No.

Coloca un dedo debajo de mi codo.

—¿Y si vuelve...?

—Señora, ¿se encuentra bien? —pregunta Norelli, con el ceño fruncido.

Little levanta una mano.

—No pasa nada... No pasa nada. Está bajo sedación.

Me abrasan las mejillas.

Me acompaña a la cocina, me ayuda a sentarme a la mesa, la misma en la que Jane se sopló una caja entera de cerillas, en la que jugamos al ajedrez sin prestarle demasiada atención y hablamos de nuestros hijos, en la que me dijo que fotografiase la puesta de sol. La misma mesa en la que me habló de su pasado y de Alistair.

Norelli se acerca a la ventana de la cocina con el móvil en la mano.

—Señora Fox —dice.

—Doctora Fox —la interrumpe Little.

Registra el fallo y reinicia.

—Doctora Fox, según me ha comentado el inspector Little, tengo entendido que anoche vio algo.

Lanzó una breve mirada a Alistair, que continúa de florero en la puerta del recibidor.

—Vi cómo apuñalaban a mi vecina.

—¿Qué vecina? —pregunta Norelli.

—Jane Russell.

—¿Y lo vio por la ventana?

—Sí.

—¿Qué ventana?

—Esa —contesto, señalando la que hay a su espalda.

Norelli sigue mi dedo con la mirada. Tiene ojos de luna nueva, apagados y oscuros, con los que repasa la casa de los Russell, de izquierda a derecha, como si leyera las líneas de un texto.

—¿Vio quién apuñaló a su vecina? —pregunta sin volverse.

—No, pero vi que sangraba, y que tenía algo en el pecho.

—¿Qué era?

Me remuevo en la silla, incómoda.

—Algo plateado.

¿Qué más da?

—¿Algo plateado?

Asiento.

Norelli hace lo mismo. Se vuelve, dirige su mirada hacia mí y luego al cuarto de estar, que queda a mi espalda.

—¿Quién estaba con usted anoche?

—Nadie.

—Entonces ¿todo eso de ahí es suyo?

Vuelvo a removerme.

—Sí.

—Muy bien, doctora Fox. —Aunque está mirando a Little—. Voy a…

—Su mujer… —empiezo a decir, levantando una mano, cuando Alistair se acerca a nosotros.

—Un momento. —Norelli se adelanta y deposita su móvil en la mesa, delante de mí—. Voy a ponerle la llamada que realizó a la policía a las diez treinta y tres de anoche.

—Su mujer…

—Creo que responde muchas preguntas. —Desliza rápidamente un largo dedo por la pantalla y una voz metálica retumba en mis oídos a través de los altavoces del móvil: «¿Cuál es…».

Norelli da un respingo y baja el volumen con el pulgar.

«… su emergencia?»

«Mi vecina. —Mi voz suena estridente—. La han… apuñalado. Dios mío, ayúdenla.»

Soy yo, lo sé, o como mínimo mis palabras, pero no es mi voz; suena arrastrada, pastosa.

«Señora, cálmese.» Ese acento lánguido que incluso ahora resulta exasperante. «Deme su dirección.»

Miro a Alistair y luego a Little. Están concentrados en el teléfono de Norelli.

Ella está concentrada en mí.

«¿Y dice que han apuñalado a su vecina?»

«Que sí. Ayuda. Está sangrando.» Tuerzo el gesto. Es casi ininteligible.

«¿Qué?»

«He dicho que me ayude.» Una tos, húmeda, salivosa. Al borde de las lágrimas.

«La ayuda está en camino, señora. Necesito que se tranquilice. ¿Podría decirme cómo se llama?»

«Anna Fox.»

«Está bien, Anna. ¿Cómo se llama su vecina?»

«Jane Russell. Oh, Dios.» Un gruñido.

«¿Está con ella en este momento?»

«No. Ella vive enfrente... está en la casa al otro lado del parque, delante de la mía.» Noto la mirada de Alistair y se la devuelvo, desafiante.

«Anna, ¿ha apuñalado a su vecina?»

Una pausa.

«¿Qué?»

«¿Ha apuñalado a su vecina?»

«No.»

Ahora Little también me mira con atención. Entre los tres logran intimidarme y bajo la vista hacia el móvil de Norelli. La pantalla se apaga mientras las voces continúan.

«Está bien.»

«Estaba mirando por la ventana y he visto que la apuñalaban.»

«Está bien. ¿Sabe quién lo ha hecho?»

Otra pausa, más larga.

«¿Señora? ¿Sabe quién...?»

Un ruido sordo y áspero. Solté el teléfono. Arriba, en la alfombra del estudio, ahí es donde debe de estar, como un cuerpo abandonado.

«¿Señora?»

Silencio.

Estiro el cuello y me vuelvo hacia Little, que ya no me mira.

Norelli se inclina sobre la mesita y arrastra un dedo por la pantalla.

—El operador se mantuvo en línea seis minutos —dice—, hasta que los de emergencias confirmaron que habían llegado a la escena.

La escena. ¿Y qué encontraron en ella? ¿Qué ha pasado con Jane?

—No lo entiendo. —De pronto me siento cansada, exhausta. Echo un lento vistazo a la cocina, a los cubiertos que despuntan en el lavaplatos, a las botellas desmoronadas en cubo de la basura—. ¿Qué ha pasado con...?

—No ha pasado nada, doctora Fox —contesta Little, con suavidad—. A nadie.

Lo miro.

—¿Qué quiere decir?

Se pinza los pantalones a la altura de los muslos y se agacha a mi lado.

—Creo que, con todo el merlot que estuvo bebiendo, la medicación que tomaba y la película que veía, tal vez se exaltó un poco y vio cosas que no ocurrieron.

Lo miro, atónita.

Parpadea.

—¿Cree que todo ha sido cosa de mi imaginación? —pregunto con voz ahogada.

—No, señora, creo que estaba sobreestimulada y que perdió un poco el sentido de la realidad —contesta, meneando su enorme cabeza.

Me quedo boquiabierta.

—¿La medicación que toma tiene algún efecto secundario? —prosigue.

—Sí —admito—, pero...

—¿Alucinaciones, quizá?

—No lo sé.

Aunque sí lo sé, y sí, es posible.

—La doctora del hospital dijo que las alucinaciones pueden ser un efecto secundario de la medicación que está tomando.

—No eran alucinaciones, yo vi lo que vi.

Me levanto con dificultad. El gato sale disparado de debajo de la silla y se pierde en el cuarto de estar.

—A ver —replica Little, levantando las manos, ajadas y contundentes—, acaba de oír la llamada que realizó. Le costaba bastante vocalizar.

Norelli se adelanta.

—Cuando el hospital le realizó las pruebas, tenía un índice de alcohol en sangre de dos coma dos —apunta—. Eso casi triplica el límite legal.

—¿Y?

Detrás de ella, los ojos de Alistair parecen seguir una partida de ping-pong entre nosotras.

—No fueron alucinaciones —insisto, entre dientes. Mis palabras abandonan mi boca atropelladamente y aterrizan de lado—. No fueron imaginaciones mías. No estoy loca.

—Señora, ¿tengo entendido que su familia no vive aquí? —prosigue Norelli.

—¿Es una pregunta?

—Es una pregunta.

—Mi hijo dice que están divorciados —interviene Alistair.

—Separados —lo corrijo de manera automática.

—Y por lo que nos dice el señor Russell —continúa Norelli—, la gente del barrio apenas la ve. Parece que no sale muy a menudo.

No digo nada. No hago nada.

—Así que esta es mi teoría —insiste—: buscaba un poco de atención.

Retrocedo y choco contra la encimera de la cocina. Se me abre el albornoz.

—Sin amigos, la familia vete tú a saber dónde, se pasa un poco con la bebida y decide armar un pequeño jaleo.

—¡¿Cree que me lo he inventado?! —rujo, lanzándome hacia delante.

—Eso es justo lo que creo —afirma.

Little se aclara la garganta.

—Lo que creo yo es que quizá estaba volviéndose un poco loca aquí dentro y... —sugiere con voz suave—. No estamos diciendo que lo hiciera a propósito...

—Ustedes son los que ven cosas imaginarias. —Los señalo con un dedo tembloroso y lo agito como una varita—. Ustedes son los que se inventan cosas. Yo la vi empapada de sangre por esa ventana.

Norelli cierra los ojos y suspira.

—Señora, el señor Russell dice que su mujer ha estado fuera de la ciudad. Y que no se conocen.

Silencio. La habitación parece electrificada.

—Ella ha estado aquí —digo, lentamente y con claridad—, dos veces.

—Hay...

—La primera me ayudó a entrar en casa. Y luego volvió otro día. Además... —fulmino a Alistair con la mirada— él vino preguntando por ella.

Asiente.

—Vine buscando a mi hijo, no a mi mujer. —Traga saliva—. Y usted dijo que aquí no había estado nadie.

—Mentí. Estuvo sentada en esta misma mesa. Jugamos al ajedrez.

Alistair mira a Norelli con gesto impotente.

—Además, él hizo que Jane tuviera que gritar —añado.

Esta vez Norelli se vuelve hacia Alistair.

—Oyó un grito, según ella —puntualiza él.

—Claro que lo oí. Hace tres días. —¿Es eso exacto? Tal vez no—. Y Ethan me dijo que había sido ella.

No es del todo cierto, pero se acerca.

—Dejemos a Ethan al margen de esto —propone Little.

Sostengo sus miradas; me rodean como aquellos tres niños que lanzaban huevos, aquellos tres mierdecillas.

No pienso darles cuartel.

—Entonces ¿dónde está? —pregunto, cruzando los brazos sobre el pecho con firmeza—. ¿Dónde está Jane? Si está bien, tráiganla aquí.

Intercambian una mirada.

—Vamos. —Me cierro el albornoz, me ciño el cinturón y vuelvo a cruzar los brazos—. Vayan a buscarla.

Norelli se vuelve hacia Alistair.

—¿Le importaría...? —murmura, y él asiente, va al cuarto de estar y saca el teléfono del bolsillo.

—Y luego quiero que todos salgan de mi casa —digo, dirigiéndome a Little—. Usted cree que deliro. —Acusa el golpe—. Y usted cree que miento. —Norelli ni se inmuta—. Y él dice que no conozco a una mujer con la que he estado dos veces. —Alistair murmura algo por teléfono—. Y quiero saber exactamente quién entró y adónde fue quien cuando… —Estoy haciéndome un lío. Paro y rebobino—. Quiero saber quién más ha estado aquí.

Alistair regresa a la cocina.

—Solo será un momento —afirma, devolviendo el teléfono al bolsillo.

—Estoy segura de que será muy largo —repongo, sosteniéndole la mirada.

Nadie dice nada. Paseo la vista por la habitación: Alistair consulta la hora; Norelli contempla al gato la mar de tranquila. El único que continúa mirándome es Little.

Transcurren veinte segundos.

Y otros veinte.

Suspiro y me descruzo de brazos.

Esto es absurdo. La mujer…

El timbre suena vacilante.

Vuelvo la cabeza hacia Norelli con brusquedad, luego hacia Little.

—Ya voy yo —se ofrece Alistair, dirigiéndose a la puerta.

Le observo, inmóvil, mientras pulsa el botón del interfono, gira el picaporte, abre la puerta del recibidor y se hace a un lado. Un segundo después, Ethan entra en la habitación con la vista en el suelo.

—Ya conoce a mi hijo —dice Alistair—. Y esta es mi mujer —añade, cerrando la puerta detrás de ella.

Lo miro a él. Y luego a ella.

Es la primera vez en mi vida que veo a esa mujer.

41

Es alta, pero de constitución delgada, con una melena oscura, lacia y brillante que enmarca un rostro de facciones
perfectas. Sus cejas, esbeltas y perfiladas, se arquean sobre
un par de ojos de color gris verdoso. Me mira con frialdad,
cruza la cocina y me tiende la mano.

—Creo que no nos conocemos —dice.

Tiene una voz grave y sensual, muy Bacall. Se condensa
en mis oídos.

No muevo ni un dedo. No puedo.

Su mano queda en el aire, apuntándome al pecho. Tras
un momento, la rechazo con un gesto.

—¿Quién es esta mujer?

—Su vecina —contesta Little con algo que se parece a
la tristeza.

—Jane Russell —asegura Norelli.

Miro a la inspectora, luego a Little y después a la mujer.

—No, no eres Jane —le espeto, y retira la mano—. No,
no es ella —insisto, volviéndome hacia los inspectores—.
Pero ¿qué dicen? No es Jane.

—Se lo prometo, es… —trata de decir Alistair.

—No hace falta que prometa nada, señor Russell —lo
interrumpe Norelli.

—¿Serviría de algo si lo prometiera yo? —pregunta la mujer.

Me vuelvo en redondo y avanzo hacia ella.

—¿Quién es usted? —Mi voz suena áspera y cortante, y me complace ver que Alistair y ella retroceden al mismo tiempo, como si estuvieran esposados por los tobillos.

—Doctora Fox, vamos a calmarnos —propone Little, tocándome el brazo.

Doy un respingo y me alejo de él, y luego de Norelli, dando vueltas por la habitación hasta que me detengo en medio de la cocina. Los inspectores están apostados junto a la ventana; Alistair y la mujer han retrocedido hasta el cuarto de estar.

Me vuelvo y avanzo hacia ellos.

—He hablado dos veces con Jane Russell en persona —digo lentamente y con claridad—. Usted no es Jane Russell.

Esta vez, la mujer se mantiene firme.

—Puedo mostrarle mi carnet de conducir —repone, metiendo una mano en el bolsillo.

Meneo la cabeza, clara y lentamente.

—No quiero ver su carnet de conducir.

—Señora —dice Norelli, dirigiéndose a mí. Vuelvo la cabeza. Se acerca, se interpone entre nosotras—. Ya basta.

Alistair me mira atónito. La mujer continúa con la mano metida en el bolsillo. Detrás de ellos, Ethan ha retrocedido hasta la chaise longue. Punch da vueltas entre sus pies.

—Ethan —lo llamo y, lentamente, levanta la mirada hacia mí, como si hubiese estado esperando que reclamase su atención—. Ethan. —Me abro paso entre Alistair y la mujer—. ¿Qué está pasando?

Me mira. Aparta la vista.

—Esta mujer no es tu madre. —Le toco el hombro—. Díselo.

Ladea la cabeza, desvía la mirada a la izquierda. Aprieta la mandíbula y traga saliva. Juguetea con una uña.

—Mi madre nunca ha estado aquí —masculla.

Retiro la mano.

Me doy la vuelta, despacio, aturdida.

De pronto todos hablan a la vez, como un pequeño coro.

—¿Podemos...? —pregunta Alistair, indicando la puerta del recibidor con un gesto de cabeza mientras Norelli anuncia que ellos ya han acabado allí y Little me invita a «descansar un poco».

Los miro sin comprender.

—¿Podemos...? —insiste Alistair.

—Gracias, señor Russell —dice Norelli—. Y señora Russell.

La mujer y él me miran con recelo, como si fuese un animal al que acabasen de sedar con un tranquilizante, y luego se dirigen a la puerta.

—Vamos —ordena Alistair, con sequedad.

Ethan se levanta, con los ojos clavados en el suelo, y sortea al gato. Norelli los sigue en cuanto desfilan por la puerta.

—Doctora Fox, es un delito presentar denuncias falsas —me informa—. ¿Lo ha entendido?

La miro fijamente. Creo que asiento con la cabeza.

—Bien. —Se levanta el cuello—. Por mí eso es todo.

La puerta se cierra detrás de ella. Oigo que se abre la de la calle.

Solo quedamos Little y yo. Me fijo en sus zapatos de estilo inglés con cordones, negros y afilados, y recuerdo

(¿cómo?, ¿por qué?) que hoy me he perdido la clase de francés con Yves.

Solos, Little y yo. *Les deux*.

El chasquido de la puerta de la calle al cerrarse.

—¿Le parece bien que me vaya? —pregunta.

Asiento, ausente.

—¿Tiene alguien con quien hablar?

Vuelvo a asentir.

—Tenga. —Saca una tarjeta del bolsillo del pecho y la encaja en mi mano.

Le echo un vistazo. Cartulina fina. INSPECTOR CONRAD LITTLE, NYPD. Dos números de teléfono. Una dirección de correo electrónico.

—Si necesita cualquier cosa, llámeme. Eh. —Levanto la vista—. Llámeme. ¿De acuerdo?

Asiento.

—¿De acuerdo? —insiste.

Las palabras se deslizan velozmente por mi lengua, apartando a otras a codazos.

—De acuerdo.

—Bien. Ya sea de día o de noche. —Se pasa el teléfono de una mano a otra—. Tengo niños. No duermo. —Vuelve a cambiarlo de mano. Se da cuenta de que lo estoy mirando y las deja quietas.

Nos miramos.

—Cuídese, doctora Fox.

Little se dirige a la puerta del recibidor, la abre y la cierra con delicadeza detrás de él.

De nuevo, la principal se abre con un traqueteo. De nuevo se cierra de un portazo.

42

Un silencio denso y repentino. El mundo ha frenado en seco.

Estoy sola, por primera vez en todo el día.

Miro a mi alrededor. Las botellas de vino, que relucen al sol. La silla separada de la mesa de la cocina. El gato, patrullando el sofá.

Motas de polvo pasean con indolencia atrapadas en la luz.

Me dirijo sin pensar a la puerta del recibidor y la cierro con llave.

Me doy la vuelta, de nuevo frente a la habitación.

¿Lo he imaginado o ha pasado de verdad?

¿Y qué ha ocurrido?

Me arrastro hasta la cocina y rescato una botella de vino. Hundo el abridor en el corcho y lo arranco de un tirón. Vierto el líquido en una copa. Me la llevo a los labios.

Pienso en Jane.

Tras apurarla, pego la botella a mi boca y la empino. Bebo un trago largo.

Pienso en esa mujer.

Me abro paso hacia el cuarto de estar, cada vez más rápido; agito el frasco hasta que dos pastillas caen en mi mano. Las trago sin miramientos.

Pienso en Alistair. «Y esta es mi mujer.»

Sin moverme del sitio, bebo, engullo, hasta que me ahogo.

Y cuando bajo la botella, pienso en Ethan y en cómo apartó la mirada, en cómo volvió la cabeza. En cómo tragó saliva antes de contestar. En cómo jugueteaba con la uña. En que habló entre dientes.

En que mintió.

Porque mintió. El desvío de la mirada, el vistazo a la izquierda, la demora en la respuesta, el nerviosismo… todo lo que traiciona a un mentiroso. Lo sabía antes de que abriera la boca.

Aunque la mandíbula apretada… Eso revela algo distinto.

Revela miedo.

43

El teléfono está en el suelo del estudio, donde se me cayó. Toco la pantalla mientras devuelvo los frascos de pastillas al armarito de los medicamentos del baño. Soy muy consciente de que el doctor Fielding es la persona provista de título facultativo y un talonario de recetas, pero esta vez necesito otro tipo de ayuda.

—¿Puedes venir? —pregunto en cuanto responde.

Un breve silencio.

—¿Qué? —Parece desconcertada.

—Que si puedes venir.

Me acerco a la cama y me subo a ella.

—¿Ahora mismo? No estoy...

—Bina, por favor...

Otra pausa.

—Podría estar por ahí sobre las... nueve o nueve y media. He quedado para cenar —añade.

Me da igual.

—Vale.

Me tumbo. Se me hunde la oreja en la almohada. Al otro lado de la ventana, las ramas se estremecen y se sacuden las hojas como si fuesen brasas, que chisporrotean contra el cristal y se alejan volando.

—*¿Fa tofbien?*

—¿Qué?

El temazepam me embota el cerebro. Noto las neuronas cortocircuitándose.

—He dicho que si va todo bien.

—No. Sí. Ya te lo explicaré cuando estés aquí.

Entorno los párpados, se me cierran.

—Muy bien. *Nosvemosluego.*

Pero ya estoy desintegrándome en un profundo sopor.

Transcurre en plena oscuridad, sin sueños, una breve inconsciencia, y cuando el timbre suelta un alarido, me despierto exhausta.

44

Bina clava sus ojos en mí, con la boca abierta.

Finalmente la cierra, despacio, pero con firmeza, como un atrapamoscas. No dice nada.

Estamos en la biblioteca de Ed, yo hecha un ovillo en el sillón orejero y Bina recostada en la butaca, la que suele ocupar el doctor Fielding. Tiene las piernas de pitillo dobladas debajo del asiento y Punch se enreda en sus tobillos como el humo.

En la chimenea, una marea baja de fuego.

Bina desvía la mirada y se queda contemplando el suave oleaje de llamas.

—¿Cuánto bebiste? —pregunta, encogiéndose, como si fuese a pegarle.

—No lo suficiente para alucinar.

Asiente.

—De acuerdo. Y las pastillas...

Cierro la mano con fuerza sobre la manta del regazo.

—He hablado con Jane. En dos ocasiones y en días distintos.

—Vale.

—La he visto en su casa, con su familia. Varias veces.

—Vale.

—La vi cubierta de sangre. Con un cuchillo en el pecho.

—¿Estás segura de que era un cuchillo?

—Bueno, desde luego no era un puto broche.

—Yo solo... De acuerdo, vale.

—Lo vi a través de la cámara. Con mucha claridad.

—Pero no sacaste una foto.

—No, no saqué ninguna foto. Intentaba ayudarla, no... documentarlo.

—De acuerdo. —Se acaricia un mechón de pelo con aire distraído—. Y ahora dicen que no han apuñalado a nadie.

—Y además quieren convencerme de que Jane es otra persona. O que otra persona es Jane.

Se enrolla el mechón de pelo alrededor de un largo dedo.

—¿Estás segura...? —empieza a decir. Me tenso, sé qué viene a continuación—. ¿Estás completamente segura de que no puede tratarse de un malentend...?

Me inclino hacia delante.

—Sé lo que vi.

Bina suelta el mechón.

—No... sé qué decir.

Trato de hablar despacio, como si caminara sobre un suelo de cristal.

—Ni se plantearán que haya podido ocurrirle nada —le digo a ella tanto como a mí misma— hasta que se convenzan de que la mujer que creen que es Jane... no lo es.

Parece un trabalenguas, pero asiente.

—De todos modos... ¿la policía no le pidió, no sé, un documento identificativo?

—No. No. Se limitaron a dar por bueno lo que dijo su marido... ¡El marido! Claro, ¿por qué no? En fin... —El gato cruza la alfombra al trote y se cuela sigilosamente debajo de mi sillón—. Y nadie la había visto hasta esta mañana. Apenas llevan aquí una semana. Podría tratarse de cualquiera. Una pariente, una amante, una novia por correo…

—Hago el amago de coger mi copa cuando recuerdo que no me he servido ninguna—. Pero yo he visto a Jane con su familia. He visto el medallón con la foto de Ethan. He visto… Envió a su hijo con una vela, por amor de Dios.

Bina asiente de nuevo.

—¿Y el marido no se comportaba…?

—¿Como si hubiera apuñalado a alguien? No.

—¿Y seguro que fue él el que…?

—¿El que qué?

Se vuelve hacia mí.

—El que lo hizo.

—¿Quién sino? El crío es un ángel. Si fuese… Si tuviese que apuñalar a alguien, sería a su padre. —Vuelvo a alargar la mano hacia la copa, pero solo la muevo en el aire—. Y lo vi sentado delante del ordenador justo antes de que ocurriera, así que salvo que bajase corriendo a apuñalar a su madre, creo que queda fuera de toda sospecha.

—¿Has hablado de esto con alguien más?

—Todavía no.

—¿Ni con tu médico?

—Lo haré.

Y con Ed también. Hablaré con él más tarde.

Nos quedamos en silencio. Solo se oye el rumor del fuego.

Mirándola, contemplando el brillo cobrizo de su piel a la luz de la lumbre, me pregunto si no estará siguiéndome la corriente, si no dudará de mí. La historia es inverosímil, desde luego. «Mi vecino ha matado a su mujer y ahora una impostora se hace pasar por ella. Y su hijo está demasiado asustado para decir la verdad.»

—¿Dónde crees que está Jane? —pregunta Bina en voz baja.

Silencio. Y tranquilidad.

—Ni siquiera sabía que existía una famosa que se llamase así —confiesa Bina, inclinándose sobre mi hombro. Su pelo forma una cortina entre la lamparita y yo.

—Una de las *pin-ups* más famosas de los cincuenta —murmuro—. Después fue imitada hasta la saciedad.

—Ah.

—Se quedó estéril por culpa de un aborto mal practicado.

—Vaya.

Nos hemos trasladado al escritorio y estamos desplazándonos por veintidós páginas de fotografías de Jane Russell: cargada de joyas (*Los caballeros las prefieren rubias*), medio desnuda en un pajar (*El forajido*), dando vueltas con una falda gitana (*Sangre caliente*). Hemos consultado Pinterest. Hemos peinado los abismos de Instagram. Hemos rastreado periódicos y páginas web de Boston. Hemos visitado la galería fotográfica de Patrick McMullan. Nada.

—¿No es increíble que, según internet, parece que ciertas personas no existieran? —comenta Bina.

Alistair resulta más sencillo de localizar. Ahí está, embutido como una salchicha en un traje demasiado ceñido, en un artículo de la revista *Consulting Magazine* de hace dos años. «Russell se traslada a Atkinson», dice el titular. Utiliza la misma foto para el perfil de LinkedIn. Y también encontramos un retrato en un boletín informativo de exalumnos de Dartmouth, en el que alza una copa en una comida para recaudar fondos.

Pero nada sobre Jane.

Y más extraño aún: nada sobre Ethan. No está en Face-book —ni en Foursquare ni en ninguna parte— y Google solo ofrece unos cuantos enlaces a un fotógrafo con el mismo nombre.

—¿No están todos los críos en Facebook? —pregunta Bina.

—No le dejará su padre. Ni siquiera tiene móvil. —Me subo una manga que no para de caerse—. Y estudia en casa. Es probable que no conozca a mucha gente de por aquí. De hecho, puede que a nadie.

—Pero alguien tiene que conocer a su madre —apunta Bina—. Alguien de Boston o... no sé, alguien. —Se acerca a la ventana—. ¿No habría fotografías? ¿No ha estado hoy la policía en su casa?

Lo medito un momento.

—Por lo que sabemos, podrían tener fotografías de esa otra mujer. A saber lo que Alistair ha podido enseñarles o contarles. No van a registrar su casa. Eso lo dejaron muy claro.

Asiente y se da la vuelta hacia la vivienda de los Russell.

—Tiene bajadas las persianas —comenta.

—¿Qué? —Me reúno con ella delante de la ventana y lo compruebo por mí misma: la cocina, el salón, el dormitorio de Ethan... Están todas bajadas.

La casa ha cerrado los ojos. Con fuerza.

—¿Lo ves? —protesto—. No quieren que los siga observando.

—Yo haría lo mismo.

—Están siendo cautelosos. ¿No es prueba suficiente?

—Sospechoso es, desde luego. —Ladea la cabeza—. ¿Suelen cerrarlas a menudo?

—Nunca. Jamás. Siempre ha sido como una pecera.

—¿Crees…? —Vacila antes de proseguir—. ¿Crees que podrías estar, ya sabes, en peligro?

No se me había ocurrido.

—¿Por qué? —pregunto, despacio.

—Porque si lo que viste ocurrió de verdad…

—Ocurrió —insisto, acusando el golpe.

—… entonces eres, ya sabes, un testigo.

Inspiro hondo. Una, dos veces.

—¿Podrías quedarte esta noche, por favor?

Enarca las cejas.

—¿Te estás insinuando?

—Te pagaré.

Me mira con los ojos entornados.

—No se trata de eso. Mañana tengo que madrugar, y todas mis cosas…

—Por favor. —La miro a los ojos—. Por favor.

Suspira.

45

Oscuridad; espesa, densa. Oscuridad de refugio antiaé-
reo. Oscuridad de algún lugar profundo.

Entonces, a lo lejos, una estrella remota, un atisbo de
luz.

Me acerco.

La luz tiembla, crece, palpita.

Un corazón. Un corazón diminuto. Late. Reluce.

Ilumina la oscuridad a su alrededor, se proyecta sobre
una delicada vuelta de cadena. Una blusa, blanca como un
fantasma. Unos hombros, bañados de oro por la luz. El
trazo de un cuello. Una mano cuyos dedos se mueven frente al pequeño corazón palpitante.

Y por encima de ello, un rostro: Jane. La verdadera Jane,
radiante. Mirándome. Sonriente.

Le sonrío también.

Y en ese momento un panel de cristal se desliza frente a
ella. Apoya una mano en él y estampa los mapas de sus
diminutas huellas dactilares.

De pronto, por detrás de ella, la oscuridad se levanta y
revela una escena: el sofá para dos, con su trazado de líneas
rojas y blancas; lámparas gemelas que en ese preciso momento cobran luz; la alfombra, un jardín en flor.

Jane baja la vista al medallón, lo acaricia con delicadeza. A su blusa radiante. A la mancha de sangre que se extiende, se expande, le va empapando el cuello, le abrasa la piel.

Y cuando vuelve a levantar la cabeza, cuando me mira, es la otra mujer.

Sábado,
6 de noviembre

46

Bina se marcha un poco después de las siete, en el momento justo en que la luz cierra sus dedos en torno a las cortinas. Ronca, he podido descubrir, con ligeros resoplidos, como olas distantes. Inesperadas.

Le doy las gracias, hundo la cabeza en la almohada, vuelvo a quedarme dormida. Cuando me despierto, miro el teléfono. Casi las once en punto.

Me quedo contemplando la pantalla unos instantes. Al cabo de un momento estoy hablando con Ed.

Nada de «¿Quién soy?» esta vez.

—Es increíble —dice tras una pausa.

—Sin embargo, ha ocurrido.

Vuelve a hacer una pausa.

—No digo que no haya sido así, pero... —me preparo para lo que viene a continuación— la verdad es que últimamente te medicas mucho, muchísimo, así que...

—Así que tú tampoco me crees.

Un suspiro.

—No, no es que no te crea. Solo que...

—¿Sabes lo frustrante que es esto? —le grito.

Se queda callado. Yo prosigo.

—Vi cómo ocurría. Sí, estaba bajo los efectos de la medicación, y… Vale, sí. Pero no fueron imaginaciones mías. Uno no se toma un puñado de pastillas y se imagina una cosa así. —Respiro hondo—. No soy una adolescente que juega a videojuegos violentos y se lía a tiros en el instituto. Sé perfectamente lo que vi.

Ed sigue callado.

De pronto, vuelve a hablar.

—Bueno, en primer lugar, para ser precisos, ¿estás segura de que era él?

—¿Cómo que «él»?

—El marido. Que… lo hizo él.

—Bina me ha preguntado lo mismo. Pues claro que estoy segura.

—¿No pudo ser cosa de esa otra mujer?

Guardo silencio.

La voz de Ed se anima, tal como ocurre siempre que piensa en voz alta.

—Supongamos que es su amante, como tú dices. Llega de Boston o de donde sea. Se pelean. Saca el cuchillo, o lo que sea. Se lo clava. El marido no tiene nada que ver.

Me quedo pensativa. Me cuesta reconocerlo pero… es posible. Claro que…

—Quien lo hiciera es lo de menos —insisto—, por el momento. La cuestión es que alguien lo hizo, y el problema es que nadie me cree. Al parecer, ni siquiera Bina me cree. Ni siquiera tú.

Silencio. Descubro que he subido la escalera sin darme cuenta y he entrado en el dormitorio de Olivia.

—No le cuentes nada de esto a Livvy —añado.

Ed se echa a reír, con una auténtica carcajada, nítida como el metal.

—No pienso hacerlo. —Tose—. ¿Qué dice el doctor Fielding?

—No he hablado con él. —Debería hacerlo.

—Deberías hacerlo.

—Lo haré.

Una pausa.

—¿Y qué tal le va al resto del vecindario?

Me doy cuenta de que no tengo ni idea. Los Takeda, los Miller, ni siquiera los Wassermanes... Mi radar no ha captado ni una sola de sus ondas esta semana.

La calle ha quedado cubierta por un velo: las casas de enfrente están a oscuras, han desaparecido; todo cuanto existe es mi casa y la de los Russell, y el parque que las separa. Me pregunto qué habrá sido del contratista de Rita. Me pregunto qué libro habrá elegido la señora Gray para su club de lectura. Solía conectar con todas y cada una de las actividades de mis vecinos, solía registrar cada entrada y cada salida. Tengo capítulos enteros de sus vidas almacenados en mi tarjeta de memoria, pero ahora...

—No lo sé —reconozco.

—Bueno —dice—, tal vez sea mejor así.

Cuando terminamos de hablar, vuelvo a mirar la hora en el teléfono. 11.11.

Mi cumpleaños. Y también el de Jane.

47

He estado evitando la cocina desde ayer; he estado evitando toda la planta baja.

Sin embargo, vuelvo a estar en la ventana, mirando la casa del otro lado del parque. Me sirvo un dedo de vino en una copa.

Sé lo que vi. Sangre. Súplicas.

Esto no ha acabado aún, ni mucho menos.

Bebo.

48

Veo que las persianas están levantadas.

La casa me mira con los ojos muy abiertos, como si se sorprendiera de descubrir que vuelvo a observarla. Hago un zoom, enfoco las ventanas con la mirada, me centro en el salón.

Impecable. Nada. El sofá para dos. Las lámparas a modo de guardianes.

Me remuevo en mi asiento junto a la ventana, desplazo rápidamente el objetivo hacia el dormitorio de Ethan. Está encorvado cual gárgola sobre el escritorio, frente al ordenador.

Me acerco más. Prácticamente soy capaz de leer el texto de la pantalla.

Hay movimiento en la calle. Un coche, lustroso como un tiburón, se desliza hasta un punto situado frente al camino de entrada de los Russell y aparca. La puerta del conductor se abre como una aleta y sale Alistair vestido con un abrigo de invierno.

Se dirige con aire resuelto hacia la casa.

Acciono el disparador de la cámara.

Cuando llega a la puerta, hago otra foto.

No tengo ningún plan. («¿Acaso todavía hago planes

alguna vez?», me pregunto.) No voy a ver sus manos ensangrentadas. No va a llamar a mi puerta y confesarlo todo.

Pero puedo observar.

Entra en la casa. El objetivo de mi cámara da un salto a la cocina y, cómo no, allí está él momentos más tarde. Lanza las llaves sobre la encimera, se despoja del abrigo. Sale de la cocina.

No regresa.

Desplazo la cámara una planta hacia arriba, hasta el salón.

Y, en el momento en que lo hago, aparece ella, luminosa y radiante con su jersey de color verde primavera: «Jane».

Enfoco el objetivo. La veo limpia, nítida, mientras se desplaza primero hasta una lámpara y luego hasta la otra y las enciende. Observo sus manos delicadas, su cuello largo, el pelo que le roza la mejilla.

La mentirosa.

Luego se marcha, sus esbeltas caderas se contonean cuando cruza la puerta.

Nada. El salón está vacío. La cocina también. Arriba, no hay nadie sentado en la silla de Ethan; la pantalla del ordenador, una caja negra.

Suena el teléfono.

La cabeza me da la vuelta prácticamente ciento ochenta grados, como a un búho, y la cámara se me cae al regazo.

El sonido procede de detrás, pero el teléfono está junto a mi mano.

Es el teléfono fijo.

No el de la cocina, que se está pudriendo en el soporte, sino el de la biblioteca de Ed. Me había olvidado por completo de él.

Vuelve a sonar, distante, insistente.

No me muevo. No respiro.

¿Quién me llama? Nadie ha llamado al teléfono de casa desde... no me acuerdo. ¿Quién podría tener siquiera el número? Casi ni me acuerdo de cuál es.

Suena otra vez.

Y otra.

Me acurruco contra el cristal, encogida en el ambiente frío. Me imagino las estancias de mi casa una a una, retumbando a causa de ese ruido.

Suena otra vez.

Miro al otro lado del parque.

Allí está ella, en la ventana del salón, con un teléfono en la oreja.

Me mira fijamente, con dureza.

Me escurro del asiento, aferro la cámara y me retiro a mi escritorio. Ella sostiene la mirada, su boca forma una línea escueta.

¿De dónde ha sacado el número?

Claro que ¿de dónde saqué yo el suyo? Del servicio de información telefónica.

La imagino marcando las teclas, dando mi nombre, pidiendo que la pongan en contacto. Conmigo. Me invade la casa, la cabeza.

La mentirosa.

La observo. La miro fijamente.

Ella me devuelve la mirada.

El teléfono suena una vez más.

Y luego otro sonido: la voz de Ed.

«Ha llamado a Anna y a Ed», dice con voz grave y ronca, como en el anuncio del tráiler de una película. Lo recuerdo grabando el mensaje.

«Pareces Vin Diesel», le dije, y él se echó a reír y habló en un registro todavía más grave.

«Ahora no estamos, pero deje el mensaje y le llamaremos.»

Y recuerdo que en cuanto terminó, en cuanto le dio al stop, añadió con un horrible acento barriobajero:

«Cuando nos salga de los cojones».

Por un instante, cierro los ojos y lo evoco llamándome. Pero sigue siendo la voz de ella la que satura el ambiente, la que satura la casa.

—Creo que ya sabes quién soy. —Una pausa. Abro los ojos y la veo mirándome, observo la forma en que su boca articula las palabras que me taladran los oídos. El efecto es extrañísimo—. Deja de fotografiar nuestra casa o llamaré a la policía.

Se retira el teléfono de la oreja y se lo guarda en el bolsillo. Se me queda mirando. Y yo la miro a ella.

Reina el silencio.

Luego salgo de la habitación.

49

¡Dvorah Gina te desafía!

Es mi programa de ajedrez. Le enseño el dedo corazón a la pantalla y me coloco el auricular en la oreja. La voz del doctor Fielding, frágil cual hoja seca, me invita a dejar un mensaje en el contestador. Eso hago, articulando las palabras con esmero.

Estoy en la biblioteca de Ed, siento el calor del portátil en los muslos, el sol de mediodía baña la alfombra. En la mesa que tengo al lado hay una copa de merlot. Una copa y una botella.

No quiero beber. Quiero permanecer lúcida. Quiero pensar. Quiero hacer un análisis. Las pasadas treinta y seis horas ya están desdibujándose, desvaneciéndose, como un banco de niebla. Siento que la casa se yergue y se sacude de encima al mundo exterior.

Necesito un trago.

Dvorah Gina. Qué nombre más peculiar. Dvorah Gina. *Vorágine*. Tierney. Bacall. «Ahora está en tu torrente sanguíneo.»

Ya lo creo. Me llevo la copa a los labios y noto el vino corriéndome por la garganta, la efervescencia en mis venas.

«Aguanta la respiración. Cruza los dedos.»

«¡Déjame entrar!»

«Estarás bien.»

—Estarás bien —gruño.

Mi mente es una marisma, profunda y salobre, la verdad y la mentira se mezclan y se confunden. ¿Cómo se llaman esos árboles que crecen en mitad de las aguas pantanosas llenas de sedimentos? Esos cuyas raíces quedan al descubierto… ¿Mandrágoras? Dicen que sus raíces tienen forma de hombre…

David.

La copa se tambalea en mi mano.

Con tanto apuro y tanto jaleo, me había olvidado de David.

El que trabajó en casa de los Russell. El que tal vez conoció… seguro que conoció a Jane.

Dejo la copa sobre la mesa y me pongo de pie. Avanzo tambaleándome hasta el recibidor. Bajo la escalera, entro en la cocina. Echo un vistazo a la casa de los Russell… No hay nadie a la vista, nadie me observa. Luego golpeo con los nudillos la puerta del sótano, primero con suavidad, y otra vez de forma enérgica. Lo llamo por su nombre.

Sin respuesta. Me pregunto si estará durmiendo. Pero es media tarde.

Una idea se abre paso en mi cabeza.

Sé que esto no se hace, pero estoy en mi casa. Y es urgente, muy urgente.

Me desplazo hasta el escritorio de la sala de estar, abro el cajón y allí está, de color metálico mate y forma dentada: la llave.

Regreso junto a la puerta del sótano. Vuelvo a llamar; nada. Introduzco la llave en la cerradura y la hago girar.

Empujo la puerta.

Chirría, y yo me estremezco.

Pero, cuando echo un vistazo a la escalera todo está en silencio. Me adentro en la oscuridad a medida que desciendo suavemente con los pies enfundados en las zapatillas, sujetándome con una mano al rugoso enlucido de la pared.

Llego abajo. Las cortinas están corridas, aquí abajo es de noche. Busco con los dedos el interruptor de la pared, lo acciono. En la habitación se hace la luz.

Han pasado dos meses desde la última vez que estuve aquí, dos meses desde que David llegó para pasar una temporada. Recorrió la habitación con sus ojos del color del regaliz: la zona de estar, con la mesa de dibujo de Ed situada en un lugar prominente; el estrecho dormitorio; la diminuta cocina decorada en cromados y nogal; el cuarto de baño... E hizo un gesto de asentimiento.

Ha cambiado muy pocas cosas. Apenas nada. El sofá de Ed sigue en el mismo lugar, no ha retirado la mesa de dibujo, aunque ahora tiene el tablero en horizontal. Encima hay un plato, con un tenedor y un cuchillo de plástico formando una cruz cual escudo de armas. Hay cajas de herramientas apiladas contra la pared del fondo, junto a la puerta exterior. En la más alta, diviso el cúter que le presté, cuya lengüecita de cuchilla brilla bajo las luces del techo. A su lado un libro, con el lomo partido: *Siddhartha*.

En la pared opuesta hay colgada una fotografía con un fino marco de color negro. Olivia, de cinco años, y yo rodeándola con los brazos, en la escalera de entrada. Las dos sonreímos, y Olivia muestra su dentadura mellada, «unos clientes están y otros no», como le gustaba decir a Ed.

Me había olvidado de esa foto, y siento que se me encoge un poco el corazón. Me pregunto por qué sigue ahí.

Me dirijo con cautela al dormitorio.

—¿David? —pregunto en voz baja, aunque no me cabe duda de que no está.

Las sábanas se encuentran enrolladas a los pies de la cama. En las almohadas, unas marcas profundas, como si las hubieran noqueado. Hago una relación del inventario de la cama: una filigrana de frágiles fideos enroscados sobre la funda de la almohada; un preservativo, mustio y pringoso, enganchado en uno de los postes; un bote de aspirinas encajado entre la cama y la pared; jeroglíficos de restos de sudor, o de semen, inscritos en la sábana superior; un fino portátil a los pies de la cama. Una tira de paquetes de condones está enroscada alrededor de una lámpara de pie. Sobre la mesilla de noche brilla un pendiente.

Echo un vistazo al cuarto de baño. El lavabo luce un estampado de pelos de barba y el váter muestra su boca en un gran bostezo. Dentro de la ducha, un frasco de champú barato y los restos de una pastilla de jabón.

Doy marcha atrás y regreso a la habitación principal. Paso la mano a lo largo de la mesa de dibujo.

Algo me ronda por la cabeza.

Intento retenerlo, pero se me escapa.

Vuelvo a examinar la habitación. Ningún álbum de fotos, aunque imagino que la gente ya no guarda las fotos en álbumes («Jane sí», recuerdo); ninguna carpeta con CD ni torre de DVD, aunque imagino que también eso ha dejado de existir. «¿No es increíble que, según internet, parece que algunas personas no existieran?», había preguntado Bina. Todos los recuerdos de David, toda su música, cada una de las cosas capaces de revelar al hombre que hay en él... han desaparecido. O, mejor aún, se hallan a mi alrededor, flotando en el ambiente, pero invisibles, archivos e iconos, unos y ceros. Nada ha quedado a la vista en el mundo real, ni una pista, ni una señal. «¿No es increíble?»

Vuelvo a mirar la imagen de la pared. Pienso en mi armario de la sala de estar, repleto de cajas de DVD. Soy una reliquia. Me he quedado desfasada.

Doy media vuelta para marcharme.

Y en ese momento oigo un chirrido detrás de mí. Es la puerta exterior.

Mientras permanezco a la expectativa, la puerta se abre, y David aparece frente a mí y me mira.

50

—¿Qué coño estás haciendo?

Me estremezco. Nunca lo había oído decir palabrotas. Apenas lo había oído hablar.

—¿Qué coño estás haciendo?

Retrocedo, abro la boca.

—Solo estaba…

—¿Qué te hace pensar que puedes bajar aquí así como así?

Doy otro paso atrás, tropiezo.

—Lo siento mucho y…

Avanza hacia mí, y la puerta está completamente abierta a sus espaldas. Las imágenes se suceden en mi cabeza.

—Lo siento mucho. —Respiro hondo—. Estaba buscando algo.

—¿El qué?

Vuelvo a respirar hondo.

—Te buscaba a ti.

Él levanta las manos y las deja caer a los lados del cuerpo, y las llaves se mecen adelante y atrás, enroscadas en sus dedos.

—Pues aquí me tienes. —Sacude la cabeza—. ¿Por qué?

—Porque…

—Podrías haberme llamado por teléfono.

—No creía que...

—Ya, has pensado que podías presentarte aquí como si tal cosa.

Me dispongo a asentir, pero me interrumpo. Es prácticamente la conversación más larga que hemos mantenido jamás.

—¿Podrías cerrar la puerta? —le pregunto.

Él se me queda mirando, da media vuelta, empuja la puerta y esta se cierra con un chasquido.

Cuando me mira de nuevo, su expresión se ha suavizado. Pero su voz sigue siendo severa.

—¿Qué es lo que necesitas?

Me siento mareada.

—¿Puedo sentarme?

Él no se mueve.

Me acerco hasta el sofá y me hundo en él. Él permanece quieto como una estatua durante unos instantes, con las llaves formando un revoltijo en la palma de la mano. A continuación se las guarda en el bolsillo, se quita la chaqueta y la arroja al dormitorio. Oigo que aterriza sobre la cama, resbala y cae al suelo.

—Esto no tiene gracia.

Sacudo la cabeza.

—No, ya lo sé.

—A ti no te gustaría que invadiera tu espacio sin haberme invitado.

—No, ya lo sé.

—Te jodería. Te cabrearías.

—Sí.

—¿Y si hubiera estado aquí abajo con alguien?

—He llamado a la puerta.

—¿Y se supone que eso arregla algo?

No replico.

Él se me queda mirando unos instantes más. Luego, entra en la cocina y se quita las botas de una patada. Abre la puerta de la nevera, coge una Rolling Rock de un estante. La empuja contra el borde de la encimera y la chapa salta. Cae al suelo y va a parar debajo del radiador.

De más joven, eso me habría impresionado.

Se lleva la botella a la boca, da un sorbo y se dirige hacia mí, despacio. Apoya su esbelta figura en la mesa de dibujo y da otro sorbo.

—¿Y bien? —dice—. Aquí me tienes.

Yo asiento y levanto la cabeza para mirarlo.

—¿Llegaste a conocer a la mujer del otro lado del parque?

Arruga la frente.

—¿A quién?

—A Jane Russell. Del otro lado del parque. Del número...

—No.

Una respuesta llana como el horizonte.

—Pero trabajaste allí.

—Sí.

—Pues...

—Trabajé para el señor Russell. No conocí a su mujer. Ni siquiera sabía que estuviera casado.

—Tiene un hijo.

—Los solteros también pueden tener hijos. —Da un trago a su cerveza—. Aunque no había pensado en ello. ¿Era esa tu pregunta?

Hago un gesto afirmativo. Me siento muy poca cosa. Bajo la vista a mis manos.

—¿Para eso has bajado aquí?

Vuelvo a responder con un gesto afirmativo.

—Bueno, pues ya conoces la respuesta.

Permanezco allí sentada.

—¿Por qué querías saberlo, de todas formas?

Levanto la cabeza para mirarlo No me va a creer.

—No tengo ningún motivo en particular —digo, y apoyo el puño en el brazo del sofá para intentar levantarme.

Él me ofrece la mano. Yo la acepto, siento su piel áspera contra la mía; y me ayuda a ponerme en pie, rápidamente y sin esfuerzo. Observo el movimiento de los músculos en su antebrazo.

—Siento mucho haber entrado aquí —le digo.

Él asiente.

—No volverá a ocurrir.

Vuelve a asentir.

Me dirijo a la escalera y noto su mirada a mis espaldas. Tres escalones más arriba, recuerdo una cosa.

—¿Oíste…? ¿No oíste un grito el día que estabas trabajando allí? —pregunto, volviéndome, con el hombro pegado a la pared.

—Eso ya me lo preguntaste, ¿te acuerdas? No oí ningún grito. Estaba escuchando a Springsteen.

«¿Lo pregunté?» Siento como si mi propia mente me estuviera traicionando.

51

Cuando entro en la cocina y la puerta del sótano se cierra tras de mí, me llama el doctor Fielding.

—He recibido tu mensaje —me dice—. Parecías preocupada.

Me dispongo a hablar, estoy preparada para contarle toda la historia, para vaciar mi interior, pero no tiene sentido, ¿verdad? El que parece preocupado es él, siempre, por todo; es él quien hace y deshace con la medicación, hasta el punto en que... bueno.

—No era nada —respondo.

Guarda silencio.

—¿Nada?

—No. Bueno, quería preguntarle sobre... —trago saliva— los genéricos.

Sigue callado.

Vuelvo a la carga.

—Me preguntaba si podría pasarme al genérico de alguna de las drogas que tomo.

—Medicamento —me corrige de forma automática.

—Eso quería decir.

—Bueno, sí.

Parece poco convencido.

—Sería genial. Es que el precio está empezando a resultarme excesivo.

—¿Te supone algún problema?

—No, no. Pero no quiero que llegue a serlo.

—Ya, lo comprendo.

No lo entiende.

Silencio. Abro un armario junto a la nevera.

—Bueno —prosigue—, ya hablaremos de eso el martes.

—De acuerdo —contesto, y elijo una botella de merlot.

—Imagino que puedes esperar hasta entonces, ¿no?

—Sí, desde luego.

Hago girar el tapón de la botella.

—¿Estás segura de que te encuentras bien?

—Totalmente.

Cojo una copa del fregadero.

—No estarás mezclando la medicación con alcohol…

—No.

Me sirvo vino.

—Bien. De acuerdo, hasta el martes.

—Hasta el martes.

La comunicación se corta, y yo doy un trago.

52

Me traslado arriba. En la biblioteca de Ed encuentro la copa y la botella que he dejado abandonadas hace veinte minutos, rebosantes de sol. Las recojo y lo llevo todo a mi estudio.

Me siento ante el escritorio. Y pienso.

En la pantalla que tengo enfrente hay desplegado un tablero de ajedrez con las piezas en su sitio, los ejércitos del día y de la noche preparados para la batalla. La reina blanca; me acuerdo de cuando se la gané a Jane. Jane, con su blusa nívea, empapada en sangre.

Jane. La reina blanca.

Se oye un pitido procedente del ordenador.

Miro hacia casa de los Russell. Ni rastro de vida.

AbuLizzie: Hola, doctora Anna.

Me sobresalto y me quedo mirando la pantalla.

¿Dónde lo habíamos dejado? ¿Cuándo lo habíamos dejado? Maximizo la pantalla del chat y asciendo por la pantalla. **AbuLizzie se desconectó del chat** a las 4.46 de la tarde de jueves, 4 de noviembre.

Exacto, justo en el momento en que Ed y yo le dimos la noticia a Olivia. Recuerdo cómo me palpitaba el corazón.

Y seis horas más tarde estaba llamando a emergencias.

Desde entonces... la salida al exterior. La noche en el hospital. La conversación con Little, con la doctora. La inyección. El trayecto por Harlem, con los ojos escociéndome por efecto del sol. La agitación interior. Punch subiéndose a mi regazo. Norelli acorralándome. Alistair en mi casa. Ethan en mi casa.

Aquella mujer en mi casa.

Y Bina, y nuestras búsquedas en internet, y sus remilgados ronquidos en mitad de la noche. Y lo de hoy: la incredulidad de Ed, la llamada telefónica de la supuesta Jane, la vivienda de David, el enfado de David, la voz del doctor Fielding graznándome al oído. ¿Solo han pasado dos días?

médicoencasa: ¡Hola! ¿Cómo estás?

Quiso cortar por lo sano conmigo, pero prefiero no ponerme a su altura.

AbuLizzie: Estoy bien, pero lo más importante que tengo que decir es que siento MUCHÍSIMO haber cortado la conversación de forma tan brusca la última vez que hablamos.

Bien.

médicoencasa: No pasa nada. ¡Todos tenemos cosas que hacer!

AbuLizzie: No fue por eso, LO PROMETO. ¡Se me murió la conexión a internet! ¡Descanse en paz!

AbuLizzie: Me pasa cada par de meses, pero esta vez era jueves y la compañía no pudo mandarme a nadie hasta el fin de semana.

AbuLizzie: Lo siento MUCHÍSIMO. No quiero saber lo que debes de pensar de mí.

Me llevo la copa a la boca, bebo. La dejo y doy un sorbo de la otra copa. Daba por sentado que Lizzie no quería oír mi patética historia. Mujer de poca fe.

médicoencasa: Por favor, ¡no te disculpes! ¡Son cosas que pasan!

AbuLizzie: Bueno, me siento una auténtica arpía.

médicoencasa: Para nada.

AbuLizzie: ¿Me perdonas?

médicoencasa: ¡No hay nada que perdonar! Espero que estés bien.

AbuLizzie: Sí, estoy bien. Mis hijos han venido a verme :-)

médicoencasa: :-) ¡Qué me dices! ¡Me alegro por ti!

AbuLizzie: Es estupendo tenerlos aquí.

médicoencasa: ¿Cómo se llaman tus hijos?

AbuLizzie: Beau

AbuLizzie: Y William.

médicoencasa: Unos nombres magníficos.

AbuLizzie: Ellos sí que son magníficos. Siempre me han ayudado mucho. Sobre todo cuando Richard estaba enfermo. ¡Supimos educarlos bien!

médicoencasa: ¡Eso parece!

AbuLizzie: William me llama todos los días desde Florida. Me suelta ¿QUÉ TAL POR AHÍ? con su vozarrón, y me arranca una sonrisa. Siempre me pilla desprevenida.

Yo también sonrío.

médicoencasa: ¡Mi familia siempre me dice «¿Quién soy?» cuando hablamos!

AbuLizzie: ¡Ay! ¡Me encanta!

Pienso en Livvy y en Ed, oigo sus voces en mi cabeza. Se me pone un nudo en la garganta. Doy otro trago de vino.

médicoencasa: Debe de ser estupendo tener a tus hijos ahí.

AbuLizzie: Lo es, Anna, LO ES. Vuelven a dormir en sus dormitorios y tengo la impresión de que todo es como en los viejos tiempos.

Por primera vez en días, me siento relajada, dueña de mí misma. Útil, incluso. Prácticamente me veo de nuevo en la Ochenta y ocho Este, en la consulta, ayudando a un paciente. «Construir un puente.»

Es posible que esto me esté haciendo más bien a mí que a Lizzie.

De modo que, mientras la luz exterior empieza a decaer y las sombras se proyectan en el techo, hablo con una abuela solitaria a miles de kilómetros de distancia. A Lizzie le encanta cocinar, me dice; la comida favorita de los chicos es mi famoso estofado (en realidad tampoco es para tanto), y todos los años prepara brownies con queso cremoso para el cuerpo de bomberos. Antes tenía un gato —ahí es cuando yo le hablo de Punch—, pero ahora tiene un conejo, una hembra marrón que se llama Petunia. Aunque no es una forofa de las pelis, a Lizzie le gusta ver programas de cocina y *Juego de Tronos*. Eso último me sorprende. Joder con la abuela.

Me habla de Richard, por supuesto. Todos lo echamos mucho de menos. Era profesor, diácono metodista, le encantaban los trenes (hay una maqueta enorme en el sótano), un padre cariñoso; un buen hombre.

«Un buen hombre y un buen padre.» De pronto, me viene a la cabeza Alistair. Me estremezco y me sumerjo más en la copa de vino.

AbuLizzie: Espero no estar aburriéndote…
médicoencasa: Para nada.

Me entero de que Richard no solo era honesto sino también responsable, y que se ocupaba de todo en casa: mantenimiento, electrónica (William me regaló un Apple TV que no sé cómo funciona, comenta Lizzie, nerviosa), jardinería, facturas. En su ausencia, explica la viuda, me encuentro desbordada. Me siento vieja.

Tamborileo con los dedos sobre el ratón. No es exactamente el síndrome de Cotard, pero puedo proporcionarle algún remedio rápido. Vamos a resolver esto, le digo; y al instante siento que la sangre me corre por las venas, como cuando le brindo orientación a un paciente que tiene un problema.

Saco un lápiz del cajón, escribo cuatro palabras en un pósit. En la consulta solía utilizar una libreta Moleskine y una estilográfica, pero qué más da.

«Mantenimiento: A lo mejor algún vecino manitas puede echar un cable una vez por semana.» ¿Podrá preguntar?

AbuLizzie: Está Martin, que trabaja en mi iglesia.
médicoencasa: ¡Estupendo!

«Electrónica: Casi todos los jóvenes son buenos con los ordenadores y las teles.» **No sé a cuántos jóvenes conoce Lizzie, pero...**

> **AbuLizzie:** El hijo de los Roberts, que viven en mi misma calle, tiene un iPad.
> **médicoencasa:** ¡Ese es tu chico!

«**Facturas: (todo un reto para ella, al parecer;** Pagar por internet es difícil, demasiados nombres de usuario y contraseñas diferentes): Es recomendable usar nombres que a uno le digan algo y que pueda recordar fácilmente, **su propio nombre, le sugiero, o el de algún hijo, o la fecha de cumpleaños de una persona cercana, aunque** cambiando algunas letras por números o símbolos. WILLI@M», **por ejemplo.**

Una pausa.

> **AbuLizzie:** Mi nombre sería LI221E.

Sonrío de nuevo.

> **médicoencasa:** ¡Cómo mola!
> **AbuLizzie:** Me meo de LOL.
> **AbuLizzie:** En las noticias dicen que podrían hackearme, ¿¿debería preocuparme??
> **médicoencasa:** ¡No creo que nadie sea capaz de descifrar tu código!

De todas formas, no creo que a nadie le interese hackear a una septuagenaria de Montana.

Por fin, «Trabajos a la intemperie: Los inviernos aquí son muy fríos, **comenta Lizzie, de modo que necesita a al-**

guien que retire la nieve del tejado, que esparza sal en el camino de entrada, que quite el hielo de las tuberías... Aunque pudiera salir, hay un montón de trabajo de cara al invierno».

> **médicoencasa:** Bueno, esperemos que para entonces ya estés en forma para enfrentarte al mundo. De todas maneras, a lo mejor Martin, el de la iglesia, podría echarte una mano. O los chicos del barrio. Tus alumnos, incluso. ¡No subestimes el poder de convicción de diez dólares la hora!
>
> **AbuLizzie:** Sí. Buenas sugerencias.
>
> **AbuLizzie:** Muchísimas gracias, doctora Anna. Me encuentro MUCHO mejor.

Problema resuelto. La paciente ya ha recibido ayuda. Me siento radiante de felicidad. Bebo vino.

Luego seguimos hablando de estofados, y de conejos, y de William y Beau.

Una luz en el salón de Russell. Echo un vistazo por encima de la pantalla y veo a esa mujer entrar en la habitación. Me doy cuenta de que llevo más de una hora sin pensar en ella. La sesión con Lizzie me está haciendo bien.

> **AbuLizzie:** Ha vuelto William con la compra. ¡Más le vale haber traído los dónuts que le he encargado!
>
> **AbuLizzie:** Tengo que evitar que se los coma.
>
> **médicoencasa:** ¡Hazlo, por favor!
>
> **AbuLizzie:** ¿Has podido salir, x cierto?

«x cierto.» Se está habituando a la jerga de internet.

Extiendo los dedos, abarco con ellos todo el teclado. Sí, he podido salir. Dos veces, de hecho.

médicoencasa: No ha habido suerte, me temo.

No es necesario profundizar en ello, de todas formas.

AbuLizzie: Espero que pronto lo consigas…
médicoencasa: ¡Ya somos dos!

Se desconecta, y yo apuro la copa. La dejo sobre el escritorio.

Empujo el suelo con un pie, dejo que la silla gire lentamente. Las paredes dan vueltas a mi alrededor.

«Fomentaré la curación y el bienestar.» Hoy lo he hecho.

Cierro los ojos. He preparado a Lizzie para la vida, la he ayudado a vivir con un poco más de plenitud. La he ayudado a hallar alivio.

«Antepondré los intereses ajenos a los propios.» Bueno, sí… aunque yo también he salido beneficiada. Durante casi noventa minutos, he conseguido quitarme de la cabeza a los Russell. A Alistair, a aquella mujer, incluso a Ethan.

Incluso a Jane.

La silla se detiene. Cuando abro los ojos, estoy mirando más allá de la puerta, el recibidor, la biblioteca de Ed.

Y pienso en lo que no le he contado a Lizzie, en lo que no he podido contarle.

53

Olivia se negó a volver a la habitación, así que Ed se quedó con ella mientras yo hacía las maletas, con el corazón desbocado. Fui al vestíbulo, donde el fuego ardía lánguidamente en la chimenea, y Marie pasó mi tarjeta de crédito por un datáfono. Nos deseó una tarde agradable y nos despidió con una sonrisa absurdamente amplia, con los ojos muy abiertos.

Olivia reclamó mi mano. Miré a Ed; él recogió las bolsas y se colgó una en cada hombro. Apreté la manita caliente de nuestra hija con la mía.

Habíamos estacionado en el extremo más alejado del aparcamiento; para cuando llegamos al coche, estábamos cubiertos de copos. Ed abrió el maletero y metió el equipaje dentro mientras yo pasaba el brazo por el parabrisas. Olivia se subió al asiento trasero y cerró la puerta tras ella.

Ed y yo nos quedamos ahí parados, en los extremos opuestos del coche, mientras la nieve caía encima de nosotros, entre nosotros.

Vi su boca moverse.

—¿Qué? —pregunté.

Habló de nuevo, más fuerte esta vez.

—Conduces tú.

Conducía yo.

Salí del aparcamiento, los neumáticos chirriaron sobre el hielo. Me incorporé a la carretera, los copos de nieve se estremecían en las ventanas. Me incorporé a la autopista, en la noche, en el blanco.

Todo estaba en silencio, solo se oía el zumbido del motor. A mi lado, Ed tenía la mirada fija delante. Miré en el espejo retrovisor. Olivia estaba recostada en el asiento, cabeceando y apoyando la cabeza en su hombro, no dormida del todo, pero con los ojos entornados.

Doblamos una curva. Yo agarré el volante con más fuerza.

Y de repente, un abismo se abrió a nuestro lado, una inmensa sima que horadaba el suelo; en ese momento, a la luz de la luna, los árboles de abajo relumbraban como fantasmas. Los copos de nieve, plateados y oscuros, caían hundiéndose en el precipicio, cada vez más abajo, perdidos para siempre, marineros ahogados en las profundidades.

Levanté el pie del acelerador.

En el retrovisor, vi a Olivia mirar por la ventanilla. Tenía la cara brillante; había estado llorando de nuevo, en silencio.

Se me rompió el corazón.

Me vibró el teléfono.

· · ·

Dos semanas antes habíamos ido a una fiesta, Ed y yo, en la casa del otro lado del parque, donde vivían los Lord: cócteles navideños, todo bebidas de colores chispeantes y ramitas de muérdago. Los Takeda estaban allí, y también los

Gray (los Wassermanes, según me dijo nuestro anfitrión, declinaron confirmar su asistencia); uno de los hijos mayores de los Lord hizo un cameo, acompañado de su novia. Y los colegas de Bert del banco, un ejército de ellos. La casa era una zona de guerra, un campo de minas, con besos en el aire estallando a cada paso, carcajadas que parecían cañonazos, muestras de efusividad como bombas.

En mitad de la velada, en mitad de mi cuarta copa, se me acercó Josie Lord.

—¡Anna!

—¡Josie!

Nos abrazamos. Sus manos revolotearon sobre mi espalda.

—Pero ¡qué vestido llevas! —dije.

—¿A que sí?

No sabía cómo responder.

—Sí, sí.

—Pero ¡mírate tú con tus pantalones!

Los señalé.

—Mírame, sí.

—He tenido que despedirme del chal hace un momento, Bert me ha tirado su... Oh, gracias, Anna —dijo, mientras le quitaba un pelo del guante—. Me ha tirado la copa de vino por todo el hombro.

—¡Muy mal, Bert! —Tomé un sorbo.

—Ya le he dicho que luego se va a enterar. Es la segunda vez que... Oh, gracias, Anna —dijo, mientras le retiraba otra pelusa del vestido. Ed siempre me decía que era una borracha muy manazas—. Es la segunda vez que hace eso con mi chal.

—¿Con el mismo chal?

—No, no.

Tenía los dientes redondos y de color blanco roto; me vino a la cabeza la foca de Weddell, un animal que, según había descubierto hacía poco en un documental, usa los incisivos y los colmillos para hacer agujeros en el hielo de la Antártida. «Sus dientes —había señalado el narrador— se desgastan enormemente.» Imagen de la foca golpeando las mandíbulas contra la nieve. «Las focas de Weddell mueren jóvenes», añadió el narrador en tono siniestro.

—Y oye, ¿quién ha estado llamándote toda la noche? —preguntó la foca de Weddell que tenía delante.

Me quedé callada. Mi móvil había estado vibrando insistentemente durante toda la velada, zumbando junto a mi cadera. Me lo deslizaba en la palma de la mano, bajaba la vista hacia la pantalla y tecleaba una respuesta con el pulgar. Pensaba que había sido discreta.

—Es por trabajo —expliqué.

—Pero ¿qué puede necesitar un niño a estas horas? —preguntó Josie.

Sonreí.

—Eso es confidencial. Ya sabes, ¿no?

—Oh, sí, por supuesto, por supuesto. Eres muy profesional, querida.

Y a pesar de a todo, en medio de todo aquel barullo, rozando apenas la superficie de mi cerebro, mientras formulaba preguntas y respuestas, mientras fluía el vino y sonaban los villancicos, incluso entonces... yo no podía dejar de pensar.

. . .

El móvil volvió a vibrar.

Aparté las manos del volante un momento. Había guardado el teléfono en el vaso entre los asientos delanteros, donde en ese momento vibraba contra el plástico.

Miré a Ed.

Él estaba mirando el teléfono.

Otro zumbido. Desplacé la vista al retrovisor. Olivia estaba mirando por la ventanilla.

Silencio. Seguimos adelante.

Zumbido.

—Quién soy —dijo Ed.

Yo no respondí.

—Apuesto a que es él.

No discutí.

Ed cogió el móvil y examinó la pantalla. Suspiró.

Seguimos avanzando por la carretera. Tomamos una curva.

—¿Vas a contestar?

No podía mirarlo. Mi mirada perforó el parabrisas. Negué con la cabeza.

—Entonces, contestaré yo.

—¡No! —Traté de arrebatarle el teléfono. Ed me lo impidió.

Siguió zumbando.

—Quiero responder yo —dijo Ed—. Quiero hablar con él.

—¡No! —Le quité el teléfono de un manotazo. El aparato aterrizó bajo mis pies.

—¡Parad ya! —gritó Olivia.

Miré hacia abajo, vi la pantalla temblando en el suelo, vi su nombre en ella.

—¡Anna! —exclamó Ed, sin aliento.

Levanté la vista. La carretera se había desvanecido.

Estábamos saltando por el borde del precipicio. Estábamos navegando hacia la oscuridad.

54

Un golpe.

Me he quedado dormida. Me incorporo, medio atontada. La habitación está a oscuras; al otro lado de las ventanas, ya es de noche.

Oigo otra vez el golpe. Abajo. No es la puerta de entrada; es el sótano.

Voy hacia la escalera. David casi siempre utiliza la puerta principal cuando viene a verme. Me pregunto si será uno de sus invitados.

Pero cuando enciendo las luces de la cocina y abro la puerta del sótano, es él en persona quien está al otro lado, mirándome desde dos peldaños más abajo.

—He pensado que tal vez a partir de ahora debería entrar por aquí —dice.

Me quedo callada, luego me doy cuenta de que está intentando bromear.

—Te lo has ganado. —Me aparto a un lado y él pasa junto a mí y entra en la cocina.

Cierro la puerta. Nos miramos el uno al otro. Creo que sé lo que va a decir. Creo que me va a hablar de Jane.

—Quería… Quiero disculparme —empieza a decir.

Me quedo paralizada.

—Por lo de antes —dice.

Muevo la cabeza, con el pelo suelto me cae sobre los hombros.

—Soy yo la que debería disculparse.

—Tú ya te disculpaste.

—Pues no me importa disculparme de nuevo.

—No, no quiero eso. Quiero decirte que lo siento. Siento haber gritado. —Asiente con la cabeza—. Y haber dejado la puerta abierta. Sé que eso te molesta.

Se ha quedado un poco corto, pero le debo eso al menos.

—Está bien. —Quiero que me hable de Jane. ¿Puedo volver a preguntarle por ella?

—Es solo que... —Acaricia la isla de la cocina con una mano, se apoya en ella—. No me gusta nada que invadan mi terreno. Probablemente es algo que debería haberte dicho antes, pero...

La frase acaba ahí. Columpia un pie delante del otro.

—¿Pero...? —digo.

Levanta los ojos de debajo de esas cejas oscuras. Simple y directo.

—¿Tienes cerveza?

—Tengo vino. —Pienso en las dos botellas en mi escritorio en el piso de arriba, en las dos copas. Probablemente debería vaciarlas—. ¿Abro una botella?

—Claro, adelante.

Paso por delante de él para ir hacia el armario —huele a jabón— y saco una botella de tinto.

—¿Te parece bien un merlot?

—Ni siquiera sé qué es eso.

—Es un buen tinto.

—Suena bien.

Abro otra puerta del armario. Vacío. En el lavavajillas. Un par de copas tintinean en mi mano; las dejo en la isla, descorcho la botella y sirvo.

Desliza una copa hacia él y la inclina un poco en mi dirección.

—Salud —digo, y tomo un sorbo.

—El caso es que —dice, dándole vueltas a la copa en la mano— pasé un tiempo entre rejas, cumpliendo condena.

Asiento y luego noto que se me abren los ojos. Me parece que nunca había oído a alguien usar esa expresión. Bueno, a alguien que no fuera un personaje en una película.

—¿En la cárcel? —Me oigo a decir a mí misma, estúpidamente.

Él sonríe.

—En la cárcel.

Asiento de nuevo.

—¿Por qué...? ¿Por qué estuviste en la cárcel?

Me mira con serenidad.

—Por agresión. —Y luego—: Agredí a un hombre.

Lo miro fijamente.

—Eso te pone nerviosa —dice.

—No.

La mentira queda suspendida en el aire.

—Solo estoy sorprendida —le digo.

—Debería haber dicho algo. —Se rasca la mandíbula—. Antes de mudarme aquí, quiero decir. Lo entenderé si me pides que me vaya.

No sé si lo dice en serio. ¿Quiero que se vaya?

—¿Qué... qué pasó? —pregunto.

Lanza un suspiro, débilmente.

—Una pelea en un bar. Nada impresionante. —Se encoge de hombros—. Solo que ya había tenido una condena previa. Por lo mismo. Dos *strikes*.

—Pensaba que eran tres.

—Depende de quién seas.

—Ajá —digo, como si aquello fuera palabra divina, incuestionable.

—Y mi abogado era un borracho.

—Ajá —repito, deduciendo que habla de su abogado de oficio.

—Así que cumplí catorce meses.

—¿Dónde fue eso?

—¿La pelea o la cárcel?

—Las dos cosas.

—Las dos en Massachusetts.

—Ah.

—¿Quieres saber... no sé, los detalles?

Quiero saberlos.

—No, no.

—Fue una estupidez. Tonterías de borrachos.

—Entiendo.

—Pero ahí fue donde aprendí a... ya sabes. Proteger mi... espacio.

—Entiendo.

Nos quedamos ahí, con la mirada baja, como dos adolescentes en una fiesta.

Traslado el peso de mi cuerpo de un pie al otro.

—¿Cuándo...? ¿Cuándo cumpliste condena?

«Cuando corresponda, utilice el vocabulario del paciente.»

—Salí en abril. Estuve en Boston durante el verano y luego me vine aquí.

—Entiendo.

—No dejas de repetir eso todo el rato —dice, pero en plan amistoso.

Yo sonrío.

—Bien. —Me aclaro la garganta—. Invadí tu espacio, y no debería haberlo hecho. Por supuesto que puedes quedarte.

¿Lo digo de corazón? Creo que sí.

Toma un sorbo de vino.

—Solo quería que lo supieras. Además —añade, inclinando la copa hacia mí—, esto está muy bueno.

—No me he olvidado de lo del techo, ¿sabes?

Estamos en el sofá, tres copas más tarde —bueno, tres para él, cuatro para mí, así que siete copas en total, si las estamos contando, cosa que no hacemos—, y tardo un segundo en entenderlo.

—¿Qué techo?

Señala.

—El tejado.

—Ah, sí. —Miro hacia arriba, como si pudiera ver a través de los huesos de la casa hasta el tejado—. Claro. ¿Qué te ha hecho pensar en eso?

—Acabas de decir que cuando puedas salir, subirás ahí arriba. A echarle un vistazo.

¿Yo he dicho eso?

—Eso no va a pasar en mucho tiempo —le digo secamente. Tirando a secamente—. Ni siquiera puedo cruzar el jardín.

Una leve sonrisa, una inclinación de la cabeza.

—Algún día, entonces. —Deja la copa sobre la mesa de centro, se pone de pie—. ¿Dónde está el baño?

Me vuelvo en el asiento.

—Por ahí.

—Gracias. —Se va hacia la habitación roja.

Me hundo en el sofá. El cojín me susurra en el oído mientras meneo la cabeza de un lado a otro. «Vi cómo apuñalaban a mi vecina. Esa mujer a la que nunca conociste. Esa mujer a la que nadie ha conocido nunca. Por favor, créeme.»

Oigo como la orina taladra el inodoro. Ed solía hacer eso, mear con tanta fuerza que se le oía incluso con la puerta cerrada, como si estuviera perforando un agujero en la porcelana.

La cadena del váter. El silbido del grifo.

«Hay alguien en su casa. Alguien que se hace pasar por ella.»

La puerta del baño se abre, se cierra.

«El hijo y el marido mienten. Todos están mintiendo.» Me hundo más en el cojín del sofá.

Miro al techo, a las luces como hoyuelos. Cierro los ojos. «Ayúdame a encontrarla.»

Un crujido. Una bisagra, en alguna parte. David podría haber bajado la escalera. Me vuelvo hacia un lado.

«Ayúdame a encontrarla.»

Pero cuando abro los ojos al cabo de un momento, David vuelve y se desploma en el sofá. Enderezo la espalda, sonrío. Él me devuelve la sonrisa, mira hacia detrás de mí.

—Qué niña más guapa.

Me vuelvo. Es Olivia, radiante en un marco plateado.

—Tienes su foto abajo —recuerdo—. En la pared.

—Sí.

—¿Por qué?

Se encoge de hombros.

—No lo sé. No tenía nada para reemplazarla. —Apura su copa—. Bueno, ¿y dónde está?

—Con su padre. —Un trago de vino.

Una pausa.

—¿La echas de menos?

—Sí.

—¿Y a él?

—La verdad es que sí.

—¿Hablas a menudo con ellos?

—A todas horas. Ayer mismo, sin ir más lejos.

—¿Cuándo los volverás a ver?

—Probablemente, no hasta dentro de un tiempo. Pero pronto, espero.

No quiero hablar de esto, de ellos. Quiero hablar de la mujer al otro lado del parque.

—¿Le echamos un vistazo a ese techo?

La escalera se enrosca adentrándose en la oscuridad. Yo guío el camino; David me sigue.

Cuando pasamos por el estudio, algo se encrespa junto a mi pierna. Punch, paseándose furtivamente abajo.

—¿Ese era el gato? —pregunta David.

—Ese era el gato —respondo.

Subimos más allá de los dormitorios, ambos a oscuras, y llegamos al descansillo de arriba. Palpo la pared, encuentro el interruptor. En la súbita luz, veo los ojos de David en los míos.

—No parece que esté peor —digo, señalando la mancha de arriba, esparcida por la trampilla como un hematoma.

—No —conviene conmigo—. Pero lo estará. Me encargaré de eso esta semana.

Silencio.

—¿Estás muy ocupado? ¿Estás encontrando mucho trabajo?

Nada.

Me pregunto si no debería hablarle yo de Jane. Me pregunto qué diría él.

Pero antes de que pueda decidirme, me ha besado.

55

Estamos en el suelo del descansillo, la alfombra áspera contra mi piel; luego me levanta y me lleva a la cama más cercana.

Su boca está en mi boca; la barba me rasca el mentón y las mejillas. Una mano me horada el pelo con fuerza, mientras la otra tira del cinturón de mi albornoz. Meto barriga cuando el albornoz se abre de par en par, pero él solo me besa con más fuerza, en la garganta, en los hombros.

> *La tela salió volando y ondeó en el vacío;*
> *el espejo se quebró de parte a parte;*
> *«Cansada estoy de sombras», gritó*
> *la Dama de Shalot.*

¿Por qué Tennyson? ¿Por qué ahora?

Hace tanto tiempo que no siento esto. Hace tanto tiempo que no siento…

Quiero sentir esto. Quiero sentir. Estoy cansada de las sombras.

Más tarde, en la oscuridad, mis dedos rozan su pecho, su vientre, la línea de vello que se le desliza hacia abajo desde el ombligo, como una mecha.

Él respira en silencio. Y entonces me duermo. Y sueño a medias con atardeceres, y con Jane; y en algún momento oigo una pisada suave en el descansillo y, para mi sorpresa, espero que regrese a la cama.

Domingo,
7 de noviembre

56

Cuando me despierto, con la cabeza embotada, David se ha ido. Su almohada está fría. Presiono la cara sobre ella; huele a sudor.

Me desplazo rodando a mi lado, lejos de la ventana, de la luz.

¿Qué coño pasó?

Estábamos bebiendo —por supuesto que estábamos bebiendo; cierro los ojos con fuerza— y luego subimos a la planta de arriba. Nos pusimos debajo de la trampilla. Y de ahí a la cama. O no: primero nos tumbamos en el suelo del descansillo. Luego a la cama.

La cama de Olivia.

Abro los ojos de golpe.

Estoy en la cama de mi hija, con sus mantas envolviendo mi cuerpo desnudo, su almohada con el sudor seco de un hombre al que apenas conozco. Dios, Livvy, lo siento mucho.

Entorno los ojos para mirar a la puerta, a la penumbra del pasillo; luego me incorporo, con las sábanas pegadas a mis pechos... las sábanas de Olivia, con estampados de pequeños ponis. Sus favoritas. Se negaba a dormir en otras.

Me vuelvo hacia la ventana. Afuera todo está gris, con

una llovizna de noviembre, una lluvia que gotea de las hojas, de los aleros de la casa.

Miro al otro lado del parque. Desde aquí veo directamente la habitación de Ethan. No está.

Siento un escalofrío.

Mi albornoz es una mancha en el suelo, como la marca de un frenazo. Salgo de la cama, lo recojo —¿por qué me tiemblan las manos?— y me arropo con él. Hay una zapatilla abandonada debajo de la cama; encuentro la otra en el descansillo.

En lo alto de la escalera respiro hondo. Huele a cerrado. David tiene razón: debería ventilar. No lo haré, pero debería.

Bajo la escalera. En el siguiente descansillo miro a un lado y luego a otro, como si estuviera a punto de cruzar una calle; las habitaciones están en silencio, mis sábanas aún alborotadas después de mi noche con Bina. «Mi noche con Bina.» Suena sucio.

Estoy resacosa.

Bajo una planta más y me asomo a la biblioteca, miro en el estudio. La casa de los Russell me devuelve la mirada. Siento como si me estuviera siguiendo mientras me desplazo por mi casa.

Lo oigo antes de verlo.

Y cuando lo veo, está en la cocina, bebiendo agua de un vaso. La habitación es sombras y cristal, tan tenue como el mundo al otro lado de la ventana.

Estudio la nuez de su garganta mientras sube y baja. Lleva el pelo desaliñado en la nuca; una delgada cadera asoma por debajo del pliegue de su camisa. Cierro los ojos un instante y recuerdo esa cadera en mi mano, esa garganta en mi boca.

Cuando vuelvo a abrirlos, me está mirando, con los ojos oscuros y rotundos en la luz gris.

—Toda una disculpa, ¿no crees? —dice.

Siento que me sonrojo.

—Espero no haberte despertado. —Levanta su vaso—. Solo necesitaba reponer. Tengo que salir enseguida. —Apura el resto de un trago, deja el vaso en el fregadero. Se pasa una mano por los labios.

No sé qué decir.

Parece intuirlo.

—Voy a dejarte en paz —dice, y se acerca a mí.

Me pongo en tensión, pero se dirige a la puerta del sótano; me hago a un lado para dejarlo pasar. Cuando estamos hombro con hombro, vuelve la cabeza y habla en voz baja:

—No estoy seguro de si debería decir gracias o lo siento.

Lo miro a los ojos, reúno las palabras.

—No ha sido nada. —Mi voz suena gutural en mis oídos—. No te preocupes por eso.

Él sopesa mis palabras, asiente.

—Parece que debería haber dicho lo siento.

Bajo la mirada. Pasa junto a mí y abre la puerta.

—Esta noche me voy de viaje. Me ha salido un trabajo en Connecticut. Debería estar de vuelta mañana.

No digo nada.

Cuando oigo cerrarse la puerta detrás de mí, espiro el aire. En el fregadero, lleno su vaso con agua y me lo acerco a los labios. Me parece estar saboreándolo a él de nuevo.

57

Pues sí: son cosas que pasan.

Nunca me ha gustado esa expresión. Demasiado simplista. Pero aquí estoy y ahí está:

Son cosas que pasan.

Con el vaso en la mano, me dirijo al sofá, donde encuentro a Punch acurrucado en el cojín, moviendo la cola de un lado a otro. Me siento a su lado, deposito el vaso entre mis muslos e inclino la cabeza hacia atrás.

Dejando la ética a un lado —aunque en realidad no es un problema ético, ¿verdad? Lo de mantener relaciones sexuales con un inquilino, quiero decir—, no me puedo creer que hayamos hecho lo que hicimos en la cama de mi hija. ¿Qué diría Ed? Me estremezco. Él no se va a enterar, por supuesto, pero aun así. Aun así. Me dan ganas de prender fuego a las sábanas. Con ponis y todo.

La casa respira a mi alrededor, con el tictac constante del reloj de pared como un pulso débil. Toda la habitación está en sombra, un amasijo de sombras. Me veo a mí misma, mi yo fantasma, reflejada en la pantalla del televisor.

¿Qué haría si estuviera en esa pantalla, si fuera un personaje de una de mis películas? Saldría de la casa para investigar, como Teresa Wright en *La sombra de una duda*.

Llamaría a un amigo, como Jimmy Stewart en *La ventana indiscreta*. No me quedaría aquí sentada, en un charco de albornoz, preguntándome qué hacer a continuación.

Síndrome de enclaustramiento. Las causas incluyen apoplejía, lesión del tallo cerebral, esclerosis múltiple, incluso envenenamiento. En otras palabras, es un trastorno neurológico, no psicológico. Y sin embargo, aquí estoy, completa y literalmente enclaustrada: con las puertas cerradas, las ventanas cerradas, mientras me encojo y me escondo de la luz, y una mujer es apuñalada al otro lado del parque, y nadie se da cuenta, nadie lo sabe. Excepto yo: yo, embotada de alcohol, separada de su familia, follándose a su inquilino, incluso. Una rarita para los vecinos. Una broma para la policía. Un caso especial para su médico. Digna de compasión para su fisioterapeuta. Una encerrona. Ni heroína, ni detective o sabueso.

Estoy enclaustrada. Confinada aquí dentro.

En un momento dado me levanto, voy hacia la escalera, pongo un pie delante del otro. Estoy en el descansillo, a punto de entrar en mi estudio, cuando me doy cuenta. La puerta del cuartito está entreabierta. Solo un poco, pero lo está.

Mi corazón se para un instante.

Pero ¿por qué debería pararse? Solo es una puerta abierta. Yo misma la abrí el otro día. Para David... Solo que volví a cerrarla de nuevo. Me habría dado cuenta si se hubiera quedado abierta, porque justamente acabo de darme cuenta de que se ha quedado abierta.

Me quedo allí de pie, vacilante como el fuego de una llama. ¿Confío en mí misma?

A pesar de todo, sí, confío en mí.

Camino hacia el cuartito. Apoyo la mano en el pomo de la puerta, con cuidado, como si fuese a escaparse en cualquier momento. Tiro de él.

Dentro todo está oscuro, muy oscuro. Desplazo la mano hacia arriba, encuentro el cordón deshilachado, tiro de él. La habitación se ilumina con una luz blanca y cegadora, como el interior de una bombilla.

Miro a mi alrededor. No hay nada nuevo, no falta nada. Las latas de pintura, las tumbonas de playa.

Y allí, en el estante, está la caja de herramientas de Ed.

Y sé, de algún modo, lo que hay dentro.

Me acerco, alargo el brazo. Abro uno de los cierres, luego el otro. Levanto la tapa despacio.

Es lo primero que veo. El cúter, de nuevo en su sitio, la cuchilla relumbrando en el resplandor de la bombilla.

58

Estoy acurrucada en el sillón orejero de la biblioteca, con las ideas revueltas y dando tumbos en mi cerebro como en una secadora. Me había acomodado en el estudio hace un momento, pero luego apareció esa mujer en la cocina de Jane; una sacudida me recorrió el cuerpo y salí huyendo de la habitación. Ahora hay zonas prohibidas en mi propia casa.

Miro el reloj en la repisa de la chimenea. Casi las doce. Hoy no he bebido nada. Supongo que eso es Algo Bueno.

Puede que mi movilidad no esté operativa —no, definitivamente, no lo está—, pero mi cerebro puede pensar alguna forma de avanzar. Esto es un tablero de ajedrez. Se me da bien el ajedrez. Concentrarme; pensar. Mover ficha.

Mi sombra se extiende por la alfombra, como tratando de desprenderse de mí.

David dijo que no había llegado a conocer a Jane. Y Jane nunca mencionó haber conocido a David, pero tal vez no llegó a conocerlo hasta más tarde, hasta después de nuestra juerga con las cuatro botellas. ¿Cuándo se llevó prestado David el cúter? ¿No fue el mismo día que oí gritar a Jane? Fue ese día, ¿verdad? ¿La amenazó con el cúter? ¿Acabó haciendo algo más que eso?

Me muerdo la uña del pulgar. Mi cerebro antes era un

archivador. Ahora es una ráfaga de papeles, flotando en una corriente de aire.

No. Para. Has hecho que esto esté fuera de control.

Aun así...

¿Qué sé de David? Cumplió condena por agresión. Un delincuente reincidente. Tenía un cúter.

Y yo vi lo que vi. No importa lo que diga la policía. O Bina. O Ed, incluso.

Oigo el ruido de una puerta cerrándose abajo. Me pongo en pie, camino sin hacer ruido hacia el descansillo, luego al estudio. No se ve a nadie en casa de los Russell.

Me acerco a la ventana y bajo la vista: ahí está, en la acera, ese paso indolente, con los tejanos por debajo de la cintura, una bolsa colgada del hombro. Se dirige hacia el este. Lo veo desaparecer.

Me aparto del alféizar y me quedo allí de pie, bañada por la tenue luz del mediodía. Vuelvo a mirar al otro lado del parque. Nada. Las habitaciones, vacías. Pero estoy tensa, esperando verla aparecer de un momento a otro, esperando verla mirándome desde el otro lado.

Se me ha abierto el albornoz. Pronto se me resbalará y acabará en el suelo, como yo, tocando fondo. *Tocando fondo.* Eso era un libro, creo. Nunca lo leí.

Dios, me da vueltas la cabeza. Me agarro el cráneo con ambas manos y aprieto. Piensa.

Entonces, como un muñeco de resorte, me viene a la cabeza de repente, con tal ímpetu que doy un paso atrás: el pendiente.

Eso es lo que me rondaba ayer: el pendiente, brillando en la mesilla de noche de David, luminoso sobre la madera oscura.

Tres perlas pequeñitas. Estoy segura.

Estoy casi segura.

¿Era el pendiente de Jane?

Esa noche, esa noche de arenas movedizas. «Me los regaló un antiguo novio.» Tocándose el lóbulo de la oreja con los dedos. «Dudo que Alistair lo sepa.» El vino tinto bajándome por la garganta. Esas tres perlas pequeñitas.

¿No era el pendiente de Jane?

¿O es solo el fruto de una mente calenturienta? Podría ser otro pendiente. Podría pertenecer a otra persona. Pero yo ya estoy sacudiendo la cabeza, el pelo me araña las mejillas: tiene que ser de Jane, no hay otra opción.

En cuyo caso...

Meto la mano en el bolsillo del albornoz y siento el tacto áspero del papel en mi piel. Saco la tarjeta: INSPECTOR CONRAD LITTLE, NYPD.

No. Guárdala.

Me vuelvo y salgo de la habitación. Bajo a trompicones en la oscuridad, dos pisos, con paso tambaleante, aunque estoy sobria. En la cocina me acerco a la puerta del sótano. El pestillo protesta cuando lo coloco en su lugar.

Doy un paso atrás, inspecciono la puerta. Luego regreso a la escalera. Un piso más arriba, abro el cuartito, tiro del cordón junto a la bombilla. La encuentro apoyada en la pared del fondo: una escalera de mano.

De vuelta en la cocina, apoyo la escalera contra la puerta del sótano, la coloco con firmeza debajo del tirador de la puerta. Voy separando sus patas con un pie enfundado en la zapatilla hasta que no se mueven. Le doy unas pataditas más. Me hago daño en el dedo gordo del pie. Doy otra patada.

Doy un paso atrás otra vez. La puerta está atrancada. Ahora hay una forma menos de entrar.

Por supuesto, también hay una forma menos de salir.

59

Tengo las venas incendiariamente secas. Necesito una copa.

Me giro desde la puerta y tropiezo con el cuenco de Punch; este se desliza por el suelo y el agua rebasa el borde y se derrama. Suelto una palabrota, luego me contengo. Necesito centrarme. Necesito pensar. Un trago de merlot ayudará.

Es puro terciopelo en mi garganta, suave y sedoso, y siento que me refresca la sangre cuando dejo el vaso. Examino la habitación, con la vista despejada, mi cerebro engrasado. Soy una máquina. Una máquina pensante. Ese era el apodo —¿verdad?— de un personaje de alguna novela de detectives centenaria de Jacques no sé qué: un profesor doctorado que, haciendo uso de su lógica aplastante, era capaz de resolver cualquier misterio mediante la razón. El autor, según recuerdo, murió en el *Titanic* después de hacer subir a su esposa a un bote salvavidas. Los testigos lo vieron compartir un cigarrillo con Jack Astor mientras el barco se hundía, aspirando humo bajo la luna menguante. Supongo que ese es un escenario para el que es imposible razonar hasta encontrar una salida.

Yo también soy doctora. Yo también puedo tener una lógica aplastante.

Siguiente movimiento.

Tiene que haber alguien que pueda confirmar lo que pasó. O al menos a quién. Si no puedo empezar con Jane, lo haré con Alistair. Él es el que tiene una huella más profunda. Él es el que tiene un pasado.

Voy hacia el estudio, y el plan evoluciona en mi mente con cada paso. Para cuando miro de soslayo al otro lado del parque, allí está ella otra vez, en el salón, con el móvil plateado pegado a la oreja. Siento un estremecimiento antes de sentarme a mi escritorio. Tengo un guion, una estrategia. Además, con un poco de suerte, caeré de pie (me digo mientras me siento).

Ratón. Teclado. Google. Teléfono. Mis herramientas. Miro otra vez a la casa de los Russell. Ahora ella está de espaldas a mí, un muro de cachemira. Bien. Que se quede así. Esta es mi casa; estas son mis vistas.

Introduzco la contraseña en la pantalla de mi ordenador de mesa; al cabo de un minuto encuentro lo que busco en internet. Sin embargo, antes de introducir el código en mi teléfono, hago una pausa: ¿podrían rastrear el número?

Arrugo la frente. Suelto el teléfono. Cojo el ratón; el cursor se mueve en la pantalla del escritorio y se desplaza hasta el icono de Skype.

Al cabo de un momento, me saluda una nítida voz de contralto:

—Atkinson.

—Hola —digo, y luego me aclaro la garganta—. Hola. Estoy buscando la oficina de Alistair Russell. Quería… —añado—. Me gustaría hablar con su asistente, no con Alistair. —Se produce una pausa al otro lado de la línea—. Es una sorpresa —explico.

Otra pausa. Oigo el ruido de un teclado. Luego:

—El contrato del señor Alistair Russell se rescindió el mes pasado.

—¿Se rescindió su contrato?

—Sí, señora. —Ha sido entrenada para decir eso. Suena a rencor.

—¿Por qué? —Una pregunta estúpida.

—No lo sé, señora.

—¿Podría ponerme con su oficina?

—Como le he dicho, su...

—Con su antigua oficina, quiero decir.

—Esa sería la oficina de Boston. —Tiene una de esas voces de chica joven que sube y baja al final de una frase. No sé si es una pregunta o una afirmación.

—Sí, la oficina de Boston...

—Le paso enseguida. —A continuación, la música, un nocturno de Chopin. Hace un año podría haber dicho cuál es. No: no te distraigas. Piensa. Esto sería más fácil con una copa.

Al otro lado del parque, ella se mueve y desaparece de mi vista. Me pregunto si estará hablando con él. Ojalá supiera leer los labios. Ojalá...

—Atkinson. —Un hombre esta vez.

—Querría hablar con la oficina de Alistair Russell.

Al instante:

—Me temo que el señor Russell...

—Sé que ya no trabaja ahí, pero me gustaría hablar con su asistente. O con su antiguo asistente. Es un asunto personal.

Al cabo de un momento, habla de nuevo.

—Puedo ponerle con su sección.

—Eso sería... —Una vez más con el piano, una riada de

notas. El número 17, creo, en si mayor. ¿O es el número 3? ¿O el número 9? Yo antes sabía estas cosas.

Concéntrate. Niego con la cabeza, sacudo los hombros, como un perro mojado.

—Hola, le habla Alex. —Otro hombre, creo, aunque la voz es tan ligera y cristalina que no estoy del todo segura, y el nombre no ayuda.

—Hola, soy… —Necesito un nombre. Me he saltado un paso—. Alex. Soy otra Alex.

Dios… Es lo máximo que se me ha ocurrido.

Si existe un apretón de manos secreto entre Alexes, este o esta Alex no extiende la suya.

—¿En qué puedo ayudarle?

—Bueno, soy una vieja amiga de Alistair, del señor Russell, y acabo de llamarlo a la oficina de Nueva York, pero parece que ha dejado la empresa.

—Así es. —Alex sorbe con la nariz.

—¿Es usted su…? —¿Asistente? ¿Secretario o secretaria?

—Yo era su asistente.

—Ah. Bueno, me estaba preguntando… un par de cosas, en realidad. ¿Cuándo se fue?

Otra vez sorbe.

—Hace cuatro semanas. No, cinco.

—Eso es muy raro —digo—. Estábamos tan entusiasmados por que viniera a Nueva York…

—A ver… —dice Alex, y percibo en su voz el calor de un motor que empieza a arrancar: hay margen para el cotilleo—. El caso es que sí fue a Nueva York, pero no llegó a completar el traslado. Estaba todo organizado para que siguiera en la empresa. Compraron una casa y todo.

—¿De verdad?

—Sí. Una casa muy grande, en Harlem. La encontré online. Estuve haciendo un poco de seguimiento por internet.

—¿Disfrutaría tanto un hombre de esta clase de chismorreos? Tal vez Alex es una mujer. Pero qué sexista soy—. Sin embargo, no sé lo que pasó. No creo que haya ido a trabajar a otro sitio. Él puede contarle más que yo. —Sorbe de nuevo—. Lo siento. Es por el resfriado. ¿De qué lo conoce?

—¿A Alistair?

—Sí.

—Ah, somos viejos amigos de la universidad.

—¿De Dartmouth?

—Eso es. —No me acordaba de eso—. Así que… siento decirlo de esta manera, pero ¿se fue él o lo echaron?

—No lo sé. Tendrá que averiguar qué pasó. Todo es supermisterioso.

—Se lo preguntaré.

—Aquí todos le teníamos muchísimo aprecio —dice Alex—. Un hombre tan bueno… No me cabe en la cabeza que puedan haberlo despedido ni nada parecido.

Hago un ruido comprensivo.

—Tengo otra pregunta, sobre su esposa.

Vuelve a sorber.

—Jane.

—Todavía no la conozco. Alistair tiene tendencia a compartimentar. —Hablo como una psiquiatra. Espero que Alex no se dé cuenta—. Me gustaría darle un regalo de «bienvenida a Nueva York», pero no sé qué gustos tiene.

Sorbe otra vez.

—Estaba pensando en un pañuelo, solo que no sé qué colores le pueden sentar bien. —Trago saliva. Suena a excusa barata—. Suena a excusa barata, lo sé.

—Pues la verdad —dice Alex, bajando la voz— es que yo tampoco la conozco.

Ah, pues bueno. Tal vez Alistair realmente sí tiene tendencia a compartimentar. Soy una psiquiatra cojonuda.

—¡Porque él siempre está compartimentando, totalmente! —continúa Alex—. Esa es la palabra exacta.

—¡¿A que sí?! —convengo.

—Trabajé para él durante casi seis meses y no llegué a conocerla. Jane. Solo vi a su hijo una vez.

—Ethan.

—Un buen chico. Un poco tímido. ¿Lo conoce?

—Sí. Desde hace siglos.

—Un buen chico. Vino una vez para recoger a su padre e ir juntos a un partido de los Bruins.

—Entonces no puede decirme nada sobre Jane —le recuerdo a Alex.

—No. Ah, pero quería saber cómo es ella, ¿verdad?

—Exacto.

—Creo que hay una foto suya en su despacho.

—¿Una foto?

—Teníamos una caja con cosas que había que enviarle a Nueva York. Aún sigue aquí. No estamos seguros de qué hacer con ella. —Se sorbe la nariz y tose—. Iré a ver.

Oigo el teléfono raspar el escritorio cuando Alex lo suelta; esta vez no se oye Chopin. Me muerdo el labio, miro por la ventana. La mujer está en la cocina, contemplando las profundidades del congelador. En un momento de locura me imagino a Jane allí dentro, con el cuerpo recubierto de hielo y los ojos brillantes y escarchados.

El receptor vuelve a arañar la mesa.

—La tengo aquí delante —dice Alex—. La foto, quiero decir.

Contengo el aliento.

—Tiene el pelo oscuro y la piel clara.

Suelto el aire. Las dos tienen el pelo oscuro y la piel clara, tanto Jane como la impostora. No me sirve. Pero no puedo preguntarle por su peso.

—Vale, está bien —digo—. ¿Algo más? ¿Sabe qué? ¿Podría escanearme la foto? ¿Y enviármela?

Una pausa. Veo a la mujer al otro lado del parque cerrar la puerta del congelador y salir de la habitación.

—Le daré mi dirección de correo electrónico —digo.

Nada. Entonces:

—¿Dijo que era amiga de...?

—De Alistair. Sí.

—Verá, me parece que no debería compartir sus artículos personales con nadie. Tendrá que pedírselo usted misma. —No sorbe esta vez—. ¿Dijo que se llamaba Alex?

—Sí.

—Alex, ¿qué más?

Abro la boca y luego hago clic en el botón para terminar la llamada.

La habitación está en silencio. Desde el otro lado del pasillo, oigo el tictac del reloj en la biblioteca de Ed. Estoy conteniendo la respiración.

¿Estará Alex llamando a Alistair en este momento? ¿Le describirá mi voz? ¿Podría llamar a mi fijo, o incluso al móvil? Me quedo mirando este último en el escritorio, observándolo con atención, como si fuera un animal dormido; espero a que se mueva de un momento a otro, con el corazón retumbándome en las costillas.

El móvil permanece inmóvil. Un móvil inmóvil. Ja.

Céntrate.

60

Abajo en la cocina, mientras las gotas de lluvia estallan contra la ventana, me sirvo más merlot en un vaso. Doy un trago largo. Lo necesitaba.

Céntrate.

¿Qué sé ahora que no sabía antes? Alistair mantenía su trabajo y su vida personal separados. Coherente con el perfil de muchos delincuentes violentos pero, por lo demás, no me sirve. Más cosas: estaba dispuesto a trasladarse a la sucursal de Nueva York de su empresa, incluso compró una casa, envió a toda la familia ahí abajo... pero luego algo salió mal y, al final, no ha acabado en ninguna parte.

¿Qué pasó?

Se me pone la carne de gallina. Hace fresco aquí. Voy arrastrando los pies hasta la chimenea, hago girar el botón del panel. Florece un pequeño jardín de llamas.

Me acomodo en el sofá, en los cojines, con el vino inclinado en el vaso y el albornoz arremolinándose a mi alrededor. No le vendría mal un lavado. Ni a mí tampoco.

Deslizo los dedos en el bolsillo. Rozan de nuevo la tarjeta de Little. La sueltan de nuevo.

Y me veo a mí misma de nuevo, a mi sombra, en la pantalla del televisor. Hundida en los almohadones, con el triste albornoz, parezco un fantasma. Me siento como un fantasma.

No. Céntrate. Siguiente movimiento. Dejo el vaso en la mesita de centro, apoyo los codos en mis rodillas.

Y me doy cuenta de que no tengo preparado el siguiente movimiento. Ni siquiera puedo demostrar la existencia, presente o pasada, de Jane —mi Jane, la verdadera Jane—, y mucho menos su desaparición. O su muerte.

O su muerte.

Pienso en Ethan, atrapado en esa casa. «Un buen chico.»

Mis dedos se abren paso por mi pelo, como si estuvieran arando un campo. Me siento como una rata en un laberinto. Pura psicología experimental otra vez: esas criaturas diminutas, con sus ojillos y sus colas de cordeles de globo, correteando para meterse primero en un callejón sin salida, y luego en otro. «¡Vamos!», las animábamos desde arriba mientras nos reíamos, mientras hacíamos apuestas.

Ahora no me río. Me pregunto otra vez si debería hablar con Little.

Pero en vez de eso, hablo con Ed.

—Entonces te estás volviendo un poco loca, ¿verdad, fiera?

Suspiro y arrastro los pies por la alfombra del estudio. He bajado las persianas para que esa mujer no pueda espiarme; la habitación está llena de rayas de luz tenue, como una jaula.

—Me siento completamente inútil. Me siento como si estuviera en un cine y la película ha terminado y las luces se han encendido y todos salen del cine y yo sigo allí sentada, tratando de entender qué pasaba en la película.

Él se ríe.

—¿Qué? ¿Qué es lo que te hace tanta gracia?

—Solo que es muy típico de ti comparar esto con una película.

—¿Ah, sí?

—Pues sí.

—Bueno, mis referencias están un poco limitadas últimamamente.

—Está bien, está bien.

No le he dicho nada de lo de anoche. Siento un escalofrío solo de pensarlo. Pero el resto se desenrolla como un carrete de celuloide: el mensaje de la impostora, el pendiente en el apartamento de David, el cúter, la llamada telefónica con Alex.

—Parece como algo salido de una película —repito—. Y pensaba que estarías más preocupado.

—¿Por?

—Bueno, para empezar, por el hecho de que mi inquilino tenga las joyas de una mujer muerta en su dormitorio.

—No sabes si el pendiente es suyo.

—Lo sé. Estoy segura.

—No puedes estarlo. Ni siquiera estás segura de que esté...

—¿Qué?

—Ya sabes.

—¿Qué?

Ahora es él quien lanza un suspiro.

—De que esté viva.

—¡Es que no creo que esté viva!

—Quiero decir que ni siquiera estás segura de que exista o de que haya...

—¡Sí! ¡Sí lo estoy! Estoy segura. No estoy delirando...

Silencio. Lo oigo respirar.

—¿No crees que estás siendo paranoica?

Y antes de que termine, ya le he saltado encima:

—No es paranoia si está pasando de verdad.

Silencio. Esta vez no continúa.

Cuando hablo de nuevo, me tiembla la voz.

—Es muy frustrante que te cuestionen de esta manera. Es muy, muy frustrante estar atrapada aquí. —Trago saliva—. En esta casa y en este... —Quiero decir «bucle», pero para cuando encuentro la palabra, él ya está hablando.

—Lo sé.

—No, no lo sabes.

—Me lo imagino, entonces. Escucha, Anna —continúa antes de que pueda intervenir—. Llevas dos días seguidos muy acelerada. Todo el fin de semana. Ahora dices que David podría tener algo que ver con... lo que sea. —Tose—. Te estás destrozando. Tal vez esta noche deberías ver una peli, simplemente, o leer o algo así. Irte a la cama temprano. —Tose otra vez—. ¿Te estás tomando la medicación cuando te toca?

No.

—Sí.

—¿Y has dejado el alcohol?

Por supuesto que no.

—Por supuesto que sí.

Una pausa. No sé si me cree o no.

—¿Tienes algo que decirle a Livvy?

Espiro con alivio.

—Sí. —Escucho la lluvia tamborileando con los dedos contra el vidrio. Y al cabo de un momento oigo su voz, suave y entrecortada.

—¿Mami?

Sonrío de oreja a oreja.

—Hola, tesoro.

—Hola.

—¿Todo bien?

—Sí.

—Te echo de menos.

—Mmm...

—¿Cómo has dicho?

—He dicho «mmm».

—¿Eso significa «yo también te echo de menos, mami»?

—Sí. ¿Qué está pasando por ahí?

—¿Dónde?

—En NYC. —Así es como ha llamado ella siempre a la ciudad. Tan formal.

—¿Te refieres a qué está pasando en casa? —Se me hincha el corazón: «en casa».

—Sí, en casa.

—Nada, solo es un problemilla con los nuevos vecinos. Nuestros nuevos vecinos.

—¿Qué es?

—No es nada, de verdad, tesoro. Solo un malentendido. Entonces oigo a Ed otra vez.

—Oye, Anna, siento interrumpirte, cielo: si te preocupa David, debes ponerte en contacto con la policía. No porque esté, ya sabes... involucrado necesariamente en lo que sea que esté pasando, pero tiene antecedentes, y no deberías tener miedo de tu propio inquilino.

Asiento con la cabeza.

—Sí.

—¿De acuerdo?

Asiento de nuevo.

—¿Tienes el número de ese policía?

—Little. Lo tengo.

Me asomo a mirar a través de las persianas. Hay movimiento al otro lado del parque. La puerta principal de los Russell se ha abierto, una mancha de color blanco brillante en la llovizna gris.

—Está bien —dice Ed, pero yo ya no estoy escuchándole.

Cuando la puerta se cierra, la mujer aparece en los escalones de la entrada. Lleva un abrigo hasta la rodilla, rojo como la llama de una antorcha, y sobre su cabeza se balancea un paraguas transparente en forma de media luna. Busco mi cámara sobre el escritorio, la coloco a la altura de los ojos.

—¿Qué has dicho? —le pregunto a Ed.

—He dicho que quiero que te cuides.

Estoy mirando por el visor. Unas rayas de agua de lluvia se deslizan por el paraguas como venas varicosas. Bajo el objetivo, me acerco haciendo zoom a la cara: la nariz respingona, la piel lechosa. Unas nubes oscuras se conjuran debajo de sus ojos. No duerme bien.

Para cuando le digo adiós a Ed, ella está bajando despacio los escalones de la entrada con sus botas altas. Se detiene, saca su móvil del bolsillo, lo estudia; luego se lo guarda y se vuelve en dirección al este, hacia mí. Tiene la cara borrosa detrás del cuenco del paraguas.

Tengo que hablar con ella.

61

Ahora, está sola. Ahora, Alistair no puede interferir. Ahora, la sangre ruge en mis sienes.

Ahora.

Salgo volando al pasillo y desciendo la escalera como una exhalación. Si no lo pienso, puedo hacerlo. Si no lo pienso. No lo pienses. Hasta el momento, pensar no me ha llevado a ningún sitio. «La definición de la locura, Fox —solía recordarme Wesley, parafraseando a Einstein— es hacer lo mismo una y otra vez esperando obtener un resultado distinto.» Así que deja de pensar y empieza a actuar.

Claro que no hace ni tres días que actué —exactamente igual que ahora— y acabé en una cama de hospital. Volver a intentar lo mismo es una locura.

En cualquier caso, estoy loca. Pues muy bien, pero necesito salir de dudas. Además, tampoco sé si mi casa sigue siendo segura.

Mis zapatillas patinan sobre el suelo de la cocina cuando la cruzo a la carrera y rodeo el sofá a toda prisa. El tubo de Ativan está en la mesita de centro. Le doy la vuelta y lo sacudo sobre mi mano hasta que caen tres pastillas, que me llevo a la boca de golpe. Adentro. Me siento como Alicia bebiendo un trago de la botellita en la que ponía BÉBEME.

Corro a la puerta. Me agacho, cojo el paraguas. Me levanto, giro el pestillo, abro la puerta con decisión. Estoy en el recibidor, una luz tenue se filtra a través del cristal plomado. Respiro —uno, dos— y aprieto el resorte del paraguas. La cubierta se despliega en la penumbra con un suspiro repentino. Lo levanto hasta la altura de los ojos y busco el pestillo a tientas. El truco consiste en no dejar de respirar. El truco consiste en no detenerme.

No me detengo.

El pestillo cede. A continuación, el pomo. Cierro los ojos con fuerza y tiro. Una ráfaga helada. La puerta empuja el paraguas, pero consigo cruzarla tras una breve maniobra.

El frío me envuelve, me abraza. Bajo los escalones apresuradamente. Un, dos, tres, cuatro. El paraguas opone resistencia al viento, lo surca, como la proa de un barco. Continúo con los ojos apretados, notando cómo sopla con ímpetu a mi alrededor.

Mis espinillas topan con algo. Metálico. La cancela. Muevo la mano a ciegas hasta que doy con ella y la abro, la cruzo. Las suelas de las zapatillas repican contra el hormigón. He llegado a la acera. Las afiladas gotas de lluvia me aguijonean el cuero cabelludo, la piel.

Es curioso, en todos estos meses que hemos estado practicando esta técnica ridícula del paraguas, ni al doctor Fielding (supongo) ni a mí se nos ha ocurrido que bastaba con cerrar los ojos. Imagino que no tiene sentido deambular ciega. Noto el cambio en la presión barométrica y se me eriza la piel; sé que los cielos son anchos e inmensos, un mar boca abajo... pero aprieto aún más los ojos y pienso en mi casa: en mi estudio, en mi cocina, en mi sofá. En mi gato. En mi ordenador. En mis fotos.

Tuerzo a la izquierda. Al este.

Camino a ciegas por una acera. Tengo que orientarme. Tengo que mirar. Despego un ojo poco a poco. La luz se cuela astutamente por entre la espesura de mis pestañas.

Aflojo el paso un momento, casi me detengo. Escudriño las entrañas cuadriculadas del paraguas. Cuatro bloques de negro, cuatro líneas de blanco. Imagino que las líneas se encrespan y saltan como en un monitor cardíaco, ascienden y descienden al compás de mis latidos. Céntrate. Un, dos, tres, cuatro.

Inclino el paraguas unos grados hacia arriba. Luego un poco más. Ahí está, estridente como un grito con su abrigo rojo chillón, sus botas oscuras, la media luna de plástico transparente que se mece sobre su cabeza. Entre nosotras se extiende un túnel de lluvia y pavimento.

¿Qué hago si se da la vuelta?

Aunque no lo hace. Bajo el paraguas y vuelvo a cerrar el ojo a cal y canto. Doy un paso.

Otro más. Tres. Cuatro. Para cuando he tropezado con una grieta que recorre la acera, con las zapatillas empapadas, temblorosa y con el sudor corriendo por mi espalda, he decidido aventurar un segundo vistazo. Esta vez abro el otro ojo y levanto el paraguas hasta que vuelve a centellear en mi campo de visión, una llamarada fugaz. Miro de refilón a la izquierda: Saint Dymphna's y a continuación la casa rojo fuego, con sus maceteros rebosantes de crisantemos. Miro de refilón a la derecha: en la penumbra, los ojillos brillantes de una furgoneta escudriñan la calle con mirada encendida. Me quedo quieta. El vehículo circula majestuosamente por mi lado. Cierro los ojos con fuerza.

Cuando vuelvo a abrirlos, ha desaparecido. Y cuando miro adelante, veo que ella también.

Ha desaparecido. La acera está desierta. A lo lejos, a través de la bruma, creo distinguir un pequeño atasco en el cruce.

La neblina se espesa hasta que caigo en la cuenta de que es mi visión la que se condensa, se acelera.

Me tiemblan las rodillas, se me doblan. El suelo empieza a engullirme y, mientras me hundo y todo da vueltas a mi alrededor, me imagino desde arriba, temblando en mi albornoz empapado, con el pelo pegado a la espalda y sosteniendo inútilmente un paraguas ante mí. Una figura solitaria en una acera solitaria.

Continúo hundiéndome, me fundo en el hormigón.

Aunque...

... no puede haber desaparecido. No había llegado al final de la manzana. Cierro los ojos y la imagino de espaldas, el pelo le roza el cuello, y entonces pienso en Jane, frente a mi fregadero, con la larga trenza que se zambullía entre los omóplatos.

Cuando Jane se vuelve hacia mí, mis rodillas chocan entre ellas en busca de sostén. El albornoz arrastra por la acera, pero aún sigo en pie.

Me quedo quieta, con las piernas paralizadas.

Tiene que haber desaparecido en... Repaso el mapa de memoria. ¿Qué hay a continuación de la casa roja? La tienda de antigüedades queda enfrente —en alquiler, según recuerdo— y junto a la casa está...

La cafetería, claro. Tiene que haber entrado en la cafetería.

Levanto la cabeza, alzo la barbilla al cielo, como si pretendiera tirar de mí. Mis codos se mueven como dos émbolos. Los pies, separados, ejercen presión sobre la acera. El mango del paraguas se sacude en mi mano. Estiro un brazo tratando de recuperar el equilibrio. Y con la lluvia empañándolo todo en torno a mí y el rumor airado del tráfico a lo lejos, me recompongo poco a poco hasta que vuelvo a sostenerme en pie.

Tengo los nervios alterados. El corazón desbocado. Siento el Ativan corriendo por mis venas como un chorro de agua limpia a través de una manguera atascada por el desuso.

Un. Dos. Tres. Cuatro.

Adelanto un pie con dificultad. Un momento después, le sigue el otro. Avanzo arrastrando los pies. No puedo creer lo que estoy haciendo. Lo estoy haciendo.

El rumor del tráfico se cierne cada vez más cerca, más alto. Sigue caminando. Lanzo una mirada furtiva al paraguas, que ocupa por completo mi visión, me envuelve. No hay nada más allá.

Hasta que se sacude a un lado.

—Oh… Disculpe.

Doy un respingo. Algo —alguien— ha chocado conmigo y ha apartado el paraguas. Pasa junto a mí con paso apresurado, unos tejanos y un abrigo, una mancha borrosa y azul, y cuando me vuelvo, me veo en el cristal de un ventanal: un matojo de pelos empapados, la piel mojada, con un paraguas a cuadros que brota de mi mano como una flor gigantesca.

Y detrás de mi reflejo, al otro lado del ventanal, veo a la mujer.

Estoy en la cafetería.

La miro con atención. Enfoco la vista. El toldo se abate sobre mí. Cierro los ojos y vuelvo a abrirlos.

La entrada está al alcance de la mano. Alargo un brazo,

pero antes de que mis dedos temblorosos logren cerrarse sobre el tirador, la puerta se abre bruscamente y sale un joven. Lo reconozco. El chico de los Takeda.

Ha pasado más de un año desde la última vez que lo vi de cerca. En persona, quiero decir, no a través de un objetivo. Ha crecido, y un monte bajo de pelo negro y despuntado le puebla el mentón y las mejillas, pero aún emana ese aire inefable de niño de buena pasta que he aprendido a distinguir en los jóvenes, un halo secreto que rodea sus cabezas. Livvy también lo tiene. Y Ethan.

El chico —el joven, supongo (¿y por qué no recuerdo cómo se llama?)— aguanta la puerta con un codo y me invita a entrar con un gesto. Reparo en sus manos, esas delicadas manos de violonchelista. A pesar de mi aspecto descuidado, me trata con deferencia. Sus padres lo han educado bien, como diría AbuLizzie. No sé si me reconoce. Supongo que a duras penas me reconocería ni yo.

Mi memoria se descongela en cuanto avanzo sin pensar y entro en el local. Solía dejarme caer por aquí varias veces a la semana, esas mañanas en que, con las prisas, no me daba tiempo a prepararme un café en casa. La mezcla que servían era bastante amarga —supongo que lo sigue siendo—, pero me gustaba el ambiente del lugar: el espejo agrietado con las ofertas del día escritas con rotulador, los mostradores con sus cercos olímpicos, los viejos éxitos que sonaban por los altavoces… «*Mise en escène* sin pretensiones», comentó Ed la primera vez que lo traje aquí.

«No puedes utilizar esas palabras en la misma frase», contesté.

«Entonces sin pretensiones.»

Sigue igual. La habitación del hospital se abalanzó sobre mí, pero esto es distinto, esto es *terra cognita*. Parpadeo varias veces. Oteo la clientela y estudio el menú, clavado con una chincheta sobre la caja registradora. Un café ahora cuesta dos dólares con noventa y cinco centavos. Eso supone una subida de cincuenta centavos desde la última vez que estuve aquí. Joder con la inflación.

El paraguas se vence, me roza los tobillos.

Hay tantas cosas que me he perdido en todo este tiempo. Tantas cosas que no he sentido, que no he oído, que no he olido: el calor que emanan los cuerpos humanos, la música pop de hace décadas, el impacto del café molido… Toda la escena se desarrolla a cámara lenta y bañada de una luz dorada. Cierro los ojos unos instantes e inspiro, recuerdo.

Recuerdo cómo me movía por el mundo como si estuviera en mi elemento. Recuerdo entrar en esta cafetería con paso decidido, bien envuelta en un abrigo de invierno o con un vestido veraniego que se hinchaba a la altura de las rodillas; recuerdo rozarme con la gente, sonreír a las personas, hablar con ellas.

Cuando vuelvo a abrir los ojos, la luz dorada se desvanece y me encuentro en un espacio poco iluminado, junto a los ventanales salpicados de gotas de lluvia. Se me acelera el pulso.

Una llamarada roja junto a la vitrina de las pastas. Es ella, está estudiando los bollos cubiertos de azúcar glaseado. Alza la barbilla y se ve reflejada en el espejo. Se pasa una mano por el pelo.

Me acerco un poco más. Noto unos ojos clavados en mí, no los suyos, sino los de otras personas, clientes que tratan de formarse una opinión sobre la mujer del albornoz y el paraguas abierto como un champiñón que se sacude frente a ella. Abro un canal entre la gente, a través del ruido, en mi parsimonioso avance hacia el mostrador. El rumor de las conversaciones se reanuda como las aguas que se cierran sobre mí mientras me hundo.

Está muy cerca. Un paso más y podría alargar la mano y tocarla. Enredar los dedos en su pelo. Y tirar.

Justo entonces se vuelve ligeramente, mete una mano en el bolsillo y saca su gigantesco iPhone con cierta dificultad. Veo en el espejo cómo sus dedos bailan sobre la pantalla, su rostro parpadea. Supongo que le escribe a Alistair.

—¿Disculpe? —dice el barista.

La mujer continúa tecleando.

—¿Disculpe?

De pronto —¿qué estoy haciendo?— carraspeo.

—Le toca —murmuro.

Se detiene y asiente en mi dirección.

—Ah —musita y se vuelve hacia el hombre que espera detrás del mostrador—. *Latte* con leche desnatada, tamaño mediano.

Ni siquiera me mira. Lo hago yo, en el espejo, me veo detrás de ella, como un fantasma, un ángel vengador. He venido a por ella.

—*Latte* con leche desnatada, mediano. ¿Querrá acompañarlo con alguna pasta?

No aparto los ojos del espejo, de su boca: pequeña, perfilada con precisión, muy distinta a la de Jane. Una pequeña oleada de rabia crece en mi interior, se encrespa dentro de mí, arremete contra la base de mi cerebro.

—No —contesta al cabo de un segundo. Y luego añade con una sonrisa radiante—: Mejor que no.

Detrás de nosotras, un coro de sillas se arrastra por el suelo. Echo un vistazo: un grupo de cuatro personas se dirige a la puerta. Me vuelvo otra vez.

—¿Nombre? —pregunta el barista, su voz resuena por encima del barullo.

Y en ese momento, nuestras miradas, la de la mujer y la mía, coinciden en el espejo. Sus hombros dan un respingo. Se le hiela la sonrisa en los labios.

El tiempo se detiene durante un instante, durante ese momento en que contienes la respiración mientras sales volando de la carretera en dirección al abismo.

—Jane —contesta, sin volverse, sin apartar la mirada, con la misma claridad.

Jane.

El nombre aflora a mis labios antes de que pueda tragármelo. La mujer se da la vuelta y me atraviesa con una mirada.

—Me sorprende verla aquí —comenta con un tono tan gris como sus ojos. Ojos de tiburón, pienso, fríos, duros.

Me gustaría señalar que a mí también me sorprende estar aquí, pero las palabras derrapan sobre mi lengua antes de estrellarse contra mis dientes.

—Creía que estaba… discapacitada —añade, inmisericorde.

Meneo la cabeza. No dice nada más.

Vuelvo a aclararme la garganta. «¿Dónde está y quién es usted? —querría preguntarle—. ¿Quién es usted y dónde está?» El murmullo de las voces que me rodean se mezcla con lo que oigo en mi cabeza.

—¿Qué?

—¿Quién es usted?

Ya está.

—Jane. —No es su voz, sino la del barista, que se desliza sobre el mostrador para darle un golpecito en el hombro—. *Latte* con leche desnatada para Jane.

Ella continúa mirándome, vigilándome, como si fuese a atacarla. «Soy una psicóloga respetada —podría, no, debería decirle—. Y usted es una mentirosa y una farsante.»

—¿Jane? —insiste el barista por tercera vez—. ¿Su *latte*?

La mujer se gira en redondo y recoge la taza en su ceñida camisa de cartón.

—Ya sabe quién soy —me responde.

Vuelvo a menear la cabeza.

—Sé quién es Jane. La conozco. La vi en su casa —replico con voz temblorosa, pero clara.

—Querrá decir en mi casa, y usted no vio a nadie.

—Sí que la vi.

—No, no la vio —insiste la mujer.

—La…

—He oído que es una borracha. Y que está enganchada a las pastillas. —Se mueve, me rodea, como una leona. Giro con ella despacio, tratando de seguirla. Me siento como una niña. Las conversaciones cesan a nuestro alrededor, se detienen; se hace un tenso silencio. Veo al chico de los Takeda por el rabillo del ojo, en un rincón de la cafetería, todavía apostado junto a la puerta—. Primero vigila mi casa y ahora me sigue.

Muevo la cabeza, la arrastro adelante y atrás, lenta, atontadamente.

—Esto tiene que acabar. Así no se puede vivir. Tal vez usted sí, pero nosotros no.

—Entonces dígame dónde está —masculло.

Hemos trazado un círculo completo.

—No sé de quién ni de qué me habla. Y voy a llamar a la policía.

Pasa junto a mí con aire decidido, me empuja con el hombro. La veo zarpar en el espejo, sorteando las mesas como si fueran boyas.

La campanilla suena cuando abre la puerta y vuelve a repicar cuando se cierra de un portazo detrás de ella.

No me muevo. Todo sigue en silencio. Bajo la vista hacia el paraguas. Cierro los ojos. «Es como si el exterior quisiera entrar.» Me invade la angustia, un gran vacío. Y, para variar, no he averiguado nada.

Salvo una cosa: no discutía conmigo… O al menos no solo discutía conmigo.

Creo que me suplicaba.

62

—¿Doctora Fox?

Una voz, un murmullo, detrás de mí. Una mano, amable, en mi codo. Me vuelvo, levanto un poco el párpado.

Es el chico de los Takeda.

Sigo sin recordar cómo se llama. Cierro el ojo de nuevo.

—¿Necesita ayuda?

¿La necesito? Me encuentro a unos doscientos metros de mi casa, balanceándome en albornoz, con los párpados sellados en medio de una cafetería. Sí, necesito ayuda. Bajo la cabeza.

La mano ejerce más presión.

—Venga por aquí —dice.

Me conduce hacia la salida mientras el paraguas golpea sillas y rodillas como si fuera un bastón de ciego. Nos envuelve el rumor sordo de las conversaciones de cafetería.

Suena la campanilla y una ráfaga de aire se abalanza sobre mí. El joven desplaza la mano a la altura de mis riñones y me anima a atravesar la puerta con un suave empujoncito.

Fuera ya no sopla el viento y tampoco llovizna. Noto que el joven trata de hacerse con el paraguas, pero lo recupero de un tirón.

La mano regresa a mi codo.

—Permítame que la acompañe a casa —dice.

Me sujeta el brazo con firmeza mientras caminamos, como un brazalete para tomar la presión. Imagino que nota el rumor de mis arterias. Se me hace raro que me acompañen de esta manera, me hace sentir vieja. Me gustaría abrir los ojos y mirarlo a la cara. No lo hago.

Avanzamos a trompicones, maltratando las hojas que tapizan el suelo, aunque el chico de los Takeda se adapta a mi paso. Oigo la suave fricción de las ruedas de un coche a la izquierda, que nos adelanta con un susurro. En lo alto, un árbol se sacude la lluvia sobre mi cabeza y mis hombros. Me pregunto si la mujer caminará delante de nosotros. Me la imagino descubriendo que la sigo al volverse para echar un vistazo.

—Mis padres me han contado lo que ocurrió —comenta el chico en ese momento—. Lo siento de veras.

Asiento, sin abrir los ojos. Proseguimos.

—Hace tiempo que no sale de casa, ¿verdad?

Últimamente lo hago con una asiduidad sorprendente, pienso, aunque asiento de nuevo.

—Bueno, ya casi hemos llegado. Ya veo la casa.

Creo que va a estallarme el corazón.

Algo me golpea la rodilla. Su paraguas, supongo, debe de llevarlo colgado del brazo.

—Lo siento —se disculpa. No me molesto en contestar.

La última vez que hablé con él… ¿cuándo fue? En Halloween, creo, hace más de un año. Eso es, fue él quien abrió la puerta cuando llamamos a su casa. Ed y yo vestíamos de diario, pero Olivia iba disfrazada de camión de bomberos. El chico de los Takeda elogió el disfraz y le llenó la mochila de chuches. Nos deseó un feliz truco o trato. Un chico encantador.

Y ahora, doce meses después, me conduce hasta el final de la manzana mientras yo arrastro los pies en albornoz, con los ojos cerrados para protegerme del mundo.

Un chico encantador. Lo que me recuerda que...

—¿Conoces a los Russell? —pregunto con voz quebradiza, aunque no rota.

Lo medita antes de contestar. Tal vez le ha sorprendido que haya hablado.

—¿Los Russell?

Supongo que eso responde mi pregunta, pero insisto.

—Los vecinos de enfrente.

—Ah, los nuevos... No —contesta—. Mi madre quería pasar a saludarlos, pero creo que todavía no lo ha hecho.

Otro golpe.

—Ya hemos llegado —anuncia, girando suavemente a la derecha.

Alzo el paraguas y, al despegar los párpados, me encuentro delante de la cancela. La casa se abalanza sobre mí. Me estremezco.

—La puerta está abierta —observa.

Tiene razón, desde aquí puedo ver el cuarto de estar iluminado por la lámpara; centellea como un diente de oro en la fachada de la casa. El paraguas se agita en mi mano. Vuelvo a cerrar los ojos.

—¿La ha dejado usted así?

Asiento.

—Vale.

Desplaza la mano hasta mi hombro y ejerce una suave presión para animarme a avanzar.

—¿Qué hace aquí?

No es su voz. Noto una presión repentina en el hombro y abro los ojos de golpe antes de poder evitarlo.

A nuestro lado, encogido en una sudadera demasiado grande y pálido en contraste con la oscuridad, aparece Ethan. Un grano invisible le altera una ceja. Sus dedos se mueven inquietos en los bolsillos.

Me oigo murmurar su nombre.

—¿Se conocen? —pregunta el chico de los Takeda, volviéndose hacia mí.

—¿Qué hace? —repite Ethan, acercándose—. No debería estar aquí fuera.

Que te lo explique tu «madre», pienso.

—¿Está bien? —pregunta.

—Creo que sí —contesta el chico de los Takeda. No sé por qué, de pronto recuerdo que se llama Nick.

Alterno la mirada entre uno y otro, despacio. Deben de tener aproximadamente la misma edad, pero mi acompañante ya es un hombre joven, completamente formado, acabado en mármol; Ethan —desgarbado, escurrido, con sus esbeltos hombros y su ceja segmentada— parece un niño a su lado. Es que es un niño, me recuerdo.

—Ya la... ¿Puedo llevarla dentro? —pregunta, mirándome.

Nick también se vuelve hacia mí. Asiento de nuevo.

—Supongo que sí —accede.

Ethan se acerca y coloca una mano en mi espalda. Durante un momento, ambos me flanquean, como un par de alas unidas a mis omóplatos.

—Solo si le parece bien —añade Ethan.

Lo miro a los ojos, esos límpidos ojos azules.

—Sí —murmuro.

Nick me suelta y retrocede. Musito unas palabras de agradecimiento, sin llegar a pronunciarlas en alto.

—De nada —contesta. Luego se dirige a Ethan—: Creo que ha sufrido una conmoción. Quizá le vendría bien un poco de agua. —Sale a la acera—. ¿Quiere que me pase luego para ver cómo está?

Niego con la cabeza. Ethan se encoge de hombros.

—Igual sí. A ver cómo va.

—Vale. —Nick alza una mano y la agita en un breve saludo—. Adiós, doctora Fox.

Una fina lluvia empieza a calarnos, repiquetea sobre mi paraguas, mientras Nick se aleja.

—Vamos dentro —dice Ethan.

63

El fuego sigue chisporroteando en la chimenea, como si acabara de encenderlo. Ha estado ardiendo todo este rato. Qué irresponsabilidad por mi parte.

Sin embargo, y a pesar de que noviembre se cuela por la puerta sin ser invitado, la casa está calentita. En cuanto llegamos al cuarto de estar, Ethan me quita el paraguas de la mano con delicadeza, lo cierra y lo deja en un rincón mientras yo me arrastro hacia la chimenea. Las llamas me hacen señas para que me acerque y me dan la bienvenida con su danza agitada. Me desplomo de rodillas.

Durante un momento, oigo el crepitar del fuego. Me oigo respirar.

Siento sus ojos clavados en mi espalda.

El reloj de pie reúne fuerzas y toca tres veces.

Ethan se dirige a la cocina. Llena un vaso en el fregadero. Me lo trae.

A estas alturas, ya respiro con normalidad y de forma regular. Deja el vaso en el suelo, a mi lado. El cristal produce un suave tintineo al chocar contra la piedra.

—¿Por qué mentiste? —pregunto.

Se hace un silencio. Mantengo la mirada en las llamas a la espera de que conteste.

Sin embargo, en lugar de responder, oigo que se remueve inquieto. Me vuelvo hacia él, aún de rodillas. Se alza a mi lado, como una espingarda, sonrojado a la luz de la lumbre.

—¿Sobre qué? —dice al final, sin apartar los ojos de los pies.

Sacudo la cabeza antes de que acabe la frase.

—Ya lo sabes.

Un nuevo silencio. Cierra los ojos, sus pestañas se extienden sobre las mejillas. De pronto parece muy pequeño, incluso más que antes.

—¿Quién es esa mujer? —insisto.

—Mi madre —contesta en voz baja.

—Conozco a tu madre.

—No, te… te confundes. —Ahora es él quien sacude la cabeza—. No sabes de lo que hablas. Es lo que… —Se interrumpe—. Es lo que dice mi padre —concluye.

«Mi padre.» Apoyo las manos en el suelo y me doy impulso hasta ponerme en pie.

—Eso repite todo el mundo. Incluso mis amigos. —Trago saliva—. Incluso mi marido. Pero sé lo que vi.

—Mi padre dice que estás loca.

No contesto.

Retrocede un paso.

—Tengo que irme. No debería estar aquí.

Me acerco a él.

—¿Dónde está tu madre?

No dice nada, solo me mira con los ojos como platos. «Medid vuestras palabras», es lo que Wesley siempre aconsejaba, el problema es que hace tiempo que traspasé esa línea.

—¿Está muerta?

Nada. El resplandor de las llamas se refleja en sus ojos. Sus pupilas son dos chispas diminutas.

Y entonces musita algo que no logro distinguir.

—¿Qué?

Me inclino hacia delante hasta que le oigo susurrar dos palabras.

—Tengo miedo.

Sin darme tiempo a responder, corre hacia la puerta y la abre con brusquedad. Aún oscila sobre sus bisagras cuando cruje la de la calle y se cierra de un portazo.

Me quedo de pie junto a la chimenea, con el calor a mi espalda y el frío del recibidor frente a mí.

64

Después de acompañar la puerta y cerrarla, recojo el vaso de agua del suelo y lo vacío en el fregadero. La botella de merlot tintinea contra el borde mientras me sirvo vino. Otro tintineo. Me tiemblan las manos.

No paro de beber, no paro de pensar. Me siento exhausta, exultante. Me he aventurado en el exterior —he salido— y he sobrevivido. Me pregunto qué dirá el doctor Fielding. No sé qué debería contarle. Puede que nada. Frunzo el ceño.

Aparte de que ahora también sé algo más. La mujer está aterrorizada. Ethan está asustado. Jane está... bueno. No sé qué ocurre con Jane. Pero es más de lo que sabía antes. Tengo la sensación de haber cazado a un peón. Soy la Máquina Pensante.

Bebo sin parar. Soy la Bebedora Maquinante.

Continúo bebiendo hasta que dejo de notar los nervios crispados; una hora, según el reloj de pie. Veo cómo el minutero recorre la esfera, imagino mis venas inundándose de vino, espeso y vigoroso, apaciguándome, distendiéndome. Me dirijo arriba como en una nube. En el descansillo descubro al gato, que se escabulle en el estudio en cuanto se percata de mi presencia. Lo sigo.

El teléfono se ilumina sobre el escritorio. No reconozco el número. Dejo el vaso en la mesa. Tras el tercer tono, deslizo el dedo por la pantalla.

—Doctora Fox. —La voz es de una profundidad abisal—. Soy el inspector Little. Nos conocimos el viernes, no sé si lo recuerda.

—Sí, me acuerdo —contesto tras un breve silencio mientras me siento frente al escritorio. Alejo el vaso.

—Me alegro. —Parece complacido. Me lo imagino recostando la espalda en el respaldo del asiento y doblando un brazo por detrás de la cabeza—. ¿Cómo está la buena doctora?

—Bien, gracias.

—Creía que tendría noticias de usted antes.

No contesto.

—Me dieron su número en Morningside y quería ver qué tal estaba. ¿Va todo bien?

Le acabo de decir que sí.

—Bien, gracias.

—Me alegro. ¿La familia, bien?

—Bien. Todo bien.

—Me alegro.

¿Adónde conduce todo esto?

—La cosa es que su vecina nos ha llamado hace un rato —añade acto seguido, cambiando de inflexión.

¿Cómo no? La muy puta. Bueno, me lo advirtió. Una puta con palabra. Alargo la mano y cojo el vaso de vino.

—Dice que la siguió hasta una cafetería que hay al final de la calle. —Espera a que diga algo. En vano—. A ver, supongo que no ha escogido precisamente hoy para ir a tomarse un cortado. Y supongo que tampoco se topó allí con ella por casualidad.

A mi pesar, casi sonrío.

—Sé que lo ha estado pasando mal y que ha tenido una semana bastante mala. —Acabo asintiendo. Es fácil comulgar con él. Sería un buen psiquiatra—. Pero no ayuda a nadie haciendo este tipo de cosas, usted la primera.

Todavía no la ha llamado por su nombre. ¿Lo hará?

—Lo que dijo el viernes dejó bastante preocupadas a algunas personas. Entre usted y yo, la señora Russell —ahí está— es un manojo de nervios.

No me extraña, pienso. Está suplantando a una muerta.

—Y creo que su hijo tampoco tenía pinta de estar divirtiéndose.

—He hablado...

—Así que... —Se interrumpe—. ¿Qué decía?

Aprieto los labios.

—Nada.

—¿Está segura?

—Sí.

Gruñe.

—Quería pedirle que, durante un tiempo, se tomase las cosas con calma. Me alegra saber que sale de casa. —¿Es una broma?—. ¿Qué tal el gato? ¿Sigue con sus malas pulgas?

No contesto. No parece importarle.

—¿Y su inquilino?

Me muerdo el labio. En la planta de abajo hay una escalera de mano apuntalada contra la puerta del sótano; más abajo aún, he visto el pendiente de una muerta en la mesita de David.

—Inspector. —Agarro el teléfono con fuerza. Necesito oírlo una vez más—. ¿De verdad no me cree?

Se hace un largo silencio.

—Lo siento, doctora Fox —contesta tras un hondo y sonoro suspiro—. Estoy convencido de que cree lo que dice que vio. Yo... No.

No esperaba otra cosa. Bien. Todo bien.

—Mire, si alguna vez quiere hablar con alguien, aquí disponemos de buenos asesores que pueden ayudarla. O escucharla, sin más.

—Gracias, inspector —respondo con frialdad.

Un nuevo silencio.

—Solo... Solo le pido que se lo tome con calma, ¿de acuerdo? Informaré a la señora Russell de que he hablado con usted.

Tuerzo el gesto. Y cuelgo antes que él.

65

Tomo un trago de vino, cojo el teléfono y salgo al pasillo con paso airado. Quiero olvidarme de Little. Quiero olvidarme de los Russell.

Agora. Miraré si tengo mensajes. Bajo la escalera y me dirijo al cuarto de estar tras dejar el vaso en el fregadero de la cocina. Introduzco la contraseña en la pantalla del móvil.

Contraseña incorrecta.

Frunzo el ceño. Dedos torpes. Pulso la pantalla por segunda vez.

Contraseña incorrecta.

—¿Qué? —se me escapa.

El crepúsculo ha entrado en el cuarto de estar y apenas se ve. Alargo la mano hacia lámpara y la enciendo. Una vez más, con cuidado, sin apartar los ojos de los dedos: 0-2-1-4.

Contraseña incorrecta.

El teléfono vibra. Está bloqueado. No lo entiendo.

¿Cuándo fue la última vez que introduje la contraseña? No la he necesitado para contestar la llamada de Little, y antes he utilizado Skype para llamar a Boston. Me noto embotada.

Contrariada, subo al estudio con paso decidido y me dirijo al escritorio. ¿No me digas que también tendré el correo electrónico bloqueado? Introduzco la contraseña del ordenador y entro en la página de inicio de Gmail. Mi nombre de usuario está precargado en el campo de dirección. Tecleo la contraseña, despacio.

Sí, he entrado. El proceso de restauración del acceso a mi móvil es bastante sencillo y un código de sustitución aparece en mi bandeja de entrada al cabo de un minuto. Lo introduzco en la pantalla del móvil y vuelvo a cambiarlo a 0214.

Aun así, ¿qué narices? Tal vez el código ha expirado... ¿Eso pasa? ¿Lo cambié yo? ¿O solo ha sido cosa de unos dedos torpes? Me muerdo una uña. Mi memoria no es lo que era. Ni mis habilidades motoras. Miro el vaso detenidamente.

Una pequeña colección de correos me espera en la bandeja de entrada; uno resulta ser una petición de un príncipe nigeriano; los demás, despachos de la tripulación de Agora. Dedico una hora a contestarlos. Mitzi de Manchester hace poco que ha cambiado de medicación para combatir la ansiedad. Kala88 se ha prometido. Y por lo que parece, esta tarde AbuLizzie ha conseguido dar unos pasos fuera, acompañada de sus hijos. Yo también, pienso.

Pasan de las seis y de pronto el cansancio se abalanza sobre mí y me derriba. Me desplomo sobre el escritorio, como un cojín apaleado, y descanso la frente en la mesa. Necesito dormir. Esta noche me tomaré una dosis doble de temazepam. Y mañana trabajaré en Ethan.

Uno de mis pacientes más precoces empezaba todas las sesiones diciendo: «Es de lo más extraño, pero...» y luego procedía a describir experiencias completamente normales y corrientes. Sin embargo, así es justo cómo me siento en estos momentos. De lo más extraño. Es de lo más extraño, pero lo que parecía urgente hace un momento —lo que parecía urgente desde el jueves— ha encogido, se ha reducido como una llama expuesta al frío. Jane. Ethan. Esa mujer. Incluso Alistair.

No puedo con mi alma, he agotado todas mis reservas. No será de vino, oigo bromear a Ed. Ja, ja, muy gracioso.

También hablaré con ellos. Mañana. Ed. Livvy.

Lunes,
8 de noviembre

66

—Ed.

Y pasado un rato, o quizá una hora:
—Livvy.

Mi voz era una vaharada. La vi, un pequeño espíritu flotando ante mi rostro, con un blanco fantasmal en el aire gélido.

En algún lugar cercano, un pitido, que se repetía sin cesar; un único tono, como la llamada de un pájaro desquiciado. Entonces cesó.

Mi visión navegaba en una marea baja de color rojo. El corazón me palpitaba. Me dolían las costillas. Sentía la espalda partida. Notaba la garganta desgarrada.

El airbag estaba aplastado contra mi mejilla. El salpicadero relucía con un fulgor carmesí. El parabrisas estaba combado en mi dirección, agrietado y suelto.

Fruncí el ceño. Algún proceso activo por detrás de los

párpados se reiniciaba sin parar, como un fallo del sistema, un zumbido en la máquina.

Tomé aire, asfixiada. Me oí a mí misma bramar de dolor. Intenté volver la cabeza, sentí la coronilla retorciéndose contra el techo del coche. Eso no era normal, ¿verdad? Y noté la saliva acumulándose en el paladar. ¿Cómo...?

El zumbido cesó.

Estábamos boca abajo.

Volví a ahogarme. Tenía las manos colgando hacia abajo, las hundí en la tela que me envolvía la cara, como si pudiera enderezar el coche, y me incorporé. Me oí gemir, farfullar.

Volví la cabeza un poco más. Y vi a Ed, mirando hacia otro lado, quieto. Le brotaba sangre de un oído.

Pronuncié su nombre, o lo intenté, una sílaba ahogada en el frío, una pequeña vaharada humeante. Me dolía la tráquea. El cinturón se me había clavado en la garganta.

Me chupé los labios. Mi lengua topó con un agujero en la encía superior. Había perdido un diente.

El cinturón me estaba cortando la cintura, como un cable tenso. Con la mano derecha presioné el botón para soltarlo, apreté con más fuerza, lancé un suspiro ahogado cuando por fin se soltó. El cinturón se deslizó y liberó mi cuerpo, y me estampé contra el techo.

El pitido. Era la alarma del cinturón, tartamudeando. Luego se hizo el silencio.

Me salía el vaho por la boca torrencialmente, rojo por la luz del salpicadero, mientras separaba los dedos para apoyarme contra el techo. Fijé bien las manos. Volví la cabeza.

Olivia estaba atrapada en el asiento trasero, suspendida, con la coleta balanceándose. Alargué el cuello, apoyé el hombro contra el techo, estiré la mano para tocarle la mejilla. Me temblaban los dedos.

La niña tenía la piel helada.

Se me dobló el codo; se me cayeron las piernas hacia un lado y fueron a impactar de golpe contra el techo corredizo de cristal, agrietado cual tela de araña. Crujió por mi peso. Me eché como pude hacia la derecha, peleándome por mover las rodillas y repté hacia la niña al tiempo que el corazón me palpitaba en el pecho. La agarré por los hombros con ambas manos. La zarandeé.

Grité.

Me revolví. Ella hizo lo mismo y su pelo se sacudió.

—¡Livvy! —grité, me ardía la garganta y la boca me sabía a sangre, también los labios—. Livvy —la llamé y me corrían las lágrimas por las mejillas—. Livvy —dije entre resuellos y ella abrió los ojos.

Se me paró el corazón un instante.

Ella me miró, muy en el fondo, y pronunció una sola palabra:

—Mami.

Hundí el pulgar con fuerza en el botón de su cinturón. Este se soltó con un bisbiseo, y la tomé por la cabeza cuando descendió, atrapé su cuerpecito entre mis brazos, con las piernas separadas, entrechocándose, como los tubos de un carillón de viento. Uno de sus brazos colgaba laxo por debajo de la manga de tela.

La tendí sobre el techo corredizo.

—Calla —le dije, aunque sabía que no había hecho ni un solo ruido, aunque volvía a tener los ojos cerrados.

Parecía una princesa.

—Eh. —La zarandeé por el hombro. Ella volvió a mirarme—. Eh —repetí. Intenté sonreír. Sentía la cara dormida.

Me arrastré como pude hasta la puerta, la sujeté por la manija, tiré de ella. Volví a tirar. Oí el clic del cierre. Empujé la ventana, separé los dedos sobre el cristal. La puerta se abrió de golpe sin emitir sonido alguno y salió disparada hacia la oscuridad.

Me estiré hacia delante y apoyé las manos con fuerza sobre el suelo del exterior, sentí el ardor de la nieve sobre las palmas. Hundí los codos en ella, estabilicé las rodillas y tiré con fuerza del cuerpo. Logré sacar el torso del coche y caí de golpe al suelo helado. Este se resquebrajó con un gimoteo por mi peso. Seguí arrastrándome para salir. Las caderas. Los muslos. Rodillas. Espinillas. Pies. Los bajos del pantalón quedaron atrapados por un gancho del coche para colgar la chaqueta; tiré de la tela para soltarlo y salí deslizándome del vehículo.

Me volví para ponerme boca arriba. El dolor me provocó una descarga eléctrica en la columna. Inspiré con fuerza para tomar aire. Se me demudó el rostro. La cabeza se me volvió a un lado, como si mi cuello hubiera desistido de su función.

No había tiempo. No había tiempo. Me situé, recogí las piernas, las coloqué para que se pusieran en funcionamiento y me arrodillé junto al coche. Miré a mi alrededor.

Miré hacia arriba. La visión me daba vueltas, se tambaleaba.

El cielo era un cuenco de estrellas y espacio. La luna se cernía con el tamaño de un planeta, su luz tenía un brillo de intensidad solar, y el precipicio que había debajo resplandecía por las luces y las sombras, definido como un grabado sobre madera. La nevada prácticamente había cesado, no era más que una llovizna de copos desperdigados flotando en el aire. Todo parecía un nuevo mundo.

Y el sonido...

Silencio. Silencio profundo y final. Ni un soplido del

viento, ni un movimiento de ramas. Una película muda, una foto fija. Me volví sobre las rodillas y oí la nieve crujiendo bajo ellas.

De regreso en la tierra. El coche estaba volcado e inclinado hacia delante, con el morro impactando contra el suelo, y la parte trasera retorcida y ligeramente levantada. Vi el chasis expuesto, como el vientre de un insecto patas arriba. Me estremecí. Sentí un tirón en la columna.

Me agaché para entrar por la puerta, enganché los dedos en los bajos de la chaqueta de Olivia. Y tiré. Tiré de ella sobre el techo corredizo, tiré de ella haciéndola pasar sobre el reposacabezas, tiré de ella para sacarla del coche. La envolví entre mis brazos; su cuerpecito estaba laxo como un trapo. Dije su nombre. Lo repetí. Ella abrió los ojos.

—Hola —dije.

Parpadeó y cerró los ojos.

La dejé tendida junto al coche, luego la llevé hasta la parte trasera por si el vehículo volcaba. La cabeza le cayó hacia el hombro; se la sostuve, con cuidado, mucho cuidado, y le volví la cara de nuevo hacia el cielo.

Hice una pausa, mis pulmones parecían un fuelle. Miré a mi niña: un ángel en la nieve. Le toqué el brazo herido. No reaccionó. Se lo volví a tocar, con más firmeza, y vi que torcía el rostro.

Ed era el siguiente.

Volví a entrar gateando al coche antes de darme cuenta de que no había forma de tirar de él para sacarlo por el asiento trasero. Me di la vuelta y puse las espinillas por delante; despejé el camino dentro del coche; alargué la mano para llegar a la manija de la puerta delantera. Le di un apretón. Otro apretón. El seguro se movió e hizo clic. La puerta se abrió de golpe.

Ahí estaba él, con la piel cubierta por la roja calidez de la atontada luz intermitente del salpicadero. Pensé en esa luz, en cómo habría sobrevivido la batería al impacto, mientras soltaba el cinturón de Ed. Él cayó sobre mí, como si se desenrollase, como un nudo que se deshace de un tirón. Lo agarré por las axilas.

Y tiré de él, me golpeé la cabeza contra el cambio de marchas, arrastré su cuerpo sobre el techo. Cuando salió del coche, vi que tenía la cara cubierta de sangre.

Me levanté, lo arrastré caminando de espaldas, tambaleante, hasta que estuvimos junto a Olivia, y entonces lo coloqué a su lado. Ella se removió. Él no. Lo tomé de la mano, retiré la manga de la camisa hasta más arriba de la muñeca, presioné los dedos sobre su piel. Su pulso era cada vez más débil.

Estábamos fuera del coche, todos, bajo el manto de estrellas, a los pies del universo. Oí el resoplido constante de una locomotora: mi respiración. Estaba jadeando. El sudor me corría por las sienes, me empapaba el cuello.

Eché un brazo hacia atrás para tocarme la espalda, me hice un tacto cuidadoso, ascendiendo con los dedos como por una escalerilla. Entre el hombro y los omóplatos, las vértebras me ardían de dolor.

Inspiré y espiré. Observé que el aire salía con debilidad de las bocas de Olivia y Ed.

Me volví.

Mi mirada ascendió por lo que parecían unos noventa metros de puro precipicio, iluminados por el blanco fluorescente de la luz de la luna. La carretera estaba en algún punto de ahí arriba, invisible, pero no había forma de escalar hacia ella ni de escalar a ninguna otra parte. Habíamos caído sobre un pequeño saliente de roca, una angosta protuberancia que asomaba por la pared de la montaña; más allá, más abajo, el abismo. Las estrellas, la nieve, el espacio. Silencio.

Mi móvil.

Me palmeé todos los bolsillos —los delanteros, traseros, los del abrigo— y entonces recordé que Ed me lo había cogido, me lo había arrebatado de golpe; que este había caído al suelo, se había quedado ahí sacudiéndose, desplazándose entre mis pies, con ese nombre resaltado en la pantalla.

Me metí en el coche por tercera vez, toqueteé el techo con las manos y al final lo encontré sobre el parabrisas, con la pantalla intacta. Fue un verdadero impacto verlo tan perfecto; mi marido estaba sangrando, mi hija estaba herida, mi cuerpo estaba lesionado, nuestro coche estaba en siniestro total, pero el móvil había salido ileso. Una reliquia de otra época, de otro planeta. En la pantalla ponía: 22.27. Nos habíamos salido de la carretera hacía casi media hora.

Acuclillada en la cabina del coche, pasé el dedo por la pantalla, marqué el número de emergencias y me llevé el móvil a la oreja, sentí cómo temblaba contra mi mejilla.

Nada. Fruncí el ceño.

Colgué, volví a salir del coche y me quedé mirando la pantalla. Sin cobertura. Me arrodillé en la nieve. Volví a marcar.

Nada.

Marqué dos veces más.

Nada. Nada.

Me levanté, aporreé el botón del altavoz, alargué el brazo hacia delante. Nada.

Rodeé el coche tropezando con la nieve. Volví a marcar otra vez. Y otra. Cuatro veces, ocho veces, trece veces. Perdí la cuenta.

Nada.

Nada.

Nada.

Lancé un grito. Me salió como un estallido, me laceró la garganta, resquebrajó la noche como una placa de hielo, para acabar silenciándose entre una lluvia de ecos que caían como copos. Grité hasta que me quemó la lengua, hasta que mi voz se rindió.

Me volví con brusquedad. Me mareé. Lancé el móvil al suelo. Se hundió en la nieve. Lo recogí, la pantalla estaba cubierta de gotitas, y volví a lanzarlo, más lejos esta vez. Fui presa del pánico. Me lancé al suelo, rebusqué entre el hielo. Lo toqué con la mano, lo agarré, lo sacudí para quitarle la nieve, volví a marcar.

Nada.

Regresé con Olivia y Ed; estaban ahí tendidos, uno junto al otro, quietos, iluminados por la luna.

Un sollozo se abrió paso a patadas hasta mi boca, desesperada por respirar, propulsado a través de mis labios. Las rodillas se me doblaron, se me plegaron como navajas automáticas. Me arrastré para situarme entre mi marido y mi hija. Lloré.

Al despertar tenía los dedos fríos y azules, doblados sujetando el móvil. 0.58. La batería se había quedado seca, solo quedaba el once por ciento. No importaba, pensé; no podía llamar a emergencias, no podía llamar a nadie.

Lo intenté de todas formas. Nada.

Volví la cabeza a izquierda y derecha: Ed y Livvy, cada uno a un lado, respirando con dificultad pero de forma constante. El rostro de Ed manchado con sangre seca; las mejillas de Olivia con mechones de pelo pegados. Le toqué la frente con la mano. Fría. ¿Estaríamos mejor refugiados en el coche? Pero y si... no lo sabía; ¿y si volcaba y salía rodando? ¿Y si explotaba?

Me senté. Me levanté. Miré la carrocería del coche. Me quedé mirando el cielo: esa luna llena, ese baño de estrellas... Me volví poco a poco hacia la montaña.

Mientras me acercaba a ella, saqué el móvil y lo coloqué por delante de mí, como una varita mágica. Llevé el pulgar a la pantalla y le di al icono de la linterna. Una luz potente, una diminuta estrella en mi mano.

La pared de roca, con el brillo, se veía lisa y tersa. Sin huecos donde meter los dedos, nada a lo que agarrarse, ni una hierba, ni una rama ni un saliente de roca; solo tierra y sedimento, imponente como un muro. Caminé por todo lo ancho de nuestro pequeño risco, analicé hasta el último centímetro. Apunté la luz hacia arriba hasta que la noche la apagó.

Nada. Todo se había convertido en nada.

Diez por ciento de batería. I.II.

De niña me encantaban las constelaciones, realicé un estudio sobre ellas, dibujé todo el mapa del cielo sobre rollos de papel de carnicería en el patio trasero durante las noches de verano, rodeada de moscardas azules, con la esponjosa hierba bajo los codos. En ese momento desfilaban, por encima de mi cabeza, los héroes de invierno, cubriendo de lentejuelas la noche: Orión, el brillante cinturón; el Can Mayor, corriendo a grandes pasos a la zaga; las Pléyades, colgadas como joyas sobre el hombro de Tauro. Géminis. Perseo. Ceto.

Con mi voz herida murmuraba sus nombres como un

sortilegio para Livvy y Ed, con sus cabezas sobre mi pecho, ascendiendo y descendiendo gracias a mi respiración. Con los dedos les acariciaba el cabello a ambos, los labios a Ed, la mejilla a Olivia.

Todas esas estrellas, el frío humeante. Temblábamos bajo ellas. Dormíamos.

4.34. Me desperté temblando. Los inspeccioné a ambos. A Olivia primero, luego a Ed. Le puse a él un poco de nieve en la cara. No se movió. Se la froté sobre la piel para limpiarle la sangre; se retorció.

—Ed —dije y lo sacudí por el hombro.

No reaccionó. Volví a tomarle el pulso. Iba más deprisa, era más débil.

Me rugió el estómago. Recordé que no llegamos a cenar. Debían de estar muertos de hambre.

Me agaché para entrar en el coche, donde había disminuido la intensidad de la luz del salpicadero, estaba casi apagada. Ahí estaba, aplastada contra la ventanilla del asiento de detrás del copiloto: la bolsa de tela que había preparado con los bocadillos envasados y los briks de zumo. Cuando cerré el puño sobre el asa, la luz se apagó por completo.

De vuelta en el exterior, retiré la envoltura de un bocadillo y sacudí el envase hacia un lado; una corriente de aire se llevó el plástico y me quedé mirando cómo se alejaba flotando, liviano como un hada, un fuego fatuo. Partí una esquina del bocadillo y se lo acerqué a Olivia.

—Eh —murmuré, toqueteándole con los dedos la mejilla, y se le abrieron los ojos—. Toma —le ofrecí y le puse el pan en la boca.

Ella separó los labios; el pan se quedó ahí metido, como un nadador que se ahogaba, antes de sumergirse en su lengua. Saqué la cañita del zumo y se la clavé en el brik. La limonada salió burbujeante y goteó sobre la nieve. Metí el brazo por debajo de la cabeza de Olivia y le levanté la cara en dirección a la cañita, apreté el envase. El líquido le anegó la boca. Ella escupió.

Le levanté más la cabeza y ella tragó, dando sorbitos de colibrí. Pasado un rato, noté cómo su cabeza caía laxa sobre mi mano y se le cerraron los ojos. La apoyé con suavidad sobre el suelo.

Ed fue el siguiente.

Me arrodillé junto a él, pero no abrió la boca, ni siquiera abrió los ojos. Le toqueteé los labios con el trocito de pan, le acaricié la mejilla para poder separarle los dientes, pero él seguía sin moverse. Fui presa del pánico. Apoyé mi cabeza en su cara. Oí una corriente de aire, débil pero insistente, me calentó la piel. Espiré.

Aunque no podía comer, estaba segura de que podría beber. Le humedecí los labios secos con un poco de nieve, luego le metí la cañita en la boca. Apreté el zumo con los dedos. El líquido le cayó por un costado hasta la barbilla, le empapó la barba incipiente.

—Vamos —le supliqué, pero el zumo siguió derramándose por su mandíbula.

Le retiré la cañita y le coloqué otro puñado de hielo sobre los labios y luego en la lengua. Dejé que se fundiera para que le cayera a la garganta.

Volví a sentarme en la nieve, chupé la cañita. La limonada estaba demasiado dulce. De todas formas vacié el envase.

Del coche saqué otra bolsa de tela donde llevábamos las

parkas y los pantalones de esquí. Lo saqué todo tirando de ello y tapé a Livvy y a Ed con las prendas.

Levanté la vista en dirección al cielo. Era de una vastedad imposible.

La luz se posó sobre mis párpados como un peso. Abrí los ojos.

Y los entorné. Sobre nosotros se abría el cielo, uniforme, infinito, un profundo mar de nubes. La nieve caía en copos como dientes de león e impactaba contra mi piel. Miré el móvil. 7.28. Cinco por ciento de batería.

Olivia se movió ligeramente en sueños, estaba tumbada sobre el brazo izquierdo y el derecho lo tenía muerto, junto al costado del cuerpo. Tenía la mejilla pegada al suelo. La puse boca arriba, le sacudí la nieve de la piel. Le toqué suavemente la oreja con el pulgar.

Ed no se había movido. Me incliné sobre su cara. Seguía respirando.

Me había metido el móvil en el bolsillo de los tejanos. En ese momento lo saqué y lo apretujé deseando tener suerte; volví a marcar el número de emergencias. Durante un segundo contuve la respiración e imaginé que estaba sonando, casi lo oí vibrando en mi oreja.

Nada. Me quedé mirando la pantalla.

Miré el coche, vuelto boca arriba, sobre la capota, indefenso, como un animal herido. Parecía antinatural, incluso avergonzado.

Me quedé mirando el valle que teníamos a nuestros pies, con sus árboles puntiagudos, el delgado lazo plateado del río desenrollándose en la distancia.

Me levanté. Me volví.

La montaña se elevaba a mis espaldas. A la luz del día, me di cuenta de que me había equivocado al calcular la distancia desde la que habíamos caído; estábamos a casi doscientos metros de la carretera de arriba, y la pared de piedra parecía aún más infranqueable, más imposible de lo que me había parecido por la noche. Subí, subí y subí con la mirada hasta llegar a la cima.

Me llevé la mano al cuello. Habíamos caído todo ese trecho. Habíamos sobrevivido.

Eché todavía más hacia atrás la cabeza para ver el cielo. Y entorné los ojos. Parecía todo demasiado enorme, en cierta forma, demasiado gigantesco. Me sentía como una miniatura en una casita de muñecas. Me veía desde fuera, desde lejos, pequeñita, como un punto. Me volví de golpe, me tambaleé.

Se me nubló la visión. Algo me dobló las piernas.

Sacudí la cabeza, me froté los ojos. El mundo había cedido, se retiró a sus fronteras.

Dormité unas horas junto a Ed y Olivia. Cuando me desperté, a las 11.10, la nieve caía sobre nosotros en oleadas, el viento nos azotaba desde arriba. El grave rugido del trueno sonaba próximo. Me sacudí unos copos de la cara y me puse de pie de un salto.

Sentí el mismo temblor en la visión, como ondas en el agua, y esta vez las rodillas se me juntaron solas, como atraídas por un imán. Empecé a caer hacia el suelo.

—No —dije, con la voz ronca y quebrada.

Llevé una mano al suelo y me di impulso hacia arriba. ¿Qué me pasaba?

No había tiempo. No había tiempo. Me impulsé apoyándome sobre la nieve, me levanté. Vi a Ed y a Olivia a mis pies, semihundidos.

Y empecé a arrastrarlos hacia el coche.

¿Cómo pasaba el tiempo tan despacio? Durante el año siguiente, me dio la sensación de que los meses pasaban más deprisa que aquellas horas con Ed y Livvy sobre ese techo invertido, con la nieve ascendiendo por las ventanas como una marea, el parabrisas resquebrajándose y a punto de estallar por el peso de la blancura.

Le canté a la niña canciones pop, nanas, tonadillas que inventaba, a medida que el ruido del exterior iba aumentando y la luz del interior iba disminuyendo. Estudié las espirales de su oreja, las seguí con el dedo, les canturreé. Rodeé los brazos de Ed con los míos, entrelacé mis piernas con las suyas, los dedos de las manos con los suyos. Devoré un bocadillo, tragué un zumo. Descorché una botella de vino antes de recordar que eso me deshidrataría. Pero lo quería. Lo quería de verdad.

Estábamos enterrados, eso parecía; habíamos construido nuestra madriguera en un lugar secreto y oscuro, a refugio del mundo. No quería saber cuándo emergeríamos. Cómo podríamos emerger. Si lo hacíamos.

En un momento determinado el móvil murió. Me quedé dormida a las 15.40, con el dos por ciento de la batería. Luego me desperté y la pantalla se había quedado en negro.

El mundo estaba en silencio, salvo por el ulular del viento, y por Livvy, quien respiraba jadeante, y por Ed, que emitía un leve ronquidito. Y a mí se me escapaban sollozos emitidos desde algún lugar de mi cuerpo.

Silencio. Silencio total.

Recuperé la conciencia en el interior de ese útero que era la cabina del coche, con la visión borrosa. Pero entonces vi que la luz penetraba en el vehículo, vi el tenue resplandor por detrás de la luna y oí el silencio como habría oído el ruido. Este habitaba el coche como un ser vivo.

Me estiré y alargué la mano hacia la manija de la puerta. Se oyó el clic tranquilizador del seguro, pero la puerta no se movió.

No.

Me puse de rodillas como pude, me volví boca arriba sobre la dolorida espalda, apoyé los pies contra la puerta y la empujé. Esta impactó contra la nieve, pero detuvo su recorrido. Pateé la ventanilla, la taconeé con los talones. La puerta se abrió a trompicones. Una pequeña avalancha invadió el coche.

Me arrastré al exterior sobre el vientre y cerré los ojos de golpe por la luz. Cuando los abrí de nuevo, vi el ardiente amanecer sobre las montañas lejanas. Me puse de rodillas, me quedé contemplando el nuevo mundo que me rodeaba: el valle alfombrado de blanco; ese río lejano; la afelpada nevada bajo mis pies.

Me balanceé sobre las rodillas. Entonces oí un crujido y supe que era el parabrisas que había cedido.

Hundí un pie y luego el otro en la nieve, caí de bruces sobre la capota del coche, vi el cristal hundido hacia adentro. De regreso a la puerta del copiloto, de regreso al interior. Una vez más los saqué del amasijo, a Livvy primero, luego a Ed; una vez más los dispuse uno junto a otro sobre el suelo.

Cuando me encontré de pie junto a ellos, echando vaho por la boca al respirar, se me emborronó de nuevo la visión. El cielo pareció abalanzarse sobre mí, presionarme; me derrumbé con los párpados cerrados y el corazón palpitante.

Aullé, como un animal salvaje. Me volví boca abajo, extendí los brazos sobre Olivia y Ed, los pegué a mi cuerpo mientras lloriqueaba con la cara hundida en la nieve.

Así fue como nos encontraron.

Cuando me despierto el lunes por la mañana, quiero hablar con Wesley.

Estoy enredada con las sábanas y tengo que despegármelas del cuerpo, como si estuviera pelando una manzana. El sol entra a raudales por las ventanas y acentúa los colores de la ropa de cama. Me reluce la piel por el calor. Me siento extrañamente guapa.

Tengo el móvil sobre la almohada junto a mí. Durante un segundo, cuando el tono de llamada me resuena en el oído, me pregunto si habrá cambiado su número, pero luego oigo su voz retumbar, tan imparablemente alta como siempre: «Deje su mensaje», ordena.

No lo hago. En lugar de eso, lo llamo al despacho.

—Soy Anna Fox —le digo a la mujer que responde el teléfono.

Parece joven.

—Doctora Fox, soy Phoebe.

Me he equivocado.

—Lo siento —digo. Phoebe... trabajé con ella durante casi un año. No es para nada joven—. No te había reconocido. Por la voz.

—No pasa nada. Creo que he pillado un constipado, así

que seguramente sueno diferente. —Está siendo educada. Típico de Phoebe—. ¿Cómo se encuentra?

—Estoy bien, gracias. ¿Wesley está disponible?

No hay duda de que Phoebe es bastante formal y seguramente lo llamará...

—El doctor Brill —dice— tiene sesiones toda la mañana, pero puedo pedirle que le pegue un toque más tarde.

Le doy las gracias y me ofrezco a darle mi número.

—Sí, ese es el que tengo en el archivo.

Y cuelga.

Me pregunto si él me devolverá la llamada.

Bajo la escalera. Hoy he decidido que nada de vino, o al menos, no por la mañana; debo tener la cabeza despejada para Wesley. El doctor Brill.

Lo primero es lo primero: visito la cocina, encuentro la escalera de mano como la dejé, apoyada contra la puerta del sótano. Con la luz de la mañana, casi ardiente, parece endeble, casi ridícula; David podría haberla derribado con un golpe del hombro. Durante un instante se asoma la duda a mi mente: tiene un pendiente de mujer en la mesilla de noche, ¿y qué? «No sabes si el pendiente es suyo», dijo Ed, y tenía razón. Tres perlitas... Creo que yo tengo unos parecidos.

Me quedo mirando la escalera de mano como si pudiera empezar a caminar hacia mí con sus enclenques patas de aluminio. Miro de reojo la botella de merlot resplandeciendo sobre la encimera, junto a la llave de la casa, colgada en el gancho. No, nada de bebercio. Además, el lugar debe de estar cubierto de copas de vino a estas alturas. (¿Dónde he visto algo así ya? Ah, sí: en ese *thriller*, *Señales*: una peli regular, con una espléndida banda sonora a lo Bernard Herrmann. Una niña precoz lo llena de todo de vasos medio llenos de agua que acaban ahuyentando a los invasores del espacio. «¿Por qué iban a venir los extraterrestres a la Tierra si son alérgicos al agua?», protestó Ed. Era nuestra tercera cita.)

Estoy distrayéndome. Venga para el estudio otra vez.

Aparco en mi escritorio, dejó el móvil junto al ratón, enchufo el portátil para que se cargue. Miro la hora en la pantalla: las once y pico. Es más tarde de lo que pensaba. Ese temazepam me ha dejado cao. Esos temazepames, técnicamente. En plural.

Miro por la ventana. Al otro lado de la calle, justo a su hora, la señora Miller emerge por la puerta y la cierra en silencio tras de sí. Esta mañana lleva un abrigo oscuro de invierno, por lo que veo, y el vaho blanco escapa de su boca. Activo con el dedo la aplicación para la previsión del tiempo en mi móvil. Once grados bajo cero en el exterior. Me levanto, golpeteo la pantalla del termostato.

Me pregunto qué estará tramando el marido de Rita. Hace siglos que no lo veo, desde que lo busqué.

De regreso a mi mesa, miro al otro lado de la habitación, al otro lado del parque, a la casa de los Russell. Su ventana se muestra vacía. Ethan, pienso. Tengo que dar con Ethan. Percibí que temblaba anoche; «tengo miedo», dijo, con los ojos muy abiertos, casi febriles. Como un niño angustiado. Es mi deber ayudarlo. Da igual lo que le haya ocurrido a Jane o lo que haya sido de ella, debo proteger a su hijo.

¿Cuál es el siguiente movimiento?

Me muerdo el labio. Me meto en el foro de ajedrez. Empiezo a jugar.

Una hora después, pasadas las doce del mediodía, no se me ha ocurrido nada.

He puesto los labios en la copa de vino —repito, han pasado las doce del mediodía— y he pensado. El problema me ha estado obsesionando como un ruido de fondo: ¿cómo contacto con Ethan? Cada pocos minutos, miro al otro lado del parque, como si la respuesta pudiera estar garabateada en la pared de la casa. No puedo llamarlo al fijo; no tiene móvil; si intentara hacerle cualquier clase de señal, su padre —o esa mujer— podrían verla antes que él. No tiene dirección de e-mail, me lo dijo, ni cuenta en Facebook. «Bien podría no existir.»

Está casi tan aislado como yo.

Me recuesto en el respaldo de la silla, bebo un trago. Dejo la copa. Observo cómo la luz del mediodía va ascendiendo por el alféizar. El ordenador emite un ruidito. Muevo un caballo, lo desplazo en ele sobre el tablero. Espero otro movimiento.

El reloj de la pantalla marca las 12.12. Sigo sin saber nada de Wesley, ¿seguro que llamará? ¿O debería volver a intentarlo? Cojo el móvil, lo toco para que despierte.

Se oye otro ruidito en el escritorio: Gmail. Agarro el ratón, alejo el cursor del tablero de ajedrez, hago clic sobre el navegador. Con la otra mano me llevo la copa a los labios. El sol se refleja sobre ella.

Miro por encima del borde de la copa a la bandeja de entrada, vacía salvo por un solo mensaje, la línea del asunto está en blanco, el nombre del remitente, en negrita.

Jane Russell.

Choco los dientes con el cristal.

Me quedo mirando la pantalla. El aire que tengo a mi alrededor de pronto se me antoja escaso.

Me tiembla la mano al posar la copa sobre la mesa, el vino se estremece en su interior. Noto que el ratón se hincha debajo de mi mano cuando lo agarro. He dejado de respirar.

El cursor navega hasta su nombre. Jane Russell.

Hago clic.

El mensaje se abre, un campo blanco. No hay texto, solo un icono que indica la presencia de un adjunto, un diminuto clip. Hago doble clic sobre él.

La pantalla se queda en negro.

Luego empieza a cargarse una imagen, poco a poco, raya a raya. Son unas barras granulosas de color gris oscuro.

Estoy paralizada. Sigo sin poder respirar.

Línea a línea de una pantalla en negro, como un telón que va cayendo lentamente. Pasa un momento. Después otro.

Y luego...

... luego hay una maraña de... ¿ramas? No: pelo, negro y enredado, en primer plano.

El contorno de una piel clara.

Un ojo, cerrado, en vertical, ribeteado por un volante de pestañas.

Es alguien tumbado de costado. Estoy contemplando un rostro dormido.

Estoy contemplando mi propio rostro dormido.

La foto se amplía de pronto, la mitad inferior de pronto se ve más cerca; y ahí estoy yo, mi cabeza, entera. Un mechón de pelo me cae sobre la frente. Los ojos muy cerrados; la boca, ligeramente abierta. La mejilla hundida en la almohada.

Me levanto de un salto. La silla se cae hacia atrás.

Jane me ha enviado una foto mía dormida. Mi cerebro

asimila la idea lentamente, igual que se ha descargado la foto, a trompicones, línea a línea.

Jane ha estado en mi casa por la noche.

Jane ha estado en mi cuarto.

Jane me ha visto dormir.

Me quedo ahí plantada, paralizada, en un silencio ensordecedor. Entonces veo las siluetas fantasmales en la esquina inferior derecha. La fecha y hora de la foto: el día de hoy, 2.02 de la madrugada.

Esta madrugada. A las dos. ¿Cómo es posible? Miro la dirección del correo en el recuadro del remitente:

quiensoyanna@gmail.com

69

Entonces no ha sido Jane. Es alguien que se oculta tras su nombre. Alguien que está burlándose de mí.

Mi pensamiento sale disparado escaleras abajo. David, detrás de esa puerta.

Me agarro el albornoz. Piensa. No sientas pánico. Permanece tranquila.

¿Ha forzado la puerta? No, encontré la escalera de mano tal como la había dejado.

Entonces —me tiemblan las manos sobre el cuerpo; me inclino hacia delante y las extiendo sobre la mesa— ¿habrá hecho una copia de mis llaves? Oí ruidos en el descansillo esa noche que me lo llevé a la cama; ¿habrá merodeado por la casa, me habrá robado las llaves de la cocina?

Salvo que hace una hora las vi colgadas en el gancho y bloqueé la puerta del sótano poco después de que él se marchara; no había forma de volver a entrar.

A menos que... pero, no, claro que había una forma de volver a entrar: podía hacerlo cuando quisiera, usando la copia. Y entonces haber vuelto a poner en su sitio la original.

Pero se marchó ayer. A Connecticut.

Al menos eso es lo que me dijo.

Miro mi foto en la pantalla, la media luna de mis pestañas, la línea de la dentadura asomando por detrás del labio superior: profundamente dormida, profundamente indefensa. Me estremezco. Un hilillo de ácido empieza a ascenderme desde algún punto hacia la garganta.

quiensoyanna.

¿Quién iba a ser sino David? ¿Y por qué decírmelo? No solo es alguien que ha entrado en mi casa sin permiso, se ha metido en mi cuarto, me ha retratado durmiendo… sino que es alguien que quiere que yo lo sepa.

Alguien que sabe lo de Jane.

Cojo la copa con ambas manos. Bebo, la apuro hasta el fondo. La dejo y agarro el móvil.

La voz de Little es sinuosa y tersa, como una funda de almohada. A lo mejor estaba durmiendo. Me da igual.

—Alguien ha estado en mi casa —le digo.

Ahora estoy en la cocina, con el móvil en una mano y una copa en la otra, mirando hacia la puerta del sótano; al decirlas en voz alta, esas palabras imposibles me suenan planas, poco convincentes. Irreales

—Doctora Fox —dice de buena gana—, ¿es usted?

—Alguien ha entrado en mi casa a las dos de la madrugada.

—Un momento. —Oigo que se cambia el móvil de lado—. ¿Alguien ha entrado en su casa?

—A las dos de esta madrugada.

—¿Por qué no ha informado antes de ello?

—Porque en ese momento estaba dormida.

Habla con tono más cálido. Cree que me ha pillado.

—Entonces ¿cómo sabe que alguien ha entrado en su casa?

—Porque me ha sacado una foto y la ha enviado por e-mail.

Una pausa.

—¿Una foto de qué?

—Una foto mía. Durmiendo.

Cuando habla de nuevo, parece más cercano.

—¿Está segura de ello?

—Sí.

—Y... ahora, no quiero asustarla...

—Ya estoy asustada.

—¿Está segura de que ahora no hay nadie en la casa?

Me quedo callada. No lo había pensado.

—¿Doctora Fox? ¿Anna?

—Sí.

Estoy segura de que no hay nadie. A estas alturas, ya me habría enterado.

—¿Puede...? ¿Es capaz de salir al exterior?

Estoy a punto de echarme a reír, pero me limito a respirar.

—No.

—Vale. Quédese donde está. No... usted quédese donde está. ¿Quiere que siga hablando por teléfono con usted?

—Quiero que venga aquí.

—Vamos para allá.

«Vamos»; así que Norelli estará con él. Bien... la quiero a ella para esto. Porque esto es real. Es algo innegable.

Little sigue hablando, se oye su respiración sobre el móvil.

—¿Sabe qué quiero que haga, Anna? Quiero que vaya hasta la puerta de entrada. Por si necesita salir. Llegaremos muy pronto, dentro de un par de minutos, pero en caso de que se viera obligada a salir...

Miro a la puerta del recibidor y me desplazo en su dirección.

—Ya estamos en el coche. Llegaremos muy pronto.

Asiento con la cabeza, con parsimonia, y veo cómo la puerta está acercándose.

—¿Ha visto alguna película últimamente, doctora Fox?

No me veo con fuerzas para abrirla. No puedo poner un pie en esa dimensión desconocida. Niego con la cabeza. El pelo me roza las mejillas.

—¿Algunas de sus viejas películas de misterio?

Vuelvo a negar con la cabeza y voy a decirle que no, cuando me doy cuenta de que sigo llevando la copa en la mano. Haya o no haya un intruso —y creo que no lo hay—, no voy a abrir la puerta así. Tengo que deshacerme de ella.

Pero me tiembla la mano y ahora me cae vino en la parte delantera del albornoz, una mancha rojo sangre, justo por encima del corazón. Parece una herida.

Little sigue hablándome al oído.

—¿Anna? ¿Va todo bien?

Regreso a la cocina, con el móvil pegado a la sien, y dejo la copa en el fregadero.

—¿Va todo bien? —pregunta Little.

—Bien —le digo.

Muevo el mango del grifo para encenderlo, me quito el albornoz y lo meto debajo del agua mientras estoy ahí de pie con camiseta y los pantalones del chándal. La mancha de vino va menguando bajo el chorro, sangrante, y pasa a un rosa claro. Lo estrujo, y los dedos palidecen por el frío.

—¿Puede llegar a la puerta de entrada?

—Sí.

Cierro el grifo. Saco el albornoz del fregadero y lo escurro.

—Bien. Quédese ahí.

Mientras sacudo el albornoz para que se seque, veo que no tengo papel de cocina: el tubo del rollo está vacío. Alargo la mano hacia el cajón de los trapos, lo abro. Y dentro, sobre una pila de servilletas dobladas, vuelvo a verme.

No profundamente dormida en primer plano, ni casi frita sobre una almohada, sino de pie, sonriendo, con el pelo echado hacia atrás, los ojos brillantes y la mirada alegre; un retrato a boli en un papel.

«¡Es chulísimo!», dije.

«Un Jane Russell auténtico», dijo ella.

Y luego lo firmó.

70

El papel se crispa en mi mano. Miro la firma garabateada en la esquina.

He estado a punto de dudar de la existencia del dibujo. A punto de dudar de la existencia de Jane. Pero aquí está, un souvenir de esa noche desaparecida. Un recuerdo, un *memento*. *Memento mori*. «Recuerda que vas a morir.»

Recuerda.

Y lo hago: recuerdo el ajedrez y el chocolate; recuerdo los cigarrillos, el vino, la visita a la casa. Sobre todo recuerdo a Jane, a todo color, riéndose a carcajadas y empinando el codo; sus empastes plateados; la forma en que se inclinó hacia la ventana mientras contemplaba su casa. «Es una gran casa», masculló.

Ella estuvo aquí.

—Ya casi hemos llegado a su casa —está diciendo Little.

—Tengo... —carraspeo— tengo...

Él me interrumpe.

—Estamos doblando por...

Pero no oigo dónde están porque estoy viendo por la ventana que Ethan sale por la puerta de su casa. Debe de haber estado ahí dentro todo el tiempo. He pasado una hora con la mirada clavada en su casa; pasaba de la cocina al salón y luego al dormitorio. No entiendo cómo no lo he visto.

—¿Anna?

La voz de Little suena muy bajita, lejana. Miro hacia abajo y veo el móvil en mi mano, a la altura de la cadera; veo el albornoz tirado a mis pies. Luego dejo el teléfono sobre la encimera y pongo el dibujo junto al fregadero. Golpeo el cristal con los nudillos, con fuerza.

—¿Anna? —vuelve a llamarme Little.

Lo ignoro.

Golpeo el cristal con más fuerza. Ethan ha pasado a la acera, se dirige hacia mi casa. Sí.

Sé lo que tengo que hacer.

Agarro el marco de la ventana de guillotina con los dedos. Los tenso, tamborileo, los flexiono. Cierro los ojos apretándolos. Y levanto la ventana.

El aire gélido impacta contra mi cuerpo, tan crudo que siento que va a parárseme el corazón; me sacude la ropa, hace que las prendas tiemblen a mi alrededor. Me rebosan los oídos con el ulular del viento. Estoy llenándome de frío, estoy siendo arrollada por él.

Pero grito el nombre del chico de todas formas, un solo bramido, dos sílabas, que me saltan de la lengua, como una bola de cañón disparada al mundo exterior: «¡Ethan!».

Oigo cómo se rompe el silencio. Imagino bandadas de pájaros que salen volando en estampida, peatones que frenan en seco.

Entonces, con el siguiente hálito, el último hálito... Lo sé.

Sé que tu madre era la mujer que yo decía que era; sé que estuvo aquí; sé que estás mintiendo.

Cierro de golpe la ventana, apoyo la frente contra el cristal. Abro los ojos.

Ethan está en la acera, inmóvil, lleva una parka que le va varias tallas grande y unos tejanos pequeños, su media melena ondea al viento. Me mira y el vaho le nubla el rostro. Miro hacia atrás, jadeante, el corazón me va a mil por hora.

Él sacude la cabeza. Sigue caminando.

71

Lo observo hasta que desaparece de mi vista, mientras se me desinflan los pulmones, con los hombros caídos, el aire frío recorre la cocina como un fantasma. Esa era mi oportunidad de oro. Al menos no ha vuelto corriendo a casa.

Pero aun así. Aun así. Los policías estarán aquí en cualquier momento. Tengo el retrato, ahí, boca abajo en el suelo, arrastrado por la corriente de aire. Me agacho para recogerlo, para agarrar mi albornoz con la mano, húmedo.

Suena el timbre. Little. Me incorporo, cojo el teléfono, me lo guardo en el bolsillo; voy apresuradamente a la puerta, golpeo el botón para abrir con el puño, tiro con fuerza de la cerradura. Observo el vidrio esmerilado. Una sombra se mueve hasta convertirse en una figura.

El trozo de papel tiembla en mi mano. Estoy impaciente. Alargo la mano hacia el pomo, lo hago girar, abro la puerta de golpe.

Es Ethan.

Estoy tan sorprendida que ni siquiera lo saludo. Me quedo ahí plantada, sujetando el papel entre mis dedos, con el albornoz chorreando sobre mis pies.

Tiene las mejillas enrojecidas de frío. Necesita un corte

de pelo; el flequillo le roza las cejas, se le riza en las orejas. Tiene los ojos muy abiertos.

Nos miramos el uno al otro.

—No puedes gritarme así, ¿sabes? —dice en voz baja.

Eso no me lo esperaba. Antes de que pueda contenerme:

—No sabía de qué otra forma ponerme en contacto contigo —le digo.

El agua me gotea sobre los pies, en el suelo. Retuerzo el albornoz debajo del brazo.

Punch entra en la habitación desde el hueco de la escalera, va derecho a las espinillas de Ethan.

—¿Qué quieres? —pregunta, mirando hacia abajo. No sé si me lo dice a mí o está hablando con el gato.

—Sé que tu madre estuvo aquí —le digo.

Él suspira y niega con la cabeza.

—Creo que... sufres delirios. —La expresión se baja de su lengua sobre unos zancos, como si no le resultara en absoluto familiar. No hace falta que me pregunte dónde la habrá oído. Ni de labios de quién.

Niego con la cabeza yo también.

—No —le digo y siento que mis labios se doblan en una sonrisa—. No. He encontrado esto. —Sostengo el retrato delante de él.

Ethan lo mira.

La casa está en silencio, salvo por el roce del pelo de Punch contra los tejanos de Ethan.

Lo miro. Él se limita a mirar boquiabierto el retrato.

—¿Qué es esto? —pregunta.

—Soy yo.

—¿Quién lo ha dibujado?

Inclino la cabeza, doy un paso adelante.

—Puedes leer la firma.

Coge el papel. Entorna los ojos.

—Pero...

El timbre nos sobresalta a los dos. Volvemos la cabeza de golpe hacia la puerta. Punch sale disparado hacia el sofá.

Bajo la atenta mirada de Ethan, busco el interfono, presiono el botón. Unos pasos resuenan en la entrada y Little entra en la habitación, un maremoto de hombre, seguido de Norelli.

Ven a Ethan primero.

—¿Que pasa aquí? —pregunta Norelli, desviando con dureza la mirada de él hacia mí.

—Dijo que alguien había entrado en su casa —suelta Little.

Ethan me observa y luego mira de soslayo hacia la puerta.

—Tú quédate aquí —le pido.

—Puedes irte —le dice Norelli.

—Quédate —le suelto, y él no se mueve.

—¿Ha inspeccionado la casa? —pregunta Little. Niego con la cabeza.

Él hace una seña a Norelli, que atraviesa la cocina y se detiene junto a la puerta del sótano. Mira la escalera de mano y luego me mira a mí.

—El inquilino —digo.

Se dirige entonces a la escalera principal sin decir ni una palabra.

Me vuelvo hacia Little. Tiene las manos hundidas en los bolsillos; me mira fijamente a los ojos. Respiro hondo.

—Han pasado... Han pasado tantas cosas... —digo—. Primero recibí... —Mis dedos se sumergen en el bolsillo del albornoz y emergen con mi teléfono—. Primero recibí este mensaje... —El albornoz aterriza en el suelo con un chapoteo.

Hago clic en el correo electrónico, amplío la imagen. Little me quita el teléfono y lo sostiene en su mano gigantesca.

Mientras inspecciona la pantalla, tiemblo; hace frío aquí, y estoy medio desnuda. Sé muy bien que llevo el pelo alborotado, como recién levantada de la cama. Me siento un poco avergonzada.

Y también Ethan, por lo visto, que traslada el peso de su cuerpo de un pie al otro. Al lado de Little, parece inmensamente delicado, casi rompible. Me dan ganas de abrazarlo.

El inspector desplaza el pulgar por la pantalla del teléfono.

—Jane Russell.

—Pero no lo es —le digo—. Mire la dirección de correo electrónico.

Little entorna los ojos.

—«quiensoyanna@gmail.com» —recita con cuidado.

Asiento con la cabeza.

—Tomada a las dos y dos minutos de la mañana. —Él me mira—. Y el correo fue enviado a las doce y once del mediodía.

Asiento de nuevo.

—¿Había recibido algún mensaje de esta dirección antes?

—No, pero ¿no pueden… rastrear su origen?

Ethan habla a mi espalda.

—¿Qué es?

—Es una foto —empiezo a decir, pero Little continúa:

—¿Cómo podría entrar alguien en su casa? ¿No tiene una alarma?

—No. Siempre estoy aquí. ¿Para qué iba a necesitar…? —No acabo la frase. La respuesta está en la mano de Little—. No —repito.

—¿De qué es la foto? —pregunta Ethan.

Esta vez Little lo observa y lo fulmina con la mirada.

—Basta de preguntas —dice, y Ethan se estremece—. Ve allí. —El chico se va al sofá, se sienta al lado de Punch.

Little entra en la cocina, se dirige hacia la puerta lateral.

—Así que alguien podría haber entrado aquí. —Habla con brusquedad. Retira el cerrojo, abre la puerta, la cierra. Una ráfaga de aire frío recorre la habitación.

—Es que alguien entró aquí —señalo.

—Sin que saltara ninguna alarma, quiero decir.

—Sí.

—¿Se han llevado algo de la casa?

Eso no se me había ocurrido.

—No lo sé —admito—. Mi ordenador y mi teléfono todavía están aquí, pero tal vez... no sé. No he mirado. Tenía miedo —añado.

Su expresión se deshiela.

—Me lo imagino. —Más suave ahora—. ¿Tiene alguna idea de quién podría haberle sacado esa foto?

Hago una pausa.

—La única persona con llave, el único que podría tener una, es mi inquilino. David.

—¿Y dónde está?

—No lo sé. Dijo que tenía que salir de viaje, pero...

—Entonces ¿tiene una llave o podría tenerla?

Me cruzo de brazos.

—Podría tenerla. Su apartamento... Para entrar en el suyo hay que usar una llave diferente, pero podría haber... podría haberme robado la mía.

Little asiente con la cabeza.

—¿Tiene algún problema con David?

—No. Quiero decir... no.

Little asiente de nuevo.

—¿Algo más?

—Había... Había una cuchilla que me pidió prestada. Un cúter para abrir cajas, quiero decir. Y luego lo devolvió sin decírmelo.

—¿Y no podría haber entrado nadie más?

—Nadie.

—Solo estoy pensando en voz alta. —Entonces se traga una bocanada de aire y luego vocifera tan fuerte que me tiemblan los nervios—: ¡¿Oye, Val?!

—¡Todavía estoy arriba! —responde Norelli.

—¿Encuentras algo?

Silencio. Esperamos.

—¡Nada! —grita.

—¿Alguna señal de desorden?

—Ninguna.

—¿Alguien en el trastero?

—No hay nadie. —Oigo sus pasos en la escalera—. Bajo.

Little vuelve a dirigirse a mí.

—Así que tenemos a alguien que entra en su casa, no sabemos cómo, y le saca una foto, pero que no se lleva nada.

—Sí. —¿Está dudando de mi palabra? Vuelvo a señalar el teléfono que lleva en la mano, como si el aparato pudiera responder a sus preguntas. De hecho, puede responder a sus preguntas.

—Lo siento —dice, y me lo devuelve.

Norelli entra en la cocina, con el abrigo aleteando a su espalda.

—¿Todo bien? —pregunta Little.

—Todo perfecto.

Él me sonríe.

—Todo está en orden —dice. Yo no respondo.

Norelli se acerca a nosotros.

—¿Qué hay del allanamiento de morada?

Le alargo el teléfono. Ella no lo coge, pero mira la pantalla.

—¿Jane Russell? —pregunta.

Señalo la dirección de correo electrónico junto al nombre de Jane. Una expresión encendida atraviesa el rostro de Norelli.

—¿Le habían enviado algo antes?

—No. Le estaba diciendo a... No.

—Es una dirección de Gmail —señala. La veo intercambiar una mirada con Little.

—Sí. —Me abrazo el cuerpo—. ¿No pueden rastrear el origen? ¿O localizar desde dónde se envió?

—Bueno —dice ella, meciéndose sobre sus talones—, eso es un problema.

—¿Por qué?

Inclina la cabeza hacia su compañero.

—Es Gmail —dice él.

—Sí. ¿Y qué?

—Pues que Gmail oculta las direcciones IP.

—No sé lo que significa eso.

—Quiere decir que no hay forma de rastrear una cuenta de Gmail —continúa diciendo.

Lo miro fijamente.

—Hasta donde nosotros sabemos —explica Norelli—, podría haberse enviado esto a sí misma.

Me vuelvo para mirarla. Tiene los brazos cruzados a la altura del pecho.

Se me escapa la risa.

—¿Qué? —digo, porque ¿qué otra cosa podría decir?

—Podría haberse enviado ese correo electrónico desde ese teléfono y no podríamos demostrarlo.

—¿Por qué? ¡¿Por qué?! —estoy balbuceando. Norelli baja la vista hacia el albornoz empapado. Me agacho para recogerlo, solo por hacer algo, solo por recuperar alguna sensación de orden.

—Esta foto me parece a mí un simple selfi de medianoche.

—Pero si estoy durmiendo… —protesto.

—Tiene los ojos cerrados.

—Porque estoy dormida.

—O porque quería parecerlo.

Me vuelvo hacia Little.

—Mírelo desde este punto de vista, doctora Fox —dice—. No encontramos ningún indicio de que alguien haya estado aquí. No parece que falte nada. La puerta de la entrada parece intacta, esa otra —señala con el dedo la puerta lateral— también parece estar bien, y ha dicho que nadie más tiene llave.

—No, he dicho que mi inquilino podría haberse hecho una llave. —¿No he dicho eso? Tengo la cabeza hecha un lío. Estoy tiritando de nuevo; el aire parece narcotizado de frío.

Norelli señala la escalera de mano.

—¿Y eso de ahí?

—Problemas con el inquilino —responde Little antes de que pueda hablar yo.

—¿Le has preguntado por… ya sabes, el marido? —Hay algo en su tono de voz que no puedo identificar, un acorde menor. Arquea una ceja.

Entonces ella me mira de frente.

—Señora Fox —esta vez no la corrijo—. Ya le advertí sobre las consecuencias de hacer perder...

—No soy yo la que está perdiendo el tiempo —digo con un gruñido—. Son ustedes. ¡Ustedes! Alguien ha entrado en mi casa, yo les he dado una prueba y están ahí plantados diciéndome que me lo he inventado. Como la última vez. Vi cómo apuñalaban a una mujer y no me creyeron. ¿Qué tengo que hacer para conseguir que...?

El retrato.

Me vuelvo y veo a Ethan atornillado al sofá, con Punch en su regazo.

—Ven aquí —le digo—. Trae ese dibujo.

—Vamos a dejarlo a él al margen —interrumpe Norelli, pero Ethan ya está andando hacia mí, sujetando al gato con una mano y con el trozo de papel en la otra. Me lo ofrece casi ceremoniosamente, como se presentaría una hostia de la comunión.

—¿Ven esto de aquí? —exclamo, plantando el dibujo delante de Norelli, haciendo que retroceda un paso—. Mire la firma —añado.

Arruga la frente.

Y por tercera vez hoy, suena el timbre.

72

Little me mira, luego echa a andar hacia la puerta y estudia el interfono. Presiona el botón.

—¿Quién es? —pregunto, pero él ya está abriendo la puerta.

Un desfile decidido de pasos y Alistair Russell entra en la habitación, enfundado en un cárdigan, con el rostro aterido de frío. Parece más viejo que la última vez que lo vi.

Sus ojos recorren la sala, como un halcón. Se posan sobre Ethan.

—Te vas a casa —le dice a su hijo. Ethan no se mueve—. Suelta el gato y vete.

—Quiero que vea esto —empiezo a decir, acercándole el retrato, pero él me ignora y se dirige a Little.

—Me alegro de que estén aquí —dice, aunque parece cualquier cosa menos alegre—. Mi esposa dice que ha oído a esta mujer gritarle por la ventana a mi hijo y luego yo los he visto llegar en el coche patrulla. —Recuerdo que, en su visita anterior, se había mostrado educado, incluso desconcertado. Ya no.

Little se acerca.

—Señor Russell...

—Ha estado llamando a mi casa, ¿lo sabía? —Little no

responde—. Y a mi antigua oficina. ¡Ha llamado a mi antigua oficina!

Así que Alex sí me delató.

—¿Por qué le despidieron de su empresa? —pregunto, pero él ya está arremetiendo, furioso, apoyándose en sus palabras.

—Ayer siguió a mi mujer, ¿se lo ha dicho? Supongo que no. La siguió hasta una cafetería.

—Lo sabemos, señor.

—Intenté… hablar cara a cara con ella. —Miro a Ethan de reojo. Parece que no le dijo a su padre que me vio después.

—Esta es la segunda vez que estamos todos aquí. —La voz de Alistair está en carne viva—. Primero dice haber presenciado una agresión en mi casa. Ahora hace que mi hijo entre en su casa. Esto tiene que parar. ¿Dónde va a parar esto? —Me mira a mí directamente—. Ella es una amenaza.

Apuñalo el retrato con el dedo.

—¡Conozco a tu mujer…!

—¡No conoces a mi mujer! —grita.

Me quedo en silencio.

—¡No conoces a nadie! Estás aquí encerrada en tu casa y vigilas a la gente…

Un rubor acecha toda la extensión de mi cuello. Dejo caer la mano a un lado.

Él no ha terminado.

—Te has inventado unos… encuentros con una mujer que no es mi esposa y que ni siquiera… —Espero la próxima palabra de la forma en que te preparas para recibir un golpe—. ¡Ni siquiera existe! —dice—. Y ahora estás acosando a mi hijo. Nos estás acosando a todos.

La habitación se queda en silencio.

Little habla al fin.

—Está bien.

—Esa mujer sufre delirios —añade Alistair. Ahí está. Miro a Ethan; tiene la mirada clavada en el suelo.

—Está bien, está bien —repite Little—. Ethan, creo que es hora de que te vayas a casa. Señor Russell, si pudiera quedarse aquí...

Pero ahora me toca a mí.

—Sí, que se quede aquí —convengo—. Quizá puedas explicar esto.

Levanto el brazo otra vez, por encima de mi cabeza, a la altura de los ojos de Alistair.

Él alarga la mano hacia el papel, lo coge.

—¿Qué es esto?

—Es un retrato que dibujó tu mujer.

Su cara permanece impasible.

—Cuando estuvo aquí. En esa mesa.

—¿Qué es? —pregunta Little, situándose junto a Alistair.

—Jane lo dibujó para mí.

—Es usted —dice Little.

Asiento con la cabeza.

—Ella estuvo aquí. Esto lo demuestra.

Alistair se ha calmado.

—Esto no demuestra nada —dice bruscamente—. No, demuestra que estás tan loca que, de hecho, estás intentando... falsear pruebas. —Suelta un resoplido—. Has perdido la cabeza.

De veras que estás completamente chiflada, pienso. *La semilla del diablo*. Noto que arrugo la frente.

—¿Qué quieres decir con eso de falsear pruebas?

—Que dibujaste esto tú misma.

Situada entre nosotros dos, Norelli interviene entonces.

—Igual que podría haberse sacado esa foto y enviársela a usted misma y no podríamos demostrarlo.

Retrocedo unos pasos, como si me hubieran dado un puñetazo.

—Yo...

—¿Está bien, doctora Fox?

Little da un paso hacia mí.

El albornoz se me vuelve a caer de la mano, se desliza hasta el suelo.

Me estoy tambaleando. La habitación gira a mi alrededor como un carrusel. Alistair mira con ojos furiosos; la expresión de Norelli se ha ensombrecido; Little deja la mano suspendida sobre mi hombro. Ethan se echa hacia atrás, con el gato aún enroscado en su brazo. Todos ellos pasan como en un torbellino junto a mí; no hay nadie a quien aferrarse, ni suelo sobre el que sostenerse.

—Yo no hice ese dibujo. Lo hizo Jane. Ahí mismo. —Señalo con los dedos hacia la cocina—. Y yo no saqué esa foto. No podría haberla hecho. Yo... Aquí está pasando algo y no están siendo de ayuda... —No puedo expresarlo de ninguna otra manera. Intento asirme a la habitación; se me escapa de las manos. Avanzo a tientas hacia Ethan, lo busco, lo agarro del hombro con una mano temblorosa.

—Aléjate de él —explota Alistair, pero miro a los ojos de Ethan y levanto la voz:

—Aquí está pasando algo.

—¿Qué pasa aquí?

Todos nos volvemos al unísono.

—La puerta de la entrada estaba abierta —dice David.

73

Está de pie en el marco de la entrada, con las manos en los bolsillos y una bolsa maltrecha colgada del hombro.

—¿Qué pasa aquí? —pregunta de nuevo mientras suelto a Ethan.

Norelli descruza los brazos.

—¿Quién es usted?

David cruza los suyos a su vez.

—Vivo abajo.

—Ah —dice Little—, así que es el famoso David.

—No sé si lo soy.

—¿Tiene un apellido, David?

—Casi todo el mundo lo tiene.

—Winters —digo, rescatándolo de las profundidades de mi cerebro.

David me ignora.

—¿Quiénes son ustedes?

—Policía —responde Norelli—. Soy la inspectora Norelli, este es el inspector Little.

David señala hacia Alistair con la mandíbula.

—A él ya lo conozco.

Alistair asiente.

—Tal vez pueda explicar usted qué le pasa a esta mujer.

—¿Quién dice que le pasa algo?

La riada de gratitud me desborda por dentro. Siento que se me llenan los pulmones. Hay alguien que está de mi parte.

Entonces recuerdo quién es ese alguien.

—¿Dónde estuvo anoche, señor Winters? —pregunta Little.

—Connecticut. En un trabajo. —Hace crujir su mandíbula—. ¿Por qué lo pregunta?

—Alguien sacó una foto de la doctora Fox mientras dormía. Hacia las dos de la madrugada. Y luego se la envió por correo electrónico.

Los ojos de David pestañean.

—Eso es muy retorcido. —Me mira—. ¿Alguien entró en la casa?

Little no me deja responder.

—¿Puede alguien confirmar que estaba usted en Connecticut anoche?

David columpia un pie por delante del otro.

—La mujer con la que estaba.

—¿Y quién es esa señora?

—No me quedé con su apellido.

—¿Tiene un número de teléfono?

—¿No lo tiene casi todo el mundo?

—Pues vamos a necesitar ese número —dice Little.

—Él es el único que pudo haber sacado esa foto —insisto.

Un segundo. David frunce el ceño.

—¿Qué?

Al mirarlo, a esos ojos sin fondo, siento que dudo.

—¿Sacaste esa foto?

Él suelta un resoplido de burla.

—¿Crees que vine aquí y...?

—Nadie cree eso —dice Norelli.

—Yo sí —le digo.

—No sé de qué coño estás hablando. —David suena casi aburrido. Le ofrece su teléfono a Norelli—. Tenga. Llámela. Se llama Elizabeth.

Norelli se va hacia el salón.

No puedo soportar una sola palabra más sin beber. Me aparto de Little y me dirijo a la cocina; oigo su voz detrás de mí.

—La doctora Fox dice que vio cómo agredían a una mujer al otro lado de la calle. En casa del señor Russell. ¿Sabe usted algo?

—No. ¿Por eso me preguntó ella por un grito entonces? —No me doy la vuelta; ya estoy sirviéndome vino en un vaso—. Como ya he dicho, yo no oí nada.

—Claro que no —dice Alistair.

Doy media vuelta para hacerles frente, con el vaso en la mano.

—Pero Ethan dijo...

—Ethan, ¡vete de aquí de una puta vez! —grita Alistair—. ¿Cuántas veces...?

—Cálmese, señor Russell. Doctora Fox, no le recomiendo eso en este momento, se lo digo de verdad —dice Little, señalando con el dedo. Dejo el vaso sobre la encimera, pero no lo suelto. Me siento desafiante.

Él se vuelve hacia David.

—¿Ha visto algo extraño en la casa del otro lado del parque?

—¿En su casa? —pregunta David mirando a Alistair, que se solivianta.

—Esto es... —empieza a decir.

—No, no he visto nada. —La bolsa de David resbala por su hombro; yergue la espalda y vuelve a colocarla en su sitio—. Tampoco he estado mirando.

Little asiente.

—Ajá. ¿Y conoce usted a la señora Russell?

—No.

—¿De qué conoce al señor Russell?

—Lo contraté… —intenta responder Alistair, pero Little lo frena con un gesto.

—Me contrató para hacer un trabajo —dice David—. No conocí a su esposa.

—Pero tenías un pendiente de ella en su dormitorio.

Todas las miradas puestas en mí.

—Vi un pendiente en tu dormitorio —le digo, sujetando mi vaso—. En tu mesilla de noche. Tres perlas. Ese pendiente es de Jane Russell.

David suspira.

—No, es de Katherine.

—¿De Katherine? —digo.

Él asiente.

—Una mujer con la que estaba saliendo. Ni siquiera diría eso. Una mujer que pasó aquí la noche algunas veces.

—¿Cuándo fue eso? —pregunta Little.

—La semana pasada. ¿Qué importancia tiene?

—Ninguna —le asegura Norelli, volviendo al lado de David. Le pone el móvil en la mano—. Elizabeth Hughes confirma que estuvo con él en Darien anoche, desde la medianoche hasta las diez.

—Luego vine directamente aquí —dice David.

—Entonces ¿qué hacía usted en su dormitorio? —me pregunta Norelli.

—Estaba husmeando —responde David.

Me sonrojo y contraataco:

—Te llevaste un cúter mío.

Él da un paso adelante. Veo a Little tensarse.

—Me lo diste tú.

—Sí, pero luego lo devolviste a su sitio sin decir nada.

—Sí, lo llevaba en el bolsillo cuando fui a orinar y lo devolví al sitio de donde lo había cogido. De nada.

—Pues da la casualidad de que lo hiciste justo después de que Jane…

—Ya es suficiente —sisea Norelli.

Me llevo el vaso a los labios, el vino chapotea contra los costados. Mientras me miran, bebo.

El retrato. La fotografía. El pendiente. El cúter. Todos derribados, tirados por el suelo, han estallado como burbujas. No queda nada.

No queda casi nada.

Trago saliva, respiro hondo.

—Estuvo en la cárcel, ¿saben?

En el preciso instante en que las palabras salen de mi boca, no puedo creerme que las esté diciendo, no puedo creerme que las esté escuchando.

—David estuvo en la cárcel —repito. Siento como si me hubiese disociado de mi cuerpo. Continúo hablando—: Por agresión.

David tensa la mandíbula. Alistair lo mira fijamente; Norelli y Ethan me observan a mí. Y Little… Little parece indescriptiblemente triste.

—Bueno, ¿por qué no lo interrogan con más dureza? —pregunto—. Yo veo cómo asesinan a una mujer —esgrimo mi teléfono— y me dicen que son imaginaciones mías. Me dicen que estoy… ¡mintiendo! —Suelto el teléfono en la superficie de la isla—. Les enseño un dibujo hecho y firmado por ella —señalo a Alistair, al retrato que tiene en la mano— y me dicen que lo he hecho yo misma. En esa casa hay una mujer que no es quien dice ser, pero ni siquiera se han molestado en comprobarlo. Ni siquiera lo han intentado.

Doy un paso hacia delante, solo un pequeño paso, pero todos los demás retroceden, como si fuera una tormenta avecinándose, como si fuera un depredador. Bien.

—Alguien entra en mi casa mientras duermo y me fotografía y me envía la foto... y me echan la culpa a mí. —Percibo el temblor en mi garganta, la grieta en mi voz. Las lágrimas me ruedan por las mejillas. Sigo hablando.

»No estoy loca, no estoy inventándome nada de esto. —Señalo con un dedo trémulo a Alistair y a Ethan—. No estoy viendo cosas que no existen. Todo empezó cuando vi que alguien apuñalaba a su mujer y a su madre. Eso es lo que deberían investigar. Esas son las preguntas que deberían estar haciéndose. Y no me digan que no lo vi, porque yo sé lo que vi...

Silencio. Están paralizados, un retablo. Incluso Punch se ha quedado inmóvil, con la cola curvada en un signo de interrogación.

Me limpio la cara con el dorso de la mano y la paso por mi nariz. Me aparto el pelo de los ojos. Me llevo el vaso a la boca, me lo bebo de un trago.

Little vuelve a la vida. Avanza hacia mí, con una zancada larga y lenta, atravesando la mitad de la cocina, con los ojos clavados en los míos. Dejo el vaso vacío en la encimera. Nos miramos a través de la isla.

Él coloca la mano sobre la parte superior del vaso. La retira de golpe, como si fuese un arma.

—El caso es, Anna —dice, en voz baja, muy despacio—,

que ayer hablé con su médico, después de que usted y yo charlásemos por teléfono.

De pronto, tengo la boca seca.

—Con el doctor Fielding —continúa—. Lo mencionó en el hospital. Solo quería hablar con alguien que la conociera.

De pronto, noto el corazón muy débil.

—Es alguien que está muy preocupado por usted. Le dije que yo también lo estaba por todo lo que me había contado. Por lo que nos había contado. Y me preocupaba que estuviera usted sola en esta casa tan grande, porque usted me había dicho que su familia estaba muy lejos y que no tenía a nadie con quien hablar aquí. Y...

... y. Y. Y sé lo que está a punto de decir; y doy gracias por que sea él quien lo diga, porque es un hombre amable, y su voz es cálida, y no podría soportarlo si fuese de otro modo, no podría soportarlo...

Pero en vez de eso, Norelli lo interrumpe:

—Y resulta que su marido y su hija están muertos.

74

Nadie lo ha dicho nunca así, nunca dijeron esas palabras en ese orden.

Ni el médico de la sala de urgencias, que me dijo: «Su esposo no ha sobrevivido» mientras se ocupaban de mi espalda magullada, de mi tráquea lesionada.

Ni la enfermera jefe, que, cuarenta minutos después, dijo: «Lo siento mucho, señora Fox...». Ni siquiera terminó la frase, no era necesario.

Ni los amigos —de Ed, según supe luego; aprendí por las malas que Livvy y yo no teníamos muchos amigos que solo fueran nuestros— que expresaron sus condolencias, asistieron a los funerales, fueron interesándose con moderación por cómo estaba a medida que pasaban los meses: «Se han ido», decían. O: «Ya no están con nosotros», o (los más bruscos): «Murieron».

Ni siquiera Bina. Ni siquiera el doctor Fielding.

Y sin embargo, Norelli lo ha hecho, ha roto el hechizo y ha dicho lo indecible: «Su marido y su hija están muertos».

. . .

Lo están. Sí. No sobrevivieron, se han ido, han muerto... están muertos. No lo niego.

«Pero ¿es que no lo ves, Anna? —ahora oigo hablar al doctor Fielding, casi suplicando—. Eso es justo lo que haces. Negación.»

Estrictamente cierto.

. . .

Aun así:

¿Cómo puedo explicarlo? A quien sea... ¿a Little o a Norelli, a Alistair, a Ethan, a David o incluso a Jane? Los oigo; sus voces retumban dentro de mí, fuera de mí. Los oigo cuando me siento abrumada por el dolor de su ausencia, de su pérdida... puedo decirlo: de sus muertes. Los oigo cuando necesito hablar con alguien. Los oigo cuando menos me lo espero. «¿Quién soy?», dicen, y sonrío de alegría, y mi corazón canta eufórico.

Y les respondo.

75

Las palabras se quedan suspendidas en el aire, flotando allí arriba, como el humo.

Detrás de los hombros de Little, veo a Alistair y a Ethan, con los ojos muy abiertos; veo a David, con la mandíbula desencajada. Norelli, por alguna razón, tiene la mirada fija en el suelo.

—¿Doctora Fox?

Little. Enfoco su imagen, de pie frente a mí, al otro lado de la isla, con la cara bañada por la luz de la tarde.

—Anna —dice.

Yo no me muevo, no puedo hacerlo.

Inspira hondo, contiene el aire. Lo expulsa.

—El doctor Fielding me contó la historia.

Cierro los ojos. Solo veo oscuridad. Solo oigo la voz de Little.

—Dijo que un policía estatal los encontró al fondo de un precipicio.

Sí. Recuerdo su voz, ese grito profundo, bajando en rapel por la cara de la montaña.

—Y para entonces ya llevaban dos noches a la intemperie. En una ventisca. En pleno invierno.

Treinta y tres horas, desde el instante en que nos salimos de la carretera hasta el momento en que apareció el helicóptero, con los rotores girando sobre nosotros como un remolino.

—Dijo que Olivia seguía viva cuando finalmente llegaron abajo.

«Mami», había susurrado mientras la cargaban en la camilla, mientras envolvían su cuerpecillo en una manta.

—Pero su esposo ya se había ido.

No, no se había ido. Estaba allí, allí mismo, allí delante, demasiado incluso, su cuerpo se enfriaba en la nieve. «Lesiones internas —me dijeron—. Se complicaron con el frío. Usted no habría podido hacer nada.»

Había tantas cosas que podría haber hecho...

—Fue entonces cuando comenzaron sus problemas. Sus problemas para salir al exterior. Estrés postraumático. Lo cual... quiero decir, no me lo puedo ni imaginar.

Dios, cómo me encogía debajo de los fluorescentes del hospital; cómo me invadió el pánico en el coche patrulla. Cómo me desmayé, aquellas primeras veces que salí de casa, una y dos veces, y dos veces más, hasta que por fin volví arrastrándome adentro.

Y cerré las puertas.

Y cerré las ventanas.

Y juré que permanecería escondida.

—Quería un lugar seguro. Lo entiendo. La encontraron medio congelada. Había pasado por un infierno.

Las uñas se me clavan en las palmas.

—El doctor Fielding dijo que a veces... los oye.

Aprieto los ojos con más fuerza, tratando por todos los medios de convocar más oscuridad. «No son, ya sabe, alucinaciones —le había dicho—. Es solo que me gusta fingir que están aquí de vez en cuando. Como un mecanismo para

402

tratar de superarlo. Ya sé que demasiado contacto no es sano.»

—Y que a veces les responde.

Noto el sol en mi cuello.

«Es mejor que no te entregues a esas conversaciones con demasiada frecuencia —me había advertido—. No queremos que se conviertan en una muleta para ti.»

—Verá, yo estaba un poco confundido, porque por lo que usted decía, parecía como si simplemente estuvieran en otro lugar.

No señalo que eso es técnicamente cierto. No me quedan fuerzas. Estoy vacía como una botella.

—Me dijo usted que estaba separada. Que su hija estaba con su marido.

Otro tecnicismo. Estoy tan cansada...

—A mí me dijo lo mismo.

Abro los ojos. Ahora la luz empapa la habitación, drenando las sombras. Los cinco están alineados delante de mí como piezas de ajedrez. Miro a Alistair.

—Me dijo que vivían en otro sitio —continúa, curvando el labio. Parece asqueado. Yo no le dije eso, por supuesto, nunca dije que vivían en ninguna parte. Soy cuidadosa. Pero ya da igual. Nada importa.

Little alarga el brazo a través de la isla, presiona su mano sobre la mía.

—Creo que ha pasado un infierno. Creo que realmente piensa que conoció a esta mujer, igual que cree que está hablando con Olivia y Ed.

Hace una pequeña pausa antes de pronunciar la última palabra, como si no estuviera seguro del nombre de Ed, aunque tal vez solo está marcándose un ritmo. Le miro a los ojos. Sin fondo.

—Pero lo que piensa que está pasando aquí no es real —dice, con una voz suave como la nieve—. Y necesito que, por esta vez, se olvide de ello.

Me sorprendo asintiendo con la cabeza. Porque tiene razón. He ido demasiado lejos. «Esto tiene que parar», dijo Alistair.

—¿Sabe? Tiene a personas que se preocupan por usted. —La mano de Little me junta los dedos. Me crujen los nudillos—. El doctor Fielding. Y su fisioterapeuta. —¿Y? Me dan ganas de decir. ¿Y?—. Y... —Por un instante, el corazón me da un vuelco. ¿A quién más le importo?—. Y... ellos quieren ayudarla.

Bajo la mirada a la isla, a mi mano, agazapada dentro de la suya. Estudio el oro mate de su alianza de boda. Estudio el mío.

En voz más baja todavía ahora.

—El doctor dijo... me dijo que la medicación que está tomando puede causar alucinaciones.

Y depresión. E insomnio. Y combustión espontánea. Pero esto no son alucinaciones. Esto es...

—Y tal vez eso ya le va bien. Sé que a mí me funcionaría.

Norelli irrumpe:
—Jane Russell...

Pero Little levanta su otra mano, sin apartar la vista de mí, y Norelli se calla.

—Lo hemos comprobado todo —dice—. La mujer del doscientos siete. Ella es quien dice ser. —No pregunto cómo lo saben. Ya no me importa. Estoy muy, muy cansada—. Y esa mujer a la que creía haber conocido, creo... creo que no lo hizo.

Para mi sorpresa, asiento con la cabeza. Pero entonces ¿cómo...?

Solo que él ya está allí:

—Dijo que la ayudó en la calle. Pero tal vez fue usted. Tal vez usted… No sé, lo soñó.

Si sueño cuando estoy despierta… ¿Dónde he oído yo eso?

Y puedo imaginarlo, como si fuera una película, en colores vivos: yo, arrastrando mi cuerpo por los escalones delanteros, escalando los peldaños de la entrada. Arrastrándome al interior, a la casa. Hasta casi puedo recordarlo.

—Y dijo que estuvo aquí con usted jugando al ajedrez y dibujando. Pero, una vez más…

Sí, una vez más. Oh, Dios… Una vez más, lo veo: las botellas; los frascos de pastillas; los peones, las reinas, los ejércitos bicolores avanzando… mis manos extendidas sobre el tablero de ajedrez, suspendidas en el aire como helicópteros. Mis dedos, manchados de tinta, un bolígrafo pellizcado entre ellos. Había practicado esa firma, ¿verdad? Garabateé su nombre en la puerta de la ducha, con el vapor y la salpicadura del agua, las letras sangraban por el cristal, se desvanecían ante mis ojos.

—Su médico dijo que él no había oído una palabra de esto. —Hace una pausa—. He pensado que tal vez no se lo contó porque no quería que él… la convenciese de que no era cierto.

Mi cabeza se mueve, asiente.

—No sé qué fue ese grito que oyó…

Yo sí. Ethan. Él nunca dijo lo contrario. Y esa tarde que lo vi con ella en el salón… él ni siquiera la estaba mirando. Ethan tenía la vista fija en su regazo, no en el asiento vacío a su lado.

Lo miro ahora, lo veo depositar a Punch con delicadeza en el suelo. Sus ojos no abandonan los míos.

—No estoy seguro de todo el asunto de la foto. El doctor Fielding dijo que a veces sobreactúa, y quizá es así como pide ayuda.

¿Fue eso lo que hice? Eso fue lo que hice, ¿verdad? Lo hice. Pues claro: ¿quién soy? Así es como saludo a Ed y a Livvy. Saludaba. quiensoyanna.

—Pero en cuanto a lo que vio esa noche...

Sé lo que vi esa noche. Vi una película. Vi un viejo *thriller* resucitado, cobrando una sangrienta vida en tecnicolor. Vi *La ventana indiscreta*; vi *Doble cuerpo*; vi *Blow up, deseo de una mañana de verano*. Vi un *showreel*, material de archivo de un centenar de *thrillers* de voyeurismo. Vi un asesinato sin asesino ni víctima. Vi una sala de estar vacía, un sofá vacío. Vi lo que quería ver, lo que necesitaba ver. «¿No se siente sola viviendo sin compañía?», le había preguntado Bogey a Bacall, me preguntó a mí.

«Nací solitaria», había respondido ella.

Yo no. A mí me hicieron estarlo.

Si estoy lo bastante loca para hablar con Ed y Livvy, puedo escenificar perfectamente un asesinato en mi cabeza, desde luego. Sobre todo con un poco de ayuda química. ¿Y acaso no he estado resistiéndome a la verdad desde el principio? ¿No he retorcido, trastocado y distorsionado los hechos?

Jane, la verdadera Jane, la Jane de carne y hueso: pues claro que es quien dice ser.

Pues claro que el pendiente del dormitorio de David es de Katherine, o como se llame.

Pues claro que no entró nadie en mi casa anoche.

Me embiste como una ola. Arremete contra mis orillas, las deja desnudas; solo quedan tras de sí regueros de sedimentos, apuntando como dedos hacia el mar.

Estaba equivocaba.

Peor que eso: me engañaba a mí misma.

Peor que eso aún: fui la responsable. Soy la responsable.

«Si sueño cuando estoy despierta, me estoy volviendo loca.» Eso fue todo. *Luz que agoniza.*

Silencio. Ni siquiera oigo a Little respirar.

Entonces:

—Así que eso es lo que está pasando. —Alistair está sacudiendo la cabeza, con los labios separados—. Yo... Uau... Joder. —Me mira con dureza—. Quiero decir... ¡Joder...!

Trago saliva.

Me mira fijamente unos segundos más, abre la boca de nuevo, la cierra. Vuelve a negar con la cabeza.

Por fin le hace una seña a su hijo, se dirige hacia la puerta.

—Nos vamos.

Cuando Ethan lo sigue al recibidor, levanta la vista, con los ojos brillantes.

—Lo siento mucho —dice, con un hilo de voz. Me dan ganas de llorar.

Entonces se va. La puerta se cierra de golpe a su espalda.

Ahora solo estamos los cuatro.

David da un paso adelante, hablándole a sus pies.

—Entonces la niña que aparece en la foto de abajo... ¿está muerta?

No respondo.

—Y cuando querías que guardara esos planos... ¿eran para un tipo que está muerto?

No respondo.

—Y... —Señala la escalera de mano atrancada contra la puerta del sótano.

No digo nada.

Él asiente, como si hubiera hablado. Luego se sube la bolsa al hombro, se da media vuelta y sale por la puerta.

Norelli lo sigue con la mirada.

—¿Hace falta que hablemos con él?

—¿La está molestando? —me pregunta Little.

Niego con la cabeza.

—Está bien —dice, soltándome la mano—. Bueno. La verdad es que no estoy del todo... cualificado para tratar con lo que sucede a partir de ahora. Mi tarea consiste en dar carpetazo a todo esto y hacer que todo el mundo pueda pasar página sin problemas. Incluida usted. Sé que esto ha sido difícil para usted. Lo de hoy, quiero decir. Así que me gustaría que llamase al doctor Fielding. Creo que es importante.

No he pronunciado una sola palabra desde el anuncio de Norelli. «Su marido y su hija están muertos». No me imagino cómo puede sonar mi voz, cómo debe sonar, en este mundo nuevo en el que esa frase se ha dicho en voz alta, en el que se ha oído.

Little todavía está hablando.

—Sé que está pasándolo mal y... —Se calla un momento. Cuando vuelve a hablar, lo hace en voz baja—. Sé que está pasándolo mal.

Asiento con la cabeza. Él también.

—Tengo la sensación de que le pregunto esto cada vez que venimos, pero ¿estará bien quedándose aquí sola?

Asiento con la cabeza otra vez, despacio.

—¿Anna? —Me mira—. ¿Doctora Fox?

Hemos vuelto a lo de doctora Fox. Abro la boca.

—Sí. —Me oigo a mí misma como cuando llevas auriculares... como de lejos. Amortiguada.

—A la luz de... —empieza a decir Norelli, pero, una vez

más, Little levanta la mano, y, una vez más, la frena. Me pregunto qué estaba a punto de decir.

—Tiene usted mi número —me recuerda—. Como le he dicho, llame al doctor Fielding. Por favor. Querrá tener noticias suyas. No haga que tengamos que preocuparnos. Ninguno de nosotros. —Hace una seña a su compañera—. Eso incluye a Val, también. En el fondo, es una sufridora.

Norelli me mira.

Ahora Little está caminando hacia atrás, como si fuera reacio a darse la vuelta.

—Y, como le he dicho, tenemos gente muy competente con la que puede hablar, si quiere.

Norelli se da la vuelta, desaparece en el recibidor. Oigo el taconeo de sus botas sobre las baldosas. Oigo abrirse la puerta de entrada.

Ahora solo estamos Little y yo. Mira detrás de mí, por la ventana.

—¿Sabe? —dice al cabo de un momento—. No sé lo que haría si les pasara algo a mis hijas. —Me mira directamente a los ojos—. No sé lo que haría.

Se aclara la garganta, levanta una mano.

—Adiós. —Sale al recibidor y cierra la puerta tras él.

Al cabo de un momento oigo cómo se cierra la puerta principal.

Estoy en la cocina, veo cómo se forman pequeñas galaxias de polvo y se disuelven en la luz del sol.

Acerco una mano vacilante a mi vaso. Lo cojo con cuidado, lo hago girar en mi mano. Me lo llevo a la cara. Inhalo.

Luego arrojo el puto vaso contra la pared y grito más fuerte de lo que jamás lo he hecho en mi vida.

76

Me siento en el borde de la cama, mirando al frente. Las sombras juegan en la pared delante de mí.

He encendido una vela, una Diptyque pequeña con su soporte, recién salida de la caja, un regalo de Navidad de Livvy de hace dos años. *Figuier.* Le encantan los higos.

Le encantaban.

El fantasma de una corriente de aire ronda la habitación. La llama oscila, se aferra a la mecha.

Pasa una hora. Luego otra.

La vela se consume rápidamente, la mecha medio ahogada en un suave charco de cera. Estoy desplomada sobre mi asiento. Los dedos acunados entre los muslos.

El teléfono se enciende, tiembla. Julian Fielding. Se supone que va a verme mañana. No lo hará.

La noche cae como un telón.

«Fue entonces cuando comenzaron sus problemas —dijo Little—. Sus problemas para salir al exterior.»

En el hospital, me dijeron que estaba en estado de shock.

Luego el shock se convirtió en miedo. El miedo mutó, se convirtió en pánico. Y para cuando el doctor Fielding entró en escena, estaba... bueno, él lo dijo de la manera más simple y mejor: «Un caso grave de agorafobia».

Necesito los confines familiares de mi casa... porque pasé dos noches en ese terreno inhóspito y salvaje, bajo esos inmensos cielos.

Necesito un entorno que pueda controlar... porque vi cómo mi familia moría lentamente ante mis ojos.

«Te habrás dado cuenta de que no te he preguntado qué te ha causado lo que tienes», me dijo. O, mejor dicho, me lo dije a mí misma.

Lo tengo porque la vida me ha hecho así.

—¿Quién soy?

Niego con la cabeza. No quiero hablar con Ed ahora mismo.

—¿Cómo te encuentras, fiera?

Pero niego con la cabeza otra vez. No puedo hablar, no hablaré.

—¿Mamá?

—No.

—¿Mami?

Me estremezco.

No.

En algún momento me tumbo de lado, me quedo dormida. Cuando me despierto, con el cuello dolorido, la llama de la vela ha quedado reducida a una manchita azul, titilando en el aire frío. La habitación está sumida en la oscuridad.

Me incorporo, me levanto, me cruje todo el cuerpo, una escalera oxidada. Voy al baño.

Cuando regreso, veo la casa de los Russell iluminada como una casa de muñecas. En el piso de arriba, Ethan está sentado frente a su ordenador; en la cocina, Alistair mueve un cuchillo sobre una tabla de cortar. Zanahorias, brillantes como el neón bajo el resplandor de la cocina. En la encimera hay una copa de vino. Tengo la boca seca.

Y en el salón, en el sofá de rayas, está esa mujer. Supongo que debería llamarla Jane.

Jane tiene un teléfono en la mano y, con la otra, lo ataca y lo apuñala. Estará desplazándose por las fotos de familia, tal vez. O jugando al solitario, o algo así... hoy en día, por lo visto, todos los juegos tienen algo que ver con frutas.

O a lo mejor está poniendo al día a sus amigos: «¿Te acuerdas de aquella vecina tan rara...?».

Se me tensa la garganta. Me dirijo a las ventanas y cierro las cortinas.

Y me quedo ahí de pie en la oscuridad: sintiendo frío, completamente sola, dominada por el miedo y por algo que se parece a la nostalgia.

Martes,
9 de noviembre

77

Me paso la mañana en la cama. En algún momento antes del mediodía, grogui de sueño aún, sorprendo a mis dedos escribiendo un mensaje para el doctor Fielding: Hoy no.

Me llama cinco minutos después, deja un mensaje de voz. No lo escucho.

Pasa el mediodía; a las tres de la tarde, tengo retortijones en el estómago. Bajo arrastrándome a la cocina y saco un tomate magullado de la nevera.

Mientras me lo como, Ed intenta hablar conmigo. Luego, Olivia. Me alejo de ellos, con la pulpa del tomate goteándome por la barbilla.

Doy de comer al gato. Me trago un temazepam. Luego otro. Luego un tercero. Me repliego en el sueño. Lo único que quiero es dormir.

Miércoles, 10 de noviembre

78

El hambre me despierta. En la cocina inclino una caja de cereales Grape Nuts sobre un bol, lo riego con algo de leche, que caduca hoy mismo. Ni siquiera me entusiasman los Grape Nuts; a Ed sí le gustan. Le gustaban. A mí me rascan como guijarros la garganta, me raspan la parte interna de las mejillas. No sé por qué sigo comprándolos.

Aunque en realidad sí lo sé.

Quiero volver a meterme en la cama, pero en lugar de hacerlo, dirijo mis pasos hacia el cuarto de estar, avanzo con parsimonia hacia el mueble de la tele, abro el cajón. *Vértigo*, pienso. Confusión de identidad; o, mejor dicho, identidad robada. Me sé el diálogo de memoria; aunque parezca raro, me tranquilizará.

—¿Qué le sucede? —grita el policía a Jimmy Stewart, a mí—. ¡Deme la mano!

Entonces pierde el equilibro y se cae desde el tejado.

Extrañamente tranquilizador.

A mitad de película, me sirvo un segundo bol de cereales. Ed me murmura algo cuando cierro la puerta de la nevera; Olivia dice algo confuso. Regreso al sofá, subo el volumen de la tele.

—¿Y su mujer? —pregunta la señora en el Jaguar color

verde esmeralda—. Pobrecilla. Yo no la conocía. ¿Es verdad que...?

Me hundo más en los cojines. El sueño me puede.

Un poco más tarde, durante la escena del cambio de imagen («Buscas el traje que llevaba ella, ¡quieres que me vista como ella!»), me vibra el móvil, un pequeño absceso, y tamborilea sobre el cristal de la mesita de centro. El doctor Fielding, supongo. Alargo la mano para cogerlo.

—¿Por eso estoy aquí? —grita Kim Novak—. ¿Para hacerte sentir que te encuentras con alguien que está muerto?

En la pantalla del móvil se lee Wesley Brill.

Permanezco quieta durante un instante.

Luego le quito el volumen a la película, presiono el móvil con el pulgar y deslizo la pantalla. Me lo llevo a la oreja.

Me doy cuenta de que no puedo hablar, pero no es necesario. Pasado un momento de silencio, Wesley me saluda.

—Te oigo respirar, Fox.

Han pasado casi once meses, pero su voz es tan atronadora como siempre.

—Phoebe me ha dicho que habías llamado —prosigue—. Quería devolverte la llamada ayer, pero he estado ocupado. Muy ocupado.

No digo nada. Ni tampoco él, durante un minuto.

—Estás ahí, ¿verdad, Fox?

—Estoy aquí.

Llevo días sin escuchar mi propia voz. Me suena desconocida, frágil, como si alguien estuviera usándome como un muñeco de ventriloquía.

—Bien. Eso sospechaba. —Está masticando las palabras; sé que tiene un cigarrillo sujeto entre los dientes—.

Mi hipótesis era correcta. —Una ráfaga de ruido blanco. Está echando el humo por la boca.

—Quería hablar contigo —empiezo a decir.

Se queda callado. Percibo que está cambiando de tono; casi lo oigo, es algo en su respiración. Está poniéndose en modo psicólogo.

—Quería contarte...

Una larga pausa. Carraspea. Me doy cuenta de que está nervioso y eso me sobresalta. Wesley Brillante, al límite.

—Lo he pasado bastante mal.

Ya está dicho.

—¿Por algo en particular? —pregunta.

«Por la muerte de mi marido y de mi hija», quiero gritar.

—Por...

—Ajá...

¿Está bloqueado o quiere saber más?

—Esa noche...

No sé cómo completar la frase. Me siento como la aguja de una brújula, girando, buscando un punto en el que asentarme.

—¿En qué estás pensando, Fox?

Muy típico de Brill insistirme así. Mi técnica profesional consiste en dejar que el paciente siga su ritmo; Wesley se mueve más deprisa.

—Esa noche...

. . .

Esa noche, justo antes de que nuestro coche cayera por ese precipicio, me llamaste. No estoy culpándote. No estoy implicándote. Solo quería que lo supieras.

Esa noche ya había acabado todo. Cuatro meses contando mentiras: a Phoebe, quien podría habernos descubierto; a Ed, quien de hecho nos descubrió esa tarde de diciembre cuando le envié un mensaje que iba dirigido a ti.

Esa noche me arrepentí de todos los momentos que habíamos pasado juntos: las mañanas en el hotel de la vuelta de la esquina, con la tenue luz colándose por las cortinas; las noches que intercambiábamos mensajes de móvil durante horas. El día que empezó todo, con aquella copa de vino en tu despacho.

Esa noche hacía una semana que habíamos puesto nuestra casa en venta, mientras el agente inmobiliario iba metiendo con calzador las visitas y yo le suplicaba a Ed y él tenía que armarse de valor para mirarme. «Me parecías la chica ideal.»

Esa noche...

. . .

Pero él me interrumpe.

—Para serte muy sincero, Anna... —Y me pongo tensa, porque lo de ser sincero es habitual en él, pero no lo es para nada que me llame por mi nombre de pila—. He estado intentando olvidarlo. —Hace una pausa—. Lo he intentado y creo que, en gran medida, lo he conseguido.

Oh.

—Después de aquello no quisiste verme. En el hospital. Yo quería... me ofrecí para ir a verte a casa, recuérdalo, pero tú no... tú no volviste a llamarme.

Le faltan las palabras, habla a trompicones, como un hombre resbalando sobre la nieve. Como una mujer rodeando su coche accidentado.

—Yo no... no sé si estás visitando a alguien. A un profesional, me refiero. Me gustaría recomendarte a alguien. —Hace una pausa—. O si estás… si estás bien.

Otra pausa, más larga esta vez.

—No estoy seguro de qué quieres de mí —dice al final.

Me equivocaba. No está en plan psicólogo; no espera ayudarme. Ha tardado dos días para devolverme la llamada. Está buscando una vía de escape.

¿Y qué quiero yo de él? Buena pregunta. No lo culpo, en serio. No lo odio. No lo añoro.

Cuando llamé a su consulta —¿fue hace solo dos días?—, debía de querer algo. Pero entonces Norelli pronunció aquellas palabras mágicas y el mundo cambió. Y ahora ya no importa.

Debo de haberlo dicho en voz alta.

—¿Qué es lo que ya no importa? —pregunta.

Tú, pienso. No lo digo.

En lugar de hacerlo, cuelgo.

Jueves,
11 de noviembre

79

A las once en punto llaman al timbre. Me levanto a duras penas de la cama, echo un vistazo por las ventanas de la fachada. Bina está en la puerta, con su pelo negro reluciente bajo el sol de la mañana. Había olvidado que hoy tenía sesión con ella. Lo había olvidado por completo.

Retrocedo, observo con detenimiento las casas del otro lado de la calle, las estudio de este a oeste: las gemelas grises, la de los Miller, la de los Takeda, la de fachada doble abandonada. Mi imperio meridional.

El timbre otra vez.

Desciendo los escalones, cruzo hasta la puerta del recibidor, veo a Bina enmarcada en la pantalla del intercomunicador. Presiono el botón del altavoz.

—Hoy no me encuentro bien —digo.

La miro mientras habla.

—¿Quieres que entre?

—No, estoy bien.

—¿Puedo entrar?

—No. Gracias. De verdad que necesito estar sola.

Se muerde el labio.

—¿Va todo bien?

—Solo necesito estar sola —repito.

Asiente con la cabeza.

—Vale.

Espero a que se marche.

—El doctor Fielding me ha contado qué ocurrió. Se lo ha contado la policía.

No digo nada, me limito a cerrar los ojos. Una larga pausa.

—Bueno… vendré a verte la semana que viene —dice—. El miércoles, como siempre.

Quizá no.

—Sí.

—¿Y me llamarás si necesitas algo?

No lo haré.

—Lo haré.

Abro los ojos y la veo asentir de nuevo con la cabeza. Se vuelve y baja caminando la escalera.

Ya está hecho. Primero el doctor Fielding y ahora Bina. ¿Alguien más? *Oui*, mañana Yves. Le escribiré parar anular la clase. *Je ne peux pas…*

Lo haré en mi idioma.

Antes de regresar a la escalera, lleno el comedero y el bebedero de Punch. Él se acerca corriendo, sumerge la lengua en su paté de Fancy Feast, luego levanta las orejas; las cañerías están borboteando.

David está abajo. Llevaba un tiempo sin pensar en él.

Me detengo junto a la puerta del sótano, agarro la escalera de mano y la pongo a un lado. Toco a la puerta y lo llamo por su nombre.

Nada. Vuelvo a llamarlo.

Esta vez oigo pisadas. Retiro el pestillo y levanto la voz.

—He quitado el pestillo. Puedes subir. Si quieres —añado.

Antes de terminar la frase, la puerta se abre y él se queda plantado delante de mí, a dos escalones de distancia, con una camiseta ajustada y unos tejanos rotos. Nos miramos.

Yo hablo primero.

—Quería…

—Me largo —dice.

Parpadeo.

—Las cosas se han puesto… raras.

Asiento en silencio.

Rebusca en el bolsillo trasero, se saca un papel. Me lo entrega.

Lo cojo sin decir nada. Lo despliego.

Esto no funciona. Siento haberte molestado. Te paso la llave por debajo de la puerta.

Asiento de nuevo. Oigo el pesado reloj de pie del otro lado de la sala.

—Bueno —digo.

—Aquí está la llave —dice y me la entrega—. Cerraré la puerta al salir.

La cojo. Otra pausa.

Él me mira a los ojos.

—Ese pendiente.

—Oh, no tienes que…

—Era de una mujer llamada Katherine. Como ya te dije. No conozco a la esposa de ese tal Russell.

—Ya lo sé —digo—. Lo siento.

Ahora es él quien asiente. Y cierra la puerta.

No la cierro con llave.

De regreso en mi habitación, envío al doctor Fielding un mensaje conciso: Estoy bien. Nos vemos el martes. Él me llama enseguida. El teléfono suena y deja de sonar.

Bina, David, el doctor Fielding. Estoy vaciando la casa.

Me quedo plantada ante la puerta del baño principal, observando la ducha como si estuviera contemplando un cuadro en una galería; no me apetece, decido, o, al menos, hoy no. Escojo un albornoz (tengo que lavar el manchado, me recuerdo, aunque, a estas alturas, la salpicadura de vino habrá quedado tatuada en el tejido) y deambulo hasta el estudio.

Han pasado tres días desde la última vez que me senté delante del ordenador. Agarro el ratón y lo deslizo hacia un lado. La pantalla se enciende, me pide la contraseña. La escribo.

Una vez más veo mi rostro dormido.

Me columpio hacia atrás en la silla. Todo este tiempo ha estado acechando por detrás de la pantalla en negro, como un espantoso secreto. Deslizo la mano sobre el ratón como una serpiente: llevo el cursor hacia la esquina y hago clic para cerrar la foto.

Ahora estoy mirando el e-mail en el que llegó.

quiensoyanna.

«¿Quién soy?» No recuerdo haberme hecho ese, ese... ¿Qué fue lo que dijo Norelli? ¿«Un selfi de medianoche»? Lo juro por mi vida, no lo recuerdo. Aunque esas son mis palabras, nuestras palabras; y David tiene una coartada (una coartada, nunca había conocido a nadie con una o, para el caso, sin ella); y nadie más podría haber entrado en el cuarto. Nadie me hace luz de gas.

Pero... ¿no tendrían que seguir las fotos en la memoria de la cámara?

Frunzo el ceño.

Sí, tendrían que seguir ahí. A menos que yo las haya borrado, pero... bueno. Pero.

La Nikon está colocada sobre el borde de mi mesa, con la correa colgando por un costado. La cojo, tiro de ella hacia mí. La enciendo e inspecciono la memoria caché.

La foto más reciente: Alistair Russell, envuelto en su abrigo de invierno, subiendo a saltitos la escalera de entrada a su casa. Fecha: sábado, 6 de noviembre. No hay nada más desde entonces. Apago la cámara, vuelvo a dejarla sobre la mesa.

Pero es que la Nikon es demasiado pesada para hacerse selfis, al menos para mí. Saco el móvil del bolsillo del albornoz, introduzco la contraseña, toqueteo el icono de las fotos.

Y ahí está, la primera empezando por arriba: la misma imagen, reducida a la pantalla del iPhone. La boca abierta, el pelo suelto, la almohada abultada; y la hora de la foto: 2.02.

Nadie más conoce la contraseña.

Me queda una comprobación más, pero ya sé la respuesta.

Abro el navegador de internet, escribo «gmail.com». Se carga al instante, el campo de nombre de usuario está completado: quiensoyanna.

La realidad es que la hice yo. Quién soy. Anna.

Y tuve que ser yo. Nadie más conoce la contraseña de mi ordenador. Y aunque alguien hubiera entrado en casa —incluso si David hubiera conseguido llegar hasta aquí—, yo soy la única que sabe la contraseña.

Dejo caer la cabeza hacia el regazo.

Juro que no recuerdo nada de nada.

80

Me guardo el teléfono en el bolsillo, doy un suspiro y me conecto a Agora.

Me espera una preciosa colección de mensajes. Los examino. Casi todos son de usuarios habituales: DiscoMickey, Pedro de Bolivia, Talia de la zona de la bahía de San Francisco. Incluso Sally4: ¡¡¡estoy embarazada!!!, escribe. ¡¡¡salgo de cuentas en abril!!!

Me quedo mirando la pantalla un momento. Se me encoge el corazón.

Sigo con los nuevos. Hay cuatro, buscan ayuda. Sitúo los dedos sobre el teclado, dispuesta a escribir, pero enseguida dejo las manos en el regazo. ¿Quién soy yo para decirle a nadie cómo tiene que afrontar sus trastornos?

Selecciono todos los mensajes. Le doy a Eliminar.

Estoy a punto de desconectarme cuando se abre un recuadro de chat en la pantalla.

AbuLizzie: ¿Qué tal, doctora Anna?

¿Por qué no? Ya me he despedido de todos los demás.

médicoencasa: ¡Hola, Lizzie! ¿Todavía tienes en casa a tus hijos?

AbuLizzie: A William sí.

médicoencasa: ¡Genial! ¿Y qué tal tus progresos?

AbuLizzie: Bastante sorprendentes, la verdad. He conseguido salir con regularidad. ¿Qué tal tú?

médicoencasa: ¡Todo bien! Es mi cumpleaños.

Dios, creo que... es cierto. Se me había olvidado por completo. Mi cumpleaños. No había pensado en ello ni una sola vez durante la última semana.

AbuLizzie: ¡Felicidades! ¿¿Es una cifra importante??

médicoencasa: Qué va. ¡A menos que creas que 39 es una cifra importante!

AbuLizzie: Lo que daría yo...

AbuLizzie: ¿Has tenido noticias de tu familia?

Estrujo el ratón.

médicoencasa: Necesito sincerarme contigo.

AbuLizzie: ??

médicoencasa: Mi familia murió el pasado diciembre.

El cursor parpadea.

médicoencasa: En un accidente de coche.

médicoencasa: Tuve una aventura. Mi marido y yo discutimos por eso y nos salimos de la carretera..

médicoencasa: Yo me salí de la carretera.

médicoencasa: Me visita un psiquiatra para ayudarme con el sentimiento de culpa, además de la agorafobia.

médicoencasa: Quiero que sepas la verdad.

Tengo que acabar con esto.

médicoencasa: Ahora tengo que dejarte. Me alegro de que te
  vayan bien las cosas.
AbuLizzie: Vaya, muchacha...

Veo que me está escribiendo otro mensaje, pero no quiero esperar. Cierro el recuadro del chat y me desconecto.
Ya está bien de Agora.

No he probado ni una gota de alcohol en tres días.

Me viene a la cabeza mientras me cepillo los dientes. (La limpieza de mi cuerpo puede esperar; la de mi boca, no). Tres días... ¿Cuánto tiempo hacía que no aguantaba tanto? Prácticamente ni me lo había planteado.

Agacho la cabeza y escupo.

Tubos, frascos y botes de pastillas atestan el armario de los medicamentos. Saco cuatro.

Me dirijo a la planta baja, la claraboya proyecta la grisácea luz del atardecer sobre mí.

Sentada en el sofá, elijo un frasco, lo vuelco, lo arrastro por la mesita de centro. Al pasar va dejando el rastro de una hilera de pastillas, como migas de pan.

Las examino. Las cuento. Las recojo en la palma de la mano. Las esparzo de nuevo sobre el tablero de la mesa.

Me llevo una a los labios.

No; todavía no.

La noche cae pronto.

Me vuelvo hacia las ventanas y miro con detenimiento al otro lado del parque. A aquella casa. Un teatro para mi mente agitada. Qué poético, pienso.

Las ventanas arrojan una luz viva, resplandecen como velas de cumpleaños. Las habitaciones están vacías.

Siento que me he liberado de una especie de locura. Me estremezco.

Me arrastro escaleras arriba hasta mi dormitorio. Mañana volveré a ver algunas de mis películas favoritas. *Un grito en la niebla. Enviado especial* (la escena del molino de viento, como mínimo). *A veintitrés pasos de Baker Street.* Tal vez también vuelva a ver *Vértigo*; la última vez me quedé dormida a ratos durante la película.

Y pasado mañana…

Tumbada en la cama, con la cabeza embotada por el sueño, presto atención a los ruidos de la casa: el reloj de la planta baja, que da las nueve; los crujidos del suelo que se asienta.

—Feliz cumpleaños —dicen a coro Ed y Livvy. Doy media vuelta y me aparto de ellos. Recuerdo que también es el cumpleaños de Jane. El cumpleaños que le asigné: el once del once.

Y más tarde aún, en mitad de la noche, cuando emerjo del sueño durante unos instantes, oigo al gato rondando la oscuridad absoluta del hueco de la escalera.

Viernes,
12 de noviembre

82

El sol se cuela en cascada por la claraboya, blanquea la escalera, inunda el rellano que queda frente a la cocina. En cuanto pongo un pie en él, me siento como si estuviera debajo de un foco.

Por lo demás, la casa está a oscuras. He corrido todas las cortinas, he bajado todas las persianas. La oscuridad es densa como el humo: casi noto su olor.

El televisor muestra la escena final de *La soga*. Dos apuestos jóvenes, un compañero de clase asesinado, un cadáver escondido en una cómoda antigua del centro del salón, y Jimmy Stewart de nuevo, todo montado para que parezca una sola toma (en realidad, ocho segmentos de diez minutos unidos entre sí, pero con un efecto bastante uniforme, sobre todo teniendo en cuenta que se trata de 1948).

«El gato y el ratón, el gato y el ratón», bufa Farley Granger mientras la red va tensándose en torno a él.

—Pero ¿quién es el gato y quién el ratón? —pronuncio esas últimas palabras en voz alta.

Mi gato está estirado en el respaldo del sofá y su cola se mueve cual serpiente encantada. Tiene un esguince en la pata trasera izquierda, y descubro que esta mañana anda cojo, muy cojo. Le he llenado el bol con comida para unos cuantos días, de modo que no... Suena el timbre.

Me hundo en los cojines con un respingo. Vuelvo la cabeza de forma automática hacia la puerta. ¿Quién demonios...?

David, no; Bina, no. El doctor Fielding seguro que tampoco, ha dejado varios mensajes en el contestador, pero dudo que se presente sin avisar. A menos que lo haya hecho en uno de los mensajes que he obviado.

Vuelve a sonar el timbre. Pongo la película en pausa y bajo los pies al suelo para levantarme. Me dirijo a la pantalla del intercomunicador.

Es Ethan. Tiene las manos embutidas en los bolsillos y una bufanda enrollada al cuello. Su pelo destella a la luz del sol.

Aprieto el botón del interfono.

—¿Saben tus padres que estás aquí? —pregunto.

—No pasa nada —dice.

Hago una pausa.

—Hace mucho frío —añade.

Acciono el botón del portero automático.

Al cabo de un momento entra en el cuarto de estar trayendo consigo un aire gélido.

—Gracias —dice con un jadeo, sin apenas aliento—. Hace mucho frío ahí fuera. —Mira alrededor—. Esto está muy oscuro.

—Te lo parece porque fuera hay mucha luz —digo, pero tiene razón, de modo que enciendo la lámpara de pie.

—¿Te parece que abra las persianas?

—Claro. Bueno, no, así se está bien, ¿no?

—Vale —dice.

Me siento en la chaise longue.

—¿Te parece que me siente aquí? —pregunta Ethan, señalando el sofá.

Te parece que esto, te parece que lo otro. Muy deferente para ser solo un adolescente.

—Claro.

Se sienta. Punch baja del respaldo del sofá y corre a esconderse debajo.

Ethan examina la habitación.

—¿La chimenea funciona?

—Es de gas, pero sí. ¿Quieres que la encienda?

—No, era solo por saberlo.

Silencio.

—¿Para qué son todas esas pastillas?

Bajo la vista a la mesita de centro, cubierta por un montón de pastillas. Cuatro botes, uno de ellos vacío, forman un pequeño claro de plástico.

—Las estaba contando, nada más —explico—. No quiero quedarme sin provisiones.

—Ah, vale.

Más silencio.

—He venido… —empieza, justo en el momento en que pronuncio su nombre.

Me apresuro a adelantarme.

—Lo siento mucho.

Él ladea la cabeza.

—Lo siento muchísimo.

Ha bajado la vista a su regazo, pero yo sigo.

—Siento todo el lío, y haberte implicado. Estaba… tan… segura… Estaba segura, mucho, de que había pasado algo.

Él asiente sin levantar la cabeza.

—Ha sido… Ha sido un año muy duro.

Cierro los ojos y, cuando vuelvo a abrirlos, veo que me está observando, con una mirada viva, escrutadora.

—He perdido a mi hija y a mi marido. —Trago saliva. Lo digo—. Murieron. Están muertos. —Respira, respira. Un, dos, tres, cuatro—. Y empecé a beber, más de lo normal. Y además me automedico, lo cual es un error y es muy peligroso.

Me mira fijamente.

—No es que... No es que creyera de verdad que podía comunicarme con ellos; tú lo has...

—Lo he vivido desde el otro lado —dice con voz grave.

—Exacto. —Me remuevo en el asiento, me inclino hacia delante—. Sé que no están, que están muertos. Pero me gusta oírlos. Y sentir... Es muy difícil de explicar.

—¿Que conectas con ellos?

Asiento. Es un joven muy peculiar.

—Y por lo demás, yo no... No me acuerdo de gran cosa. Supongo que quería estar en contacto con otras personas. O más bien lo necesita. —El pelo me roza las mejillas cuando sacudo la cabeza—. No lo entiendo. —Lo miro fijamente—. Pero lo siento mucho. —Me aclaro la garganta y yergo la espalda—. Ya sé que no has venido para ver llorar a una adulta.

—Yo también he llorado delante de ti —señala.

Sonrío.

—Vale, pues estamos en paz.

—Me prestaste una película, ¿te acuerdas?

Saca un estuche del bolsillo de su abrigo y lo deposita sobre la mesita de centro. *Al caer la noche*. Se me había olvidado.

—¿La has visto? —le pregunto.

—Sí.

—¿Y qué te parece?

—Da mucho miedo ese tío.

—Robert Montgomery.

—¿Es el que hace de Danny?

—Sí.

—Pues da muchísimo miedo. Me gusta la parte en que él le pregunta a la chica… Mmm…

—Rosalind Russell.

—¿Es quien hace de Olivia?

—Sí.

—Cuando le pregunta si le gusta, y ella le da a entender que no, y él se pone en plan «pues le gusto a todo el mundo». —Suelta una risita, y yo sonrío.

—Me alegro de que te haya gustado.

—Sí.

—Las pelis en blanco y negro no están tan mal.

—No, están bien.

—Si te apetece ver alguna más, dímelo y te la presto.

—Gracias.

—Pero no quiero que tengas problemas con tus padres. —En ese momento, él aparta la mirada y la fija en la chimenea—. Sé que están muy enfadados —prosigo.

Un pequeño gruñido

—También tienen sus problemas. —Vuelve a mirarme—. Es muy difícil vivir con ellos. Superdifícil.

—Me parece que a muchos jóvenes les pasa eso con sus padres.

—Pero con los míos es cierto.

Hago un gesto de asentimiento.

—No veo la hora de largarme a estudiar a la universidad —dice—. Faltan dos años, no llega.

—¿Sabes adónde quieres ir?

Él niega con la cabeza.

—No. A algún sitio que esté lejos. —Se pasa el brazo por detrás del cuello y se rasca la espalda—. De todas formas, aquí tampoco tengo amigos.

—¿Tienes novia? —le pregunto.

Vuelve a negar con la cabeza.

—¿Y novio?

Él me mira, sorprendido. Se encoge de hombros.

—Intento aclararme —explica.

—Está bien.

Me pregunto si sus padres están al corriente.

El reloj de pie da una campanada, dos, tres, cuatro.

—Ya sabes —digo—. El apartamento de abajo está vacío.

Ethan arruga la frente.

—¿Qué le ha pasado a ese tío?

—Se fue. —Vuelvo a aclararme la garganta—. Pero vaya… Si quieres, puedes utilizarlo. Sé lo que se siente cuando necesitas un espacio propio.

¿Estoy intentando vengarme de Alistair y Jane? No lo creo. Vaya, eso creo. Pero podría estar bien… Estaría muy bien, seguro, tener a alguien más aquí. Y aún mejor si es joven, aunque se trate de un adolescente solitario.

Vuelvo a la carga, en plan comercial que intenta convencer a un cliente.

—No hay tele, pero puedo darte la contraseña del wifi. Y hay un sofá. —Hablo con entusiasmo, convenciéndome a mí misma—. Sería solo un rinconcito donde podrías refugiarte si las cosas se ponen feas en casa.

Me mira de hito en hito.

—Es genial.

Me pongo de pie antes de que cambie de opinión. La llave de David está en la encimera de la cocina, una esquirla de plata en mitad de la penumbra. La cojo y extiendo la mano para ofrecérsela a Ethan, y él se pone de pie.

—Genial —repite, y se la guarda en el bolsillo.

—Ven cuando quieras —le digo.

Él vuelve la cabeza hacia la puerta.

—Creo que es mejor que regrese a casa.

—Claro.

—Gracias por... —Se palpa el bolsillo—. Y por la película.

—De nada.

Lo acompaño al recibidor.

Antes de marcharse, da media vuelta, señala el sofá...

—El bichejo está vergonzoso hoy —dice; y se me queda mirando—. Ya tengo teléfono —anuncia con orgullo.

—Felicidades.

—¿Quieres verlo?

—Claro.

Saca un iPhone todo rayado.

—Es de segunda mano, pero está bien.

—Es genial.

—¿De qué generación es el tuyo?

—No tengo ni idea. ¿Y el tuyo?

—Seis. Es casi el último.

—Bueno, pues es genial. Me alegro de que tengas teléfono.

—Me he grabado tu número. ¿Quieres que te dé el mío?

—¿Tu número?

—Sí.

—Claro.

Teclea en la pantalla de su móvil y yo noto que el mío vibra por debajo del albornoz.

—Ya lo tienes —anuncia, y cuelga.

—Gracias.

Se vuelve para asir el pomo de la puerta, pero lo suelta y me mira, repentinamente serio.

—Siento todo lo que te ha pasado —dice, y lo hace con voz tan suave que se me hace un nudo en la garganta.

Asiento.

Entonces se marcha. Y cierro la puerta con llave.

Me arrastro hasta el sofá y me quedo mirando la mesa de centro, poblada de pastillas como si fueran estrellas. Extiendo el brazo, aferro el mando a distancia. Sigo con la película.

«La verdad —anuncia Jimmy Stewart—, me da un poco de miedo.»

Sábado,
13 de noviembre

83

Las diez y media, y me siento distinta.

A lo mejor es por lo que he dormido (dos temazepames, doce horas); a lo mejor es por mi estómago (después de que Ethan se marchara y de que terminara la película, me preparé un sándwich, lo cual es lo más parecido a una comida decente que he probado en toda la semana).

Sea como sea, sea por lo que sea, me siento distinta.

Me siento mejor.

Me ducho. Permanezco bajo el chorro: el agua me empapa el pelo, me aporrea los hombros. Pasan quince minutos. Veinte. Media hora. Cuando salgo, tras enjabonarme y frotarme bien, siento la piel como nueva. Me pongo unos tejanos y un jersey. (¡Unos tejanos! ¿Cuándo fue la última vez que me puse unos tejanos?)

Cruzo el dormitorio hasta la ventana, separo las cortinas. La luz irrumpe en la habitación. Cierro los ojos, dejo que me llene de calor.

Me siento dispuesta para emprender la batalla, lista para enfrentarme al nuevo día. Lista para una copa de vino. Solo una.

Me traslado a la planta baja y, de paso, voy visitando todas las habitaciones, abriendo las persianas, descorriendo las cortinas. La casa se inunda de luz.

En la cocina me sirvo un par de dedos de merlot. («Solo el whisky se mide en dedos», oigo que dice Ed. Lo aparto de mis pensamientos y me sirvo un dedo más.)

Toca *Vértigo*, segundo asalto. Me acomodo en el sofá y retrocedo hasta el inicio, hasta la secuencia del mortal tira y afloja en el tejado. Jimmy Stewart aparece enmarcado en la pantalla ascendiendo por una escalera exterior. He pasado mucho tiempo en su compañía últimamente.

Al cabo de una hora, durante la tercera copa:

«El señor Elster estaba preparado para llevar a su esposa a un centro —afirma el funcionario que preside el interrogatorio— en el que su neurosis habría estado en manos de especialistas.»

Me remuevo, inquieta, y me levanto para rellenar la copa.

Esta tarde he decidido que jugaré un rato al ajedrez, echaré un vistazo a la página web de películas clásicas y, a lo mejor, limpio la casa, las habitaciones de arriba están llenas de polvo. Bajo ninguna circunstancia espiaré a mis vecinos. Ni siquiera a los Russell.

Sobre todo, no espiaré a los Russell.

Apostada en la ventana de la cocina, ni siquiera dirijo la mirada hacia su casa. Me vuelvo de espaldas, regreso al sofá y me tumbo.

Pasan unos instantes.

«Es una lástima que conociendo sus tendencias suicidas...»

Doy un vistazo al bufet de pastillas de la mesita de centro. Entonces me incorporo, planto los pies en la alfombra, barro unas cuantas con la mano y las encierro en el puño.

«El jurado opina que Madeleine Elster se suicidó durante un arrebato de locura.»

Os equivocáis, pienso. No es eso lo que ocurrió.

Dejo caer las pastillas, una a una, en sus botes respectivos. Enrosco los tapones con fuerza.

Cuando me recuesto en el sofá, me descubro preguntándome cuándo llegará Ethan. A lo mejor le apetece charlar un poco más.

«Solo pude llegar hasta aquí», dice Jimmy con voz triste.

—Hasta aquí —repito.

Ha pasado una hora más; la luz del oeste penetra al bies en la cocina. A esas alturas ya estoy bastante entonada. El gato entra cojeando y se queja cuando le examino la pata.

Arrugo la frente. ¿He pensado en llevarlo al veterinario una sola vez en este último año?

—Soy una irresponsable —le digo a Punch.

Él pestañea y se acurruca en el hueco de mis piernas.

En la pantalla, Jimmy está obligando a Kim Novak a subir al campanario. «Intenté seguirla, pero no pude. Dios sabe que lo intenté —él llora, agarrando a Kim por los hombros—. No se tiene una segunda oportunidad habitualmente. Quiero dejar de estar obsesionado.»

—Quiero dejar de estar obsesionada —me digo. Cierro los ojos, lo repito. Acaricio al gato. Estiro el brazo para alcanzar la copa.

«¡Ella fue la que murió, no tú! —grita Jimmy. Sus manos agarran su cuello—. Tú eras la copia, la falsificación.»

Algo hace clic en mi cerebro, como el sonido de un radar. Un tono bajito, agudo y remoto, suave, pero me distrae.

Pero solo un instante. Me recuesto y doy un sorbo de vino.

Una monja, un grito, un tañido de campana, y termina la película.

—Así es como quiero acabar yo —informo al gato.

Me obligo a levantarme del sofá; deposito a Punch en el suelo y se queja. Dejo la copa en el fregadero. Debo empezar a poner la casa en orden. A lo mejor Ethan quiere pasar algún que otro rato aquí. No puedo convertirme en la señorita Havisham (otra de las elecciones de Christine Gray para el club de lectura. Debería averiguar que están leyendo últimamente. Seguro que no hay nada de malo en eso).

Arriba, en el estudio, entro en el foro de ajedrez. Pasan dos horas, y fuera cae la noche. Gano tres partidas seguidas. Es hora de celebrarlo. Voy a la cocina a por una botella de merlot (juego mejor con los motores bien engrasados) y me sirvo mientras subo la escalera, de modo que dejo una mancha de vino en el ratón. Ya lo fregaré más tarde.

Dos horas más, dos victorias más. Soy imparable. Vierto las últimas gotas de la botella en la copa. He bebido más de lo que tenía pensado, pero mañana me sentiré mejor.

En el momento en que empieza la sexta partida, estoy pensando en las pasadas dos semanas, en la fiebre que se apoderó de mí. Es una especie de estado de hipnosis, igual que el de Gene Tierney en *Vorágine*; es una especie de locura, igual que la de Ingrid Bergman en *Luz que agoniza*.

He hecho cosas de las que no me acuerdo. No he hecho cosas que, en cambio, sí recuerdo. La psicóloga que llevo dentro se frota las manos: ¿un auténtico episodio de disociación? El doctor Fielding...

Mierda.

He sacrificado a la reina por descuido, la he confundido con un alfil. Echo mano de todo mi arsenal de insultos y suelto un «¡Joder!». Hacía varios días que no decía palabrotas, así que me deleito con la palabra, la saboreo.

Aunque en silencio. Esa reina. Alfil&Er se lanza a por ella, por supuesto, y se cobra su trofeo.

¿¿¿Qué coño haces???, me escribe. ¡¡¡Mala jugada, LOL!!!

Me he confundido y la he tomado por otra pieza, le explico mientras me llevo la copa a la boca.

Y, de repente, me quedo paralizada.

84

¿Y si...?

Piensa.

Se diluye, como la sangre en el agua.

Aferro la copa.

¿Y si...?

No.

Sí.

¿Y si... Jane, la mujer que creía que era Jane... nunca hubiera sido ella?

... No.

... Sí.

¿Y si...? ¿Y si hubiera sido otra persona todo el tiempo?

Eso es lo que me dijo Little. No... es en parte lo que me dijo Little. Dijo que la mujer del número 207, la mujer de pelo lacio y brillante y caderas esbeltas, era Jane Russell, dijo que no cabía ninguna duda y que podían demostrarlo. De acuerdo. Lo acepto. Pero ¿y si la mujer que yo conocí, o que pensé que había conocido, era en realidad... alguien que se hacía pasar por Jane? ¿Y si me confundí de pieza y tomé a la una por la otra? ¿Y si confundí a la reina con un alfil?

¿Y si la que murió resultó ser la copia? ¿Y si fuera ella la falsificación?

He vuelto a llevarme la copa a los labios. La deposito sobre el escritorio y la empujo para apartarla.

Pero ¿por qué?

Piensa. Da por sentado que existió de verdad. Sí: olvídate de Little y de la lógica, y da por sentado que siempre has llevado razón… o gran parte de razón. Ella existió de verdad. Estuvo aquí. Estuvo allí, en casa de los Russell. ¿Qué motivos tendrían…? ¿Qué motivos tuvieron para negar su existencia? Podrían haberse limitado a afirmar que no era Jane, cosa que podría haber resultado convincente, pero fueron más allá.

¿Y cómo es que ella sabía tantas cosas de esa familia? ¿Y por qué se hacía pasar por otra persona, por Jane?

—¿Quién debía de ser? —pregunta Ed.

No. Para.

Me pongo de pie y me acerco a la ventana. Levanto la mirada hasta la casa de los Russell, hasta esa casa. Alistair y Jane se encuentran en la cocina, hablando. Él sujeta un portátil cerrado con una mano y ella está cruzada de brazos. Ya pueden mirar, pienso. En la oscuridad del estudio me siento a salvo. Me siento clandestina.

Capto un movimiento con el rabillo del ojo. Desplazo rápidamente la mirada arriba, al dormitorio de Ethan.

Está en la ventana, una simple sombra estrecha a contraluz de la lámpara tras de sí. Tiene las dos manos apoyadas en el cristal, como si se esforzara por ver algo. Al cabo de un momento levanta una mano. Me saluda.

Se me acelera el pulso. Yo también lo saludo, despacio.

Siguiente jugada.

85

Bina me contesta tras el primer tono.

—¿Estás bien?

—Estoy...

—Tu médico me ha llamado. Está muy preocupado por ti.

—Ya lo sé.

Estoy sentada en la escalera, bañada por la débil luz de la luna. Junto a mis pies hay un cerco de humedad a causa del vino que he derramado antes. Tengo que fregarlo.

—Dice que ha intentado ponerse en contacto contigo.

—Lo ha hecho. Estoy bien. Dile que estoy bien. Escucha...

—¿Has estado bebiendo?

—No.

—Lo parece. Te cuesta hablar.

—No, es que me había quedado dormida. Escucha, se me ha ocurrido...

—Creía que estabas durmiendo.

No le hago caso.

—Se me han ocurrido algunas cosas.

—¿Qué cosas? —pregunta con tono cansino.

—Es sobre esa familia del otro lado del parque. Sobre esa mujer.

—Uf, Anna. —Suspira—. Quería… Quería haber hablado de esto contigo el jueves, pero ni siquiera me dejaste entrar.

—Ya lo sé. Lo siento. Pero…

—Esa mujer ni siquiera existe.

—No, lo que pasa es que no puedo demostrar que sí que existe. Existió.

—Anna, esto es de locos. Se ha acabado.

Guardo silencio.

—No hay nada que demostrar. —Su tono es contundente, casi airado; nunca la había oído hablar así—. No sé qué se te ha ocurrido, ni qué… te estaba pasando, pero se ha acabado. Te estás arruinando la vida. —Reparo en su suspiro—. Cuantas más vueltas le des, más tiempo tardarás en curarte.

Silencio.

—Tienes razón.

—¿Lo dices en serio?

—Sí. —Exhalo un suspiro.

—Por favor, dime que no harás ninguna locura.

—No haré ninguna locura.

—Necesito que me lo prometas.

—Te lo prometo.

—Necesito que me digas que han sido solo imaginaciones tuyas.

—Han sido solo imaginaciones mías.

Una pausa.

—Bina, tienes razón. Lo siento. Nada más es… una recaída, o algo así. Como cuando, después de la muerte, las neuronas continúan en acción.

—Bueno, pero yo no entiendo de esas cosas —dice con tono de advertencia.

—Lo siento. La cuestión es que no voy a hacer ninguna locura.

—Y me lo prometes, ¿verdad?

—Te lo prometo.

—O sea que la semana que viene, durante la sesión, no tendré que oír nada… ya sabes, molesto.

—Nada, a excepción de los ruidos molestos que suelo hacer.

La noto sonreír.

—El doctor Fielding dice que has vuelto a salir de casa. Que fuiste a la cafetería.

De eso hace una eternidad.

—Sí.

—¿Y qué tal?

—Ah, horroroso.

—¿Aún estamos así?

—Aún estamos así.

Otro silencio.

—Por última vez… —empieza.

—Te lo prometo. Han sido solo imaginaciones mías.

Nos despedimos. Colgamos el teléfono.

Me estoy frotando la nuca, tal como suelo hacer cuando miento.

86

Tengo que pensar antes de seguir adelante. No hay margen para el error. No cuento con aliados.

Bueno, quizá con uno, aunque por el momento no voy a recurrir a él. No puedo.

Pensar. Tengo que pensar. Aunque primero debería dormir. Tal vez sea el vino —bien puede ser el vino—, pero de pronto estoy muy cansada. Miro el móvil. Ya son casi las diez y media. El tiempo vuela.

Vuelvo al cuarto de estar y apago la lámpara. Subo al estudio, apago el ordenador (mensaje de Alfil&Er: Adónde has ido???). Una planta más y entro en el dormitorio. Punch me sigue, renqueando. Tengo que hacer algo con esa pata. Tal vez Ethan podría llevarlo al veterinario.

Echo un vistazo al cuarto de baño. Estoy demasiado agotada para lavarme la cara o los dientes. Además, ya lo he hecho esta mañana… Ya me pondré al día cuando me levante. Me quito la ropa, cojo al gato y me meto en la cama.

Punch se pasea por las sábanas y se acomoda en una esquina. Oigo cómo respira.

Y una vez más quizá sea el vino —casi seguro que es el vino—, pero no puedo dormir. Estoy acostada boca arriba, mirando el techo, la ondulación de la moldura de los bordes; me vuelvo de costado y contemplo la oscuridad del pasillo. Me tumbo boca abajo, hundo la cara en la almohada.

El temazepam. Sigue en su frasco, sobre la mesita de centro. Debería levantarme y bajar; sin embargo, me doy la vuelta hacia el otro lado.

Desde aquí veo el parque. La casa de los Russell también se ha ido a dormir: la cocina está a oscuras; las cortinas del salón están echadas; en la habitación de Ethan se aprecia una única luz, el resplandor espectral de la pantalla del ordenador.

La continúo mirando hasta que se me cierran los ojos.

—¿Qué vas a hacer, mami?

Me vuelvo, entierro la cara en la almohada, cierro los ojos con fuerza. Ahora no. Ahora no. Piensa en otra cosa, lo que sea.

Piensa en Jane.

Rebobino. Vuelvo a reproducir la conversación con Bina; veo a Ethan en la ventana, recortado contra la luz, con las manos en el cristal. Cambio de rollo, paso *Vértigo* y la visita de Ethan a toda velocidad. Las solitarias horas de la semana retroceden rápidamente; la cocina se llena de visitas, primero los inspectores, luego David, después Alistair y Ethan. Se aceleran, se desdibujan, paso la cafetería, el hospital, la noche que la vi morir, la cámara de fotos salta del suelo a mis manos, atrás, atrás, atrás hasta el momento en que Jane, frente al fregadero, se gira hacia mí.

Stop. Me vuelvo boca arriba, abro los ojos. El techo se extiende sobre mí como una pantalla de proyección.

Jane ocupa el fotograma, la mujer a la que yo llamo Jane. Se encuentra frente a la ventana de la cocina, con la trenza colgando entre los hombros.

La escena se reproduce a cámara lenta.

Jane se gira hacia mí y enfoco su rostro alegre, los ojos eléctricos, el centelleante medallón de plata. Me alejo, abro plano: un vaso de agua en una mano y uno de coñac en la contraria. «En realidad no tengo ni idea de si el coñac va bien», comenta con voz cantarina en sonido surround.

Congelo la imagen.

¿Qué diría Wesley? «Refinemos las preguntas, Fox.»

Pregunta uno: ¿Por qué se presenta como Jane Russell?

Pregunta uno, adenda: ¿Es eso lo que ocurre? ¿No soy yo la primera que habla y la llama por ese nombre?

Rebobino de nuevo hasta el momento en que oí su voz por primera vez. Se vuelve otra vez hacia el fregadero. Play: «Me dirigía a la casa de enfrente…».

Sí. Ahí está, ese fue el momento en que decidí quién era. El momento en que malinterpreté la escaleta.

Bien, segunda pregunta: ¿Cómo reacciona ella? Le doy al botón de avance rápido, entorno los ojos, enfoco su boca y me oigo afirmar: «Eres la mujer del otro lado del parque. Eres Jane Russell».

Se sonroja. Despega los labios. Dice…

Y justo entonces oigo algo más, algo fuera de pantalla.

Que procede de abajo.

Un ruido de cristales rotos.

87

Si llamo a emergencias, ¿cuánto tardarán en llegar? Si llamo a Little, ¿contestará?

Palpo el colchón a mi lado.

¿Y el teléfono?

Tiento la almohada, las mantas. Nada. El teléfono no está aquí.

Piensa. ¡Piensa! ¿Cuándo ha sido la última vez que lo he usado? En la escalera, cuando hablaba con Bina. Y luego... luego fui al cuarto de estar a apagar las luces. ¿Qué hice con el teléfono? ¿Me lo subí al estudio? ¿Lo dejé allí?

En cualquier caso, ¿qué más da? No lo tengo y ya está.

Otra vez ese ruido hendiendo el silencio. Un estallido de cristales.

Salgo de la cama, primero una pierna y luego la otra; apoyo los pies en la alfombra. Me levanto. Cojo el albornoz, tirado sobre una silla, y me lo pongo. Me acerco a la puerta.

Fuera, una luz grisácea se cuela por la claraboya. Salgo con sigilo y pego la espalda a la pared. Enfilo el bucle de la escalera, casi sin atreverme a respirar, con el corazón desbocado.

Llego al siguiente descansillo. Abajo todo está en silencio.

Despacio, muy despacio, me dirijo al estudio tratando de no hacer ruido al caminar; siento el ratán bajo mis pies, luego la alfombra. Echo un vistazo a la mesa desde la entrada. El teléfono no está.

Doy media vuelta. Estoy a una planta. No voy armada. No puedo llamar para pedir ayuda.

Algo de cristal se hace añicos.

Me estremezco, mi cadera topa con el pomo de la puerta del trastero.

El trastero.

Agarro el pomo. Lo giro. Oigo el pestillo y abro la puerta.

Una oscuridad gris marengo se abre ante mí. Doy un paso al frente.

Dentro, alargo la mano a un lado hasta que mis dedos rozan un estante. El cordón de la bombilla me golpea en la frente. ¿Me arriesgo? No, es muy potente y la luz se colaría por el hueco de la escalera.

Avanzo en la oscuridad con los brazos estirados, moviéndolos como si jugara a la gallinita ciega, hasta que lo toco con los dedos: el metal frío de la caja de herramientas. Busco el cierre a tientas, lo levanto y meto la mano.

El cúter.

Salgo del trastero empuñando el arma y deslizo el botón. La cuchilla asoma y lanza un destello bajo un rayo de luna descarriado. Me acerco al primer peldaño de la escalera, con el codo pegado al cuerpo y el cúter apuntando hacia delante. Me agarro a la barandilla con la otra mano. Adelanto un pie.

Justo en ese momento recuerdo el teléfono de la biblioteca. El fijo. A escasos metros de mí. Media vuelta.

Sin embargo, no he dado ni un paso cuando vuelvo a oír algo.

—Señora Fox —me llama alguien—, baje conmigo a la cocina.

88

Conozco esa voz.

La cuchilla tiembla en mi mano mientras desciendo la escalera, con cuidado, deslizando la mano por la suave barandilla. Oigo mi respiración. Oigo mis pasos.

—Eso es. Dese prisa, por favor.

Llego al último escalón, me detengo antes de entrar, indecisa. Inspiro tan hondo que toso, me atraganto. Intento amortiguar el sonido, aunque sabe que estoy aquí.

—Pase.

Paso.

La luz de la luna inunda la cocina; asfalta de plata todas las superficies, llena las botellas vacías que hay junto a la ventana. El grifo reluce, el fregadero es una cuenca refulgente. Incluso el suelo de madera brilla.

Está apoyado en la isla, una silueta recortada contra la luz blanca, sin volumen. El suelo a sus pies está tapizado de cascajos centelleantes: fragmentos y esquirlas de cristal esparcidos por todas partes. En la encimera que tiene al lado se perfila un horizonte de copas y botellas, rebosantes de luna.

—Disculpe el... —abarca la habitación con un amplio gesto de la mano— estropicio. No me apetecía verme obligado a subir.

No digo nada, pero flexiono los dedos sobre el mango del cúter.

—He tenido mucha paciencia, señora Fox. —Alistair suspira y vuelve la cabeza de manera que la luz orla sus facciones sesgadas: la frente alta, la nariz afilada—. Perdón, doctora Fox. Como quiera que… se haga llamar.

Sus palabras están empapadas en alcohol. Veo que está muy ebrio.

—He tenido mucha paciencia —repite— y he aguantado mucho. —Se sorbe la nariz, coge un vaso y lo hace rodar entre las manos—. Todos lo hemos hecho, pero sobre todo yo.

Ahora lo distingo con mayor claridad, lleva la cremallera de la chaqueta subida hasta el cuello y unos guantes oscuros. Se me forma un nudo en la garganta.

En lugar de responder, me acerco al interruptor de la luz y alargo la mano.

El vaso estalla a escasos centímetros de mis dedos. Retrocedo con un respingo.

—¡Deje las putas luces como están! —vocifera.

Me quedo quieta, aferrada al marco de la puerta.

—Alguien nos tendría que haber avisado sobre usted. —Sacude la cabeza, riendo. Trago saliva. La risa va apagándose hasta extinguirse—. Le ha dado a mi hijo la llave de su apartamento. —La sostiene en alto—. Se la devuelvo. —La llave produce un leve tintineo cuando la deja caer sobre la isla—. Aunque no estuviera como una… puta regadera, no querría que mi hijo pasase tiempo con una mujer adulta.

—Voy a llamar a la policía —le advierto con un hilo de voz.

—Adelante. —Resopla, burlón—. Aquí tiene su teléfono.

Lo coge de la encimera y lo lanza al aire como una moneda. Una, dos veces.

Sí, lo dejé en la cocina. En lugar de tirarlo al suelo o arrojarlo contra la pared como esperaba que hiciese, lo deposita de nuevo en la encimera, al lado de la llave.

—La policía se la toma a risa —asegura, y da un paso hacia mí. Alzo el cúter—. ¡Vaya! —Sonríe, divertido—. ¡Vaya, vaya! ¿Qué piensa hacer con eso?

Un nuevo paso.

Pero esta vez yo también me adelanto.

—Fuera de mi casa.

Mi brazo se sacude ligeramente, me tiembla la mano. La cuchilla lanza un destello, un pequeño filo plateado.

Ya no avanza, ni respira.

—¿Quién era esa mujer? —pregunto.

De repente, lanza la mano hacia delante y me agarra por el cuello. Me empuja y me obliga a retroceder hasta que me estampo contra la pared y me golpeo la cabeza con fuerza. Grito. Sus dedos se hunden en mi piel.

—Sufres delirios. —Su aliento, caliente por el alcohol, me enciende la cara, me quema los ojos—. No te acerques a mi hijo. No te acerques a mi mujer.

Me ahogo, emito sonidos estrangulados. Me aferro a sus dedos con una mano, mis uñas le surcan la muñeca.

Con la otra, blando la cuchilla y la dirijo a su costado.

Sin embargo, mi brazo describe una curva demasiado amplia, fallo y el cúter se estrella contra el suelo. Lo pisa y cierra sus dedos en torno a mi cuello. Gruño.

—No te acerques a ninguno de nosotros, joder —me advierte en un susurro.

Transcurre un segundo.

Otro más.

Se me nubla la visión. Las lágrimas ruedan por mis mejillas.

Estoy perdiendo la consciencia...

Me suelta. Me desplomo, jadeando.

Se eleva por encima de mí. Arrastra el pie hacia atrás con un gesto brusco y envía el cúter a un rincón.

—Recuérdalo —me apremia con voz áspera y entrecortada. No me atrevo a mirarlo, pero oigo que añade algo más en un susurro de una fragilidad quebradiza—: Por favor.

Silencio. Sus pies calzados con botas dan la vuelta y se alejan.

A su paso, barre la isla con un brazo. Una avalancha de cristal se precipita por el borde y se hace añicos al estrellarse contra el suelo. Intento gritar, pero mi garganta solo consigue emitir un silbido.

Se dirige a la puerta del recibidor y la abre de un tirón. Oigo el pestillo de la puerta de la calle y el portazo posterior.

Me rodeo con los brazos. Me toco el cuello con una mano mientras la otra se aferra a mis rodillas. Estoy sollozando.

Y cuando Punch aparece renqueando por la puerta y me lame la mano con cautela, los sollozos se vuelven incontrolables.

Domingo,
14 de noviembre

89

Me examino el cuello en el espejo del cuarto de baño. Cinco cardenales, azul geoda; una gargantilla oscura.

Miro a Punch, hecho un ovillo en el suelo de baldosas, protegiendo su pata lisiada. Menudo par.

No denunciaré lo de anoche a la policía. Ni quiero ni puedo. Hay pruebas, desde luego, marcas reales de dedos en mi piel, pero, para empezar, querrán saber por qué Alistair estaba aquí y la verdad es que... bueno. «Invité a un adolescente, a cuya familia vigilo y acoso, a venir a pasar el rato a mi sótano. Ya sabe, para sustituir a mi hija y a mi marido, que están muertos.» No causaría buena impresión.

—No causaría buena impresión —repito en alto para ver qué tal tengo la voz. Suena débil, rota.

Salgo del cuarto de baño y desciendo la escalera. En el fondo del bolsillo del albornoz, el teléfono va golpeándose contra mi muslo.

Barro los cristales, los despojos de copas y botellas; arranco esquirlas y astillas del suelo y las tiro en una bolsa de basura. Intento no pensar en sus manos agarrándome, ahogándome. En él de pie, a mi lado. Cruzando los restos brillantes con paso airado.

Bajo mis zapatillas, la madera de abedul centellea como una playa.

Jugueteo con el cúter sentada a la mesa de la cocina, escucho el chasquido de la cuchilla deslizándose dentro y fuera del mango.

Vuelvo la vista hacia el parque. La casa de los Russell me devuelve la mirada desde sus ventanas vacías. Me pregunto dónde estarán. Sobre todo él.

Tendría que haber apuntado mejor. Tendría que haberlo apuñalado con más fuerza. Imagino la hoja atravesando la chaqueta y rasgándole la piel.

Y entonces habrías tenido a un hombre herido en tu casa.

Dejo el cúter y me llevo una taza a los labios. No hay té en el armario —a Ed no le apasionaba y yo prefería otras cosas—, así que estoy tomando agua caliente con una pizca de sal. Me quema la garganta. Tuerzo el gesto.

Vuelvo a mirar el parque. Luego me levanto y cierro las persianas hasta que no queda una sola rendija entre los listones.

Lo de anoche parece un delirio febril, una voluta de humo. La pantalla de cine en el techo. El grito cortante del cristal. El vacío del trastero. El bucle de la escalera. Y él, allí de pie, llamándome, esperándome.

Me toco el cuello. «No me digas que fue un sueño, que él no vino.» ¿Dónde…? Sí, *Luz que agoniza* otra vez.

Porque no ha sido un sueño. («¡No es un sueño! ¡Está pasando de verdad!», Mia Farrow, *La semilla del diablo*.) Han invadido mi casa. Han destruido mi propiedad. Me han amenazado. Me han agredido. Y no puedo hacer nada al respecto.

No puedo hacer nada al respecto de nada. Ahora sé que Alistair es violento, ahora sé de lo que es capaz. Sin embargo, tiene razón: la policía no va a escucharme. El doctor Fielding cree que sufro delirios. Le dije a Bina, se lo prometí, que había pasado página. No puedo comunicarme con Ethan. Wesley ya no está. No me queda nadie.

—¿Quién soy?

Esta vez es ella, débil, pero clara.

No. Sacudo la cabeza.

«¿Quién era esa mujer?», le pregunté a Alistair.

Si ha existido.

No lo sé. Nunca lo sabré.

90

Me paso el resto de la mañana en la cama, al igual que la tarde, tratando de no llorar, tratando de no pensar en anoche, en hoy, en mañana, en Jane.

Al otro lado de la ventana se avecinan nubes de panzas oscuras y prominentes. Abro la aplicación de la previsión del tiempo del móvil. Se esperan tormentas por la noche.

Cae la tarde, la luz se vuelve sombría. Corro las cortinas, abro el portátil y me lo coloco al lado. Calienta las sábanas mientras veo *Charada* en internet.

«¿Qué tengo que hacer para satisfacerte? —pregunta Cary Grant—. ¿Ser tu próxima víctima?»

Me estremezco.

Cuando la película acaba, estoy medio dormida. La música tras los créditos finales se hace más estridente. Alargo una mano con apatía y cierro el ordenador de golpe.

No sé cuánto tiempo después, el teléfono me despierta.

Alerta de emergencia
Aviso de inundaciones en la zona hasta las 3.00 a.m. Evite zonas inundables.
Consulte los medios locales. —SMN

Siempre alerta, el Servicio Meteorológico Nacional. No tengo la menor intención de acercarme a las zonas inundables. Bostezo sin recato, me arrastro fuera de la cama y camino con desgana hasta las cortinas.

Fuera todo está oscuro. Todavía no llueve, pero el cielo está encapotado y las nubes casi rozan el suelo; las ramas del sicómoro se estremecen. Se oye el silbido del viento. Me envuelvo en un abrazo.

Al otro lado del parque, una luz parpadea en la cocina de los Russell. Es él, se dirige a la nevera. La abre, saca un botellín... de cerveza, creo. Igual vuelve a emborracharse.

Me toco el cuello con dedos ociosos. Me duelen los moratones.

Corro la cortina y vuelvo a la cama. Consulto la hora en el móvil después de borrar el mensaje: 21.29. Podría ver otra película. También podría servirme una copa.

Tamborileo sobre la pantalla, con aire distraído. Una copa, decido. Solo una, me duele la garganta al tragar.

Un estallido de color en la punta de mis dedos. Echo un vistazo al móvil y compruebo que he abierto la galería de fotos. Mi pulso se ralentiza: ahí está mi foto, durmiendo. La que supuestamente me hice yo.

Retrocedo. Un segundo después, la borro.

Al instante aparece la foto anterior.

No la reconozco de inmediato, pero al poco la recuerdo: la hice desde la ventana de la cocina. Una puesta de sol de sorbete de naranja, mordisqueada por edificios lejanos, que parecen clavar sus dientes en ella. La calle, bañada de luz dorada. Un pájaro solitario congelado en el cielo, con las alas completamente desplegadas.

Y reflejada en el cristal aparece la mujer a la que conocí como Jane.

91

Es traslúcida, de contornos difusos, pero sin duda se trata de Jane, apostada en la esquina inferior derecha, como un fantasma. Mira a la cámara, con los ojos a la altura de esta y los labios separados. Un brazo sale del encuadre; según recuerdo estaba aplastando un cigarrillo en un bol. Sobre su cabeza se eleva una espesa espiral de humo. De acuerdo con la fecha y la hora de la foto, se tomó a las 18.04; la fecha es de hace casi dos semanas.

Jane. Estoy encorvada sobre la pantalla, con la respiración entrecortada.

Jane.

«El mundo es un lugar hermoso», dijo.

«No lo olvides, y no te lo pierdas», dijo.

«Buena chica», dijo.

Ella dijo todas esas cosas, todas, porque era real.

Jane.

Me levanto de la cama de un salto y arrastro conmigo las sábanas y el portátil, que resbala hasta el suelo. Corro a la ventana y abro las cortinas de un tirón.

Hay luz en el salón de los Russell, la habitación donde empezó todo. Y ahí están ellos, los dos, sentados en ese sofá a rayas, Alistair y su mujer. Él está repantingado, con un botellín de cerveza en la mano; ella tiene las piernas recogidas y se pasa los dedos por la lustrosa melena.

Los muy mentirosos...

Le echo un vistazo al teléfono.

¿Qué hago con esto?

Sé lo que diría Little, diría: «La foto no demuestra nada más allá de su propia existencia... y la de una mujer anónima».

—El doctor Fielding tampoco va a escucharte —me dice Ed.

Cállate.

Aunque tiene razón.

Piensa. Piensa.

—¿Y Bina, mami?

Ya basta.

Piensa.

Solo hay un movimiento posible. Mis ojos vuelan del salón al dormitorio oscuro de arriba.

Hazte con el peón.

—¿Sí?

Una voz de pajarillo, débil y delicada. Escudriño la oscuridad de su ventana tratando de ubicarlo. Ni señal de él.

—Soy Anna —digo.

—Lo sé —responde prácticamente en un susurro.

—¿Dónde estás?

—En mi habitación.

—No te veo.

Un segundo después aparece en la ventana como un fantasma, delgado y pálido, con una camiseta blanca. Pongo una mano en el cristal.

—¿Me ves? —pregunto.

—Sí.

—Necesito que vengas.

—No puedo. —Menea la cabeza—. No me dejan.

Echo un vistazo al salón. Alistair y Jane no se han movido.

—Lo sé, pero es muy importante. Importantísimo.

—Mi padre me ha quitado la llave.

—Lo sé.

Un silencio.

—Si yo puedo verte... —No acaba la frase.

—¿Qué?

—Si yo puedo verte, ellos también.

Me vuelvo de lado y corro las cortinas de un tirón, aunque dejo un resquicio entre ellas. Miro otra vez el salón. Todo sigue igual.

—Tú ven —insisto—. Por favor, no estás...

—¿Qué?

—No... ¿Cuándo podrías salir sin que se dieran cuenta?

Un nuevo silencio. Veo que le echa un vistazo al teléfono y se lo lleva de nuevo a la oreja.

—Mis padres ven *The Good Wife* a las diez. Puede que entonces.

Ahora soy yo la que consulta el móvil. Veinte minutos.

—Muy bien, de acuerdo.

—¿Va todo bien?

—Sí. —No lo alarmes. No estás a salvo—. Es que hay algo de lo que tengo que hablar contigo.

—Me sería más fácil pasarme mañana.

—No puede esperar. De verdad...

Echo un vistazo abajo. Jane tiene la vista clavada en el regazo y sostiene un botellín de cerveza.

Alistair no está.

—Cuelga el teléfono —lo apremio con voz sobresaltada.

—¿Por qué?

—¡Que cuelgues!

Se queda boquiabierto.

Su habitación se inunda de luz.

Alistair aparece detrás de él, con la mano en el interruptor.

Ethan se vuelve en redondo y baja el brazo inmediatamente. Oigo que se corta la comunicación.

Y observo la escena en silencio.

Alistair continúa en el vano de la puerta y dice algo. Ethan se acerca a él, levanta una mano y le muestra el teléfono.

La escena se congela un momento.

A continuación, Alistair se dirige hacia su hijo con paso decidido y le quita el teléfono. Lo mira.

Mira a Ethan.

Pasa por su lado en dirección a la ventana, con gesto airado. Me aparto un poco más de las cortinas y me adentro en la habitación.

Alistair extiende los brazos, desliza los postigos sobre la ventana y los cierra con decisión.

La habitación ha quedado sellada a cal y canto.

Jaque mate.

92

Me doy la vuelta y miro mi habitación.

No quiero imaginar lo que debe estar ocurriendo al otro lado del parque. Por mi culpa.

Arrastro los pies hasta la escalera. Con cada paso pienso en Ethan, detrás de esas ventanas, a solas con su padre.

Abajo, abajo, abajo.

Llego a la cocina. Mientras enjuago una copa en el fregadero, el cielo retumba a lo lejos y echo un vistazo a través de las persianas. Las nubes se desplazan a mayor velocidad que antes, las ramas se agitan con frenesí. El viento arrecia. Se acerca la tormenta.

Estoy sentada a la mesa, saboreando un merlot. SILVER BAY, NUEVA ZELANDA, pone en la etiqueta, sobre un pequeño aguafuerte de un barco sacudido por las olas. Tal vez podría mudarme allí y empezar de cero. Me gusta cómo suena Silver Bay, bahía de la Plata. Me encantaría volver a navegar.

Si consigo salir de esta casa alguna vez.

Me acerco a la ventana y levanto un listón; la lluvia repiquetea en el cristal. Echo un vistazo al otro lado del parque. Los postigos continúan cerrados.

Tan pronto como regreso a la mesa, suena el timbre de la puerta.

Perturba el silencio como si se tratara de una alarma. Sacudo la mano sin querer y un poco de vino se derrama por el borde de la copa. Miro la puerta.

Es él. Es Alistair.

El pánico se adueña de mí. Meto rápidamente una mano en el bolsillo; mis dedos apresan el teléfono. Alargo la otra hacia el cúter.

Me levanto y cruzo la cocina despacio. Me acerco al interfono. Me preparo, miro la pantalla.

Ethan.

Mis pulmones se distienden.

Ethan, inclinándose hacia atrás apoyado en los talones, con las manos debajo de las axilas. Aprieto el botón, giro el pestillo y segundos después ha entrado. Gotitas de lluvia centellean en su pelo.

—¿Qué haces aquí?

Me mira desconcertado.

—Me dijiste que viniera.

—Creía que tu padre…

Ethan cierra la puerta y pasa por delante de mí en dirección al cuarto de estar.

—Le he dicho que era un amigo de natación.

—¿No te ha mirado el móvil? —pregunto, yendo detrás de él.

—Guardé tu número con otro nombre.

—¿Y si me hubiera devuelto la llamada?

Ethan se encoge de hombros.

—Pero no lo ha hecho. ¿Qué es eso? —Ha advertido el cúter.

—Nada.

Me lo meto en el bolsillo.

—¿Puedo ir al lavabo?

Asiento.

Mientras está en la habitación roja, activo la pantalla del teléfono en preparación de mi movimiento.

Suena la cisterna, corre el agua del grifo y, poco después, Ethan se acerca de nuevo a mí.

—¿Dónde está Punch?

—No lo sé.

—¿Cómo tiene la pata?

—Bien. —Ahora mismo, me da igual—. Quiero enseñarte algo. —Le pongo el teléfono en la mano—. Abre la aplicación de fotos.

Me mira con el ceño fruncido.

—Tú abre la aplicación —insisto.

Lo observo atentamente mientras lo hace. El reloj de pie empieza a tocar las diez. Contengo la respiración.

Al principio, nada. Permanece impasible.

—Nuestra calle. Al amanecer —dice—. O... un momento, eso es el oeste, así que es al atardece...

Se interrumpe.

Ahí está.

Y un momento después...

Levanta la cabeza y me mira con los ojos como platos.

Seis tañidos, siete.

Abre la boca.

Ocho. Nueve.

—¿Qué...? —balbucea.

Diez.

—Creo que ya es hora de decir la verdad.

93

Cuando suena la última campanada, se pone de pie delante de mí, casi sin resuello, hasta que lo agarro del hombro y lo llevo hacia el sofá. Nos sentamos, Ethan sosteniendo todavía el teléfono en la mano.

No digo nada, simplemente me limito a mirarlo. Mi corazón se está volviendo loco, como una mosca atrapada. Junto las manos en el regazo para evitar que me tiemblen.

Él susurra algo.

—¿Qué?

Se aclara la garganta.

—¿Cuándo la encontraste?

—Esta noche, justo antes de llamarte.

Asiente con la cabeza.

—¿Quién es ella?

Él sigue mirando el teléfono. Por un momento, pienso que no me ha oído.

—¿Quién es...?

—Es mi madre.

Arrugo la frente.

—No, el inspector dijo que tu madre...

—Mi verdadera madre. Mi madre biológica.

Lo miro estupefacta.

—¿Eres adoptado?

Él no dice nada, solo asiente de nuevo, bajando la mirada.

—Así que… —Inclino el cuerpo hacia delante, me paso las manos por el pelo—. Así que…

»Ella…

Ni siquiera sé por dónde empezar.

Cierro los ojos, aparto mi confusión. Él necesita que alguien lo guíe. Puedo hacerlo.

Ladeo el cuerpo hacia él, aliso el albornoz a lo largo de mis muslos, lo miro.

—¿Cuándo te adoptaron? —pregunto.

Suspira, se recuesta hacia atrás, los cojines exhalan bajo su peso.

—Cuando tenía cinco años.

—¿Por qué tan tarde?

—Porque ella era… Porque ella era drogadicta. —Vacila, como un potro dando sus primeros pasos. Me pregunto cuántas veces lo habrá dicho antes—. Era drogadicta y muy, muy joven.

Eso explica por qué Jane parecía tan joven.

—Así que me fui a vivir con mi madre y mi padre.

Estudio su cara, la punta de la lengua con la que se humedece los labios, el brillo de la lluvia en sus sienes.

—¿Dónde creciste? —pregunto.

—¿Antes de Boston?

—Sí.

—En San Francisco. Ahí es donde me adoptaron mis padres.

Resisto el impulso de tocarlo. En vez de eso, le quito el teléfono de la mano, lo deposito sobre la mesa.

—Ella me encontró una vez —continúa—. Cuando tenía doce años. Nos localizó en Boston. Se presentó en casa y le preguntó a mi padre si podía verme. Él le dijo que no.

—¿Así que no pudiste hablar con ella?

—No. —Hace una pausa, respira hondo, con los ojos brillantes—. Mis padres se pusieron furiosos. Me dijeron que si volvía a intentar verme otra vez... que debía decírselo.

Asiento con la cabeza, me recuesto hacia atrás. Ahora está hablando con total libertad.

—Y luego nos mudamos aquí.

—Pero tu padre perdió su trabajo.

—Sí. —Receloso.

—¿Por qué razón?

Se remueve nervioso.

—Pasó algo con la mujer de su jefe. No sé qué fue. Gritaban mucho por culpa de eso.

«Todo es supermisterioso», había comentado Alex, regodeándose. Ahora lo sé. Una pequeña aventura. Nada especial. Me pregunto si valió la pena.

—Justo después de mudarnos, mi madre regresó a Boston para encargarse de algunas cosas. Y para alejarse de mi padre, creo. Y luego él se fue con ella. Me dejaron solo, una noche nada más. Lo habían hecho antes. Y entonces apareció ella.

—¿Tu madre biológica?

—Sí.

—¿Cómo se llama?

Se sorbe la nariz. Se la limpia con la mano.

—Katie.

—Y fue a vuestra casa.

—Sí.

Se sorbe la nariz de nuevo.

—¿Cuándo exactamente?

—No me acuerdo —dice, sacudiendo la cabeza—. No, espera, fue en Halloween.

La noche que la conocí.

—Me dijo que estaba «limpia» —dice, entrecomillando la palabra con los dedos como si fuera una toalla mojada—. Que ya no consumía drogas.

Asiento con la cabeza.

—Dijo que se había enterado por internet del traslado de mi padre y descubrió que nos íbamos a mudar a Nueva York. Luego nos siguió aquí. Y estaba esperando a decidir qué hacer cuando mis padres se fueron a Boston. —Hace una pausa y se rasca una mano con la otra.

—¿Y qué pasó entonces?

—Entonces… —Ahora tiene los ojos cerrados—. Entonces vino a casa.

—¿Y tú hablaste con ella?

—Sí. La dejé entrar.

—¿Eso fue en Halloween?

—Sí. Durante el día.

—Yo la conocí esa tarde —le digo.

Él asiente, con la mirada en el regazo.

—Fue a buscar un álbum de fotos a su hotel. Quería enseñarme unas fotos antiguas. De cuando era un bebé y esas cosas. Y luego, en el camino de vuelta a la casa, te vio.

Pienso en sus brazos alrededor de mi cintura, su pelo rozándome la mejilla.

—Pero cuando se presentó, me dijo que era tu madre. Tu… me dijo que era Jane Russell.

Asiente de nuevo.

—Ya lo sabías.

—Sí.

—¿Por qué? ¿Por qué me dijo que era alguien que no era?

Me mira al fin.

—Ella dijo que no fue así. Dijo que fuiste tú quien la llamó por el nombre de mi madre, y no se le ocurrió ninguna excusa lo suficientemente rápido. No olvides que se suponía que no debía estar allí. —Gesticula abarcando la habitación—. Se suponía que no debía estar aquí. —Se calla, rascándose la mano de nuevo—. Además, creo que le gustaba fingir que era... ya sabes. Mi madre.

Un trueno, como si el cielo se estuviera resquebrajando. Los dos nos sobresaltamos.

Al cabo de un momento, lo presiono para que siga.

—¿Y qué pasó después? ¿Después de que ella me ayudara?

Dirige la mirada a sus dedos.

—Volvió a casa y charlamos un poco más. Sobre cómo era yo cuando era un bebé. Sobre lo que había estado haciendo desde que me dio en adopción. Me enseñó fotos.

—¿Y luego?

—Se fue.

—¿Regresó a su hotel?

Vuelve a negar con la cabeza, más despacio esta vez.

—¿Adónde fue?

—Bueno, yo no lo sabía entonces.

Siento que se me encoge el estómago.

—¿Adónde fue?

Vuelve a mirarme a la cara.

—Vino aquí.

El tictac del reloj.

—¿Qué quieres decir?

—Conocía a ese tipo que vive abajo. O que vivía abajo.

Lo miro estupefacta.

—¿A David?

Ahora asiente con la cabeza. Pienso en la mañana después de Halloween, cuando oí el ruido del agua en las cañerías mientras David y yo examinábamos la rata muerta. Pienso en el pendiente en su mesilla de noche. «Era de una mujer llamada Katherine.» Katie.

—Ella estaba en mi sótano —le digo.

—Eso no lo supe hasta después —insiste.

—¿Cuánto tiempo estuvo aquí?

—Hasta… —La voz se le queda atenazada en la garganta.

—¿Hasta qué?

Ahora entrelaza los dedos.

—Volvió el día después de Halloween y hablamos un poco, y le dije que les comentaría a mis padres que quería verla… oficialmente. Porque tengo casi diecisiete años y a los dieciocho podré hacer lo que quiera. Así que al día siguiente llamé a mi madre y a mi padre y se lo conté.

»Mi padre se puso hecho una furia —continúa—. Porque mi madre estaba cabreada, pero es que él estaba como fuera de sí. Volvió inmediatamente y quería saber dónde estaba ella, y cuando no le dije nada, él…

Una lágrima le resbala del ojo.

Apoyo una mano en su hombro.

—¿Te pegó? —pregunto.

Él asiente. Nos quedamos en silencio.

Ethan coge una bocanada de aire, luego otra.

—Sabía que ella estaba contigo —dice con voz temblorosa—. Y te vi allí —mira a la cocina— desde mi habitación. Al final se lo dije. Lo siento. Lo siento mucho.

Ahora está llorando.

—Oh… —digo, con la mano alrededor de su espalda.

—Solo quería que se fuera y me dejara en paz.

—Lo entiendo.

—Quiero decir… —Arrastra un dedo por debajo de su nariz—. Vi que ella ya se había ido de tu casa. Así que sabía que él no la encontraría. Fue entonces cuando vino aquí.

—Sí.

—Yo os estaba observando. Estaba rezando para que no se enfadase contigo.

—No, no lo hizo.

«Solo quería saber si había tenido alguna visita esta tarde», me había explicado. Y luego: «Vine buscando a mi hijo, no a mi mujer». Mentiras.

—Entonces, justo después de que él volviera a casa, ella… Ella apareció de nuevo, no sabía que él ya estaba allí. Se suponía que no iba a regresar hasta el día siguiente. Ella llamó el timbre y él me hizo abrirle la puerta e invitarla a entrar. Yo tenía mucho miedo.

No digo nada, solo escucho.

—Intentamos hablar con él. Los dos.

—En el salón —murmuro.

Él pestañea.

—¿Nos viste?

—Os vi.

Los recuerdo allí, a Ethan y a Jane —a Katie—, sentados en el sofá para dos, Alistair en una silla frente a ellos. «¿Quién sabe qué pasa en una familia?»

—No fue demasiado bien. —Ahora tiene la respiración agitada. Habla entre hipidos—. Papá le dijo que si volvía, llamaría a la policía y haría que la detuviesen por acoso.

Todavía estoy pensando en ese retablo en la ventana: niño, padre, «madre». «¿Quién sabe qué pasa…?»

Y entonces recuerdo algo más.

—Al día siguiente… —empiezo a decir.

Él asiente, mira al suelo. Retuerce los dedos en el regazo.

—Ella volvió. Y papá dijo que la mataría. La agarró por el cuello.

Silencio. Las palabras casi hacen eco. «La mataría. La agarró por el cuello.» Recuerdo a Alistair inmovilizándome contra la pared, agarrándome el cuello con la mano.

—Y ella gritó. —Lo digo en voz baja, serena.

—Sí.

—Fue entonces cuando llamé a tu casa.

Asiente de nuevo.

—¿Por qué no me dijiste lo que pasaba?

—Porque él estaba ahí. Y yo estaba asustado —dice, levantando la voz, con las mejillas húmedas—. Quería decírtelo. Vine aquí cuando ella se fue.

—Lo sé. Sé que lo hiciste.

—Lo intenté.

—Lo sé.

—Y luego mi madre volvió de Boston al día siguiente. —Se sorbe la nariz—. Y ella también volvió. Katie. Esa noche. Creo que pensó que sería más fácil hablar con mamá. —Entierra la cara en las palmas de sus manos, llora.

—Entonces ¿qué pasó?

No dice nada durante unos segundos, se limita a mirarme por el rabillo del ojo, casi con suspicacia.

—¿De verdad no lo viste?

—No. Solo vi a tu… solo la vi gritarle a alguien y luego la vi con… —hago revolotear la mano por mi pecho— con algo en… —Me quedo sin voz—. No vi a nadie más allí.

Cuando vuelve a hablar, su voz es más baja, más estable.

—Fueron a hablar arriba. Mi padre, mi madre y ella. Yo

estaba en mi habitación, pero lo oí todo. Mi padre quería llamar a la policía. Ella... mi... ella no dejaba de repetir que yo era su hijo y que deberíamos poder vernos, y que mis padres no deberían impedírnoslo. Y mamá le gritaba y le decía que se iba a asegurar de que no volviera a verme nunca más. Y de pronto, todo se quedó en silencio. Y, un minuto después, bajé la escalera y ella estaba...

Arruga la cara y empieza a estremecerse, con unos sollozos que burbujean en lo más hondo de su pecho y estallan al llegar a la superficie. Mira hacia la izquierda, se remueve nerviosamente en el asiento.

—Estaba en el suelo. Ella la había apuñalado. —Ahora es Ethan quien se señala el pecho—. Con un abrecartas.

Asiento, luego me quedo inmóvil.

—Espera, ¿quién la apuñaló?

Se le quiebra la voz.

—Mi madre.

Lo miro estupefacta.

—Dijo que no quería que nadie... —suelta un hipido— que nadie se me llevara. —Se inclina hacia delante, haciendo visera con las manos sobre su frente. Sus hombros tiemblan y se estremecen mientras llora.

«Mi madre.» Me había equivocado. Me había equivocado por completo.

—Dijo que había esperado tanto para tener un hijo y...

Cierro los ojos.

—... y dijo que no iba a permitir que ella me hiciera daño otra vez.

Lo oigo llorar en silencio.

Pasa un minuto, luego otro. Pienso en Jane, la verdadera Jane; pienso en ese instinto de madre-leona, el mismo impulso que me poseyó a mí en el precipicio. «Había esperado tanto para tener un hijo… No quería que nadie se me llevara.» Cuando abro los ojos, ha dejado de llorar. Ahora Ethan está jadeando, como si acabara de correr.

—Lo hizo por mí —dice—. Para protegerme.

Pasa otro minuto.

Se aclara la garganta.

—Se la llevaron, a nuestra casa del norte del estado, y la enterraron allí. —Deja las manos en su regazo.

—¿Ahí es donde está? —digo.

Toma aire profundamente, un aire denso.

—Sí.

—¿Y qué pasó cuando la policía vino al día siguiente para preguntar por lo ocurrido?

—Eso fue horrible —dice—. Yo estaba en la cocina, pero los oí hablar en la sala de estar. Dijeron que alguien había denunciado un altercado la noche anterior. Mis padres lo negaron. Y luego, cuando descubrieron que eras tú, se dieron cuenta de que era tu palabra contra la de ellos. Contra la nuestra. Nadie más la había visto.

—Pero David la vio. Pasó… —Repaso las fechas en mi cabeza—. Cuatro noches con ella.

—Eso no lo supimos hasta después. Cuando revisamos su teléfono para ver con quién podría haber estado hablando. Y mi padre dijo que, de todos modos, nadie iba a creer a un tipo que vivía en un sótano. Así que eran ellos contra ti. Y papá dijo que tú… —Se interrumpe.

—¿Que yo qué?

Traga saliva.

—Que eras inestable y que bebías demasiado.

Yo no respondo. Oigo la lluvia acribillando las ventanas.

—Entonces no sabíamos lo de tu familia.

Cierro los ojos y empiezo a contar. Un. Dos.

A la de tres, Ethan está hablando de nuevo, con la voz tensa:

—Siento que he estado ocultando todos estos secretos a un montón de gente. Ya no puedo seguir haciéndolo.

Abro los ojos. En la penumbra de la sala, bajo la frágil luz de la lámpara, parece un ángel.

—Tenemos que decírselo a la policía.

Ethan inclina el cuerpo hacia delante, abrazándose las rodillas. Luego se incorpora, me observa un instante y luego aparta la mirada.

—Ethan.

—Lo sé. —Casi inaudible.

Oigo un maullido detrás de mí. Me vuelvo en mi asiento. Punch está sentado detrás de nosotros, con la cabeza inclinada hacia un lado. Maúlla de nuevo.

—Ahí está. —Ethan alarga el brazo hacia el respaldo del sofá, pero el gato se aleja—. Supongo que ya no le caigo bien —dice, delicadamente.

—Oye. —Me aclaro la garganta—. Esto es muy, muy serio. Voy a llamar al inspector Little y voy a hacer que venga aquí para que le cuentes lo mismo que a mí.

—¿Puedo decírselo a ellos? ¿Antes?

Arrugo la frente.

—¿Decírselo a quiénes? A tu…

—A mi madre. Y a mi padre.

—No —digo, sacudiendo la cabeza—. Nosotros…

—Oh, por favor… Por favor… —Su voz se rompe como si fuera un dique.

—Ethan, nosotros…

—¡Por favor! ¡Por favor! —Ahora casi está gritando. Lo miro: tiene los ojos anegados en lágrimas, la piel manchada. Medio enloquecido de pánico. ¿Dejo que se siga desahogando mientras llora?

Pero ya está hablando de nuevo, una riada húmeda de palabras:

—Ella lo hizo por mí. —Tiene los ojos inundados de lágrimas—. Ella lo hizo por mí. No puedo… no puedo hacerle eso. Después de lo que hizo ella por mí.

Hablo sin resuello.

—Yo…

—¿Y no sería mejor para ellos si se entregaran? —pregunta.

Medito sus palabras. Mejor para ellos, mejor para él. Y aun así…

—Han estado histéricos desde que pasó. Se están volviendo locos. —Le reluce el labio superior: sudor y mocos. Se lo limpia—. Mi padre le dijo a mi madre que deberían acudir a la policía. Me escucharán.

—No sé…

—Lo harán. —Asiente con firmeza y respira profundamente—. Si les digo que he hablado contigo y que se lo le dirás a la policía si no lo hacen.

—¿Estás seguro…? —¿De que puedes confiar en tu madre? ¿De que Alistair no te va a pegar? ¿De que ninguno de los dos vendrá a por mí?

—¿Puedes esperar y dejarme hablar con ellos? No puedo… Si dejo que la policía venga a buscarlos ahora, no sé… —Desplaza la mirada a sus manos—. No puedo hacer eso, sencillamente. No sé cómo podría… vivir conmigo mismo. —Vuelve a hablar con la voz hinchada—. Sin darles una oportunidad primero. De ayudarse a sí mismos. —Apenas puede hablar—. Es mi madre…

Se refiere a Jane.

Nada en mi experiencia me ha preparado para esto. Pienso en Wesley, en lo que aconsejaría él. «Piensa por ti misma, Fox.»

¿Puedo dejar que vuelva a esa casa? ¿Con esas personas?

Pero ¿podría condenarlo a lamentarlo el resto de su vida? Sé cómo se siente; conozco muy bien el dolor incesante, la sensación continua. No quiero que se sienta así.

—Está bien —digo.

Él parpadea.

—¿Está bien?

—Sí. Díselo.

Ahora está boquiabierto, como incrédulo. Se recobra al cabo de un momento.

—Gracias.

—Por favor, ten muchísimo cuidado.

—Lo tendré.

—Empieza a levantarse.

—¿Qué les vas a decir?

Se sienta otra vez, lanza un suspiro húmedo.

—Supongo… diré que…bueno, eso. Que tienes pruebas. —Asiente—. Diré la verdad. Que te he contado lo que pasó y tú me has dicho que teníamos que ir a la policía. —Le tiembla la voz—. Antes de que lo hagas. —Se frota los ojos—. ¿Qué crees que les sucederá?

Hago una pausa y escojo con mucho cuidado mis palabras de respuesta.

—Creo… Creo que la policía comprenderá que tus padres estaban siendo víctimas de un acoso, que ella… que Katie te acosaba. Y que probablemente eso violaba los términos del acuerdo al que llegaron cuando fuiste adoptado. —Él asiente despacio—. Y además —agrego—, tendrán en cuenta que sucedió durante una discusión.

Ethan se muerde el labio.

—No va a ser fácil.

Baja la mirada.

—No. —Espira. Luego me mira con tanta fuerza que me remuevo en el asiento—. Gracias.

—Bueno, yo…

—De verdad. —Traga saliva—. Gracias.

Asiento con la cabeza.

—Tienes tu teléfono, ¿verdad?

Se da unos golpecitos en el bolsillo del abrigo.

—Sí.

—Llámame si… simplemente hazme saber que todo va bien.

—De acuerdo.

Se levanta otra vez; lo hago con él. Se vuelve hacia la puerta.

—Ethan…

Se vuelve.

—Necesito saberlo: tu padre…

Me mira.

—¿Vino… vino a mi casa de noche?

Frunce el ceño.

—Sí. Anoche. Pensé que…

—No, quiero decir la semana pasada.

Ethan no dice nada.

—Porque me dijeron que lo que había visto en tu casa eran imaginaciones mías, y ahora sé que no lo eran. Y me dijeron que había dibujado un retrato que no lo había hecho yo. Y quiero… necesito saber quién me sacó esa foto. Porque… —oigo temblar mi propia voz— no quiero haber sido yo, de verdad.

Un silencio.

—No lo sé —dice Ethan—. ¿Cómo habría podido entrar?

No tengo respuesta para eso.

Caminamos juntos hacia la puerta. Cuando alcanza el pomo, lo estrecho entre mis brazos, lo aprieto contra mí, lo abrazo con fuerza.

—Por favor, que no te pase nada —susurro.

Nos quedamos así un momento mientras la lluvia escupe en las ventanas y el viento silba fuera.

Él se separa de mí, sonríe con tristeza. Entonces se va.

94

Abro las persianas, lo veo subir los escalones de la entrada y meter la llave en la cerradura. Abre la puerta; cuando se cierra, ha desaparecido.

¿He hecho lo correcto dejándolo marchar? ¿Deberíamos haber advertido a Little antes? ¿Deberíamos haber llamado a Alistair y a Jane para que vinieran a mi casa?

Demasiado tarde.

Miro al otro lado del parque, a las ventanas vacías, a las habitaciones desiertas. En algún lugar en las profundidades de ese lugar, Ethan está hablando con sus padres, a punto de hacer que su mundo se derrumbe para siempre. Me siento como estaba todos los días de la vida de Olivia: «Por favor, que no te pase nada».

Si hay algo que he aprendido en todo el tiempo que he trabajado con niños, si pudiera reducir esos años a una sola revelación, sería la siguiente: son extraordinariamente fuertes. Pueden soportar la falta de atención y cuidados; pueden sobrevivir a los abusos; pueden resistir, incluso hacerse aún más fuertes, ahí donde los adultos se hundirían como piedras en el agua. Siento mi corazón latir por Ethan. Va a necesitar esa fortaleza. Va a tener que resistir.

Y qué historia… qué historia más terrible. Me estremezco cuando regreso al cuarto de estar, apago la lámpara. Esa pobre mujer. Ese pobre niño.

Y Jane. No Alistair, sino Jane.

Una lágrima me resbala por la mejilla. La toco con el dedo y se expande sobre la piel; la miro con curiosidad. Luego me limpio la mano en el albornoz.

Me pesan los párpados. Camino hacia el dormitorio, a preocuparme, a esperar.

Me paro frente a la ventana, observo la casa al otro lado del parque. No hay signos de vida.

Me muerdo la uña del pulgar hasta que me sale sangre.

Me paseo arriba y abajo por la habitación, hago circuitos alrededor de la alfombra.

Miro mi móvil. Ha pasado media hora sigilosa.

Necesito una distracción Necesito calmar mis nervios Algo familiar. Algo relajante.

La sombra de una duda. Guion de Thornton Wilder, y la favorita personal de Hitchcock de entre sus propias películas: una joven ingenua descubre que su héroe no es quien finge ser. «Vamos tirando y aparentemente no ocurre nada —se queja—. Vivimos en la monotonía. Dormimos y comemos, y nada más. Ni siquiera tenemos verdaderas conversaciones.» Hasta que recibe la visita de su tío Charlie.

Ella está en la inopia demasiado tiempo para mi gusto, francamente.

La veo en mi portátil, chupándome el pulgar malherido. El gato entra al cabo de unos minutos, se mete en la cama conmigo. Le aprieto la pata; lanza un siseo.

A medida que la trama se hace más tensa, también ocurre lo mismo dentro de mí, siento una desazón a la que no sé poner nombre. Me pregunto qué estará pasando al otro lado del parque.

Mi móvil empieza a vibrar y se mueve sobre la almohada, a mi lado. Lo cojo.

Vamos a la policía.

Me quedé dormida a las 23.33.

Me levanto de la cama y abro las cortinas. La lluvia golpea mis ventanas de forma sostenida, como fuego de artillería, convirtiéndolas en charcos.

Al otro lado del parque, a través del borrón de la tormenta, la casa está a oscuras.

—«¿Qué sabes tú de cómo es el mundo?»

A mi espalda, la película sigue.

—«Vives en un sueño como una sonámbula, ciega —habla con desprecio el tío Charlie—. ¿Qué sabes tú de cómo es el mundo? Si derribarán las fachadas de las casas, solo encontraríamos cerdos. Usa tu inteligencia, aprende algo.»

Me tambaleo hacia el baño, bajo la pendiente de luz que cae por la ventana. Algo que me ayude a volver a dormirme: la melatonina, creo. Esta noche la necesitaré.

Me trago una pastilla. En la pantalla, el cuerpo cae, el tren chirría y empiezan a desfilar los créditos.

—¿Quién soy?

Esta vez no puedo ignorarlo, porque estoy dormida, aunque consciente de ello. Un sueño lúcido.

Aun así, lo intento.

—Déjame en paz, Ed.

—Venga. Habla conmigo.

—No.

No lo veo, no veo nada. Un momento… hay un rastro de él, solo una sombra.

—Creo que tenemos que hablar.

—No. Vete.

Oscuridad. Silencio.

—Algo va mal.

—No. —Pero tiene razón, algo va mal. Esa desazón en mis entrañas.

—Vaya, así que el tal Alistair ha resultado ser el bicho raro de la semana, ¿no?

—No quiero hablar de eso.

—Casi se me olvida. Livvy tiene una pregunta para ti.

—No quiero oírla.

—Solo una. —El fogonazo de unos dientes; una sonrisa curva—. Una pregunta muy sencilla.

—No.

—Adelante, tesoro. Pregúntale a mamá.

—He dicho…

Pero su boca ya está en mi oreja, canalizando sus cálidas palabras hacia el interior de mi cabeza, con esa vocecilla áspera y gutural que usa cuando comparte un secreto.

—¿Cómo está la patita de Punch? —pregunta.

Estoy despierta, con una claridad instantánea, como si me hubieran echado un cubo de agua fría. Mis ojos se abren como platos. Arriba, una columna de luz atraviesa el techo.

Me levanto rodando de la cama y me dirijo a las cortinas, las descorro. La habitación se vuelve gris a mi alrededor; a través de las ventanas, bajo la lluvia, veo la casa de los Russell soportando sobre sus hombros un cielo pavoroso. Un relámpago de luz resquebrajada arriba. El tañido grave de un trueno.

Vuelvo a la cama. Punch protesta en silencio cuando me meto dentro.

«¿Cómo está la patita de Punch?»

Eso era... el nudo de mi estómago.

Cuando Ethan vino a verme anteayer, cuando encontró al gato en lo alto del respaldo del sofá, Punch se deslizó hasta el suelo y se escondió debajo. Entorno los ojos, vuelvo a reproducir la escena desde todos los ángulos. No: Ethan no vio —no pudo— que cojeaba de una pata.

¿O sí la vio? Busco a Punch con la mano y cierro los dedos alrededor de su cola; se frota contra mí. Compruebo la hora en el teléfono: 1.10.

La luz digital centellea en mis ojos. Los cierro con fuerza y luego miro al techo.

—¿Cómo sabía él lo de tu pata? —le pregunto al gato en la oscuridad.

—Porque te visito por las noches —dice Ethan.

Lunes,
15 de noviembre

95

Mi cuerpo da una sacudida del susto. Vuelvo la cabeza hacia la puerta.

Un relámpago ilumina la habitación, le prende fuego revistiéndola de blanco. Él está de pie en la puerta, apoyado en el marco, con un halo de agua de lluvia alrededor de la cabeza y una bufanda suelta en el cuello.

Las palabras salen tambaleándose de mi lengua.

—Creía que… te habías ido a casa.

—Y eso hice. —Habla en voz baja pero clara—. Les di las buenas noches. Y esperé a que se fueran a la cama. —Tuerce la boca en una leve sonrisa—. Luego volví aquí. He estado viniendo mucho por aquí —añade.

—¿Qué? —No entiendo lo que está pasando.

—Tengo que decirte —continúa— que he conocido a muchos psicólogos, y tú eres la primera que no me ha diagnosticado un trastorno de la personalidad. —Arquea las cejas—. Supongo que no eres la mejor psicóloga del mundo…

Cierro y abro la boca despacio, con dificultad, como una puerta defectuosa.

—Pero me resultas interesante —dice—. De verdad. Por eso seguía volviendo aquí, aunque sabía que no debería hacerlo. Las mujeres mayores me interesan. —Frunce el ceño—. Lo siento, ¿te parece insultante?

No puedo moverme.

—Espero que no. —Un suspiro—. El jefe de mi padre estaba casado con una mujer que me interesaba. Jennifer. Me gustaba. Y yo a ella, más o menos. Solo que... —Mueve su cuerpo larguirucho, se apoya en el otro lado del marco—. Hubo... un malentendido. Justo antes de mudarnos. Fui a visitarla a su casa. Por la noche. Pero a ella no le gustó. O dijo que no le había gustado. —Ahora hay furia en sus ojos—. Ella sabía lo que estaba haciendo.

Entonces lo veo en su puño. Un destello de plata, reluciendo.

Es una especie de cuchillo. Un abrecartas.

Sus ojos se desplazan de mi cara a su mano y viceversa. Se me cierra la garganta.

—Esto es lo que usé con Katie —explica alegremente—. Porque no me dejaba en paz. Se lo dije y se lo repetí, muchas veces, y nada, ella... —Sacude la cabeza—. No paraba nunca. —Lanza un suspiro—. Un poco como tú.

—Pero... —digo en un hilo de voz— esta noche, tú...

—Se me seca la voz, muere.

—¿Qué?

—Me humedezco los labios.

—Me has dicho...

—Te he contado lo suficiente como para... lo siento, pero para que te callaras. Lamento decirlo así, porque eres muy, muy agradable. Pero necesitaba que te callaras. Hasta que pueda ocuparme de las cosas. —Se mueve con nerviosismo—. Querías llamar a la policía, nada menos. Necesitaba un poco de tiempo para... ya sabes. Prepararlo todo.

Percibo movimiento en el rabillo del ojo: el gato, desperezándose en la cama. Mira a Ethan, lanza un gemido.

—Ese maldito gato… —dice—. Me encantaba esa película cuando era niño. *¡Ese maldito gato!* o *Un gato del FBI*, no recuerdo bien el título… —Sonríe mirando a Punch—. Creo que le rompí la pata, por cierto. Lo siento. —El abrecartas destella cuando lo mueve hacia la cama—. No dejaba de seguirme por toda la casa de noche y creo que, en un momento dado, perdí un poco los nervios. Además, soy alérgico, como te dije. No quería estornudar y despertarte. Siento que estés despierta ahora.

—¿Venías aquí por la noche?

Da un paso hacia mí, la cuchilla líquida en la luz grisácea.

—Vengo aquí casi todas las noches.

Siento que me quedo sin aliento.

—¿Cómo?

Sonríe de nuevo.

—Te cogí la llave. Cuando estabas anotando tu número de teléfono aquel día. La vi colgada del gancho la primera vez que vine y luego me di cuenta de que ni siquiera la echarías en falta. No es que la uses mucho… Hice una copia y la devolví a su sitio. —Otra sonrisa—. Fácil.

Ahora se ríe y se tapa la boca con la otra mano.

—Lo siento. Es que estaba tan convencido de que ya lo habías descubierto todo cuando me llamaste esta noche… Yo estaba en plan… No sabía qué hacer. De hecho, llevaba esto en el bolsillo. —Agita el abrecartas de nuevo—. Por si acaso. Y estaba intentando ganar tiempo como loco. Pero luego resultó que te lo habías tragado todo. «Mi padre tiene mal genio.» «Oh, tengo mucho miedo.» «Oh, no tengo móvil. Mi padre no quiere.» Prácticamente estabas babeando. Como he dicho, no eres la mejor psicóloga del mundo.

»¡Oye! —exclama—. Tengo una idea: analízame. ¿Quieres saber cómo fue mi infancia, verdad? Todos quieren saber cómo fue mi infancia.

Asiento con la cabeza, como una autómata.

—Esto te va a encantar. Este es el sueño de cualquier psicólogo. Katie —prácticamente expulsa de su boca la palabra con desdén— era una drogadicta. Una puta adicta a la heroína. Nunca quiso decirme quién era mi padre. Y está claro que ella nunca debería haber sido madre.

Mira el abrecartas.

—Empezó a consumir drogas cuando yo tenía un año. Eso es lo que me dijeron mis padres. La verdad es que no me acuerdo de casi nada. Quiero decir, tenía cinco años cuando me separaron de ella. Pero recuerdo haber pasado mucha hambre. Recuerdo algunas imágenes con agujas. Recuerdo que sus novios me daban unas palizas de muerte cuando les daba la gana...

Silencio.

—Estoy seguro de que mi verdadero padre no habría hecho eso.

No digo nada.

—Recuerdo haber visto morir a una de sus amigas por sobredosis. Justo delante de mí. Ese es mi primer recuerdo. Yo tenía cuatro años.

Más silencio. Suspira débilmente.

—Empecé a portarme mal. Intentó ayudarme, o impedírmelo, pero ya estaba demasiado hecha polvo. Luego entré en el sistema de hogares de acogida y, después, mi padre y mi madre me adoptaron. —Se encoge de hombros—. Ellos... Sí. Me dieron mucho. —Otro suspiro—. Les causo muchos problemas, lo sé. Por eso me sacaron de la escuela. Y mi padre perdió su trabajo porque yo quería conocer mejor a Jennifer. Se enfadó mucho por eso, pero ¿sabes qué…? —Arruga la frente—. Mala suerte.

La habitación vuelve a encenderse con los relámpagos. Retumba un trueno.

—Bueno, a lo que íbamos. Katie. —Ahora está mirando por la ventana, hacia el otro lado del parque—. Como te dije, nos encontró en Boston, pero mamá se negaba a dejarle hablar conmigo. Y luego nos encontró en Nueva York, se presentó así, sin más, un día que yo estaba solo. Me enseñó el medallón con mi foto. Y hablé con ella, porque estaba interesado. Y sobre todo, porque quería saber quién era mi padre.

Ahora dirige su mirada hacia mí.

—¿Sabes lo que es vivir preguntándote si tu padre es un puto desgraciado como tu madre? ¿Deseando con toda tu alma que no lo sea? Pero ella simplemente dijo que eso no importaba. Él no estaba en sus fotos. Porque sí las tenía. Todo eso era verdad, ¿sabes?

»Bueno… —Parece avergonzado—. No todo. ¿Te acuerdas del día que la oíste gritar? Yo tenía las manos alrededor de su cuello. Ni siquiera le estaba apretando muy fuerte, pero a esas alturas ya estaba harto de ella. Solo quería que se fuera. Se puso como loca. No había forma de que se callara. Mi padre ni siquiera se había enterado de que ella estaba allí hasta ese momento. Empezó a decir: "Vete antes de que él haga algo malo". Y entonces llamaste tú, y tuve que fingir que estaba asustado, y luego llamaste otra vez, y mi padre fingió que no pasaba nada. —Sacude la cabeza—. Y la muy imbécil aún volvió al día siguiente.

»Para ese momento ya estaba aburrido de ella. En serio, hasta las narices. Me importaban un bledo las fotos. Me importaba un bledo que hubiera aprendido a navegar o que hubiera ido a clases de lenguaje de signos o lo que fuera. Y como te he dicho, no quiso decirme nada sobre mi padre. Seguramente no podía decirme nada; seguramente ni siquiera lo conocía. —Suelta un resoplido.

»Así que sí. Ella volvió. Yo estaba en mi habitación y la oí discutir con mi padre. Ya no podía soportarlo más. Quería que se fuera, no me importaba su historia lacrimógena, la odiaba por lo que me hizo y por no decirme quién era mi padre, la quería fuera de mi vida. Así que cogí esto de mi escritorio —agita el abrecartas—, bajé la escalera, entré de golpe y… —Baja el abrecartas en el aire—. Fue todo muy rápido. Ella ni siquiera gritó.

Pienso en lo que me dijo hace apenas unas horas: que Jane había apuñalado a Katie. Y recuerdo que desvió la mirada hacia la izquierda.

Ahora tiene los ojos brillantes.

—Fue… no sé, casi hasta emocionante. Fue por pura chiripa que no vieras lo que pasó. O no todo. —Me mira con dureza—. Aunque viste lo suficiente.

Camina despacio hacia la cama. Y habla otra vez.

—Mi madre no tiene ni idea. No sabe nada de nada. Ella ni siquiera estaba allí, regresó a la mañana siguiente. Mi padre me hizo jurar que no le diría nada. Quiere protegerla. Me sabe un poco mal por él. Es un secreto bastante gordo para ocultárselo a la persona con la que estás casado. —Camina otra vez—. Ella simplemente piensa que estás loca.

Un paso más, y ahora está de pie a mi lado, con el abrecartas a la altura de mi garganta.

—¿Y bien? —dice.

Lanzo un gemido de terror.

Entonces se sienta en el borde del colchón, con la base de su espalda contra mis rodillas.

—Analízame. —Ladea la cabeza—. Cúrame.

Retrocedo. No. No puedo hacer esto.

«Pero sí puedes, mami.»

No. No. Se acabó.

«Vamos, Anna.»

Tiene un arma.

«Y tú tienes tu cerebro.»

Está bien. Está bien.

Un, dos, tres, cuatro.

—Sé lo que soy —dice Ethan, en voz baja, casi tranquilizadora—. ¿Sirve eso de ayuda?

Psicópata. El encanto superficial, la personalidad inestable, la frialdad emocional. El abrecartas en la mano.

—Tú… hacías daño a los animales de pequeño —le digo, tratando de hablar con voz serena.

—Sí, pero eso es fácil. Le di a tu gato una rata que corté en trocitos. La encontré en nuestro sótano. Esta ciudad es asquerosa. —Mira el abrecartas. Y luego a mí otra vez—. ¿Algo más? Venga. Puedes hacerlo mejor.

Respiro hondo y me aventuro de nuevo.

—Disfrutas manipulando a la gente.

—Bueno, sí. A ver… pues claro. —Se rasca la parte posterior del cuello—. Es divertido. Y fácil. Tú eres muy, muy fácil. —Me guiña un ojo.

Algo me roza el brazo. Miro disimuladamente al lado. Mi móvil se ha deslizado por la almohada, se ha alojado junto a mi codo.

—Me pasé demasiado con Jennifer. —Se queda pensativo—. Se puso… fue demasiado. Debería haber ido más despacio. —Deja el abrecartas plano sobre el muslo, lo acaricia, como afilándolo. Roza la tela vaquera—. Así que no quería que pensaras que era una amenaza. Por eso te dije que echaba de menos a mis amigos. Y fingí que podría ser gay. Y por eso lloré todas esas putas veces. Todo para que sintieras pena por mí y creyeras que soy un... —Su voz se difumina—. Y porque, como he dicho, es como si contigo nunca tuviera suficiente.

Cierro los ojos. Veo el teléfono en mi cabeza, como si estuviera iluminado.

—Oye, ¿te diste cuenta cuando me desnudé delante de la ventana? Lo hice un par de veces. Sé que me viste una de ellas.

Trago saliva. Desplazo lentamente el codo hacia la almohada, arrastrando conmigo el teléfono con el antebrazo.

—¿Qué más? ¿Problemas con papá, tal vez? —Sonríe de nuevo—. Sé que he estado hablando bastante de él. De mi verdadero padre, no de Alistair. Alistair solo es un pobre infeliz.

Noto el contacto de la pantalla sobre mi muñeca, fría y resbaladiza.

—Tú no...

—¿Qué?

—No respetas el espacio de los demás.

—Bueno, estoy aquí, ¿verdad?

Asiento de nuevo. Acaricio la pantalla con el pulgar.

—Ya te lo he dicho: tú me interesabas. Esa vieja idiota que vive más abajo me habló de ti. Bueno, no me lo contó todo, obviamente. He descubierto muchas más cosas desde entonces. Pero por eso te traje la vela. Mi madre no tenía ni idea. Ella no me habría dejado. —Hace una pausa, me mira—. Seguro que antes eras muy guapa.

Acerca el abrecartas hacia mi cara. Desliza la hoja junto a un mechón de pelo en mi mejilla, lo aparta. Siento un estremecimiento, gimoteo.

—Esa mujer solo me contó que no salías de casa, que estabas aquí dentro a todas horas. Y eso me resultaba interesante: una zumbada que nunca salía de su casa. Un bicho raro.

Envuelvo el teléfono en mi mano. Activaré la pantalla de código de acceso y pulsaré los cuatro números con mis dedos. Los he pulsado tantas veces... Puedo hacerlo en la oscuridad. Puedo hacerlo con Ethan sentado a mi lado.

—Sabía que tenía que conocerte.

Ahora. Toco el botón de activación del teléfono y lo presiono. Toso para enmascarar el clic.

—Mis padres... —empieza a decir, volviéndose hacia la ventana. Se detiene.

Vuelvo la cabeza con él. Y veo lo mismo que él: el resplandor del móvil, reflejado en el cristal.

Da un respingo. Yo también.

Levanto los ojos hacia él. Me mira fijamente.

Entonces sonríe.

—Estoy bromeando. —Señala el teléfono con el abrecartas—. Ya he cambiado el código. Justo antes de que te despertaras. No soy estúpido. No voy a dejar un móvil activado a tu alcance.

No puedo respirar.

—Y quité las pilas del que hay en la biblioteca. Por si te lo preguntabas.

La sangre se me hiela en las venas.

Gesticula hacia la puerta.

—El caso es que he estado viniendo por la noche durante un par de semanas, a darme una vuelta, a mirarte. Me gusta venir aquí. Está todo tranquilo y oscuro. —Parece quedarse pensativo—. Y es interesante la forma en que vives. Es como si estuviera haciendo un trabajo de investiga-

ción sobre ti. Como una especie de documental. Incluso
—sonríe— te saqué una foto con tu móvil. —Una mueca—.
¿Crees que me pasé? Me da la impresión de que sí. Ah,
pero pregúntame cómo desbloqueé tu teléfono.

No digo nada.

—Pregúntame. —Amenazante.

—¿Cómo desbloqueaste mi teléfono? —susurro.

Sonríe de oreja a oreja, como un niño que sabe que está
a punto de decir algo muy inteligente.

—Tú misma me dijiste cómo hacerlo.

Niego con la cabeza.

—No.

Pone los ojos en blanco.

—Bueno, está bien, no me lo dijiste a mí. —Se inclina
hacia mí—. Se lo dijiste a la vieja esa de Montana.

—¿A Lizzie?

Asiente.

—¿Nos… nos estabas espiando?

Lanza un profundo suspiro.

—Joder, de verdad que eres muy estúpida. Por cierto, no
enseño a nadar a chicos con discapacidad. Antes preferiría
suicidarme. No, Anna: yo soy Lizzie.

Abro la boca.

—O lo era —dice—. Ha estado saliendo mucho de casa
últimamente. Creo que está mucho mejor. Gracias a sus
hijos, ¿cómo se llaman?

—Beau y William —respondo, antes de darme cuenta.

Se ríe de nuevo.

—Joder. No me puedo creer que te acuerdes. —Ahora se
ríe más—. Beau. Te juro que me lo inventé sobre la marcha.

Lo miro fijamente.

—El primer día que vine. Tenías ese sitio web raro abierto en tu portátil. Creé una cuenta en cuanto volví a casa. Conocí a toda clase de gilipollas solitarios. Ese tal Disco-Mickey, o como se llame, por ejemplo. —Sacude la cabeza—. Es patético. Pero él me puso en contacto contigo. No quería escribirte así, sin más ni más. No quería que tú... ya sabes. Sospecharas nada.

»Total. Le dijiste a Lizzie cómo modificar todas sus contraseñas. A cambiar las letras por números. Eso es rollo NASA, sin ir más lejos.

Intento tragar saliva, pero no puedo.

—O usa una de una fecha de cumpleaños, eso es lo que dijiste. Y me dijiste que tu hija nació el día de San Valentín. Uno cuatro cero dos. Así es como entré en tu teléfono y te saqué esa foto roncando. Luego cambié el código, solo para divertirme contigo.

Levanta un dedo admonitorio.

—Y bajé la escalera y entré en tu ordenador de mesa. —Se inclina hacia mí, habla despacio—. Por supuesto, tu contraseña era el nombre de Olivia. Para el acceso al ordenador y para el correo electrónico. Y, por supuesto, simplemente te limitaste a cambiar las letras. Tal como le dijiste a Lizzie. —Sacude la cabeza—. ¿Se puede ser más estúpida, joder?

No digo nada.

Me mira con furia.

—Te he hecho una pregunta —dice—. ¿Se puede...?

—No —respondo.

—¿No qué?

—No se puede ser más estúpida.

—No se puede ser más estúpida, joder.

—No.

Asiente. La lluvia golpea las ventanas.

—Así que creé la cuenta de Gmail. En tu propio ordenador. Le dijiste a Lizzie que tu familia siempre decía «quién soy» cuando os llamabais, y eso era demasiado bueno como para no aprovecharlo. ¿Quién soy, Anna? —Se ríe—. Entonces envié la foto a tu correo electrónico. Ojalá te hubiera visto la cara. —Se ríe otra vez.

No hay aire en la habitación. Me falta el aliento.

—Y tenía que poner el nombre de mi madre en la cuenta. Estoy seguro de que eso te entusiasmó. —Sonríe—. Pero le contaste a Lizzie otras cosas también. —Se inclina hacia delante otra vez, apuntándome al pecho con el abrecartas—. Tuviste una aventura, pedazo de zorra. Y mataste a tu familia.

No puedo hablar No me queda nada.

—Y luego te pusiste tan histérica por lo de Katie… Era una puta locura. Te pusiste como loca. Vamos a ver, que lo entiendo, ¿eh? Lo hice justo delante de mi padre y él también se puso histérico. Aunque creo que se sintió aliviado de que la quitara de en medio, sinceramente. Yo al menos me sentí así. Como te he dicho, ella me sacaba de quicio.

Se desplaza por la cama, acercándose más a mí.

—Apártate. —Doblo las piernas, las apoyo contra su muslo—. Debería haber comprobado antes las ventanas, pero todo sucedió muy rápido. Y, de todos modos, fue tan fácil negarlo todo… Más fácil que mentir. Más fácil que decir la verdad. —Niega con la cabeza—. Me sabe mal por él, no sé. Él solo quería protegerme.

—Trató de protegerte de mí —le digo—. A pesar de que sabía…

—No —me dice, con voz inexpresiva—. Intentó protegerte a ti de mí.

«No querría que mi hijo pasase tiempo con una mujer

adulta», había dicho Alistair. No por el bien de Ethan, sino por el mío propio.

—Pero, ya sabes, ¿qué se puede hacer, verdad? Uno de los psiquiatras les dijo a mis padres que, sencillamente, yo era malo. —Se encoge de hombros otra vez—. Pues vale. De puta madre.

La ira, la agresividad verbal y las palabrotas... están yendo cada vez a más. La sangre me sube a las sienes. Céntrate. Recuerda. Piensa.

—¿Sabes? También me sabe un poco mal por los polis. El tipo se esforzaba tanto por seguirte la corriente con tus neuras... Ese hombre es un santo. —Otro suspiro—. La otra parecía una hija de puta.

Apenas lo estoy escuchando.

—Háblame de tu madre —murmuro.

Él me mira.

—¿Qué?

—Tu madre —le digo, asintiendo—. Háblame de ella.

Una pausa. El quejido de un trueno fuera.

—¿Cómo... qué? —pregunta, receloso.

Me aclaro la garganta.

—Has dicho que sus novios te maltrataban.

Ahora me mira con furia.

—He dicho que me daban unas palizas de muerte.

—Sí. Estoy segura de que eso pasaba a menudo.

—Sí. —Sigue mirándome con furia—. ¿Por qué?

—Has dicho que creías que, sencillamente, eras «malo».

—He dicho que eso es lo que dijo el otro psicólogo.

—Yo no lo creo. No creo que seas malo.

Inclina la cabeza.

—¿No?

—No. —Intento calmar mi respiración—. No creo que

la gente sea así por naturaleza. —Enderezo la espalda junto a las almohadas, aliso las sábanas sobre mis muslos—. Tú no eres así por naturaleza.

—¿Ah, no? —Sujeta el abrecartas en su mano sin demasiada fuerza

—Te pasaron cosas cuando eras un niño. Hubo… Viste cosas. Cosas que escapaban a tu control. —Mi voz está ganando fuerza—. Hubo cosas a las que sobreviviste.

Se remueve con nerviosismo.

—Ella no fue una buena madre para ti. Tienes razón. —Traga saliva; yo también—. Y creo que cuando tus padres te adoptaron, estabas muy malherido. Creo que… —¿Me arriesgo?—. Creo que ellos se preocupan mucho por ti, que les importas mucho. Aunque no hayan sido perfectos —añado.

Él me mira a los ojos. Una pequeña onda distorsiona su rostro.

—Me tienen miedo —dice.

Asiento con la cabeza.

—Lo has dicho tú mismo —le recuerdo—. Has dicho que Alistair estaba tratando de protegerme manteniéndote… manteniéndonos separados a los dos.

Él no se mueve.

—Pero creo que él también tenía miedo por ti. Creo que también quería protegerte. —Extiendo el brazo—. Creo que cuando te llevaron a casa con ellos, te salvaron.

Me observa.

—Ellos te quieren —digo—. Mereces ser amado. Y si hablamos con ellos, sé… estoy segura de que harán todo lo que puedan para seguir protegiéndote. Los dos. Sé que ellos quieren… conectar contigo, tender un puente.

Acerco la mano a su hombro, la dejo suspendida allí.

—Lo que te pasó cuando eras pequeño no fue culpa tuya —susurro—. Y...

—Basta ya de toda esta mierda.

Se aparta dando una sacudida antes de que pueda tocarlo. Vuelvo a replegar mi brazo.

Lo he perdido. Siento que la sangre abandona mi cerebro. Tengo la boca seca.

Se inclina hacia mí, me mira a los ojos, los suyos están brillantes y ansiosos.

—¿A qué huelo?

Niego con la cabeza.

—Venga. Aspira. ¿A qué huelo?

Inspiro. Pienso en la primera vez, inhalando el aroma de la vela. Lavanda.

—A lluvia —respondo.

—¿Y?

No puedo soportar decirlo.

—A colonia.

—A Romance, de Ralph Lauren —añade—. Quería que esto fuera agradable para ti.

Niego con la cabeza otra vez.

—Oh, sí. Lo que no acabo de decidir —continúa, con aire pensativo— es si será una caída por la escalera o una sobredosis. Como últimamente has estado tan triste y todo eso... Y con tantas pastillas en la mesa de centro... Pero también eres un puto desastre, así que también podrías.., ya sabes, dar un traspié.

No puedo creer que esté pasando esto. Miro al gato. Vuelve a estar en su lado de la cama, dormido.

—Te voy a echar de menos. Nadie más lo hará. Nadie te echará en falta hasta al cabo de varios días, y a nadie le importará después.

Repliego mis piernas debajo de las sábanas.

—Tal vez tu loquero, pero estoy seguro de que hasta él está hasta las narices de ti. Le dijiste a Lizzie que tiene que soportar tu agorafobia y tu complejo de culpa. Joder. Otro puto santo.

Cierro los ojos con fuerza.

—Mírame cuando te hablo, perra.

Con todas mis fuerzas, le doy una patada.

96

Le golpeo el estómago. Él se dobla por la mitad y vuelvo a la carga con las piernas; le doy otra patada, en la cara. Mi talón cruje contra su nariz. Cae al suelo.

Vuelvo a apartar las sábanas y salto de la cama, cruzo corriendo la puerta y penetro en el recibidor a oscuras.

En lo alto, la lluvia taladra la claraboya. Tropiezo con la alfombra y caigo de rodillas. Me agarro a la barandilla con la mano, casi sin fuerzas.

De pronto, la escalera resplandece con los relámpagos que destellan sobre mí. Y en ese instante, miro a través de los barrotes de la barandilla, veo iluminarse cada paso, descender y descender en espiral, hasta abajo de todo.

Abajo, abajo, abajo.

Pestañeo. La escalera vuelve a quedar sumida en la oscuridad. No se ve nada, no se percibe nada, a excepción del repiqueteo de la lluvia.

Me pongo de pie con esfuerzo, vuelo escaleras abajo. Fuera retumban los truenos. Y entonces…

—¡Hija de puta!

Lo oigo precipitarse en el descansillo, con la voz trémula.

—¡Hija de puta!

La barandilla cruje cuando arremete contra ella. Tengo

que llegar hasta la cocina. Hasta el cúter, que sigue guardado en su funda encima de la mesa. Hasta los trozos de cristal que brillan en el cubo de la basura. Hasta el intercomunicador.

Hasta la puerta.

«Pero ¿tú puedes salir al exterior?», pregunta Ed en un simple susurro.

Tengo que hacerlo. Déjame.

«Te tomará la delantera en la cocina, no conseguirás salir al exterior. Y aunque lo logres...»

Aterrizo en la siguiente planta y giro como una brújula, tratando de orientarme.

A mi alrededor hay cuatro puertas. El estudio. La biblioteca. El trastero. El aseo.

«Elige una.»

Espera.

«Elige una.»

El aseo. «Éxtasis celestial.» Aferro el pomo de la puerta, la abro y entro. Me quedo al acecho junto a la puerta, respirando de forma agitada y superficial, y...

Se está acercando, baja la escalera a toda prisa. Contengo la respiración.

Llega al descansillo. Se detiene a cuatro pasos de mí. Percibo un ligero movimiento en el aire.

Durante un instante no oigo nada a excepción del repiqueteo de la lluvia. Un sudor helado se desliza por mi espalda.

—Anna.

Grave. Frío. Me encojo de miedo.

Mientras me sujeto con una mano al marco de la puerta, con tanta fuerza que estoy a punto de arrancarlo, intento divisar algo en la oscuridad del descansillo.

Apenas se ve, tan solo una sombra entre las sombras, pero puedo distinguir la anchura de sus hombros, el blanco fluctuante de sus manos. Me da la espalda, veo la mano con que sujeta el abrecartas.

Poco a poco, se da la vuelta; lo veo de perfil, mirando hacia la puerta de la biblioteca. Mira fijamente hacia delante, inmóvil.

Entonces se vuelve de nuevo, pero esta vez más rápido, y antes de que pueda ocultarme en el cuarto de baño, su mirada recae en mí.

No me muevo; no puedo.

—Anna —dice en voz baja.

Me quedo boquiabierta. El corazón me aporrea el pecho.

Nos miramos el uno al otro. Estoy a punto de gritar.

Da media vuelta.

No me ha visto. No puede ver con tanta oscuridad. Yo, sin embargo, estoy acostumbrada a la luz tenue, a la falta de luz.

Veo lo que…

Ahora se desplaza hasta el principio de la escalera. La hoja del abrecartas oscila en una mano; mete la otra en el bolsillo.

—Anna —me llama. Saca la mano del bolsillo, la levanta frente a sí.

Y, de pronto, la palma de su mano arroja luz. Es el teléfono. La linterna del teléfono.

Desde el marco de la puerta veo que la escalera se inunda de luz, las paredes se cubren de blanco. Cerca retumban los truenos.

Vuelve a girar, los rayos se desplazan por el descansillo como el haz de luz de un faro. Primero el trastero. Se acerca a grandes zancadas, abre la puerta de golpe. Enfoca el interior con el teléfono.

A continuación, el estudio. Entra, examina el espacio con el teléfono. Lo observo de espaldas, me preparo para precipitarme escaleras abajo. Abajo, abajo, abajo.

«Pero te alcanzará.»

No tengo ninguna otra escapatoria.

«Sí que la tienes.»

¿Cuál?

«Arriba, arriba, arriba.»

Sacudo la cabeza en el momento en que él retrocede desde el estudio. Ahora toca la biblioteca y, después, el aseo. Tengo que decidirme antes de que...

Rozo el pomo de la puerta con la cadera y este gira con un débil gemido.

Él se vuelve en redondo, la luz pasa de largo la puerta de la biblioteca y enfoca directamente a mis ojos.

Estoy ciega. El tiempo se detiene.

—Ahí estás —murmura.

En ese momento, ataco.

Cruzo la puerta, arremeto contra él, le hundo el hombro en el estómago. Él resuella mientras empujo. No veo, pero lo aparto hacia un lado, hacia la escalera...

Y, de repente, desaparece. Lo oigo caer por la escalera, un alud. La luz proyecta un craquelado en el techo.

«Arriba, arriba, arriba», susurra Olivia.

Vuelvo la cabeza, todavía veo estrellitas. Planto un pie en la base de la escalera, tropiezo, subo otro escalón medio a gatas. Me obligo a ascender. Corro.

En el descansillo, doy media vuelta mientras mis ojos se acostumbran a la oscuridad. El dormitorio aparece frente a mí; al otro lado, la habitación de invitados.

«Arriba, arriba, arriba», susurra Olivia.

Pero arriba no queda más que la otra habitación de invitados. Y la tuya.

«Arriba.»

¿El tejado?

«Arriba.»

Pero ¿cómo? ¿Cómo me las arreglo?

«Venga, fiera —dice Ed—, no tienes elección.»

Dos plantas por debajo, Ethan se arroja escaleras arriba. Doy media vuelta y emprendo el ascenso, el ratán me quema en las plantas de los pies, la barandilla chirría bajo mi mano.

Irrumpo en el siguiente descansillo, cruzo como un rayo hasta la esquina que queda debajo de la trampilla. Agito la mano por encima de mi cabeza, doy con la cadena. Me la enrosco en los dedos y tiro.

97

El agua me riega la cara cuando la portezuela se abre de par en par. La escalera se precipita sobre mí con un chirrido metálico. Al pie de ella, Ethan grita, pero el viento se lleva sus palabras.

Cierro los ojos con fuerza contra la lluvia y trepo. Un, dos, tres, cuatro; los travesaños fríos y resbaladizos, la escalera rechina bajo mi peso. En el séptimo peldaño noto que mi cabeza asoma por el tejado de la casa, y el ruido...

El ruido está a punto de tirarme para atrás. La tormenta ruge como un animal salvaje. Los zarpazos del viento desgarran el aire. La lluvia, afilada como unos dientes, se me clava en la piel. El agua me cae por la cara a lengüetazos, me pega el pelo a la nuca...

Él me aferra el tobillo con la mano.

Lo sacudo para liberarme, frenética, y me impulso hacia arriba, hacia el exterior. Caigo rodando de lado, entre la trampilla y la claraboya. Apoyo una mano en la cúpula acristalada y logro ponerme de pie; abro los ojos.

El mundo se inclina a mi alrededor. En el fragor de la tormenta me oigo gemir.

Incluso en plena oscuridad veo que el tejado es una selva. Las plantas desbordan macetas y arriates; las paredes están veteadas de enredaderas. La hiedra se aglomera en el módulo de ventilación. Frente a mí se yergue el gigantesco arco enrejado: más de tres metros y medio de longitud, inclinado hacia un lado bajo el peso de las hojas.

Y la lluvia no lo atraviesa sino que lo abomba formando unas velas henchidas, grandes lienzos de agua. Cae como una pesa sobre el tejado, forma borbotones en la mampostería. A estas alturas tengo el albornoz pegado al cuerpo.

Despacio, doy media vuelta, siento las rodillas débiles. Por tres de los lados, una caída de cuatro plantas; por el este, el muro de Saint Dymphna's se alza como una montaña.

Sobre mí, el cielo. Alrededor, el espacio. Se me crispan los dedos. Se me aflojan las piernas. Mi respiración es irregular. El ruido se embravece.

Más allá veo el oscuro agujero: la trampilla. Y saliendo de ella, un brazo que se dobla contra la lluvia: Ethan.

Asciende hasta el tejado, negro como una sombra. El abrecartas, una púa de plata en una de sus manos.

Titubeo, me tambaleo hacia atrás. El pie me queda trabado en la cúpula de la claraboya; noto que cede un poco. «Está de mírame y no me toques —me advirtió David—. Como le caiga una rama encima, se lleva la ventana por delante.»

La sombra se aproxima. Chillo, pero el viento me arranca las palabras de la boca y las arrastra como a una hoja seca.

Por un instante, Ethan se echa atrás de la sorpresa. Entonces ríe.

—No puede oírte nadie —grita superando los bramidos del viento—. Estamos en un... —Y, mientras lo dice, la lluvia cae con más fuerza.

No puedo retroceder más sin pisar la claraboya. Doy un pasito de lado, un par de centímetros solamente, y mi pie roza metal húmedo. Miro abajo. La regadera con la que David tropezó aquel día.

Ethan se aproxima, empapado por la lluvia, los ojos brillantes en su rostro oscuro. Jadea.

Me agacho, cojo la regadera y quiero arrojársela... pero estoy mareada, pierdo el equilibrio y la regadera se me resbala de la mano y se aleja navegando por la lluvia.

Ahora se agacha él.

Y yo corro.

Hacia la oscuridad, hacia la selva, atemorizada por el cielo que me cubre pero más aterrada por el joven que me persigue. Mi mapa mental del tejado: la hilera de arbustos enanos a la izquierda, los arriates de flores justo después. A la derecha, jardineras vacías, sacos de tierra combados sobre ellas como borrachos. El túnel del arco enrejado del cenador justo de frente.

Una explosión de truenos. Los relámpagos blanquean las nubes, saturan el tejado de luz. Las cortinas de lluvia se agitan y se estremecen. Me lanzo contra ellas. De un momento a otro el cielo podría derrumbarse y reducirme a escombros y, no obstante, el corazón todavía me late y noto el calor de la sangre en las venas cuando me precipito hacia el cenador.

Una cortina de agua cubre la entrada. Entro en el túnel, oscuro como un puente sombreado, frío y húmedo como una selva tropical. Aquí dentro hay más silencio, bajo la cubierta de ramas y lona, como si los sonidos hubieran quedado aislados. Me oigo jadear. En un lado se encuentra el pequeño banco: «A las estrellas mediante la adversidad».

Las encuentro al otro lado del túnel, donde esperaba

que estuvieran. Me aferro a ellas. Las cojo con ambas manos. Doy media vuelta.

Una silueta aparece por detrás de la cascada. Así es como lo conocí, recuerdo: una sombra que invadía el cristal esmerilado de mi puerta.

Y entonces la atraviesa.

—Esto es perfecto. —Se aparta el agua de la cara, avanza hacia mí. Tiene el abrigo empapado; la bufanda le cae lacia a ambos lados del cuello. El abrecartas le sobresale de la mano—. Iba a partirte el cuello, pero esto es mejor. —Arquea una ceja—. Estabas tan jodida que te tiraste del tejado.

Niego con la cabeza.

Ahora una sonrisa.

—¿No te lo parece? ¿Qué llevas ahí?

Y entonces ve lo que llevo.

Las tijeras de podar se balancean en mi mano. Pesan mucho, y estoy temblando, pero las levanto hasta la altura de su pecho a medida que avanzo.

Él ya no sonríe.

—Deja eso —dice.

Vuelvo a negar con la cabeza, doy un paso adelante. Él vacila.

—Deja eso —repite.

Doy otro paso adelante y cierro las tijeras de golpe.

Mira con un parpadeo la hoja que tiene en la mano.

Y entonces retrocede y vuelve a quedar oculto por la cortina de lluvia.

Espero un momento, siento en el pecho el peso de la respiración agitada. Se ha disuelto.

Despacio, muy despacio, me dirijo hacia el arco de la entrada. Allí me detengo, la lluvia me salpica la cara y dejo asomar la punta de las tijeras por la cascada de agua, cual vara de zahorí.

Ahora.

Empujo las tijeras hacia delante y avanzo a saltos en medio del agua. Si me está esperando, se…

Me quedo paralizada; el pelo me chorrea, tengo la ropa empapada. No está aquí.

Examino el tejado.

Ni rastro de él junto a los arbustos enanos.

Ni junto al módulo de ventilación.

Ni en los arriates de flores.

Relámpagos en el cielo, y el tejado proyecta un resplandor blanco. Veo que está desolado, un páramo de plantas rebeldes y lluvia glacial.

Pero si no está aquí, entonces…

Se abalanza sobre mí por detrás, con tal velocidad y tal fuerza que el grito muere en mi boca. Suelto las tijeras y caigo al suelo con él, mis rodillas ceden y mi sien se estampa contra la mojada superficie del tejado; oigo el chasquido. La sangre me inunda la boca.

Rodamos por el asfalto, una vez, dos, hasta que nuestros cuerpos se estampan contra el borde de la claraboya. Lo noto temblar.

—Hija de puta —masculla, con el aliento cálido contra mi oído, y de pronto se yergue, me aprisiona el cuello con el pie. Me ahogo—. ¡Ni se te ocurra joderme! —brama—. Vas a saltar del tejado. Y si no lo haces, te tiraré yo. Así que ya sabes.

Observo las gotas de lluvia que plagan el asfalto a mi alrededor.

—¿Qué lado eliges? ¿El parque o la calle?

Cierro los ojos.

—Tu madre... —susurro.

—¿Qué?

—Tu madre.

La presión del cuello afloja, solo un poco.

—¿Mi madre?

Asiento.

—¿Qué pasa con mi madre?

—Me dijo que...

Ahora vuelve a ejercer más presión, casi me estrangula.

—¿Qué te dijo?

Los ojos se me salen de las órbitas. La boca se me desencaja. Me entran arcadas.

De nuevo disminuye un poco la presión de mi cuello.

—¡¿Qué te dijo?!

Aspiro con fuerza.

—Me dijo... —empiezo— quién es tu padre.

No se mueve. La lluvia me baña la cara. El sabor de la sangre se torna más acre.

—Eso es mentira.

Toso, sacudo la cabeza de un lado a otro contra el suelo.

—No.

—Ni siquiera sabías quién era ella —dice—. Creías que era otra persona. No sabías que me adoptaron. —Hace presión con el pie contra mi cuello. —Así que ¿cómo...?

—Me lo dijo ella. Yo no... —Trago saliva, noto la garganta abultada—. No lo comprendí en aquel momento, pero ella me dijo...

De nuevo guarda silencio. El aire penetra con un sonido sordo en mi garganta; la lluvia produce un sonido sordo en el asfalto.

—¿Quién?

Me quedo callada.

—¡¿Quién?!

Me da una patada en el estómago. Aspiro con fuerza y me doblo por la mitad, pero ya me tiene cogida por la blusa y me obliga a ponerme de rodillas. Caigo hacia delante. Él me clava la mano en el cuello y aprieta.

—¡Que qué te dijo! —vocifera.

Me abro paso con los dedos en mi cuello. Él empieza a levantarme y yo me elevo con él; las rodillas me tiemblan. Hasta que nos encontramos cara a cara.

Se le ve tan joven: la piel satinada con el baño de lluvia, los labios carnosos, el pelo lacio y brillante cubriéndole la frente. «Un encanto.» Por detrás de él observo la extensión del parque, la vasta sombra de su casa. Y en los talones noto la protuberancia de la claraboya.

—¡Dímelo!

Intento hablar, no lo logro.

—¡Que me lo digas!

Me entran náuseas.

Disminuye la presión de mi garganta. Bajo la mirada; sigue teniendo el abrecartas en la mano.

—Era arquitecto —digo de forma entrecortada.

Él se me queda mirando. La lluvia cae a nuestro alrededor, entre los dos.

—Le encantaba el chocolate negro —sigo—. La llamaba «fiera».

Me suelta el cuello y deja caer la mano.

—Le gustaban las películas. A los dos les gustaban. Les gustaba…

Él arruga la frente.

—¿Cuándo te contó todo eso?

—La noche que vino a mi casa. Me dijo que lo amaba.

—¿Qué le pasó a él? ¿Dónde está?

Cierro los ojos.

—Murió.

—¿Cuándo?

Sacudo la cabeza.

—Hace tiempo. No importa. Él murió y ella se vino abajo.

Me aferra de nuevo la garganta y abro los ojos de golpe.

—Sí, sí que importa. ¿Cuándo…?

—Lo que importa es que te quería —digo con un graznido.

Él se queda helado. Vuelve a soltarme el cuello.

—Te quería —repito—. Los dos te querían.

Mientras Ethan me mira de hito en hito y cierra el puño con fuerza en torno al abrecartas, respiro profundamente.

Y lo abrazo.

Él se pone tenso, pero de pronto su cuerpo se relaja. Permanecemos de pie bajo la lluvia; yo lo rodeo con los brazos, él los tiene sueltos a los lados del cuerpo.

Me balanceo, me desvanezco y él me sostiene mientras yo me enrosco en su cuerpo. Cuando vuelvo a mantenerme en pie, hemos intercambiado las posiciones, mis manos sobre su pecho, sintiendo los latidos de su corazón.

—Los dos te querían —musito.

Y entonces me abalanzo sobre él con todo mi peso y lo empujo hacia la claraboya.

98

Aterriza de espaldas. La claraboya tiembla.

No dice nada, tan solo me mira, confuso, como si le hubiera formulado alguna pregunta difícil.

El abrecartas se le ha resbalado de la mano y yace a un lado. Él apoya las manos en el cristal y empieza a incorporarse. Mi ritmo cardíaco se ralentiza. El tiempo se ralentiza.

Y entonces la claraboya se desintegra bajo su cuerpo, muda en mitad de la tormenta.

En cuestión de un instante cae y desaparece de mi vista. Si grita, no lo oigo.

Me acerco a trompicones hasta el borde de lo que era la claraboya, me asomo a las profundidades de la casa. Chorros de lluvia caen en espiral por el hueco, como chispas. En el descansillo destella una galaxia de trozos de cristal. No puedo ver más abajo: está demasiado oscuro.

Permanezco allí en mitad de la tormenta. Me siento aturdida. El agua me lame los pies.

Entonces retrocedo. Rodeo con cuidado la claraboya. Camino hacia la trampilla, todavía abierta de par en par.

Me dirijo abajo. Abajo, abajo, abajo. Mis dedos resbalan en los travesaños.

Toco el suelo, la alfombra está empapada. Voy hacia el inicio de la escalera, paso por debajo del boquete del techo; la lluvia me riega.

Llego al dormitorio de Olivia. Me detengo. Miro dentro.

Mi bebé. Mi ángel. Lo siento mucho.

Al cabo de un momento doy media vuelta, bajo una planta. El ratán está seco y rugoso. En el descansillo vuelvo a hacer una parada, cruzo la cascada de agua y me detengo, chorreando, en la puerta de mi dormitorio. Contemplo la cama, las cortinas, el negro fantasma de la casa de los Russell al otro lado del parque.

De nuevo paso por el chorro de agua, de nuevo bajo la escalera, y llego a la biblioteca —la biblioteca de Ed, mi biblioteca— y observo las ráfagas de lluvia a través del cristal. El reloj de la chimenea da la hora: las dos de la madrugada.

Aparto la mirada y salgo de la habitación.

Desde el descansillo veo todavía los restos de su cuerpo, desparramados en el suelo, un ángel caído. Bajo la escalera.

Una oscura corona de sangre refulge sobre su cabeza. Tiene un brazo doblado sobre el corazón. Sus ojos me miran.

Le devuelvo la mirada.

Y luego paso de largo.

Y entro en la cocina.

Y conecto el teléfono fijo para llamar al inspector Little.

Seis semanas
más tarde

99

Los últimos copos se han derretido hace una hora y el sol de mediodía flota en un cielo azul chillón, un cielo «cuyo fin no es entibiar la carne, sino apenas agradar la mirada». Nabokov, *La verdadera vida de Sebastian Knight*. He organizado mi propia agenda literaria. Se acabó el club de lectura a distancia para mí.

Es cierto que agrada la mirada. Al igual que la calle, allí abajo, pavimentada de blanco, alto voltaje a la luz del sol. Ha caído casi medio metro en la ciudad esta mañana. Lo he contemplado durante horas desde la ventana de mi dormitorio, he visto la nieve caer en gruesos copos, helar las aceras, tapizar los escalones de las entradas, formar altas pilas en las jardineras. En algún momento después de las diez, los cuatro Gray han emergido de su casa cual manada dichosa, se han puesto a gritar bajo las ráfagas y han avanzado tambaleándose entre los montículos hasta la parte trasera del edificio, hasta desaparecer de mi vista. Al otro lado de la calle, Rita Miller se ha plantado en la puerta de la calle para maravillarse del tiempo, envuelta en un albornoz y con un tazón en la mano. Su marido ha aparecido tras ella, la ha rodeado con los brazos y ha apoyado la barbilla en su hombro. Ella lo ha besado en la mejilla.

Ya sé cuál es su verdadero nombre, por cierto; Little me lo dijo después de interrogar a los vecinos. Se llama Sue. Qué decepción.

El parque es una pista de nieve, tan limpia que centellea. Más allá, con las ventanas cerradas a cal y canto, ocultando su rostro al cielo deslumbrante, se halla lo que los periódicos más sensacionalistas han titulado «¡La casa de 4 millones de dólares del adolescente asesino!». Cuesta menos dinero, lo sé, pero imagino que «¡La casa de 3,45 millones de dólares!» no suena tan atractivo.

Está deshabitada. Lleva varias semanas así. Little vino a verme por segunda vez aquella mañana, después de que llegara la policía, después de que el equipo de emergencias médicas hubiera levantado el cadáver. Su cadáver. Alistair Russell fue detenido, según dijo el inspector, y acusado de ser cómplice de asesinato. Confesó de inmediato, en cuanto supo lo de su hijo. Admitió que había ocurrido tal como lo había descrito Ethan. Al parecer, Alistair se vino abajo; Jane era la fuerte. Me pregunto qué sabía ella. Me pregunto si lo sabía.

—Le debo una disculpa —susurró Little, sacudiendo la cabeza—. Y Val... Dios, ella sí que le debe una disculpa.

No le llevo la contraria.

Al día siguiente también se acercó a verme. A esas alturas los periodistas ya llamaban a mi puerta y me quemaban el timbre. Yo no les hice caso. Si algo he aprendido durante el último año es a ignorar con éxito el mundo exterior.

—¿Qué tal le va, Anna Fox? —preguntó Little—. Y este debe de ser el famoso psiquiatra. —El doctor Fielding me había seguido desde la biblioteca. Estaba apostado a mi lado, mirando de hito en hito al inspector, a un hombre de semejante tamaño—. Me alegro de que pueda contar con usted, señor —dijo Little dándole un enérgico apretón de manos.

—Yo también —repuso el doctor Fielding.

Y yo. En las últimas seis semanas me he estabilizado, me he aclarado las ideas. Por una parte, han reparado la claraboya. Un equipo de limpieza profesional acudió y dejó la casa como los chorros del oro. Y me estoy medicando como es debido y bebo menos. De hecho, no bebo nada, gracias, en parte, a una profesional de los milagros llena de tatuajes llamada Pam. «He tratado con todo tipo de personas en todo tipo de situaciones», me dijo durante su primera visita.

«Pues seguro que esto es nuevo», le contesté yo.

Intenté disculparme con David; lo llamé por lo menos una decena de veces, pero no me contestó. Me pregunto por dónde andará. Me pregunto si está bien. Encontré sus auriculares enrollados debajo de la cama del sótano. Me los he llevado arriba y los he guardado en un cajón, por si se pone en contacto conmigo.

Y hace unas semanas que he vuelto a conectarme a Agora. Son mi gente; son una especie de familia. «Fomentaré la curación y el bienestar.»

He conseguido mantener a raya a Ed y Livvy. No todo el tiempo, y no por completo. Algunas noches, cuando los oigo, les respondo en susurros. Pero las conversaciones han terminado.

100

—Ven.

Bina tiene la mano seca. Yo no.

—Ven, ven.

Ha abierto la puerta del jardín de par en par. Un viento estremecedor se cuela dentro.

—Lo hiciste en un tejado bajo la lluvia.

Pero aquello fue distinto. Estaba luchando para salvar la vida.

—Ahora estás en tu jardín. Hace sol.

Es cierto.

—Y llevas puestas las botas de nieve.

También es cierto. Las encontré en el cuarto trastero. No había vuelto a ponérmelas desde aquella noche en Vermont.

—Entonces ¿a qué esperas?

A nada, ya no espero nada. He esperado a que volviera mi familia, y no lo ha hecho. He esperado a que se me curara la depresión, y no lo ha hecho. No lo hará sin mi ayuda.

He esperado a reunirme con el mundo. Ahora es el momento.

Ahora, cuando el sol inunda mi casa. Ahora, cuando puedo pensar bien, cuando veo bien.

Ahora, mientras Bina me guía hacia la puerta, hacia lo alto de la escalera.

Tiene razón: lo logré en el tejado y bajo la lluvia. Estaba luchando para salvar la vida. Así que no quiero morir.

Y si no quiero morir, tengo que empezar a sentirme viva.

«¿A qué esperas?»

Un, dos, tres, cuatro.

Me suelta la mano y sale al jardín, dejando las huellas de sus pies en la nieve. Da media vuelta, me hace señas para que me acerque.

—Ven.

Cierro los ojos.

Y vuelvo a abrirlos.

Y avanzo hacia la luz.

Agradecimientos

Jennifer Joel, mi amiga, agente y guía inestimable; Felicity
Blunt, por obrar maravillas; Jake Smith-Bosanquet
y Alice Dill, que me ofrecieron todo un mundo;
los equipos de ICM y Curtis Brown.

Jennifer Brehl y Julia Wisdom, mis campeonas, de mente
lúcida y gran corazón; los equipos de Morrow y Harper;
las editoriales encargadas de publicar mi obra en todo
el mundo, con gratitud.

Josie Freedman, Greg Mooradian,
Elizabeth Gabler y Drew Reed.

Hope Brooks, la sagaz primera lectora y animadora
incansable; Robert Douglas-Fairhurst, mi fuente
de inspiración de toda la vida; Liate Stehlik, que dijo
que lo lograría; mi familia y mis amigos, que dijeron
que debía hacerlo.

A. J. Finn ha escrito para numerosas publicaciones, entre ellas *Los Angeles Times*, *The Washington Post* y *The Times Literary Supplement*. Finn nació en el estado de Nueva York, vivió en Gran Bretaña durante una década y regresó a Nueva York, donde reside actualmente. *La mujer en la ventana* es su primera novela.